김경진 장편소설

남북 1

영변에 약산
진달래꽃

들녘

남북1
ⓒ김경진1999

초판 1쇄 발행일 1999년 9월 30일
초판 16쇄 발행일 2013년 1월 24일

지 은 이 김경진
펴 낸 이 이정원

출판책임 박성규
편집책임 선우미정
편　　집 김상진 · 한진우 · 조아라 · 김재은
디 자 인 김지연 · 김세린
마 케 팅 석철호 · 나다연 · 도한나
경영지원 김은주 · 이순복
관　　리 구법모 · 엄철용
제　　작 송승욱

펴 낸 곳 도서출판 들녘
등록일자 1987년 12월 12일
등록번호 10-156
주　　소 경기도 파주시 교하읍 문발리 출판문화정보산업단지 513-9
전　　화 마케팅 031-955-7374　편집 031-955-7381
팩시밀리 031-955-7393
홈페이지 www.ddd21.co.kr

ISBN 89-7527-123-4
　　　89-7527-122-6(세트)
값은 뒤표지에 있습니다. 잘못된 책은 구입하신 곳에서 바꿔드립니다.

김경진 장편소설

남 북

1
영변에 약산 진달래꽃

■ 작가의 말

전쟁에 관한 상상을 글로 쓰며

　베트남, 독일, 예멘, 한국. 한때라도 분단되었던 나라들입니다. 지금은 한국을 제외한 나머지 나라들은 통일을 이뤄냈습니다. 세계에서 분단국은 한국만 남았습니다.
　베트남은 오랜 식민지배로 인해 베트남인들의 민족주의가 워낙 강했고, 동서독은 서로 총칼을 겨누고 싸운 적이 없습니다. 남북 예멘은 아랍통일주의에 의해 통일에 대한 강한 집념과 함께 오랜 세월 동안 전쟁을 치르면서도 통일협상을 진행했습니다. 지금 보면 이들 세 나라는 한국보다 유리한 외부 환경과 성숙된 내적 조건을 갖추고 있었습니다. 그럼 한국은 어떻습니까?
　국민 대다수가 통일을 염원합니다. 고향과 가족을 잃은 실향민들의 한이 깊어져 갑니다. 어서 통일을 이뤄야 합니다. 그러나 통일을 위한 국민들의 준비가 제대로 이뤄졌는지는 의문입니다. 북녘 사람들이, 특히 어린이들이 굶어죽어 갑니다. 어떤 이는 그들을 빨갱이라고 경멸하지만 그들도 우리 한민족 동포입니다. 그 이전에 인간이기도 합니다.
　물론 감성적 통일논의는 경계해야 합니다. 그러나 무엇이 진정한 통일을 위한 길인지는 깊이 생각하지 않았습니다.

통일의 당위성을 인정한다면 우리 모두 통일을 준비해야 합니다. 그것도 민족의 비극을 다시 겪지 않기 위해서는 반드시 평화통일이 이뤄져야 합니다.

그리고 정부기구의 통합이나 정치체제도 중요하지만 그보다는 상호신뢰보장과 민족통합이 우선되어야 합니다. 냉정한 국제정치현실에서 감상적이거나 게으른 통일논의는 통일의 길에 오히려 방해만 될 뿐입니다.

그런데 이 소설은 평화통일이 아니라 '전쟁을 통한 통일'을 소재로 다뤘습니다. 결코 내키지 않지만 전쟁소설을 쓰는 입장에서는 반드시 짚고 넘어가야 할 소재이기도 합니다.

지난 수십 년간 우리는 북한이 기습남침할까 노심초사해왔습니다. 때때로 긴장도 많았습니다. 어렸을 적에 남자라면 누구나 전쟁에 관한 상상을 많이 했을 겁니다.

소설 『남북』에서는 그 상상을 글로 표현했습니다. 여러분은 이 글에서 총탄이 빗발치는 전선에 나가 말단 소총수로 싸우게 됩니다.

똥배가 나온 예비군일 수도 있습니다. 전투기 조종사가 되어 공중전을 치를 수도 있습니다. 적함에게 돌진하는 고속정 승무원일 수도 있습니다.

무슨 역할을 맡든지 나라와 가족을 위해 임무를 제대로 수행하는 것이 중요합니다. 그리고 무엇보다도 사람이 중요합니다. 생명은 고귀한 것입니다. 어떻게든 살아남아야 합니다.

소설 『남북』은 북한이 어떤 전쟁 시나리오를 선택하고, 전쟁이 나면 우리나라가 어떻게 되고, 그리고 국민들이 어떻게 될까를 소재로 삼았습니다. 주요 내용은 북한의 기습남침과 한국의 반격, 그리고 북진통일이지만 어떻게 하면 전쟁이라는 참극을 피할 수 있을까 고민하는 것이 이 글을 쓴 의도이자 목적입니다.

이 소설은 결코 편하게 읽지 못하는, 독자들에게 불편한 소설임이 분명합니다.

1999년 5월

남 북
1

차 례

영변에 약산 진달래꽃 9
백두산 아래에서 53
다시 유월 97
포성 123
살아남기 187
공격자의 이점 232
서해 5도 해전 268
북폭 313
적 지상군 주력을 찾아라! 343

■ 이 소설에 나오는 한국군 관련 사항들은 작가의 상상에 의해 쓰여진 것이므로 실제와 다릅니다.

영변에 약산 진달래꽃

4월 21일 03:58 평안북도 영변(평안북도 녕변군)

구름 한 점 없이 맑은 밤하늘이었다. 가느다란 그믐달이 동산 위에 낮게 떠 있었다. 그믐달의 차가운 이미지와 달리 밤공기는 훈훈했다. 올해도 어김없이 따뜻한 봄이 북녘 땅을 얼싸안았다.

소월의 시로 유명한 영변은 올 봄에도 역시 진달래 나라였다. 진분홍 진달래꽃 무더기들이 구룡강九龍江 계곡 옆 야트막한 야산을 소리 없이 뒤덮고 있었다.

고요한 적막 속에 잠긴 대지에서 7천8백 미터 떨어진 아득한 밤하늘에 검은 그림자 두 개가 나타났다. 나이트 호크(Night Hawk)라는 별명을 가진 F-117 전폭기들은 이름에 걸맞게 어두운 공간 속에서 조금도 주저함 없이 나아갔다.

오키나와 가데나 기지에서 이륙한 F-117 전투기들은 서해 상공에서 공중급유를 받은 다음 청천강을 따라 내륙으로 들어왔다. 이들은 다시 청천강 지류인 구룡강 협곡 위로 방향을 돌렸다.

휴전선 근방을 포함한 북한 전역에는 비행 중인 물체가 전혀 없었다. 경제사정이 최악에 다다른 북한은 공중초계비행을 포기한 지 오래였다. F-117의 조종석에서 세 개의 다기능 디스플레이를 주시하며 앉아 있는 조종사는 그렇게 알고 있었고, 실제로 북한 상공에 몇 번 들어와 보니 그것이 사실인 것 같았다.

구룡강으로 접어들고 나서 F-117은 고도를 낮추며 평양 - 회천 고속도로를 가로질렀다. 어려운 전력사정 때문인지 가로등 없는 고속도로는 어둠에 잠겨 있었고, 도로를 달리는 차량 불빛도 보이지 않았다.

가끔 북한 공군기지가 있는 평안북도 태천과 평안남도 개천 쪽에서 대공감시 레이더 전파가 감지되었다. 목표에서 가장 가까운 공군기지이기 때문에 조종사는 이곳에 주의를 기울였다. 하지만 다리미 모양의 스텔스 전투기를 탐지할 만한 수준은 결코 아니었다.

1970년대까지 축적된 스텔스 기술이 고도로 집약된 대신 공중전 성능이 떨어지는 이 전폭기들은 21세기 초반에도 여전히 최고의 스텔스 성능을 자랑하고 있었다. 최근 양산되어 실전 배치되기 시작한 F-22나 JSF는 고도의 공중전 및 지상공격 능력을 갖춘 대신 스텔스 성능은 약간 떨어졌다. F-117에 필적할 만한 스텔스 성능을 갖춘 기체는 꼬리 없는 가오리 모양의 B-2 폭격기와 최근에 발표된 미그 계열 전투기 하나뿐이다.

지상 천 미터 고도에 다다르자 F-117은 하강을 멈추고 수평으로 비행하기 시작했다. 적의 레이더 탐지를 걱정할 필요가 없는 F-117은 저공침투비행을 하지 않는다. 레이더 탐지를 피하기 위해 지형추적방식으로 지상 수십 미터의 초저공을 음속에 가까운 고속으로 비행하여 적지에 침투하는 것은 F-111이나 토네이도 전폭기에 적용된 개념이었다.

조종석의 열영상 화면에는 기수 정면의 적외선 전방 감시장치(FLIR)가 잡은 외부 영상이 나타나 있었다. F-117의 조종사는 무릎에 붙여놓은 목표물 사진을 확인하며 다기능 디스플레이 화면을 조절해서 사진과 화면 속의 물체를 일치시켰다.

영변 상공에서 수신된 레이더 전파는 모두 다섯 방향에서 발신됐다. 그러나 이 거리에서는 전폭기가 탐지될 확률은 거의 없었다. F-117 편대는 고도를 유지하며 목표를 향해 차근차근 접근했다.

스텔스 기술이 적 레이더를 완벽하게 무용지물로 만들지는 못한다. 대신 레이더의 유효 탐지거리를 급격히 낮추는 작용을 한다. 그래서 스텔스 전투기들은 적진 침투 전에 상대방 레이더에 대한 완벽한 정보를 얻어야 한다. 적진으로 파고들기 위해서는 적 레이더의 위치와 성능 모두 중요하기 때문이다.

편대 선두에 선 F-117이 목표와의 거리 6km에서 폭탄창을 열었다. 금속성 소음과 함께 폭탄창 문이 열리자 기체 주위를 흐르던 공기가 폭탄창 안에서 소용돌이를 만들었다. 기체가 조금씩 떨리기 시작했다. 노출 위험을 알리듯이 폭탄창 열림 경고등이 깜빡거렸다.

잠시 후 폭탄창에서는 컴퓨터가 결정한 최적의 시각에 맞춰 레이저 유도폭탄 2발이 퉁겨져 나왔다. 재래식 폭탄에 레이저 유도장치를 달아 만든 GBU-27은 거의 1톤에 달하는 무게만큼 무서운 위력과 정확성을 가지고 있었다.

폭탄을 떨구고 난 F-117은 자기 할 일을 다했다는 듯이 급선회해서 사라져 갔다. 그러나 뒤에 남은 또 하나의 F-117에서 발사되는 레이저는 여전히 목표를 비추고 있었다. 폭탄 2발은 반사되는 레이저를 따라 목표에 차근차근 접근했다.

아직 어느 곳에서도 지대공 미사일이나 대공포가 발사되지 않았다. 물론 레이더 경보도 없었다. 핵원료 추출시설로 알려져 한국인들의 의사와 전혀 상관없이 치러질 뻔했던 1994년의 전쟁 위기가 지나가고, 그 이후에 각종 국제회담과 협상, 교류의 계기가 됐던 영변 원자로단지는 어둠 속에 잠겨 있었다.

TNT 2톤의 위력을 가진 폭탄 한 쌍은 영변 용추동龍秋洞, 구룡강변의 우라늄 재처리공장을 향했다. 바로 북쪽에 대형 원자로가 있고, 다시 그 북쪽에 김일성 별장이 있다.

그 위에 소월의 시로 유명한 영변의 약산, 멀리 서해가 내려다보이는 관서 8경 중의 하나이며 200여 종의 약초가 자라고 산중 곳곳에 약수가 나온다는 약산藥山이 있다. 그리고 그 산에는 오랑캐를 막는 철옹성鐵甕城으로 불리던 약산동대藥山東臺가 있다.

그 절경 밑에서 거대한 불기둥이 치솟았다. 산그늘 응달에 흐드러지게 피어난 진달래꽃 봉우리들이 갑작스런 강한 빛에 눈이 부신 듯 고개를 숙이더니 힘없이 스러져 갔다. 진달래가 특히 무성한 애기무덤 위로 밤하늘의 박쥐처럼 새까만 물체가 제 할 일을 다했다는 듯이 가벼운 소리를 내며 서쪽으로 향했다.

4월 21일 04:15 평안남도 숙천군 서쪽 52km 해상

맑은 밤하늘이었지만 아무 것도 보이지 않았다. 영변 공장의 폭발 소식에 놀라 황급히 발진한 미그-19 전투기 2개 편대는 영변을 중심으로 남쪽 내륙과 서쪽 해상으로 갈라졌다.

서해 상공으로 나온 미그-19 편대의 2번기 조종사 리태호 상위는 선도기를 조종하는 지철우 대좌를 바짝 따라붙었다. 갑작스런 출격인

데다 오랜만의 야간비행이라 어리둥절할 뿐 조종간을 쥔 손이 아직 익숙해지지 않았다.

리태호는 초조하게 지상관제소의 명령을 기다렸다. 북한군이 채택한 소련식 전술에서 조종사는 전적으로 지상관제에 의존하게 되어 있다. 공산권의 전자기술이 상대적으로 낙후해 레이더 유효거리가 짧은 이유도 있었다.

그러나 지상관제소로부터 오는 정보가 전혀 없었다. 단지 폭발 10여 초 전에 영변 상공에서 뭔가 레이더에 희미하게 잡히더니 곧 사라져버렸다는 것뿐이었다. 그래서 적이 미사일이나 항공기, 즉 공중공격이라는 것만 알았지 확실히 누구인지는 전혀 알 수 없었다.

30년 이상 비행기를 탔고, 젊은 시절 비밀리 월맹에 파견되어 실전 경험을 쌓은 사람이 추격기연대 연대장 지철우 대좌였다. 하지만 지 대좌도 지상관제소의 유도 없이 작전을 수행해본 적이 없었기에 어쩔 줄 몰라 하는 것 같았다. 리태호는 평소 존경하던 지철우 대좌가 당황하자 흔들리기 시작했다.

"편대장 동지! 어카야 합네까? 적기는 오데 있디요?"

말은 별빛 가득한 어둠 속에서 통신망을 통해 공허하게 메아리쳤다. 왼쪽 앞에서 반짝이는 편대장기의 항법등이 별빛과 언뜻 구별되지 않았다. 리태호는 홀로 된 느낌을 받았다. 리태호는 목소리가 상당히 떨린다는 사실을 깨닫고 방금 말한 것을 후회했다.

─ 일단 편대를 유지하고 상승한다. 탐지기에 안 나오면 눈으로라도 찾아라.

잠시 후에 들린 지철우 대좌의 말에는 자신감이라곤 찾아볼 수 없었다. 리태호도 영변을 공격한 것이 미 제국주의가 이라크를 두들겨 팰 때 사용했던 순항 미사일인지, 아니면 다리미같이 시커멓고 요상하게 생긴 괴물 비행기인지 확신할 수 없었다. 일단 퇴각예상 항로를 가로질러 가며 수색하다가 연료가 떨어지면 귀환하게 될 모양이었다.
 - 3번기, 4번기는 이탈해서 단독 수색을 실시하고 2번기는 대각선으로 벌리고 따라와라.
 리태호는 헬멧에 붙어 있는 야간용 투명 보안경을 올리고 두 눈을 크게 떴다. 지 대좌를 따라 조종간을 기울이자 기체가 천천히 좌우로 움직였다. 기체의 움직임에 따라 고개를 돌리며 상하좌우를 살폈다. 구름 한 점 없이 맑은 하늘에, 비록 그믐달이지만 달빛은 은은하게 밝았다. 근처에 날아다니는 게 있다면 충분히 확인할 수 있을 것 같았다.
 이제 10분만 더 지나면 기지로 귀환할 연료밖에 남지 않을 것이다. 이렇게 무의미한 탐색을 멈추고 잠시 후에는 기지로 돌아간다는 희망을 리태호가 품는 순간 통신망에서 다급한 목소리가 들려왔다.
 - 연대장 동지! 뭔가 보입니다. 추격하겠습니다!
 3번기 조종사의 목소리였다. 10시 방향 멀리에서 하얀 백열광이 검은 밤하늘을 배경으로 혜성처럼 선명하게 보였다. 3번기가 가속을 위해 애프터 버너를 사용한 것이다.
 "얼빠진 놈! 기름도 없을 텐데……."
 혼잣말로 그렇게 중얼거린 리태호도 가속하기 위해 스로틀 레버를 움켜쥐고 있었다.
 - 전 편대기! 3번기를 따라간다!
 연료계 바늘이 빠른 속도로 내려가고 있었다. 자칫 잘못하면 기지로 귀환할 수 없을지도 모른다. 리태호는 전방을 살피면서도 연료계에서 눈을 떼지 못했다.
 고도 5천 미터까지 상승하자 리태호의 눈에도 뭔가 보였다. 고공의 새털구름을 배경으로 멀리 12시 방향 위쪽에서 검은 물체가 남서쪽으로 향하고 있었다. 그 물체는 워낙 특이하게 생겨 도무지 거리를 가늠할 수 없었다.

먼저 추격하던 3번기는 연료를 감안해서인지 애프터 버너를 끄고 리태호의 1킬로미터쯤 앞에서 날고 있었다. 검푸른 밤하늘을 배경으로 미그-19의 은빛 기체가 달빛을 받아 반짝거렸다.

― 전 편대원은 무장 발사준비를 하고 계속 접근한다!

헬멧 이어폰을 통해 리태호에게 들려오는 지 대좌의 목소리는 잔뜩 긴장되어 있었다. 리태호는 침을 꿀꺽 삼키며 미사일의 안전장치를 해제했다. 그러나 아직 미사일이 적기를 포착했다는 신호는 들리지 않았다. 리태호 상위는 미사일 사정거리가 여태 안 될 리가 없다고 몇 번씩이나 확인했다.

리태호의 미그-19 전투기, 정확하게 말하면 중국에서 면허생산한 F-6은 AA-2 아톨 미사일 2발을 날개 밑에 매달고 있었다. 그렇지만 리태호는 자신이 태어나기도 전에 생산된 이 낡은 미사일이 과연 발사될지 확신할 수 없었다.

목표와의 거리가 점점 더 가까워졌다. 확실히 파악할 수는 없지만 정말 특이하게 생긴 비행기였다. 실 끊어진 연처럼 부드럽게 좌우로 흔들리는 그 비행기는 이상하게도 아랫부분이 납작한 것처럼 보였다. 제트 엔진 배기구라고 생각되는 그 물체의 뒤쪽은 제트비행기의 일반적인 원형이 아니었다. 그것은 작은 각도로 살짝 꺾인 두 개의 선처럼 보이는데, 그마저도 잠시 보였다가 곧 사라지곤 했다. 목표로 삼은 그 검은 물체는 기관포 사정거리 밖에 있었다.

― 내가 잡겠다! 2번기는 상공에서 엄호한다!

지철우 대좌의 기체가 가속하기 시작했다. 너무 욕심 부리는 건 아닐까라는 생각을 하며 리태호가 엄호 위치를 잡기 위해 기수를 들어올렸다. 그 순간 목표의 앞쪽 하늘을 배경으로 흰 연기가 언뜻 비쳤다. 리태호는 흠칫 놀라며 본능적으로 조종간을 잡아챘다.

"미사일이다! 퍼지라!"

중력의 여섯 배에 달하는 힘이 어깨를 내리누르자 눈앞이 희미해졌다. 리태호의 낡은 기체는 삐거덕 소리를 내면서도 다행히 잘 견뎌주었다.

―편대장이다. 각자 보고하라!

"2번기, 연대장 동지 뒤에 붙어 있습니다."

미사일은 그들을 노린 것이 아니었다. 방향이 다른 것을 확인하고 머쓱해진 리태호는 이성을 찾고 정확한 문화어로 응답했다.

―3번기, 어디서 발사된 것인지 알 수……

3번기로부터 갑자기 통신이 끊겼다. 4번기는 아예 연락도 없었다. 지철우 대좌의 초조해진 음성이 편대 통신망을 가득 메웠다.

―응답하라! 응답하라!

3번기와 4번기는 여전히 응답이 없었다. 리태호는 15분 전까지 대기실에서 같이 노닥거리던 동료들의 얼굴을 떠올렸다.

―지상 나와라! 지상! 우린 갑자기 당했다. 둘을 잃었다! 다 죽일 셈이냐?

지철우 대좌가 흥분해서 지상관제소를 호출했다. 하지만 지상의 레이더에서는 허둥대는 미그-19 편대 외에는 아무 신호도 잡지 못하고 있었다. 리태호의 이어폰으로 들어오는 교신 내용으로는, 남쪽 내륙으로 갔던 편대도 비슷한 꼴을 당한 모양이었다.

―다시 공격 진입한다! 너도 가서 잡아라. 엄호는 필요없다!

지 대좌는 눈 깜짝할 새에 2명의 부하 편대원을 잃고 악이 받친 모양이었다. 리태호가 기수를 다시 남쪽으로 돌리자 별빛을 배경으로 검은 목표가 눈에 들어왔다. 세모난 산 모양의 실루엣이었다.

리태호 상위는 스로틀 레버를 밀어올리면서 항공기 식별 훈련 시간에 배운 내용을 떠올렸다. 다리미 모양의 검은 비행기는 바로 F-117이었다. 북한은 F-117을 '나이트 호크'라는 별명 그대로 번역해서 '밤매'

라고 불렀다. 워낙 특이해서 전혀 혼동할 여지조차 없었다.

'기랬구만! 기래서 탐지기에 앙이 잡혔구만!'

미제의 최신 전투기들에 대해서 교육을 받았기에 그 스텔스 성능은 충분히 알고 있었다. 순간 또 하나의 의문이 떠올랐다.

'기렇다면 미사일은 누구디?'

F-117은 스텔스 성능이 좋은 대신 무장력이 빈약해서 공대공 무장을 하지 않는 걸로 리태호는 알고 있었다. 그렇지만 지금 동료들을 날려버린 건 분명 공대공 미사일이었다. 게다가 보이지도 않는 거리에서 정면으로 날아왔다. 하지만 리태호의 정면 지상 레이더에는 아무 것도 나타나지 않고 있었다.

'기렇다면 이건?'

리태호의 머리가 빠르게 회전했다.

"연대장 동지! 저건 미군 F-117 밤매입니다. 어딘가에 호위기로 F-22가 있는 것 같습니다. 조심하시라우요!"

리태호가 경고한 직후 지철우 대좌의 급박한 외침이 들렸다.

― 정면에 미사일이다!

놀란 리태호가 조종간을 황급히 당기는 순간 엄청난 충격이 기체에 가해졌다. 멀리서 발사된 공대공 미사일 AIM-120C 암람이 리태호의 전투기를 스쳐가며 폭발한 것이다. 기체는 앞으로 곤두박질치며 튕겨나가더니 완만한 나선을 그리며 하강하기 시작했다.

몸과 머리를 마구 뒤흔들던 충격이 사라진 뒤 리태호는 간신히 정신을 차렸다. 계기판 불빛이 꺼지고 조종석이 매캐한 연기로 가득 찼다. 매운 연기 때문에 눈물이 줄줄 흘렀다. 눈앞에는 검푸른 바다가 마치 어서 오라고 손짓하는 것 같았다.

그러나 리태호는 포기하기 싫었다. 그동안 얼마나 고생해서 조종사가 됐는데……. 조종사가 될 때까지의 험난한 훈련과정들이 주마등처럼 스쳐 지나갔다. 결코 이대로 끝낼 수는 없었다.

그리고 태앉은 약혼녀 복순이를 해방처녀로 만들 수는 없었다. 그가 죽으면 복순이는 애 딸린 까막과부가 되고 태어날 아이는 평생 사람들에게 손가락질 받게 될 것이다.

북한에서 조종사는 최고 대우를 받는다. 거의 무조건 총살형을 당하는 반혁명사건에 연루되어도 숙청되지 않는 유일한 직종이 바로 조종사다. 인민군 내에서 최고의 엘리트라 할 수 있다.

리태호가 조종간을 쥔 손에 힘을 주어 잡아당겼다. 기체가 무거운 몸을 비틀다가 간신히 수평으로 되돌아왔다. 리태호가 한숨을 몰아쉬며 기체를 살폈다. 엔진 계통을 비롯한 계기판의 계기들 중 대다수가 죽어 있었다. 무전기도 먹통이었다. 엔진은 불규칙한 소음을 내면서도 다행히 꺼지지 않고 있었다.

아직 작동하고 있는 고도계의 눈금은 4천 미터였다. 이 정도라면 엔진이 꺼져도 활공할 수 있을 것 같았다. 리태호는 동쪽으로 방향을 잡았다. 그믐달이 옛날 쏘비에트 련방 깃발의 낫처럼 날카로워 보였다.

시간이 지날수록 유압이 떨어지는지 조종간이 점점 더 무거워졌다. 리태호는 술 취한 듯 비틀거리는 기체를 진정시키려 두 손으로 조종간을 잡고 고도를 내리기 시작했다.

'바다로 뛰어들면 살 수 있갔네? 밤바닷물은 차가울 거야. 기래도 얼어죽기야 하갔니?'

익사하거나 물 속에서 얼어죽기는 싫었다. 어떻게든 해안까지 가야 했다. 고도를 내리자 속도가 붙기 시작했다. 기체가 힘에 겨운 듯 삐거덕거리는 소리를 냈지만 리태호는 상관하지 않았다.

드디어 해안선이 보였다. 리태호가 안도의 한숨을 내쉬는 순간 갑자기 사방이 고요해졌다. 갑작스런 정적 때문에 귀가 윙윙거렸다. 그때까지 꺼지지 않았던 엔진이 멈춘 것이다.

엔진상태를 확인한 리태호는 당황했다. F-117을 추적하느라 급가속했던 탓에 연료가 떨어진 것 같았다. 아니면 미사일 파편 때문에 연료가 샜는지도 모를 일이었다. 속도가 줄어들기 시작하자 리태호는 그만큼 기수를 숙였다.

어느새 해안선이 눈앞으로 다가왔다. 넘실거리는 바닷물을 눈으로 확인할 수 있을 만큼 고도가 떨어져 있었다. 모래밭에 불시착하려면 진로를 90도 돌려야 했다. 리태호는 무거워진 조종간을 조심스레 움직였다. 이 상태로는 조금만 조작에 실수해도 만회할 길이 없었다. 그대로 추락이었다.

마지막 선회를 마치자 파도가 넘실대는 모래밭이 리태호의 눈에 가득 들어왔다. 바퀴를 내릴까 하다가 그만뒀다. 모래밭에 바퀴가 닿는 순간 기체는 뒤집힐 게 뻔했다. 차라리 동체로 미끄러지는 게 나을 것 같았다.

리태호는 마지막 심호흡을 했다. 조종간을 쥔 손에 땀이 배고 있었다. 리태호의 미그-19는 모래밭 쪽으로 점점 더 가까워졌다.

'하나, 둘, 셋!'

셋을 센 다음 리태호는 아랫배에 잔뜩 힘을 주었다. 육중한 충격과 함께 모래밭에 기체 긁히는 소음이 울려퍼졌다. 지면과의 마찰로 흔들리는 조종석 안에서 리태호는 이미 조종능력을 잃어버린 조종간을 꼭 쥐고 있었다.

모래밭 위에 기다란 흔적을 남긴 미그-19는 한쪽 날개를 잃고 공기 흡입구 안에 모래를 가득 머금은 채 멈춰 섰다. 리태호에게 오라고 손짓하던 파도가 무척 섭섭한 듯 처량한 소리를 내며 전투기 쪽으로 다가왔다가 다시 물러났다.

'살았구나' 하는 안도감이 들자 리태호는 온몸에 힘이 다 빠졌다. 걸상띠를 풀고 캐노피를 여는 순간 시원한 밤공기가 리태호를 환영하는 것처럼 부드럽게 불어왔다.
 빨리 기체에서 벗어나야 한다는 생각을 하면서도 리태호의 몸은 마음대로 움직이지 않았다. 리태호는 조종석을 벗어나는 순간 모래밭으로 굴러 떨어지면서 정신을 잃었다.

4월 21일 07:05   서울 용산구

 정현섭은 부랴부랴 집을 나섰다. 7시 10분쯤 아파트 단지 앞을 지나는 통근버스를 기다릴 때가 아니었다. 급한 마음에 평소에는 거의 타지 않던 택시를 잡아타고 삼각지를 향해 내달렸다.
 약간 이른 출근 시간인데도, 시내 분위기는 평소와 달랐다. 무장한 경찰들이 도로 곳곳에서 엄중한 검문검색을 실시하고, 전조등을 켠 군용 트럭들이 사이드카의 선도를 받으며 시내를 질주했다. 이런 약간의 소란과 무거운 분위기를 빼면 시내는 대체로 평온해 보였다. 대한민국 육군 소령 정현섭은 합동참모본부 소속이었다.
 택시 운전사는 아직 아무 것도 모르는지 카오디오에서 나오는 뽕짝을 들으며 흥얼댔다. 정현섭은 다행이라고 생각했다. 그러나 그 비밀은 오래 갈 수 없을 것이다. 미국 쪽에서 먼저 떠들어댈 것이 분명했으니까…….
 예전과 달리 요즘 미국은 한반도에서 전쟁이 나는 것을 별로 걱정하지 않았다. 지난 1994년 봄에도 미국의 선제공격에 의해 전쟁이 날 뻔한 적이 있었다.
 그런데 이번에는 상황이 달랐다. 미국과 북한간의 핵합의가 깨지자 북한 핵시설에 대해 미국이 공격을 가한 것이다. 공격을 받은 북한이 결코 참지 않을 테고, 그렇다면 전쟁이었다. 이건 조건이고 뭐고 떠나서 당연하고, 호전적인 북한의 군부 강경파가 이 기회를 놓칠 리가 없었다. 지금은 국가적인 위기였다.

1994년의 한반도 위기 때 그 원인이었던 영변 핵시설은 한반도에너지개발기구(KEDO)가 신포에 경수로를 건설해주는 조건으로 지난 10년간 가동을 중지했다. 우여곡절도 많았지만 경수로 건설사업은 그동안 잘 진행되어 왔다.

그러나 북한의 원자력발전소 건설에 자국민들의 세금을 낭비할 수 없다는 미국 의회의 반대로 미국의 분담금 지급이 지연되어 왔다. 미국이 북한에 연간 5천만 달러 어치를 지원하기로 한 중유 보급도 한때 중단되었다. 따라서 경수로 건설사업은 계속 지연되었다.

북한은 이런 움직임을 좌시하지 않았다. 경수로가 건설되지 않으면 결과적으로 영변 핵시설만 가동이 중단되어 북한이 국제적으로 위신이 떨어진다고 생각했기 때문이다.

급기야 북한이 억지를 부려 경수로 건설이 완전히 중단되는 사태가 발생했다. 그리고 북한은 국제적 압력과 국제원자력기구(IAEA)의 제지에도 불구하고 영변 핵시설의 재가동을 준비했다. 미국에 대해 분담금을 지급하라는 일종의 시위였고, 북한이 외국과의 협상 결렬 위기 때 자주 취해온 일종의 협박이기도 했다.

그러나 이것은 북한의 판단착오였다. 첩보위성을 통해 영변 원자로가 가동 준비단계에 있음을 알아낸 미국에서는 당장 난리가 났다. 1998년 북한이 발사한 소형 인공위성에 대한 기억이 영변의 핵시설 재가동과 연결되어 미국 전역에 북한의 핵테러에 대한 공포 분위기가 조성되었다.

분담금 지급 지연과 중유지원 중지를 북한이 참을 수 없었다면, 미국은 영변 핵시설의 재가동을 용납하지 않았다. 이번에 발생한 미국의 영변 폭격은 이런 긴 시간에 걸친 일련의 과정에서 발생한 것이다.

정현섭이 한숨을 내쉬었다. 지금 당장 전쟁이 날 것 같은 분위기였다. 그러나 미국 입장에서 제3세계의 핵개발을 결코 용납하지 않더라도, 북한은 다른 제3세계와 달랐다. 재래식 군사력 지수로만 따지면 아직도 북한은 세계 5위의 군사대국이었다.

그런데 북한이 전쟁을 일으킬 상대는 미국이 아니라 엉뚱하게도 한국이었다. 북한이 미국을 공격할 수는 없기 때문이다. 정현섭은 답답했다. 북한의 조급증과 미국의 불안감이 상승작용을 일으켜 생겨난 일 때문에 불똥이 엉뚱한 데로 튄 것이다.

안전한 스텔스 전투기를 동원해 화려한 전과를 올리는 쪽이 미국이라면, 여기저기 총탄이 날아다니는 전장에서 처절하게 싸우거나 비참하게 죽게 될 쪽은 한국 사람들이었다.

어느새 국방부 청사가 멀리 보였다. 청사로 통하는 도로는 무장군인들이 바리케이드로 막고 일반 차량의 통행을 금지시켰다. 정현섭은 서둘러 택시에서 내려 입구 쪽으로 뛰어갔다.

굳게 닫힌 정문 앞에서 무장한 병력이 승용차들을 검문하고 있었다. 급히 뛰어온 정현섭을 알아본 경비중대 소속 중사가 그를 무사통과 시켜주었다. 경비병들 앞에는 위관급 장교들과 하사관들이 신분확인을 위해 긴 줄을 서고 있었다.

국방부 청사 건물 입구에는 완전무장한 병력이 장갑차 2대와 함께 엄중한 경계를 펼치고 있었다. 평소에는 청사 앞마당의 평범한 화단으로만 알고 있던 곳이 2인 1조로 들어가는 참호라는 사실을 정현섭은 그날 처음 알았다. 중요 시설이나 차단목 주위에 있는 벽돌 화단이 잠깐 사이에 무개호無蓋壕 진지로 바뀐다는 사실은 대한민국 육군 장교에게 상식이었지만, 이곳은 전혀 참호처럼 생기지 않은 화단이었다.

살기 등등한 경비병들의 험악한 표정들 사이사이로 잔뜩 당황한 기색이 역력했다. 전쟁이었다. 아직 북한군이 휴전선을 넘어 남쪽으로 쳐내려온 것은 아니지만, 누가 봐도 전쟁이 날 것이라는 사실에 토를 달지 않을 것이다.

현관으로 들어서자마자 정현섭은 엘리베이터를 향해 뛰었다. 엘리베이터 안에는 얼굴이 잔뜩 굳은 영관급 장교들로 만원이었다. 합동참모본부가 있는 층에서 내린 정현섭은 서둘러 정보참모본부장실로 뛰어 들어갔다. 본부장 안우영 중장을 포함한 장군, 장교들이 심각한 얼굴로 TV를 보고 있었다. 그가 들어온 것을 누구 한 명 신경 쓰지 않았다.

TV에 나오는 장면은 정현섭이 듣고 상상한 것 이상이었다. 정보참모본부 요원들 사이에서 절로 비명이 터져나왔다. 북한을 공격하기 위해 동해상에서 항모전단이 북상하고 있다는 소식이 무장을 장착하는 항모 탑재 항공기의 화면과 함께 방송되었다.

4월 21일 07:22 서울 영등포구 대림동

컴컴한 내무반에서 소대원들이 바삐 움직였다. 김승욱은 서둘러 관물대에 정리되어 있는 옷가지와 물건들을 꺼내 배낭에 쑤셔넣었다. 급하게 군화를 신느라 군화 끈이 제대로 매어지지 않았다. 군장을 꾸린 동료 몇이 연병장으로 뛰어나가며 김승욱의 머리를 치고 지나갔다.

"내 화이바 친 놈 누구야? 씨발놈들! 내가 갈참이라고 갈궈?"

김승욱이 군화 끈을 매다 말고 벌떡 일어났다. 하지만 지금은 쫄따구들에게 화를 낼 때가 아니었다. 다들 경황이 없었다. 김승욱은 서둘러 뒤따라 나가 대오를 맞추고 허리띠를 풀어 전투복 상의를 바지 안으로 집어넣고 다시 맸다. 그동안 살이 쪄서 그런지 허리띠 길이가 짧아 숨쉬기가 거북했다.

바지가 몸에 바짝 끼어 허벅지살을 압박했다. 전투복 상의 단추는 간신히 채웠는데 자칫 재채기라도 하면 단추가 퉁겨나갈 것 같았다. 그리고 조금만 움직여도 야전상의 아래로 상의가 보일 것 같았다. 아니, 하얀 러닝 밑에 뒤룩뒤룩 찐 뱃살이 야상 밖으로 삐죽 나올 것만 같았다.

김승욱은 대충 옷매무새를 고치고 주변을 둘러보았다. 헬멧을 쓰고 어깨에 총을 멘 어느 누구도 말 한마디 하지 않았다. 어두컴컴한 연병장에는 완전군장을 갖춘 대대원들의 눈이 반짝반짝 빛나고 있었다. 잠은 달아난 지 오래였다.

등화관제를 한 캄캄한 영내 한쪽 구석에 있던 트럭들이 빨간색 작은 등을 켜고 움직이기 시작했다. 대대 병력을 태우고 전방으로 이동할 트럭이었다. 트럭 보닛 위에는 아군 항공기로부터의 오폭을 방지하기 위해 피아식별용 노란색 천이 둘러져 있었다.

저것을 대공포판이라고 부르던가? 기억을 더듬던 김승욱은 괜히 짜증나서 고개를 저었다. 어쨌든 저 트럭에 타는 순간 전쟁터로 향하는 것이다. 전선에 투입되면 죽을 가능성도 높지만, 지금은 공포에 대한 공포가 더 컸다.

포화가 빗발치는 전쟁터에서 적을 죽여야 하는 것이 군인이다. 김승욱은 그런 상황으로 몰아넣어질 운명을 생각하며 잔뜩 겁을 집어먹었다. 김승욱은 특유의 디젤엔진음을 새벽 하늘에 울리는 육공트럭을 보며 몸을 부르르 떨었다.

트럭에 올라탄 김승욱은 겁이 나는 한편으로 화가 나 미칠 지경이었다. 분명히 육군 병장으로 의무복무 기간을 다 마쳤는데, 뺑뺑이도

돌 만큼 돌고 사회에 나와 취직까지 했는데, 행정 착오로 인해 다시 부대로 복귀한 것이다.

벼락맞을 행정병, 빌어먹을 공무원놈들! 김승욱은 어쩔 수 없이 자대로 복귀했다. 그리고 이제 딱 사흘만 더 근무하면 끝날 시점이었다. 그런데 전역 대기자로 지내는 지금 전쟁이 터진 것이다. 김승욱은 지지리 운도 없다고 생각했다.

전에도 몇 번 비상출동을 한 적은 있었다. 그때는 별것도 아닌 이유로 괜히 사람 겁주는 것이라고 생각했다. 그러나 지금은 달랐다. 북한이 남침해서 진짜 전쟁이 난 것이다. 전방지역에서는 치열하게 전투 중이었다. 밤길을 달리는 트럭 안에서도 저 멀리 북쪽 산등성이가 번쩍거리는 것을 볼 수 있었다. 포성이 은은히 들려오는 것 같았다.

길을 따라 일렬로 꾸물꾸물 기어가는 듯한 트럭에 타면 적에게 기습공격 당할지도 모른다는 걱정이 들게 된다. 부대가 가장 취약할 때가, 이동할 때와 후퇴할 때라는 것은 상식이다.

김승욱이 있는 곳은 최전방이 아닌 훼바였다. 그런데 북한은 엄청난 숫자의 특수부대를 보유하고 있다. 전쟁이 나면 훼바지역도 북한 특수부대의 기습공격에 의해 난장판이 될 것이 틀림없었다.

훼바(FEBA)는 'forward edge of the battle area'의 약자로, 전투지역戰鬪 地域 전단前端이라고도 한다. 이는 경계부대의 작전지역을 제외한 지상전투부대가 전개되어 있는 일련된 지역의 최첨단을 뜻한다.

김승욱이 마침 그런 생각을 한 그 순간, 적이 도로 주위를 온통 둘러싸고 공격해왔다. 각종 총포탄이 트럭 대열로 쏟아지며 여기저기 포화가 피어오르고 파편이 튀었다. 그럴 때마다 동료들이 쓰러졌다. 운전병이 맞았는지 트럭이 비틀거리다가 길 옆 가로수를 들이받았다.

김승욱은 옆에 탄 병사들과 몸이 뒤엉키고 철모끼리 부딪쳐 정신이 하나도 없었다. 그때 두터운 천으로 만든 트럭 적재함의 포장을 뚫고 총알이 빗발치듯 쏟아져 들어왔다. 동료들이 픽픽거리며 쓰러졌다. 트럭에 있던 소대원들이 서로 먼저 빠져나가려고 아우성이었다. 김승욱은 정신없이 트럭에서 빠져나와 무작정 남쪽으로 뛰었다.

포화가 작렬하는 길을 죽어라 뛰던 김승욱은 바로 옆에서 폭음이 들리자 길바닥에 납작 엎드렸다. 총알인지 파편인지가 철모를 때리며 스쳐 지나갔다. 그때 온몸이 피로 물든 소대장이 다가오더니 한 손으로 김승욱을 반쯤 들었다났다 했다.

"김 병장, 일어나! 비겁하게 숨어 있지 말고 앞으로 돌격해!"

얼굴이 피투성이가 된 소대장이 권총을 들이대며 김승욱을 윽박질렀다. 김승욱은 무서워서 일어나지 않으려고 발버둥쳤다. 적의 공격도 무서웠지만, 피투성이가 된 소대장이 더 무서웠다.

군대생활을 고달프게 마친 그에게 소대장은 형 같은 사람이었다. 그러나 지금은 그런 걸 따질 때가 아니었다. 그의 하나밖에 없는 목숨을 노리는 총알이 사방에서 날아들고 있었다. 소대장이 김승욱의 목을 조르며 이마에 권총을 대고 악을 써댔다.

"너희 사병들은 소모품이야! 나 같은 초급장교도 마찬가지라고. 우리나라에 너 같은 놈은 흔해빠졌어. 몇 십만 명쯤은 죽어봤자 티도 안 나!"

소대장이 김승욱을 들어올렸다가 땅바닥에 패대기쳤다. 엉덩방아를 찧은 김승욱의 멱살을 잡고 소대장이 눈앞에서 외쳤다. 김승욱은 겁이 나서 말 한마디 못했다.

"하지만 열심히 싸우다 죽어라. 적의 총알 한 방이라도 소모시키라고. 그게 네놈들의 유일한 이용가치다. 무조건 앞으로 돌격!"

소대장이 김승욱의 뒷덜미를 잡고 치달리기 시작했다. 김승욱은 캑캑거리며 질질 끌려갔다. 기관총탄이 빗발치듯 날아왔다. 김승욱은 소대장의 팔에서 벗어나 도망치려고 발악을 해댔다.
그러나 소대장의 힘이 훨씬 더 셌다. 소대장이 괴성을 질러대며 적진을 향해 달려나갔다. 바로 앞에서 섬광이 일고 거센 폭풍과 파편이 두 사람을 휩쓸었다. 김승욱이 비명을 지르는 순간이었다.

"승욱아! 빨리 일어나 봐!"
갑자기 사방이 환해졌다. 여긴 방 안이었다. 4년 전에 복무한 화천 산골짝이 아니라는 사실에 가슴을 쓸어내렸다. 김승욱은 알람시계를 손에 쥔 채 이불을 끌어당겼다.
다행이었다. 제대한 지 몇 년이 지났는데 아직도 이런 꿈을 꾸는 게 한심했다. 그런데 오늘따라 누나가 이불을 잡아당기는 힘이 더 강하게 느껴졌다.
"아응~ 제발! 딱 5분만 더……."
"전쟁 났대! 지금 TV에 나와!"
김승욱은 벌떡 일어났다. 스물아홉 먹도록 시집 안 간 누나의 얼굴은 벌써 사색이 되어 있었다. 그러나 누나는 동생의 얼굴을 보고 더 놀랐다. 짐승과 같은 울부짖음이 방에서 거실로 이어졌다.
"안 돼! 난 아직 동원예비군이란 말야!"

거실 TV에서는 미 공군기들이 북한 핵시설을 폭격했다는 미 백악관 대변인 발표를 반복하고 있었다. 어눌한 말투의 동시통역이 들리고, 화면에는 야간에 적외선 촬영된 커다란 구조물이 한 방에 날아가는 인상적인 모습이 나오고 있었다.
그런데 이 건물이 북한에 있고, 폭탄을 투하한 비행기가 미군기라면 결론은 하나밖에 없었다. 전쟁이었다. 김승욱이 비명을 질렀다.
"으아악! 이런 나쁜 놈들!"

"정말 미치겠어. 말로 해도 될 걸 뭐 하러 싸우고 난리야? 그 사이를 못 참고 영변 원자로를 가동한 북한이나, 놀라서 당장 폭격한 미국이나 다들 어린애들 같아."

누나도 화를 냈다. 누나는 북한에 대한 환상 같은 건 애초부터 갖지도 않았다. 스스로 마약으로 규정한 양담배를 한국에 강매하는 미국보다는 차라리 언젠가 합쳐질 동족인 북한이 더 낫다고 말하긴 했다. 물론 누나가 미국과 북한 둘 다 싫어하는 것은 마찬가지였다. 김승욱이 머리를 감싸안고 비명을 질렀다.

"다른 방법이 있을 텐데 이 꼴로 만들다니. 미친놈들! 바보들!"

"승욱아."

"예? 아버지."

식탁에 묵묵히 앉아 식사를 하던 아버지가 김승욱을 불렀다. 아버지가 부르자 김승욱은 긴장했고, 누나는 살짝 인상을 찌푸렸다. 평소 아버지는 코스모폴리탄이라고 불리길 원했지만 누나는 아버지를 신자유주의자라고 몰아붙였다.

아버지는 한국에 진출한 영국계 회사에 근무하는 회사원일 뿐이다. 한국전쟁 이후 '쪼코레트 기부 미'라고 외치며 미군 병사들을 졸졸 따라다니던 기억을 간직한 마지막 전쟁세대인 아버지답게 미국은 좋은 나라 그 자체였다. 아버지에게 미국은 결코 북한과 동류일 수 없었다.

"옷이나 제대로 입어라."

"예."

김승욱은 방으로 돌아갔지만 그의 귀는 온통 TV 쪽으로 쏠렸다. 남자와 여자 동시통역사의 목소리가 교대로 TV에서 흘러나왔다.

─미국 대통령은 북한 내에 있는 군사, 안전보장상의 목표를 공격하라는 명령을 내렸습니다. 미 공군에 대해 오늘 명령했습니다.

― 미군의 임무는 북한의 핵·화학·생물학 무기 개발과 이웃들에, 주변국들에게 위협하는 군사력을 공격하는 것이 임무입니다.

― 또한 이 작전은 미국의 국익을 지키는 것과 나아가서는 극동이나 전세계의 이익을 방위함을 목표로 하고 있습니다.

― 미국은 결코, 북한 국방위원장이 이웃나라와 국제사회를 협박함을 용인하지 않을 것입니다.

4월 21일 08:40 경기도 개풍군 하조강리(개성직할시 판문군 조강리)

땅굴 안에는 가득 들어찬 인민군들의 거친 숨소리만 들렸다. 인민군 제4군단 6사단 경보대대 소속 박장익 소위는 땅굴 벽 밑에 웅크리고 앉아 연신 시계를 들여다봤다. 정확한 공격개시 시간을 모르니 초조해서 견딜 수 없었다.

"동무, 명령은 없네?"

"여기서는 무선결속이 안 됩니다!"

소대장을 따라다니는 통신수가 껴안고 있던 무선기 표시등을 확인하고 대답했다. 박장익 소위는 남반부 괴뢰군에 의한 무선장애 때문인가 하다가 천장을 쳐다보고서야 비로소 이곳이 전파가 통하지 않는 땅굴임을 다시 깨달았다.

어차피 공격명령이 무선으로 떨어지는 것도 아니었다. 다만 가만히 있는 것이 더 불안해서 괜히 물어본 것뿐이었다. 연락을 담당하는 중대 기통수를 찾았지만 그는 아직 대대부에서 돌아오지 않았다.

'당이 결심하면 우리는 한다'라는 오래된 구호가 있다. 그러나 당은 아직 확고하게 결심하지 못한 모양이라고 박장익은 생각했다. 대기시간이 길어질수록 긴장감이 점점 더 고조되었다. 박장익은 더 이상 참기가 힘들었다. 신경이 곤두서고 숨이 막히도록 심장이 거칠게 고동쳤다. 어서 공격명령이 떨어져야 그나마 살 것 같았다.

전투는 인민군의 몫이었다. 승리하든 지든 직접 총을 들고 목숨 걸고 싸워야 하는 사람이 박장익 같은 하급 군관과 하전사들이었다. 박장익은 과도하게 긴장된 몸을 진정시키기 위해 머리를 벽에 기대고 억지로 눈을 감았다.

오늘 새벽에 무슨 이유에선지 비상이 걸렸다. 박장익이 복무하는 제4군단 6사단 경보대대 병력은 등화관제된 트럭을 타고 급히 이곳으로 이동했다. 이곳 조강리는 한강 하구 건너편 김포반도를 마주 보는 곳이다. 경보병대대 병력은 비무장지대 일대를 경비하는 민경중대원들의 안내를 받아 땅굴 속으로 들어왔다.

그런데 이 땅굴은 훈련 때 본 것보다 훨씬 더 넓어 대대 병력 전체가 들어왔다. 박장익은 훈련용 땅굴과 달리 머리를 숙이지 않고 선 채로 걸을 수 있어서 무엇보다도 좋았다. 박장익이 중대정치지도원에게 듣기로는, 이곳은 일제가 조선 인민대중을 식민착취할 때 지하자원을 채굴하던 광산이라고 했다.

"기래……."

뒤늦게 대답을 한 박장익은 괜히 통신수를 긴장시켰다며 자책했다. 얼굴에 아직 어린 티가 남아 있는 통신수는 열일곱 살이라고 했다. 대대 통신소대 소속으로, 얼마 전에 입대했는지 아직 매사에 생둥이였다. 이번에 살아남더라도 앞으로 13년 정도 더 복무해야 하는 불쌍한 놈이기도 했다.

박장익은 인민군에 입대한 지 어느새 8년째가 되었다. 고등중학교를 졸업해, 17세에 입대했으니 군에서 잔뼈가 굵었다고 할 수 있었다. 북한군에서 군관은 대부분 하사관에서 선발되고, 하사관은 전사계급에서 충원된다. 군관학교를 나온 자가 군관이 되지만, 군관학교에 들어가는 자들 중 대부분이 상당기간 복무를 하고 있던 현역 하전사들이다. 하전사는 하사관과 병사, 즉 전사와 초급병사부터 특무상사까지의 통칭이다.

박장익은 스스로 출신성분이 좋은 편이라고 여겼다. 일제시대에 소작농이었던 할아버지가 조국해방전쟁 때 인민군 전사로 참전하여 전사영예훈장 2급을 받았다. 아버지는 로동자로 시작해서 공훈기계제작공 칭호를 받아 나중에 시골 공장 지배인이 됐고, 오마니는 군 당 제1부서기였다. 북한에서 공훈기계제작공 칭호는 김일성 교시와 당의 경제 정책을 관철하고 기계공업 부문에서 10년 이상 종업하면서 모범을 보인 자에게 수여한다는 기준이 있었다.

그래서 군관 선발 때 남들보다 유리했는데, 가족들은 소위 계급이 무슨 큰 벼슬인 양 자랑스러워했다. 박장익도 임관할 때 가슴 뿌듯하기는 마찬가지였다. 그런데 요즘 젊은 군인들은 군관이 되어봤자 복무기간만 늘어날 뿐이라고 여기는 것 같아 그는 큰 불만이었다.

박장익이 다시 어둠 속에서 시계를 보았다. 희미한 빛에 비친 시계는 거의 아홉 시를 가리키고 있었다. 땅굴 안에서 누군가가 길게 한숨을 내쉬었다.

박장익은 남반부 괴뢰와 싸우면 충분히 승산이 있다고 확신하고 있었다. 그런데 미제가 문제였다. 남반부 괴뢰를 식민지로 삼은 미제국주의 원쑤놈들이 압도적인 물량을 믿고 참전할 경우 승패는 가늠할 수 없을 것이라는 게 다른 군관 동지들의 생각이었다. 조국해방전쟁 때 외삼촌이 낙동강 가에서 삐-29 폭격기 98대를 봤다는데, 요즘은 그 이상 규모를 동원할 력량을 갖춘 무서운 나라가 바로 미국이었다.

무슨 리유로 전쟁이 시작됐는지는 모르지만 기왕 전쟁을 할 바엔 빨리 시작하는 편이 나을 것 같았다. 젊은 군관들은 그렇게 생각하고 있었는데, 드디어 오늘 전쟁이 시작된다니 가슴이 벅차 올랐다.

박장익은 남조선 해방전쟁의 선봉이 되는 것이다. 물론 마음 한구석에서는 약간 겁이 나기도 했지만 전투가 시작되면 쉽게 잊을 수 있을 것 같았다.

시간이 갈수록 불리했다. 요즘도 공화국 전체의 전쟁수행 력량이 떨어지는 것을 박장익도 몸으로 느낄 수 있었다. 무기도 구식화되어 가고 연료 비축분도 많지 않았다.

게다가 최전선에서 미제에 대한 반대투쟁에 나설 하전사들의 체력도 옛날에 비해 좋지 않았다. 이것은 1990년대의 잇단 홍수로 인해 소년들 사이에 영양실조가 만연한 때문이었는데, 그것은 공화국을 말살하려는 미 제국주의자들의 음모가 배후에 있다고 사상교양을 받았다.

그리고 전쟁을 하려면 겨울이나 아직 얼음이 녹지 않은 초봄이 좋았다. 그래야 공화국이 압도적으로 우세한 땅크로 밀어붙일 수 있을 것이다. 지금은 얼음이 이미 다 녹았지만 아직 모내기철 전이니 땅크가 충분히 기동할 수 있었다.

그러나 미군의 폭격이 문제가 될 것이다. 6·25 때의 경험도 있지만, 지금도 북한이 가장 겁내는 것은 미군의 압도적인 항공세력이었다. 그래서 박장익은 왜 밤이 아닌 낮에 남조선을 공격하는지 의아스러웠다.

"동무들~."

소리가 나는 쪽 어둠 속에서 일단의 군관들이 나타났다. 려단 정치위원을 필두로 대대장, 대대 정치부장, 중대장, 각 중대 담당 대대 보위지도원, 각 중대 정치지도원들이었다. 아마 공격개시를 앞두고 대원들의 사상교양을 위한 것이라 짐작했다.

인민군들이 일제히 주목하고 정치위원이 일장 연설을 시작할 즈음 박장익은 려단 정치부 조직부장의 표정을 살폈다. 목에 잔뜩 힘을 준 모양이 스스로 실세임을 자부하는 것 같아, 내심 약간 우스웠다. 보위군관이 중대 내 비밀정보원과 눈짓을 주고받는 것도 놓칠 수 없는 구경거리였다.

4월 21일 11:57 강원도 인제군

휴전선 155마일에 걸친 비무장지대는 금방이라도 터질 듯한 긴장감에 휩싸여 있었다. 깊은 산골이라 봄이 늦게 찾아오긴 했지만 완연한 봄색깔이 대지를 뒤덮은 지금, 봄철에 흔하디흔한 그런 새소리 하나 들리지 않았다.

철책선에 소대 전원이 투입된 국군 22사단 59연대 소속 병사들은 눈을 부릅뜨고 전방을 주시했다. 조만간 이곳에 비 오듯 포탄이 낙하하거나 앞에 보이는 GP가 단 한 방에 공중으로 날아갈 것이다. 전쟁은 그렇게 시작되는 것이다. 그러면 이들이 살아 돌아갈 가능성은 뚝 떨어지게 된다.

아직까지 별다른 일이 벌어지진 않았다. 하지만 앞으로도 계속 그럴 거라고 생각하면 안 된다는 사실을 유개호有蓋壕 진지에 배치된 김재창 상병은 너무나 잘 알고 있었다. 그런데 죽을 때 죽더라도 살아있는 동안만은 제대로 숨쉬고 싶었다. 비상경계령이 발령된 지금, 초병들은 완전군장을 하고 있었다.

김재창은 화생방전에 대비한 보호두건과 보호수갑, 방독면을 벗고 보호의만 입었다. 소대장이나 선임하사가 순찰을 돌 때쯤 다시 착용하면 문제될 것이 없었다. 물론 북한이 참호 주변으로 독가스탄을 발사하면 김재창은 몇 초 내에 사망할 것이다.

방독면을 쓴 이환동이 김재창을 힐끔 한 번 보더니 계속 앞을 주시했다. 김재창은 이환동이 비상시에 이런 장비를 벗을 짬밥이 되려면 아직 한참 멀었다고 생각했다.

"야, 꼴통! 방아쇠울에서 손가락 빼, 임마."

―이~ 병 이환동! 알겠습니다!

방독면 소리판을 통해 기관지염을 앓는 듯한 이상한 목소리가 흘러나왔다. 잔뜩 겁을 집어먹은 이환동 이병의 손에 쥔 총이 덜덜 떨렸다. 자칫 오발사고라도 나면 큰일이었다. 그런데 소대 막내인 이환동은 대책없는 꼴통에 고문관이었다. 내버려뒀다간 무슨 짓을 할지 몰랐다.

그래도 그동안 받은 교육 덕에 관등성명 하나는 제대로 튀어나와서 그나마 다행이었다. 물론 교육이라는 게 못살게 갈구는 것이지만, 귀찮게 해야 말귀를 알아듣는 놈들도 있었다.

김재창 상병은 비상이 걸려 낮잠을 못 잔다는 사실이 우선 불만스러웠다. 밤에만 근무하는 올빼미 생활을 할 바에는 이왕이면 규칙적이면 좋겠는데, 이렇게 가끔 비상이라도 걸리면 낮에도 이곳 참호선에 처박혀 있어야 했다. 뭔가 중요한 일이 있어서 비상이 걸리면 차라리 나왔다. 하지만 지금까지 항상 그랬듯이 사실은 그렇지 않았다. 최근 몇 년 동안 남북한간에 긴장 상황은 거의 없었다. 휴전선은 조용히 지내왔다.

혹시나 비상이 걸리더라도 그건 훈련이나 착오에 의한 것이었다. 북한의 공격이나 간첩 침투 때문이 아니라는 뜻이다. 철책지대에서 오발이나 지뢰폭발 사고는 드물지만 어디서든 있게 마련이었다.

그런데 일단 그런 사고가 나면 주변 부대에는 한바탕 소동이 벌어진다. 혹시나 해서 비상이 떨어지고 자는 놈까지 깨워 전원 철책선에 투입되는 것이다. 결과는 항상 태산명동泰山鳴動에 서일필鼠―匹이었다. 단순한 오발사고라는 것이 밝혀지면 모두들 짜증을 내면서 원상복귀한다. 그러나 그 누구도 잃어버린 수면을 보충해줄 수는 없다.

그래서 단순 오발사고가 나서 주변 부대까지 비상이 걸리면 그 부대원들은 다른 부대원들에게 얼굴을 들지 못한다. 그런데 그 오발사고를 한 달 전에 이 빌어먹을 이환동 이병놈이 일으킨 것이다. 2주 동안 대대 군기교육대에 다녀오긴 했지만 김재창에게는 여전히 안심할 수 없는 놈이 바로 이환동이었다.

"오발사고라도 나면 책임질꺼? 조정간 안전에 놨어?"

– 예? 예.

김재창이 눈알을 부라리며 이환동의 총을 확인했다. 이환동은 주눅이 들어 조정간을 몇 번이나 확인했다. 김재창이 다시 앞을 주시했다. 이환동이 현재 상황보다는 자기를 더 겁내는 것 같아 김재창은 조금 안심이 됐다. 그래야 급한 상황이 벌어지더라도 말을 잘 들을 것이다.

비무장지대에서 아직 별일은 없는 것 같았다. 그런데 분위기가 평소와 달리 이상했다. 소대장 호들갑 떠는 거야 항상 그러려니 하겠는데, 항상 느긋했던 선임하사까지 사색이 되어 이리저리 뛰어다니며 난리를 쳤다.

"어디서 간첩이라도 하나 잡혔나 보지, 뭐."

김재창도 겁나기는 마찬가지였다. 비무장지대에 울려퍼지던 대남방송이 뚝 끊긴 지 오래였다. 듣기 싫은 곡조의 혁명가요나 김일성 부자 찬양방송이 나올 때는 지겹기도 했지만, 그 소리가 나지 않자 점점 더 초조감이 치밀어올라 이젠 극에 달했다.

– 김 상병님, 저기!

"어디?"

김재창이 총구를 돌리며 목소리를 낮게 깔았다. 이환동의 부들거리는 손가락이 가리키는 방향은 무성한 잡목지대였다. 바스락거리는 소리가 나면서 검은 그림자가 슬며시 움직이는 것 같았다. 김재창은 머리카락이 곤두서며 바짝 긴장했다.
"기다려. 크레모아 준비."
김재창은 잡목림 쪽으로 총구를 겨누고 나지막이 이환동에게 말했다. 저것이 만약 무장공비라면 헬기 타고 집에 갈 수 있을 것이다. 잡기만 하면 일계급 특진, 장기 휴가에다가 제대할 때까지 계속되는 포상휴가를 느긋하게 즐길 수 있다.
그러나 저것이 대규모 남침병력의 전초라면 김재창은 이곳에 뼈를 묻어야 할 것이 분명했다. 김재창이 침을 꿀꺽 삼키는데, 옆에서 뭔가 짤깍거리는 소리가 났다. 김재창이 이환동을 떠올리며 사태를 파악했을 때는 이미 늦어버렸다.
— 빠방!
"이 개새끼가, 준비만 하랬는데!"
김재창이 클레이모어(claymore) 폭발 소리와 거의 동시에 참호 바닥에 납작 엎드렸다. 조금 전 풀숲에서 소리를 낸 것이 적인지 아군인지, 아니면 바람 때문인지 알 수 없었다. 어쨌든 겁쟁이 이환동이 격발장치를 작동시켰고, 클레이모어는 엄청난 후폭풍을 뒤로 뿜어냈다.
엎드린 김재창은 이환동이 멍청히 서 있다가 당하는 게 아닌가 걱정하다가 말았다. 저런 놈은 멀쩡히 살아서 속 썩이는 것보다는 크게 다쳐 후송되는 편이 차라리 더 나을 것 같았다. 이환동은 후폭풍이 참호 좌우를 쓸어버린 다음에야 엎드린 것 같았다. 다행인지 불행인지 클레이모어 설치방향이 제대로 돼서 참호가 후폭풍에 휘말리지는 않았다.
벌떡 일어선 김재창이 수류탄 안전핀을 뽑은 채 철책 앞쪽 상황을 살폈다. 잡목숲이 있던 곳이 몽땅 날아가 허허벌판이 되었다. 수류탄을 던질 필요도 없었다.

그곳에는 고라니 것으로 보이는 가죽 껍데기가 시커멓게 그을린 채 반쯤 남아 있었다. 인터폰이 계속 삑삑거렸다. 참호 앞 좌우 철책에 커다란 구멍 두 개가 뻥 뚫려 있었다.
"이 재수없는 새끼!"
― 이병 이환동.
수류탄 안전핀을 다시 꽂은 김재창은 아직도 바닥에 엎드려 벌벌 떨고 있는 이환동의 옆구리를 냅다 차질렀다. 그나마 짐승이라도 잡아서 다행이었다. 상부에 보고할 때 뭔가 이상한 것이 있어서 클레이모어를 격발시켰다는 핑계거리라도 있기 때문이다.
그런 증거물도 없으면 꼼짝없이 영창이나 군기교육대감이었다. 자칫 영창에 갈 뻔했다고 생각하니 더 열이 받았다. 김재창이 여전히 엎드려 있는 이환동 이병을 군홧발로 마구 짓밟기 시작했다.
"야, 이 씨팔 졸라 재수없는 새꺄! 니 땜에……."
― 컥! 이병 이환동!
김재창은 이 상황에서도 끝까지 방독면을 벗지 않고, 게다가 관등성명을 제대로 대는 이환동이 가상했다. 그리고 그건 끝없이 행동으로 주지시키며 갈궈댄 자신의 노력 덕분인 것 같아 더 뿌듯했다. 그래서 칭찬하는 뜻으로 한 번 더 밟아주었다.
― 친애하는 국군 59연대 장병 여러분…….
갑자기 북쪽에서 윙윙거리는 소리가 들려왔다. 산골짝 메아리 때문에 그 다음 말은 잘 들리지 않았지만, 북한의 대남방송이 시작된 게 틀림없었다. 저 멀리 산등성이에 세워진 시커먼 스피커 스탠드가 진동하는 것처럼 파르르 눈에 들어왔다.
그것이 무엇을 의미하는지 생각하느라 잠시 이마에 주름살을 만들던 김재창이 환하게 웃었다. 흠씬 얻어맞고 난 이환동은 그게 무슨 뜻인지 몰라 멀뚱멀뚱 서 있었고, 사색이 된 선임하사가 지향사격 자세를 취한 사병 몇 명을 데리고 계단으로 이어진 교통호를 따라 뛰어 내려오고 있었다.

4월 21일 12:35 서울 서초구

김승욱은 단말기에 떠오른 시세판을 보고 입을 다물지 못했다. 모든 종목들이 아침부터 시퍼렇게 멍이 들어 나왔다. 전 종목이 개장 초부터 하한가로 시작해 요지부동이었고, 매수주문이 없으니 거래도 전혀 없었다.

모니터 화면 밑으로 미국의 북한 핵시설 폭격사실 보도와 함께, 고조되는 한국의 전쟁 발발 가능성에 관한 기사가 쉴새없이 흘러 지나갔다. 원화 환율은 폭락했고 이자율은 폭등했다. 그리고 금값과 달러화가 천정부지로 치솟았다. 회의실 탁자 옆 TV 화면에서는 전시행동요령에 관한 보도 프로그램들이 아나운서의 호들갑스러운 멘트와 함께 이어졌다.

얼굴이 벌개진 김승욱은 고객들 계좌에서 혹시나 매도체결된 종목이 있나 찾아보았다. 20여 개의 계좌를 뒤졌지만 역시나 그런 행운은 있을 리가 없었다. 김승욱의 책상 위에 있는 전화 세 대가 쉴새없이 울려댔다. 그가 관리하는 고객들의 빗발치는 무조건 매도주문이겠지만 수화기를 들 자신이 없었다.

김승욱은 김밥을 우걱거리며 씹다가 갑자기 훌쩍거렸다. 부모님 돈으로 만든 계좌가 오전장에서만 무려 40퍼센트나 손실을 입었다. 그것은 매매를 하지 않고 하루 중 손해볼 수 있는 최대한이었다. 내일 또 그만큼 폭락할지 모르겠지만 그건 내일 일이다. 김승욱은 한국 주식시장에 아직까지 등락폭 제한이 있어서 그나마 다행이라고 생각했다.

그런데 김승욱이 개인 돈으로 만든 계좌가 문제였다. 신용을 잔뜩 끌어다가 운영한 바람에 깡통계좌가 됐다. 더욱이 여기저기서 끌어다 쓴 돈 때문에 이젠 잔뜩 빚만 쌓이게 됐다. 김승욱이 휴지로 코를 풀었다. 이 상황에서는 울어도 소용이 없었다.

"왜 아직도 매매정지를 시키지 않는 거야? 거래소 문 빨리 닫으란 말야! 몽땅 거지 되는 꼴 보고 싶어? 앙?"

옆자리에서 매니저 박 부장이 수화기에 대고 고래고래 소리지르고 있었다. 보나마나 증권거래소에 하는 전화일 것이다. 김승욱은 점심으로 때우려고 주문한 도시락 뚜껑을 덮었다. 입맛이 날 리가 없었다.

옛날에는 점심시간 동안 휴장했다는데, 김승욱은 그때가 좋았을 거라고 생각했다. 그칠 새 없이 울려대는 전화기 셋을 물끄러미 바라보다가 하나를 집어들었다.

— 김승욱 씨죠? 어떡해요. 제발 어떻게든 다 팔아줘요. 부탁드려요. 시집갈 우리 딸애 혼수 밑천인데, 흑흑!

김승욱은 수화기를 조용히 내려놓았다. 이 아줌마는 잘 안다. 김승욱이 가르쳐준 대로 해서 돈 벌고도 공치사 한 번 하지 않은 사람이었다. 게다가 남들 앞에서 잘난 척하고, 김승욱의 실력이 형편없다고 뒤에서 욕해대는 아줌마였다.

시집갈 딸이라고? 김승욱이 코방귀를 뀌었다. 전에 그 아줌마가 딸 자랑할 때 언뜻 들었는데, 그 시집갈 딸이라는 애는 지금 놀이방 다니는 다섯 살짜리 코흘리개였다. 어떻게든 불쌍하게 보이겠다는 것은 이해하겠지만 지금은 이런 거짓말 자체가 필요없었다. 이 상황에서 누가 주식을 사겠는가?

"전쟁이 나서 몇 백만이 죽든 말든 그건 상관없어! 문제는 경제가 무너진단 말야!"

옆자리 부장이 전화통에 대고 지르는 고함이었다. 전직 투신사 펀드 매니저답게 사람이야 죽든 말든 돈밖에 보이는 게 없는 모양이었다. 김승욱이 생각해보니 오늘 아침 꿈에서 소대장이 한 말과 비슷한 것 같았다.

김승욱도 박 부장의 말에는 어느 정도 공감했다. 인구도 많은데 전쟁통에 몇 십만쯤 죽어도 별 문제가 없을 것 같았다. 그런데 그 희생자 몇 십만에 김승욱이 낄 가능성이 크다는 게 가장 큰 문제였다.

김승욱은 땅이 꺼져라 한숨을 쉬었다. 이제 곧 동원예비군으로 소집될 것이다. 지금 당장 전화로 통지가 오거나, 소집영장이 이미 나와 집에서 그를 기다리고 있을 것이다. 전쟁터에 끌려가긴 싫었다. 무서웠다. 그리고 김승욱은 군복 입는 것 자체가 끔찍히 싫었다.

다시 모니터를 봤지만 몇 시간째 줄줄이 파란 것으로 요지부동이었다. 모든 종목의 매수가 칸이 텅 비어 있었다. 종목마다 하한가 매도 잔량만 수천만 주씩 쌓여 있는 상황이었다.

"이번에 진짜 전쟁 나면 내가 성을 간다. 손에 장을 지져! 전쟁 날 것도 아닌데 무슨 일 있을 때마다 이렇게 한바탕씩 지랄해야겠어? 씨팔! 차라리 이번에 북한하고 한판 붙어버리지!"

박 부장이 쾅 소리 나게 수화기를 내려놓았다. 지난 시절 북한의 군사적 위협이 상존하는 한국에서 거의 연례행사처럼 벌어진 이런 사태들을 통해 잔뼈가 굵은 박 부장의 넋두리였다.

주식시장 생리상 경제상황에 위험이 감지될 때, 즉 현실화되기 전에 주가는 이미 폭락한다. 그런데 실제 위험이 닥쳐 현실화될 때에는 이미 주가에 반영되어 더 이상 내려가지 않는 경우가 보통이다. 그리고 주가는 언젠가 제 위치를 찾게 마련이다. 그런데도 손해를 보고, 빚을 지고, 거리에 나앉고, 동반자살을 하는 사람들이 생기는 것이다.

김승욱도 박 부장의 말에는 충분히 공감했다. 하지만 그가 동원예비군일 동안에는 전쟁이 나면 안 된다. 이 젊은 나이에 전쟁터로 끌려가

개죽음 당하긴 싫었다. 김승욱은 퍼뜩 누군가가 생각나 휴대전화 단축키를 눌렀다. 신호음이 열 번 가까이 울리고서야 다시 연결 신호음이 떨어졌다. 역시나 전화 통화량이 폭주하는 모양이었다.

― 여보세요?

"응, 나야."

김승욱은 이제야 살 것 같았다. 전화 속의 목소리는 가장 먼저 침대를 연상시켰고, 부드러운 살결과 고혹적인 신음 소리가 연속적으로 떠올랐다. 긴장감으로 터질 것 같은 직장에서도 전화기 속의 목소리는 그에게 큰 위안거리였다.

오늘 처음으로 마음이 놓였다. 내내 극도의 스트레스에 시달리다가 이젠 젊은 여피족이나 사장이 된 기분이었다. 그래서 자연스레 책상 위에 발을 올리고 의자를 한껏 뒤로 젖혔다.

― 오빠야? 오늘 같은 날 뭐 하러 출근했어?

수화기 안에서 대뜸 묻는 말이 이것이었다. 김승욱이 잠시 당황했다. 겨우 한 살 차이인데 둘 사이에는 세대차가 나는 것 같았다.

"그래도 직장이잖아. 일은 해야지."

― 피! 노땅 같아. 난 고향으로 피난 간다고 회사 땡땡이 쳤는데.

"고향? 너네 고향이 어딘데?"

― 서울. 히~.

상황에 따라 김승욱의 애인으로, 또는 애인이 아닌 것처럼 행동하는 최지은은 전형적인 OL이었다. 오피스 레이디라는 일본식 조어에는 뭔가 다른 부정적 의미가 들어 있다. 회사일에 성의가 없는 건 이해하더라도 김승욱을 대할 때에도 별로 성의를 보이지 않았다. 김승욱은 항상 그게 불만이지만, 김승욱도 최지은에게 제대로 애인 대접을 한 적은 없었다.

"그러다가 짤릴라."

' 시집가면 되지?
"갈 데나 있어?"
― 당장은 없지만 찾아보면 있겠지, 뭐.
"그래? 갈 데 없으면 나한테 와라."
― 미쳤어?
'젠장!'
매사가 이런 식이었다. 서로가 서로에게 본심을 숨겼다. 아니, 본심은 서로를 사랑하지 않는 것인지도 모른다고 김승욱은 생각했다. 결혼하고 싶은 마음이 전혀 없는 농담 청혼이라도 이런 대답을 듣고 기분 좋을 남자는 없었다.
"히히! 다행이다. 근데 지금 뭐 해?"
― 나? 넷게임하쥐~.
"대단하네. 전쟁 난다는데 무섭지도 않아?"
― 나면 할 수 없는 거지, 뭐.
"그건 그래. 근데 오늘 저녁에 어때?"
― 오늘? 음······.
잠시 침묵이 이어졌다. 전화기 건너편에서 잔머리를 굴려대는 소리가 들려오는 것 같았다. 김승욱은 이런 상황을 참을 수 없었다. 하지만 그가 상대방을 제대로 대우해주지 않았기 때문에 이런 대접을 받는 것은 어쩔 수 없다고 생각했다. 특히나 그런 여자를 선택한 것은 그의 책임이었다.
― 오빠 동원예비군이지? 음······ 참! 나 오늘 저녁에 약속 있어.
무슨 약속이냐고 물으면 분명히 후배 남자애들이라거나 아니면 그냥 친구들, 정확히 말하면 남자 친구들이거나 조금 아는 사람이라고 할 것이다. 무슨 친한 남자 후배들, 그냥 친하게 지낸다는 남자 친구들이 왜 그리 많은지 이해가 되지 않았다. 김승욱은 최지은이 몸을 허락하기 전에 얼마나 속을 태웠는지 분명히 기억하고 있었다.

문제는 애인이 된 다음에도 그런 면에서는 마찬가지라는 점이다. 그렇다고 해서 최지은을 나무라진 않았다. 김승욱은 기회 있을 때마다 그렇고 그런 여자애들하고 몰래 바람 피웠기 때문이다.

"그래? 응, 그럼······."

이 대목에서 김승욱이 강하게 만나자고 강요할 수는 없었다. 마음 같아서야 오늘같이 불안한 밤을 함께 보내고 싶지만, 일단 자존심이 허락하지 않았다.

그리고 괜히 누구 만나느냐고 캐물었다간 당장이라도 최지은이 다른 남자 만나 밤을 즐길 거라는 말을 할 것만 같았다. 그것이 아마 그만 만나자는 통고일 것이다. 김승욱은 최지은과 결혼할 생각은 애초에 없었다. 그것은 최지은도 잘 알고 있는 사실이다.

대충 통화를 끝내자 누군가 옆에 서 있는 것이 보였다. 여긴 증권사 객장이 아니라서 손님이 사무실에 들어오지 않는다. 개인적으로 계좌를 맡은 고객들과 전화상담을 할 뿐이다. 고개를 들어보니 웬 비쩍 마른 아저씨가 잔뜩 못마땅한 얼굴로 그를 노려보고 있었다.

도저히 정이 안 가는 얼굴이었다. 김승욱은 저런 얼굴을 볼 때마다 인상을 찌푸리곤 했다. 그런데 여긴 회사였다. 이 아저씨는 면전에서 인상을 찌푸릴 대상이 결코 될 수 없었다. 현실로 돌아온 김승욱이 허둥지둥 일어나 머리를 조아렸다.

"전무님, 오셨습니까?"

"자넨 참 여유가 있구만그래. 이 상황에서 애인하고 통화가?"

김승욱이 쭈뼛거릴 때 전무 입에서 고함이 터져나왔다.

"책상 위에 다리 얹지 말라고 몇 번이나 말했나, 앙? 입사한 지 1년도 안 된 신입사원이 왜 이리 건방져?"

김승욱은 연신 굽신거렸지만 속으로는 잘못을 인정하지 않았다. 책상 위에 다리를 얹고 있다가 걸린 건 이번이 처음이었다. 그리고 어떤 자세로 일하든 업무능률만 높으면 되는 것이 아닌가.

김승욱은 경직된 몸 자세와 업무에 임하는 직업인으로서의 근무자세를 혼동하는 전무가 싫었다. 전무는 이런 상황에서도 부하직원들의 근무태도를 나무라는 사람이었다. 지금 당장 전쟁이 터질 마당에, 전 종목 하한가를 치는 마당에 책상에 발 올리는 게 뭐가 그리 중요한지 김승욱은 전혀 납득할 수 없었다.

그런데 문제는 저런 고리타분한 상사 눈 밖에 나면 제아무리 실력이 좋고 놀라운 실적을 쌓아도 퇴출 1순위감이라는 것이다. 평소 김승욱은 직장에서 살아남는 요인이 실력보다는 다른 것에 있다고 굳게 믿고 있었다.

어차피 김승욱은 이 직장에서 평생 눌러 살 생각은 없었다. 적당히 경력이 쌓이면 남들처럼 회사를 옮기거나 사설 펀드 매니저가 되고 싶었다. 그러나 아직은 머리를 숙일 때였다.

"죄송합니다, 전무님."

4월 21일 14:20 서울 용산구

합동참모본부 지하지휘소는 지금도 급박하게 돌아갔다. 사방에서 전화벨이 울리고 장군들과 합동참모본부 소속 영관급 장교들이 수화기에 대고 악을 써댔다.

합참 정보참모본부 소속 정현섭 소령은 지휘소가 예나 지금이나 발전된 게 하나도 없이 여전히 도떼기시장 같다고 생각했다. 일선에서 보고된 웬만한 자료는 다른 방에서 근무하는 아퍼레이터 100여 명이 처리하지만 예하 작전부대들과의 통화는 정현섭 같은 지휘소 소속 참모들이 직접 받아야 했다.

각지에서 올라오는 보고서가 지나치게 많았다. 정보참모본부장 안우영 중장에게 올려야 할 것과 요약해야 할 것, 그리고 보일 가치조차 없는 것을 구분하는 것이 그의 일이었다. 이 서류뭉치들은 이미 다른 방에서 위관급 장교들이 1차 걸러낸 것들이었다.

세 방향 벽면에 고정설치된 멀티비전 화면이 휴전선 일대 중요지역들을 비췄다. 모든 도로는 예외 없이 텅 비어 있었다. 전시에는 전방의 모든 도로가 주차장이 될 것이라는 우려도 있었지만 도로 혼잡은 부대가 긴급전개된 새벽에 잠깐 있었을 뿐이다.

중앙 대형화면에는 현재 남북한 부대 배치상황이 기입된 한반도 지도가 덩그러니 떠 있었다. 한국 공군기들은 상대방을 자극하지 않기 위해 휴전선 40킬로미터 이남에서 체공하며 북한 쪽 움직임을 주시하고 있었다. 아직 어떤 상황도 발생하지 않았다. 오전 10시 이후, 휴전선 북쪽 200킬로미터 이내의 상공에는 어떤 종류의 항공기도 비행하지 않았다.

지상이나 해상도 상태는 마찬가지였다. 휴전선 북쪽 너머에는 적막만이 감돌았다. 이는 개전 직전에 전쟁의도를 은폐하려는 것이거나, 아니면 북한이 전쟁을 일으키지 않겠다는 확고한 의지의 표현으로 받아들일 수 있었다. 그러나 군인들은 항상 최악의 경우에 대비해야 한다.

"현재까지 대북 접적지역 및 일선 부대에서 발생한 상황을 정리해 드리겠습니다."

정현섭 소령은 누군가 브리핑을 시작한다고 생각했지만 그에게 주목하진 않았다. 쓰레기를 걸러내는 일만으로도 충분했다. 합참의장을 필두로 각 군 참모총장과 장성들이 뿜어대는 담배연기가 넓은 회의실을 너구리굴로 만들었다. 찬찬히 브리핑을 듣기에는 지금 상황이 너무 급했다.

그런데 앞에서 상황보고를 하는 합참 작전참모본부 남성현 소장은 이들과는 대조적으로 전혀 긴장감 없는 표정과 느릿한 말투로 브리핑을 진행했다. 남 소장은 작전참모본부의 2인자인 작전참모부장副長이었다.

지금 이 상황에서 의외라고 생각한 정현섭이 고개를 들었다. 지휘소에 있는 장성들은 여기저기서 걸려오는 전화연락을 받고 보고서를 검토하느라 건성으로 브리핑을 듣고 있었다. 두툼한 안경을 쓴 남성현 소장은 퉁명스런 어투로 보고를 이어갔다.

"휴전선과 접적지역 일대에서 사상자가 속출하고 있습니다. 상황이 발생한 05시 이후 14시 현재까지 사망 37명, 부상 124명입니다."

지휘소 요원 모두가 남성현 소장에게 시선을 집중했다. 그들이 관심을 갖고 살피던 구역에서 그 정도 규모의 전투는 없었다. 아니, 어떤 지역에서도 북한군의 대규모 남침이나 동시다발적인 무장공비의 침투가 시작됐다는 보고는 없었다. 남침 징후가 뚜렷하다는 보고는 있어도 전투가 시작됐다는 보고는 없었던 것이다.

깜짝 놀란 정현섭이 벽면에 나온 대형 스크린의 한반도 지도를 쭉 훑다가 서해 5도 가운데에서 예상 접전지역을 짚었다. 정현섭의 가슴을 찌르는 날카로운 소리가 뒤쪽에서 울렸다.

"거기가 어딘가? 백령도야?"

합참의장 김학규 대장이 육군 참모총장, 공군 참모총장과 나누던 귓속말을 멈추고 물었다. 일시에 시끌벅적한 지휘소가 차분히 가라앉았다. 합참의장은 60만 육해공군을 지휘하는 현역 최고지휘관이다.

정현섭 소령은 이제 본격적인 남침이 시작됐다고 믿었다. 만약 전면전이 아니고 제한전이라면 백령도가 북한의 목표가 될 가능성이 가장 높았다. 회의실이 싸늘하게 식어갈 때, 남성현 소장이 시큰둥하게 설명을 이어갔다.

"다시 말씀 드리지만 '휴전선 일대'입니다. 이것들은 모두 휴전선 전 지역에 걸쳐 발생한 오인사격 및 안전사고로 인한 피해상황입니다. 그 결과 올린 전과로는 멧돼지와 노루, 산토끼, 꿩 등 야생조수 사살 확인 152마리가 있습니다."

지휘소에 짜증 섞인 한탄이 터져나왔다. 비무장지대에 살던 산짐승들은 갑작스레 강화된 경계태세 때문에 클레이모어와 K-2 자동사격에 의해 벌집이 됐을 것이다. 정현섭은 브리핑을 하는 작전참모부장이 전사가 아닌 '사망'이라고 힘주어 말하던 것을 이제야 기억해냈다.

휴전선 철책근무자들의 지나친 긴장이 안전사고를 한꺼번에 일으킨 것이다. 모두가 아군의 오인사격 때문에 발생한 피해와 해프닝이었다. 지나친 긴장이 야기시킨 결과는 참혹했다.

2차대전 당시 괴링이 지휘하는 독일 공군의 목표가 됐던 런던은 실제 공습으로 인한 인명피해도 컸지만 공습에 대비한 훈련과 등화관제로 인한 교통사고 등 사고사도 상당히 많았다. 물론 충분한 훈련이 됐기 때문에 실전에서 희생이 줄었다고 말할 수 있다. 그러나 그런 준비단계들도 평시에 비해서는 충분히 위험한 상황이다.

그런데 뜻밖에도 북한의 움직임은 없었다. 간첩 한 명 넘어오지 않았다. 평시에 비무장지대에서 순찰활동을 벌이다가 자주 목격되던 북한군은 아군 시야에서 아예 사라졌다.

"미 7함대 항모전단은 동해상 접적해역에서 초계 중입니다. 북한이 주장한 영해선 안쪽 3km까지 바짝 접근했지만 북한의 반응은 아직 없었습니다. 참고로, 항공모함 트루먼을 비롯한 미국 항모전단은 1주일 전부터 동해상에 있었습니다."

정현섭은 씁쓸한 느낌이었다. 만약 이번에 북한이 전쟁을 일으킨다면 북한은 모든 전쟁 책임을 미국에 지울 것이라고 생각했다.

"북괴군은 왜 아직도 안 움직이지?"

정현섭이 소리가 나는 쪽으로 고개를 돌리자 그곳에는 합참의장 김학규 대장이 있었다. 한미연합사가 유명무실해지고 주한미군이 단계적으로 철수하는 지금, 대한민국을 지키는 국군을 총지휘하는 사람은 바로 김학규 대장이었다. 그리고 한국군은 북한의 선제공격을 물리칠 충분한 능력이 있었다.

물론 같은 편이 많을수록 유리한 것이 전쟁이다. 하지만 이번 일에 우방인 미국이 끼어들지 않았다면 더 좋았을 것이다. 정현섭은 미군이 북한 핵시설을 폭격한 것 때문에 북한이 전쟁을 도발한다면 이는 정당한 이유가 아니라고 생각했다. 합참의장이 고개를 갸웃거렸다.

"꾹 참겠다는 건가? 자존심 강한 놈들이 별일이군."

4월 21일 19:40 충청남도 서산 공군기지

동체 아래 공기흡입구에 비행등을 켠 F-16 전투기 한 대가 활주로로 가볍게 내려앉았다. 착륙한 전투기는 천천히 주기장으로 빠져나가고, 다른 전투기들이 그 활주로를 차지했다. 지상요원들은 급박하게 돌아갔던 오전과는 달리 여유를 찾고 느긋하게 움직이고 있었다.

활주로에서 갈라져 나온 유도로 끝 한켠에는 둥근 비닐하우스 모양의 항공기 격납고가 줄지어 있었다. 격납고에서 약간 떨어진 비행대기실에서는 야간 초계비행에 나설 조종사 4명이 비행복을 입고 비행장구를 점검하는 중이었다.

"역시 별일 없는 모양입니다."

송호연 대위는 약간 실망한 투로 말하며 헬멧 바이저를 짙은 색의 주간용에서 투명한 야간용으로 바꿔 달았다. 송호연은 서산에 기지를 둔 제37전투비행대대 알파 편대 2번기 조종사다.

남북한간에 전쟁이 나면 F-16 전투기가 주력인 한국 공군은 별 걱정이 없었다. 낡은 전투기를 모는 북한 공군을 상대로 떨 보라매들이 아니었다. 젊은 조종사는 좋은 구경거리를 놓쳤다는 듯이 아쉬운 표정이었다. 누구든 나만 안 죽는다면 전쟁만큼 더 재미있는 것도 없을 것이다.

"항상 그렇지, 뭐."

산소마스크 호스와 인터컴 잭을 테스트기에 꽂아 이상유무를 점검하던 박성진 소령이 툴툴거렸다. 송호연이 피식 웃었다. 박성진 소령도 약간의 아쉬움이 남았을 것이다. 30대 중반임에도 아직 피 끓는 젊은 혈기가 있었다.

"다행이야."

묵묵히 장구를 점검하던 편대장 김영환 중령의 목소리였다. 혈기왕성한 젊은 조종사들을 편대장이 단 한 마디로 진정시켰다. 현실은 달랐다. 그리고 전쟁은 공군 혼자서만 하는 건 아니었다. 전투기를 몰고 하늘로 솟아오르면 최소한 한반도 상공 내에서는 적수가 없지만, 전쟁이 나면 군인들뿐 아니라 수많은 동포들이 죽어갈 것이다.

송호연은 점검을 마치고 잠시 창 밖을 보았다. 어둠이 깔린 활주로 곳곳에는 줄지어 불빛이 들어와 있었다. 이미 하늘은 까맣게 어두워졌다. 걱정이었다. 항상 자신만만한 송호연은 적기보다 야간비행이 더 두려웠다. 비행시간으로 따지면 이제 제법 익숙해졌을 만도 한데, 야간비행은 아직도 송호연에게 두려움과 흥분을 가져다줬다.

"준비됐나? 가자!"

김영환 중령이 일 나가는 월급쟁이 버스운전사처럼 긴장감 없이 말하며 문을 나섰다. 오전에 출격했던 조종사들은 전쟁이 났다고 바짝 긴장했겠지만 오늘 첫 출격인 알파 편대 조종사들에게 긴장감이라곤 찾아볼 수 없었다. 송호연이 장비를 들고 따라나서자 나머지 두 명도 비행대기실을 나섰다.

밤하늘에는 군데군데 구름이 뭉쳐 있었다. 위아래가 붙은 비행복 위로 G슈트와 낙하산용 하네스 등 각종 비행장비를 걸치자 송호연의 등허리가 벌써 땀에 젖기 시작했다. 입은 것도 많았지만 올 봄은 제법 더웠다.

올해는 라 니냐던가, 엘 니뇨던가, 하여튼 봄치고는 더운 편이었다. 게다가 오늘은 아침부터 하루 종일 비상대기하느라 긴장을 풀고 쉴 시간도 별로 없었다. 지금은 전쟁 위기가 지나고 긴장이 풀리니 더 피곤했다.

격납고에서는 조종사들이 타고나갈 전투기들의 사전 점검과 각종 전자장비 세팅을 이미 마친 정비사들이 그들을 기다리고 있었다. 한국에서 생산되어 KF-16이라고도 불리는 F-16C 블록52 파이팅 팰컨은 기존의 F-16C 블록30 계열보다 장거리 공격 능력과 전천후 작전 능력이 향상된 전투기다.

격납고로 들어온 송호연은 배정받은 전투기로 걸어갔다. 기장과 정비사들이 송호연을 반갑게 맞았다. 기장은 기체별 정비담당 책임자다.

송호연은 항공기 주변을 돌아보며 기체와 무장의 이상유무를 점검하기 시작했다. 날개 끝에 달린 미사일을 힘껏 흔들어 제대로 고정됐는지 확인하고 기체 밑으로 기어들어가 랜딩기어 부분을 살펴보았다. 오늘 송호연이 탈 기체의 기장인 김인배 원사의 솜씨는 비행단 내에서 최고라는 명성에 걸맞게 완벽했다. 송호연은 아버지뻘인 김 원사에게 가볍게 목례를 하고 조종석으로 기어올랐다.

유도로를 빠져나온 KF-16 전투기들은 두 대씩 짝을 이뤄 활주로 끝에 정대했다. 무선망을 통해 편대장 김영환 중령과 관제탑의 교신이 흘러나왔다.

─ 관제탑, 알파 1번기가 이륙허가를 요청한다.

─ 알파 1번기, 이륙해도 좋다.

─ 전 편대원, 최대 출력!

선두에 선 1번기의 엔진 노즐에서 하얀 백열광이 길게 뿜어져 나왔다. 송호연은 고개를 돌려 곁눈질로 1번기를 바라보며 스로틀 레버를 앞으로 밀었다.

야간비행을 준비할 때에는 눈을 어둠에 익숙하도록 만들기 위해 비행하기 30분 전부터 붉은빛 색안경을 끼고 빛으로부터 눈을 보호한다. 어두운 곳에 오래 있으면 빛이 별로 없어도 차츰 잘 보이는 현상을 암순응이라고 한다. 그러나 어두운 곳에서 밝은 곳으로 나오면 순간적으로 눈을 뜰 수가 없는 것처럼 암순응은 밝은 불빛에 금방 깨지고 만다. 때문에 밝은 불빛을 볼 때에는 반드시 곁눈으로 흘겨보는 '주변시'법을 사용해야 한다.

"2번기 준비 완료!"

─ 3번기 준비 완료!

─ 4번기 준비 완료!

편대원들의 복창이 끝나자 프랫 앤 휘트니 F-100 터보팬 엔진의 소음 속에서 편대장의 출발 신호가 떨어졌다.

─ 브레이크 릴리스, 나우(now)!

송호연이 발에 쥐가 나도록 밟고 있던 브레이크 페달에서 발을 뗐다. KF-16 전투기가 기다렸다는 듯이 튀어나갔다. 순간적으로 등이 조종석에 찰싹 달라붙었다. 김영환 중령과 송호연 대위의 전투기가 하늘로 날아오른 지 10초 후에 나머지 두 대가 그 뒤를 따랐다.

비행장 상공에서 편대를 짠 싸움매 네 대는 체공시간을 늘려주기 위한 보조연료탱크와 함께 날개 끝에는 단거리용 AIM-9 사이드와인더 2발, 날개 아래에는 중거리용 AIM-120 암람 미사일 2발을 매달고 있었다. 편대는 비행장 상공을 한 바퀴 선회한 다음 서해를 향해서 고도를 높였다.

편대의 임무는 일상적인 야간 초계비행이었다. 12시간 이상 휴전선 인근에서 북한군의 움직임이 전혀 없자 한국 공군도 비상을 풀고 경계만 하고 있었다. 물론 많은 조종사들이 집에 들어가지 못하고 비상대기 상태인 것만 평시와 달랐다.

송호연은 이번 비상이 상당히 오래 갈 것임을 알고 있었다. 평상시 초계로 돌아온 공군은 그나마 낫지만, 육군은 지금 꽤나 힘들 것이라고 생각했다.

어떤 군대든 앉아서 싸우는 군인들이 그 군대가 운용하는 무기체계 내에서 가장 강력한 부분이다. 그것도 강력한 전투기를 조종하는 조종사라면 전쟁이 나더라도 별 걱정이 없었다. 송호연은 가벼운 마음으로 밤하늘로 날아올랐다.

백두산 아래에서

4월 21일 21:55 서울 강남구

"지은이 이년! 그래, 딴놈 만난다 이거지? 씨불!"
 김승욱은 지퍼를 내리고 그걸 꺼낸 다음 건물 모서리의 커다란 기둥 상단을 겨눴다. 오늘은 기분 더러운 일만 있었다. 전쟁이 난다며 전종목이 하한가를 쳐서 식구뿐만 아니라 친척들까지 알거지로 만들었다. 물론 지금 보니 전쟁은 날 것 같지도 않았다.
 애인은 딴 남자를 만나고 있었다. 보나마나 전쟁이 나도 군대에 안 끌려갈 놈을 찾아갔을 것이다. 남편이라는 남자는 무슨 짓을 하더라도 식구들을 위해 살아남아야 한다는 것이 그 여자의 신조였다. 하는 짓을 보면 뭐든 멋대로인데, 그 조건만은 지극히 보수적이었다.
 게다가 전무한테서 잔뜩 찐빠 먹었다. 신입사원부터 연봉제인 이

회사에서 내년 연봉이 오르기는 이미 글렀다. 김승욱은 회사에서 짤리지 않기만을 바랄 뿐이었다. 오줌줄기가 시원스럽게 빌딩 기둥을 타고 올랐다.

"씨발! 맥주 마셨다고 졸라 많이 나오네."

옆을 보니 빌딩 1층은 전면이 유리창으로 되어 있었다. 사무실 건물인 모양인데, 안쪽이 어두운 걸로 보아 안에서 누가 볼 염려는 없었다. 오줌을 누는 김에 유리창에 대고 옆으로 걸으며 길게 최지은이라고 써 갈겼다. 최지은에 대한 애정과 분노가 뒤섞여 오줌발로 이름을 쓰게 만들었다.

탈탈 털고 집어넣으려는데 옆에서 누군가가 혀를 차대는 것 같았다. 김승욱이 재수없다며 인상을 찡그렸다. 경찰 근무복을 베낀 듯 촌스러운 복장을 입은 수위였다.

김승욱은 튈까 말까 망설이다가 그냥 배짱을 부리기로 마음먹었다. 술에 잔뜩 취해서 도망갈 수 있을 것 같지도 않았고, 키가 작고 까맣게 쭈글쭈글 늙은 수위가 만만해 보이기도 했다. 그리고 김승욱은 지금 당장 욕설을 퍼부을 누군가가 절실히 필요했다.

이런 상황에서 김승욱의 머릿속에는 요즘 세태가 떠올랐다. 호돌이가 담배 피우던 쌍팔년도도 아닌 지금 세상에 백주 대로에서 고등학생이 담배 피운다고 꾸짖고 나설 용기있는 사람은 없었다. 김승욱은 고등학교 때 주로 화장실에서 담배를 피웠는데, 요즘 고등학생들은 그런 학생들을 쫌생이라고 불렀다.

용기를 낸 김승욱이 목소리를 깔고 수위를 잔뜩 노려봤다. 강하게 나가면 쥐꼬리만한 월급을 받는 수위가 이런 일에 발벗고 나설 까닭이 없을 것 같았다.

"뭘 봐? 쓰펄!"

"술 취한 개, 오줌 누는 것 본다. 왜?"

만만치 않았다. 요즘은 어른이랍시고 젊은 사람을 함부로 나무랐다가는 무슨 봉변 당할지 모르는데, 이 수위는 전혀 겁먹지 않은 것 같았다. 그래서 김승욱은 한 단계 더 강하게 나가기로 했다.

"이런 씨벌놈이 있나, 씨팔!"

선제공격이 최고라고 생각한 김승욱이 냅다 팔을 휘둘렀지만 허공을 갈랐다. 수위는 피하지도 않고 제자리에 있었다. 술에 취한 김승욱이 거리를 잘못 가늠하고 비틀거린 것이다.

"노상방뇨에 풍기문란, 폭행미수라. 최소한 구류 7일쯤 먹겠군."

"씨바~ 보태준 것 있어? 끄아아악!"

김승욱이 발로 차려고 다리를 반쯤 들어올렸다. 그런데 그것이 그만 지퍼에 끼고 말았다. 김승욱이 눈알을 뒤집으며 그걸 잡고 엉거주춤 서 있는데 수위가 귀를 잡고 빌딩 앞길 쪽으로 끌고 갔다. 걸음을 옮길 때마다 끔찍한 고통이 그곳에 집중됐다.

"아파아아! 가만 좀 있어요!"

"이제 술 좀 깨지?"

수위는 저항불능 상태에 놓인 김승욱을 때리진 않았다. 길거리로 내몰린 김승욱은, 지나가던 여자들이 괜히 비명을 지르고 남자들이 낄낄대는 가운데 허겁지겁 그것을 집어넣고 지퍼를 올렸다. 손으로 눈 밑을 가리는 여자들은 있었지만, 역시 그런 보기 드문 장면을 놓치고 고개를 돌리거나 눈을 감는 여자는 없었다.

"쓰벌! 졸라 쪽 팔리네."

김승욱이 뭐 싼 것처럼 팔자걸음으로 바삐 걸었다. 오늘은 일진이 영 좋지 않았다. 김승욱은 아직도 따끔거리는 사타구니를 잡고 서둘러 골목 안으로 걸어 들어갔다. 김승욱은 골목 안쪽 작은 모텔 앞에서 주위를 둘러보았다.

주변에 사람이 없자 바지 속에 손을 넣고 아픈 곳을 만지작거렸다.

이제 보니 여긴 전에 최지은과 몇 번 왔던 곳 같았다. 카운터에 사람 모습이 거의 보이지 않고 침대 모서리를 절묘하게 처리해 다양한 용도로 이용할 수 있어서인가, 아마 그런 이유 때문이었다.

그런데 현관에서 어디서 많이 본 것 같은 여자가 남자 팔짱을 끼고 나왔다. 그 여자는 겨우 모텔에서 나온 주제에 특급호텔을 이용한 것처럼, 남자에게 찰싹 달라붙어 팔짱을 끼고 너무너무 행복하다는 듯한 모습이었다. 순간 김승욱이 여자 얼굴을 확인하고 잽싸게 정원수 뒤로 숨었다.

김승욱은 심장이 팔딱팔딱 뛰었다. 정말 미치고 팔짝 뛸 지경이었다. 최지은이었다. 그 남자는 얼굴만 좀 아는 1년 후배로 이름이 이동훈인가, 아마 그랬다. 김승욱이 지은이하고 데이트할 때 영화관 주차장에서 우연히 만나 인사시킨 적이 있는 놈이었다.

선배 여자인 줄 뻔히 알면서도 건드리다니 우선 괘씸했다. 그리고 이동훈은 사지가 멀쩡한 주제에 무슨 이유에선지 군 면제 처분을 받은 뻔뻔한 놈이기도 했다. 김승욱은 욱하는 것이 치밀어올랐지만 꾹 참았다. 여기서 그들에게 들키면 더 비참할 뿐이었다.

남자가 주차장에 세워둔 외제 승용차 문을 열었다. 역시 그랬다. 김승욱은 이동훈이 취직했다는 말을 들은 적이 없었다. 학교 다닐 때도 돈으로 여자애들을 후리고 다니는 그런 놈이었다. 솔직히 그땐 부러웠지만, 지은이를 빼앗아간 것은 용서할 수 없었다.

그렇다고 이제 와서 지은이를 되찾을 자신도 없었다. 별로 사랑하지도 않은 여자에게 배신당했다고 생각하니 기분이 더 비참해졌다.

물론 어느 남자든 여자든 상대로부터 배신당한 이유가 상대를 진정으로 사랑하지 않았기 때문이라는 것을 스스로 깨닫기는 어렵다. 인간은 그만큼 이기적이다. 외제 승용차가 휘황한 네온 속으로 사라져갔다.

4월 22일 00:34 강원도 인제군

유개호 바닥에 헬멧을 깔고 앉아 담배를 피우던 김재창 상병은 근무 교대한 직후부터 몽롱한 상태였다. 어제 새벽부터 바짝 긴장해서 그런지 오늘 따라 무척 졸렸다. 저녁때 소대원들이 절반씩 교대로 취침했어도 수면시간은 여전히 부족했고, 무엇보다도 생활리듬이 바뀐 게 결정적이었다.

오늘은 보통 때처럼 벽에 기대어 졸 수도 없었다. 소대장과 선임하사가 시도 때도 없이 순찰을 돌았다. 아직도 비상은 비상인 모양이었다. 김재창이 담배 한 모금을 빨아들인 다음 손을 휘저으며 연기를 내뿜었다.

이환동 이병은 철책 너머에서 북한군이 쳐들어오는지 살피기보다 교통호를 따라 소대장이나 선임하사가 오는지에 더 신경을 곤두세우고 있었다. 김재창은 잠도 깨고 어제 낮에 사고 친 고문관도 갈굴 겸 이환동을 나지막이 불렀다.

"야, 꼴통."

"예! 이병! 이, 환, 동!"

머플러를 제거한 한밤 폭주족 오토바이 같은 소리였다. 고요한 비무장지대에 이환동의 목소리가 쩌렁쩌렁 울렸다. 낮 동안 호되게 굴러서 군기가 바짝 든 이환동이 어마어마하게 큰 소리로 관등성명을 댄 것이다.

"에퉤퉤~ 씨발!"

놀란 김재창이 펄쩍 뛰어오르며 거의 반사적으로 반쯤 편 담배를 입 안에 집어넣었다가 다시 내뱉었다.

"으, 뜨거라. 씨발놈, 말소리 낮추라니까! 누구 영창 가는 꼴 보고 싶어?"

김재창은 교통호 쪽에 사람이 없는지 확인하고 나서 이환동을 철모로 치려다가 말았다. 풀이 죽은 이환동의 목소리가 기어 들어갔다.
"시정하겠습니다."
"흐이그~ 강 병장님만 아니면 이놈을 그냥!"
"죄송합니다!"
"알았어, 알았어. 제발 조용히 좀 해라. 너 어떻게 되나 강 병장님 제대만 해봐라. 이따가 내무반 가서 죽었어!"
아직까지 입 안이 뜨거워 김재창은 잠이 확 달아났다. 김재창은 이환동에게 담배꽁초를 치우게 한 다음 철책 너머를 주시했다. 역시나 아무 일 없었다. 쳐들어온다던 북한군은 그림자도 얼씬거리지 않았고, 멀리 비무장 너머 북한 땅에서는 어떤 움직임도 없었다. 결국 똥개 훈련 한번 진하게 한 셈이었다.
이제 문제는 비상경계령이 언제까지 갈 것인가였다. 이런 경험은 없었지만 고참들에게 듣기로 한 달쯤 갈 것이라고 했다.
"김 상병님!"
이환동이 이번에는 나지막하게 김재창을 불렀다. 김재창은 반사적으로 교통호 쪽을 올려다보았지만 그곳에는 아무 것도 없었다. 꼴통이 또 무슨 짓을 하나 보니까, 이놈이 웃기게도 유개호 뒤쪽을 지켜보고 있는 것이다.
"왜 그래?"
또 무슨 쓸데없는 짓을 하느냐고 혼내주려는데 뜻밖에도 이환동의 움직임이 꽤나 신중해 보였다.
"뒤에 누군가 있습니다."
"뭐야?"
김재창이 낮게 반문하고 뒤쪽 창문을 통해 바깥을 내다보았다. 창문이라고 해봐야 유리 없는 창틀에 불과했다. 검은 숲그림자 속에서 누군가 분명히 움직이고 있었다. 짐승일 수도 있지만 아닐 수도 있었다. 무장공비나 간첩이 철책을 넘어 두 사람을 노리고 뒤쪽에서 접근할 수도 있었다.

김재창이 잡은 자동소총에 힘이 들어갔다. 이환동이 하도 사고를 많이 쳐서 먼저 그놈이 총을 들고 있나 확인했는데, 그놈은 다행히 빈손이었다. 김재창이 보기에 이환동은 도저히 군인 같지 않았다. 그래서 그놈은 총을 안 들고 있는 편이 훨씬 더 마음 놓였다.

검은 그림자는 하나가 아니었다. 조금 떨어진 곳에 또 하나가 있었다. 무성해지기 시작한 나뭇잎들 사이로 희미한 철책 전등불빛 반사광을 받아 가끔 번쩍거리는 것도 보였다.

"맞죠? 맞죠?"

이환동이 창턱에 놓은 자동소총을 집어들고 왔다. 김재창은 손짓으로 이환동을 제지했다. 두 달 동안 이환동을 가까이서 지켜본 결과 이놈은 피아 확인도 하지 않고 일단 쏘고 볼 놈이었다. 아직은 확인이 필요할 때였다.

"야! 그쪽으로 더 당겨!"

별로 크지는 않지만 그 뜻을 분명히 알 수 있는 말이 숲 속에서 터져나왔다. 이환동이 고개를 갸웃거렸다. 김재창은 갑자기 뒤통수가 근지러워 유개호 정면 쪽으로 곁눈질을 했다. 뒤에, 그러니까 철책 쪽에 뭔가 있는 것 같았다.

"뭐야?"

"헉!"

진지 앞쪽에서 시커먼 것이 확 드러나며 소리를 질렀다. 김재창은 깜짝 놀라 총구를 돌리며 갑자기 튀어나온 사람을 확인했다. 심장이 콩콩 뛰었다. 몸이 얼어붙은 이환동은 총을 놓치고 아예 바닥에 털썩 주저앉았다.

"소대장님!"

"앞은 안 보고 왜 뒤를 봐? 똥 마려? 군기 빠졌어?"

소대장이 농담 따먹기 비슷하게 말하며 두 사람을 노려보았다. 소대장은 얌전한 샌님같이 생겼지만 의외로 성질이 더러웠다. 여기서 괜히 웃었다간 소대장의 비위를 거슬려 치도곤을 당하기 십상이었다.

김재창은 소대장부터 쫄따구까지 꼴통에 이사도라들이라며 줄 잘못 섰음을 한탄했지만 이미 소용이 없었다. 이사도라는 24시간 내내 또라이라는 뜻이다.

오관식 중위가 옆으로 걸어갔다. 유개호 안으로 들어올 모양이었다. 그제야 이환동이 바닥에 떨어진 총과 헬멧을 챙기며 튀듯이 일어났다. 김재창은 잘못하면 여기서 큰일이 날 것 같았다. 얼마 전에도 말년 병장 한 명이 대대 군기교육대에 가서 1주일간 뺑뺑이 돌았다. 소대장은 그런 사람이었다.

그런데 소대장 오관식 중위도 제대 날짜가 한 달도 남지 않은 말년이었다. 김재창은 그동안 소대장 때문에 고달팠던 일은 말도 하기 싫었다. 바짝 얼어붙은 김재창이 출입문으로 들어오는 소대장에게 서둘러 보고했다.

"뒤에 사람들이 있습니다. 누군지 몰라도 적은 아닌 것 같습니다."

오관식 중위가 뒤쪽 창틀로 가서 확인했다. 작게나마 뭔가 작업하는 소리가 들려왔다. 소대장은 별일 아니라는 듯이 말하며 출입문을 나섰다.

"아까 내가 말 안 했나? 통신중대 애들이야. 근무 잘 서."

"충성! 계속 근무하겠음."

김재창이 한숨을 내쉬는 동안 이환동이 이럴 때는 씩씩하게 잘도 경례를 붙였다. 김재창은 제대한 예비역들이 부대가 있는 방향으로 오줌도 안 싼다는 말을 이해할 것만 같았다.

4월 22일 09:02 서울 서초구

사무실에 있는 사람들이 너나없이 좋아서 벌린 입을 다물지 못했다. 개장 초부터 전 종목 상한가였다. 아직까지 전방에서는 긴장이 계속되고 있다는 보도가 연이어 흘러나왔지만 주가의 움직임은 전쟁 가능성을 부정하는 쪽이었다. 특히 외국인 매수세가 동시호가부터 강하게 불고 일반인들과 기관투자가들이 그 뒤를 따라붙는 전형적인 외국인 장세였다.

"예, 사모님. 정말 다행입니다."

칸막이 너머 박 부장이 벙글거리며 통화하는 소리가 들려왔다. 김승욱은 단말기에서 매도체결된 종목들을 체크하고 있었다. 내놓은 종목들은 모두 상한가에 팔렸다. 연달아 걸려오는 전화에서는 조금 전만 해도 호들갑스럽게 무조건 매도를 주문했던 아줌마들이 이제는 왜 팔았냐고 아우성이었다.

큰 손해를 볼 뻔했는데 정말 다행이었다. 극히 일부의 수수료를 빼면 이제 손해도 이익도 없었다. 어제 손해본 것을 한꺼번에 만회했으니 김승욱도 가족들에게 면목이 선 셈이다. 무엇보다도, 그가 동원예비군으로 소집돼 전선으로 향하지 않은 것이 제일 다행이었다.

이제 모든 것이 다 잘될 것 같았다. 여자 문제는 열받지만, 일단 잊기로 했다. 김승욱이 주변 눈치를 살피며 어제 다친 곳을 만지작거렸다. 여러 가지로 씁쓸했다.

단말기 아래쪽에서 외국인 투자자금이 엄청나게 밀려들고 있다는 자막이 흘러갔다. 김승욱은 그 금액을 확인하고 놀랐다. 개장한 지 단 몇 분만에 1억 달러 가까이 들어온 것이다. 북한이 미국의 공격을 받고도 꾹 참았다는 사실이, 외국인 투자자들에게는 앞으로 영원히 한반도에서 전쟁 가능성이 없어졌다는 증거로 받아들여지는 모양이었다.

"1억 달러래요. 기가 막혀서."

싱글벙글하며 김승욱이 칸막이 너머 박 부장에게 말했다. 박 부장이 단말기를 보더니 김승욱을 쳐다보지도 않고 차갑게 말했다.

"다시 확인해 봐."

김승욱은 다시 단말기를 보고 눈이 치켜떠졌다. 동그라미를 하나씩 세다가 신음이 흘러나왔다.

"100억 달러……."

4월 22일 09:50 서울 종로구 세종로

"어떤 희생을 치르더라도 제3세계의 핵 보유를 절대로 용납할 수 없습니다. 극동에 지역문제가 생겨 안됐지만 말입니다."

미 중앙정보국 CIA 한국 지부장이 소파에 앉은 사람들을 바라보며 특별히 지역문제라는 단어를 강조했다. 엘리엇 코언(Eliot Cohen)은 대사관 바깥에서 지역문제연구소인 OIS 소장 명함을 돌리며 사회학자 행세를 하고 다녔다.

CIA 지부장은 반쯤 몽롱한 눈으로 '중요부서' 직원들을 살펴보았다. 다들 각급 정보부서 책임자들인 대사관 7층과 8층 사람들이었다. 대사관 내의 다른 부서 직원들은 어제부터 수만 명에 달하는 주한 미국인들의 미국 호송 문제로 정신이 없었다.

"현재 진행되는 상황을 봐서는 단기간 내에 한반도에 전쟁이 일어날 것 같지는 않습니다. 북한도 이것이 함정일 수 있다는 사실을 분명히 알고 있으니까요."

국방정보국 DIA가 이번 사건 직전에 특별히 한국에 파견한 마이클

애번스(Michael Evans) 대령이 말했다. 미국이 핵시설을 폭격하면 호전적인 북한이 당장 남침을 시작할 줄 같았는데, 북한은 전혀 예상 밖의 행동을 했다. 북한은 외교성명전만 치열하게 전개할 뿐, 휴전선 북쪽에서는 아예 침묵을 지키고 있었다. 그런데 지금 동해에는 미국 항모전단이 긴급 배치된 상태였다.

엘리엇 코언은 DIA 대령이 당황하는 모습에 마치 거울을 보는 것 같았다. 의외였다. 북한은 이틀째 꼼짝하지 않고 있었다. 그러나 전쟁이 일어날 것이라는 사실에는 변함이 없었다. 엘리엇 코언은 미국과 북한의 협상기술 부족으로 한국에 전쟁이 일어난다는 사실이 무엇보다도 안타까웠다.

"프레드릭 소령은 지금 상황을 어떻게 생각하십니까?"

애번스 대령이 묻자 회의 참가자들이 일제히 신사복을 입은 젊은 흑인에게 시선을 집중했다. 국방성 소속 부서 중에서 국방정보국은 상당한 실세 그룹이었다. DIA의 고참 대령이 일개 소령에게 한 수 접으며 이렇게 정중하게 의견을 묻는 경우는 쉽게 볼 수 없는 일이었다. 젊은 흑인이 목에 힘주며 말했다.

"저희 국가안보국에서 이미 예측했던 일입니다. 아무리 북한이 병영체제를 수십 년간 유지해 왔다해도 어차피 전쟁 준비에는 시간이 걸리게 마련입니다."

하워드 프레드릭(Howard G. Frederick) 소령은 인쇄된 앞면이 안 보이게 A4 크기의 종이뭉치를 뒤집어 탁자 위에 놓았다. 이미 예상하고 있던 문제라는 듯, 다른 정보부서들은 이런 간단한 사실도 모르냐는 듯한 느글느글한 얼굴이었다.

국가안보회의 NSC는 미국 대통령과 부통령, 국무장관, 국방장관, 합참의장, CIA 국장 등 최고 실세들이 참가하는 사실상의 국가의사결정체다. 그리고 국가안보회의에 의해 신호정보 임무를 부여받은 조직이

바로 국가안보국 NSA이다.

국가안보국의 임무에는 단순히 통신보안뿐만 아니라 첩보보안과 정보부서간 조정기능, 기타 비밀업무가 포함된다. 조직구조상 국방성 안에 있지만 국방성의 일부는 아니며, NSA 본부의 예산은 50억 달러를 초과한 지 이미 오래였다.

"그럼 개전은 언제쯤으로 예상하십니까?"

명목상 한국에 파견된 정보부서들을 총괄지휘하는 사람은 CIA 한국지부장 엘리엇 코언이었다. 그러나 규정과 실제가 일치하지 않는 경우가 특히 흔한 분야가 바로 정보 쪽이었다. 엘리엇 코언은 불쾌감을 감추느라 얼굴 표정에 신경을 썼다.

"정확하지는 않습니다. 다만 각종 시뮬레이션 결과, 북한이 선제공격을 위해 모든 역량을 동원하는 데 필요한 시간이 두 달 반쯤이라고 예측하고 있습니다."

북한이 병력과 화력을 휴전선 일대에 집중시킨 것은 사실이지만, 즉각 전쟁을 도발할 수 없다는 것이 일반적인 판단이다. 남침에 필요한 인원과 물자를 집중시키는 데에는 상당한 시간이 필요하다.

미국이 한반도에서 인공위성과 정찰기 등 정보수집 활동에 쏟는 노력 중 대부분은 북한의 이러한 전쟁 준비 움직임을 포착해 남침 의도와 그 시기를 사전에 파악하기 위한 것이다.

국방정보국 애번스 대령이 아는 체를 했다.

"그럼 일단 7월까지는 아니겠고, 장마철이 끝난 다음을 노리겠군요. 북한은 자기네들 기갑전력이 우세하다고 착각하니까요."

"예. 쌀을 재배하는 들에서 물이 마르는 8월 말쯤부터가 본격적인 위기일 겁니다."

프레드릭 소령이 대답했다. 그리고 북한의 남침시기에 대한 논의가 잠시 이어졌다. 정보부서에 속한 사람이라면 다 아는 남침 예상시기

문제는 엘리엇 코언의 말 한마디로 간단히 생략됐다.

"최소한 개전 사흘 전에는 북의 남침 의도를 파악할 수 있다는 말씀이겠지요."

'CIA의 국가적인 정보수집 수단'이라는 인공위성이나 다른 정찰 및 첩보수집 수단에 대한 상투적인 언급을 할 필요는 없었다. 하루 이틀 정보계통에 있던 사람들이 아니었다. 북한의 남침 시점을 구태여 미리 예상하려고 노력할 필요는 없었다.

"그렇습니다."

프레드릭 소령의 한마디로 결론은 간단하게 났다. 어제오늘 한반도에 당장 전쟁이 난다고 호들갑스럽게 아우성치던 언론, 정부 관료, 경제계 인사들은 완전히 헛짚은 것이다. 이들은 북한이 움직일 때까지 당분간 조용히 기다리기로 했다.

"그리고 이건 공식적인 명령이나 정보가 아닙니다만, 한국 증권시장에 대해서 말씀드립니다."

프레드릭 소령이 목소리를 낮췄다. 회의 참석자들이 귀를 쫑긋 세웠다. 참가자들 중 대부분은 최근 한국에서 주식투자로 쏠쏠한 재미를 보고 있었다. 이들은 어제 전쟁 위기로 대폭락했을 때도 전혀 손해를 입지 않았다. 프레드릭이 넌지시 전해준, 약간은 애매모호한 정보 덕택이었다.

"여기 계신 분들은 사흘 후부터 한국에 대한 투자에 신중하실 줄로 믿습니다."

프레드릭이 주변 사람들의 표정을 찬찬히 살폈다. 생각할 시간은 잠시면 충분했다. 몇은 고개를 끄덕거리고, 몇 사람은 초조하게 이동전화를 만지작거렸다.

엘리엇 코언은 기가 막혔다. 돈이라면 어디든 간다는 국제투기자본의 움직임이 국가안보국에 포착된 것 같았다. 전쟁 위기를 겪고 있는 한국은 21세기의 샤일록들에게 아주 그럴 듯한 투기대상일 것이다.

그리고 코언은 국가안보국이 며칠 후 국제투기자본들의 행동계획을 정확히 알고 있는 것에 놀랐다. 통신보안 외의 비밀임무라는 것의 범위가 국제금융계까지 뻗쳐 있는 줄은 예상하지 못했다.

4월 22일 13:25 평안남도 평양(평양특별시)

"기렇습네다. 박 동지 말이 맞습네다. 이번 참에 원쑤 미제놈 가슴팍에 비수를 꽂아야 합네다!"

조선로동당 양강도당 책임비서 최철희는 다른 도당 비서들과 함께 리두봉의 사무실로 몰려와 이틀째 항의를 계속했다. 화려하고 널따란 이곳 사무실에서는 치열하게, 그러나 서로간에 동지적 유대감을 확인하는 분위기 속에서 노인들의 토론이 계속되었다.

리두봉은 조선로동당 정치국 상무위원이며 국방위원회 부위원장을 겸임한 북한의 권력실세였다. 정치국 상무위원회는 조선로동당 총비서를 포함해 참가자가 3명밖에 없는 북한 조선로동당 권력 핵심 중의 최고 핵심이다. 그리고 1998년 가을의 북한 헌법개정 이후 국방위원회는 병영사회 북한의 실질적인 최고통치기구다.

"최 동지! 진정하시라요. 내래 동지들에 충정을 이해하갔디만, 최고사령관 동지도 나름대로 고뇌하고 있디 않갔소?"

리두봉은 전가(傳家)의 보도(寶刀)처럼 최고사령관을 들먹였다. 북한 최고사령관의 대외적인 공식 직함은 국방위원장이다. 그러나 북한 관영매체와 군부 관계자들은 조선 인민군 총사령관이란 호칭을 즐겨 사용했다. 수령이나 주석 등 북한에서 기존에 국가수반을 상징하는 칭호가 아닌 최고사령관이나 총사령관이라는 호칭 자체만으로도 북한이 병영체제임을 알 수 있다.

그러나 마지막 혁명 1세대에 속하는 연령대인 최철희와 도당 책임비서들에게는 잘 먹혀들지 않는 말이었다. 이들은 북한에서 조국해방전쟁이라 불리는 6·25 때 대부분 하급 군관이나 하전사로 참전한 사람들이었다. 60대 중반으로 상대적으로 젊은 편이며 전쟁고아 출신인 혁명 2세대 리두봉이 감당하기에는 약간 벅찬 노인들이기도 했다.

"내래 자랑스런 조국해방전쟁 이야기를 하자는 거이 아닙네다. 기리고 최고사령관이신 국방위원장 동지에 영도력을 믿디 못하갔다는 거이 물론 아닙네다."

최철희는 나중에 당으로부터 비판받지 않기 위해서라도 이런 전제를 깔아야 했다. 아무리 북한이 노인을 우대하는 유교적 사회주의라도 권력이 뒷받침되지 않는 노인은 좋은 대우를 받지 못한다. 최철희는 자칫 지나치게 고집을 피우다가 권력의 뒤안길로 사라져간 노인들의 전철을 밟지 않도록 주의하며 혁명 대선배로서의 주장을 계속했다.

"당원과 근로대중은 이번 미제의 침략에 분노하고 있습네다. 당이 결심하디 않으면 어케 도당위원회가 당원과 근로대중을 사상으로 굳게 무장시키고 그들이 당 로선과 정책을 철저히 옹호 수행케 하갔습네까? 당장 미제의 식민지 남조선을 해방시켜 미제에 높은 콧대를 꺾어야 합네다!"

최철희는 조선로동당 규약을 인용하며 인민들에게 전쟁의지가 광범위하게 퍼졌다고 주장했다. 그러나 최철희의 주장과 달리 북한 사람들은 패배주의에 사로잡혀 있었다.

10여 년간의 식량위기를 해결해주고 있는 한국의 식량지원 및 농업기술지원으로 북한은 매년 수많은 아사자를 내는 비극에서 피할 수 있었다. 그리고 관광을 포함한 일부 인적 교류로 인해 북한 사람들은 한국이 거지가 들끓는 60년대의 남조선이 아님을 알고 있었다. 그러나 인민들보다 훨씬 더 잘 알고 있을 리두봉은 현실을 애써 부정하며 상투적으로 말했다.

"우리의 적은 헐벗고 굶주린 남조선 인민들이 아니라 미 제국주의자들이오."

리두봉은 영변 핵시설을 폭격한 미국과, 북한과 같은 동족인 한국이 다름을 분명히 했다. 그러나 70대 중반을 넘은 노인들은 달랐다. 한국이 미제의 괴뢰라는 인식도 강했지만, 그 이유보다는 북한이 보복하기에 미국은 너무 멀리 있었다. 도당 책임비서들의 당연한 반발을 의식한 리두봉이 꺼낸 말을 다시 주워담았다.

"물론 남조선 동포들은 지금도 미제의 압제 아래 신음하고 있소. 당연히 우리가 그들을 해방시켜줘야 하오."

팽팽한 신경전이 계속되었다. 쌍방이 할 말은 이미 다한 상태였다. 리두봉은 뭔가 양보할 때가 되었다고 생각했는지 천천히 말을 꺼냈다.

"흠…… 동지들! 됴티요, 됴아요. 동지들에 충정을 이해하오. 우리 당 중앙은……"

리두봉은 당의 대표자라도 된 것처럼 이야기했다. 노인들은 리두봉이 충분히 그럴 만한 자격이 있다고 생각했는지, 아니면 리두봉이 비밀을 털어놓을 것이라고 기대했는지 전혀 문제 삼지 않았다.

"미 제국주의에 대한 군사적 보복은 당연히 실시해야 한다는 입장이오. 길티만!"

리두봉이 노인들의 환호를 제지하려 황망히 손을 내젓는 것을 보며 최철희는 빙긋 웃었다. 더 이상 설명은 필요없었다.

지금 남반부 괴뢰군은 비상이 걸려 전투태세를 갖추고 있다. 그리고 미 제국주의자들의 항모전단이 해병대원들을 잔뜩 싣고 동해에 전개되어 있다. 이런 상황에서 북한이 전쟁을 일으키면 기습효과만 반감될 뿐이었다.

북한은 한국의 포용정책과 미국의 북한 고립정책 사이에서 몇 년간 갈팡질팡했다. 중국은 한반도에서의 평화를 원했고, 러시아는 제 살길 찾기도 바빴다. 물론 중국 입장에서 한반도 평화란 남북한의 영구적인 분단이었다. 예전과 달리 북한은 적화통일을 위해 사회주의 맹방들에게 도움 받기를 기대하기는 어려웠다.

자존심이 강한 북한은 한국 정부를 인정하지 않는 당 정책상 한국 정부와 교류를 끊었다. 그러나 달러가 필요한 북한은 민간 차원의 남북교류까지 막진 않았다.

그런데 식량위기 이후 시장경제 체제가 확대되고 남북간에 민간 교류가 진행되면서 시장경제화의 속도가 빨라졌다. 배급제를 일부 포기한 북한 정권은 더 이상 인민들의 요구를 감당하기 벅차다고 느끼기 시작했다.

그리고 한국을 바라보는 인민들의 눈길도 점점 더 우호적으로 바뀌었다. 이제 인민들이 굶어죽는 비극은 피할 수 있었지만, 대신 적화통일만이 살길이라고 주장하는 군부 강경파의 불만은 급속히 확대되었다. 신포 경수로 건설의 지연을 이유로 영변 핵시설을 재가동하자고 주장한 것도 바로 군부 강경파였다.

결과적으로 한국을 무시하고 미국만 상대하겠다던 북한은 필요한 것을 얻지 못했다. 한국은 인민들에게 먹을 것과 입을 것을 주었지만 미국이 북한에게 준 것은 결국 폭탄뿐이었다.

이 폭격사건으로 인해 그동안 꾹 참아왔던 군부 강경파가 드디어 폭발했다. 군부 장악이 정권 유지의 첩경인 북한에서 군부 강경파의 불만을 잠재우는 것은 사실상 불가능했다.

미국의 폭격으로 북한은 명분을 얻었다. 물론 그 폭격사건의 책임 중 절반 정도는 북한이 져야 했다. 그러나 북한 정권은 제네바 핵협정을 무시한 자신들의 과오를 애써 외면했다. 북한 지도부는 전쟁의 길로 달려나갔다.

전쟁 준비는 북한이 50년 넘게 추진해온 과제였다. 이제 그 결단의 시기만 남은 것이다.

최철희는 드디어 전쟁이 일어나겠다며 좋아했다. 50여 년 동안 기다려온 전쟁이었다. 곧 80이 될 나이를 감안하면 전쟁은 빠를수록 좋았다. 최철희에게는 다른 당 비서들이 좋아하는 이유와 다른 이유가 있었다.

최철희는 권력도 누려보고 당 고위 간부로서 호화로운 생활도 실컷 즐겼다. 젊었을 때는 전쟁통에 사람도 많이 죽였다. 그러나 그에게는 마지막 남은 소원이 있었다. 평생 동안 기다려온 소원이었다.

4월 22일 15:37 강원도 거진 북동쪽 70km 해상

"잠망경 심도로 부상. 상승각 10도."
"부상합니다, 잠망경 심도로. 상승각 10도!"
침묵을 깨고 함장이 명령하자 민경배 소령이 재빨리 복창했다. 한국 해군 잠수함 이종무함의 부함장인 민경배 소령은 목소리에 애써 힘을 넣었다. 차마 내색할 수 없었지만 그는 부하들이 염려되었다. 민경배는 땀을 흘리며 키를 조작하는 어린 조타수들의 어깨를 두드려 주었다.

승조원들은 어제 날짜로 떨어진 작전사령부의 난데없는 이동명령에 놀라 아직까지도 어수선한 상태였다. 당장 전쟁이 날 것 같은 분위

기에서 출동 전에 있었던 함장의 훈시는 무척이나 비장했다. 승조원들은 유서를 써야 하는 것이 아닌가 고민할 정도였다.

그리고 출동했다. 휴전선의 동해 쪽 연장선 개념인 북방경계선을 잠수함이 넘을 때는 승조원들뿐만 아니라 민경배 소령도 얼굴에 땀이 송골송골 맺혔다. 다행인지 아직 어떠한 적도 발견하지 못했다.

마양도 해역으로의 진입은 이종무함이 아무리 뛰어난 잠수함이라 할지라도 위험한 명령이었다. 마양도는 함경남도 신포시에 인접한 섬으로, 북한 동해함대의 잠수함 기지가 있는 곳이다. 그곳에 매복하여 북한 잠수함들의 출입을 감시하는 것이 이번에 수행할 이종무함의 임무였다.

잠수함 안에서는 세상 돌아가는 일을 도무지 알 수가 없다. 낮과 밤을 느낄 수 없고 밖을 볼 수도 없다. 한 달, 혹은 두 달의 작전기간 동안 가족과 생이별하면서 잠수함 승무원들은 시간이 정지된 것처럼 느낀다. 비좁고 밀폐된 공간에서 오직 사내들 30여 명이 지루하고 정지된 시간을 보내야 하는 것이다.

"잠망경 올려!"

함장 김철진 중령이 탐색잠망경을 쥐고 주변을 빠르게 수색했다. 함장이 잠망경을 제자리에서 두 바퀴 돌리고 나서 아무 것도 보이지 않는 듯 민경배 소령에게 고개를 돌려 뭐라고 말했다. 민경배는 시선을 함장에게 향한 채 잠망경을 통해 밖을 보고 싶었지만 꾹 눌러 참았다.

민경배는 북한의 바다를 보고 싶었다. 그런데 상급자들은 부하들 앞에서 지나치게 자기 감정을 노출시키지 않는 법이다. 자칫 북한의 바다라는 사실을 재확인하여 승무원들을 동요시킬 필요는 없었다.

함장이 민경배를 물끄러미 쳐다보았다. 조금 전에 함장이 말한 것이 이제야 의미가 있는 명령으로 들리는 것 같았다.

"부장, 기관실에 디젤을 가동하도록 지시하게."

"옛! 알겠습니다."

민경배 소령이 조금 전에도 확인해두었지만 이종무함의 배터리는 아직 여유가 있었다. 하지만 안전할 때 전력을 비축해두는 게 좋다. 민경배가 인터폰을 집어 기관실에 지시하자 선체 후방에서 둔중한 소음이 들려왔다.

함장이 들여다보던 잠수함 잠망경 뒤로 좀더 굵은 원통이 수면 위로 올라왔다. 곧이어 수면 위로 기포가 솟아올랐다. 그것은 잠수함의 디젤엔진을 가동하기 위한 흡배기관인 스노클이었다.

"사령부로부터 통신이 들어오고 있습니다."

통신장이 보고했다. 단파(HF) 대역의 전파였다. 잠수함이 수면 위로 부상해야만 수신할 수 있는 주파수였다. 물 속을 잠항하는 동안에도 수신할 수 있는 초장파(VLF)가 있지만 단파는 단시간에 많은 정보를 송출할 수 있다는 장점이 있다.

통신장이 명령문을 10장이나 프린트해서 김철진 중령에게 건넸다. 함장이 이마에 깊은 주름을 만들며 명령문을 읽었다.

"부장, 충전은 완료됐나?"

명령문을 접은 함장이 민경배를 돌아보았다. 민경배가 돌아서자 함장이 그에게 명령문을 건넸다.

"아직 2분 남았습니다."

보고를 마친 민경배가 명령문을 읽어 내려갔다. 조금 전에 함장이 인상을 찌푸린 것은 명령이 바뀌거나 명령문의 분량이 너무 많아서 그런 것이 아니었다.

통신문에는 적대적인 해역 외에도 아군의 작전해역에 대한 세심한 구분이 명시되어 있었다. 이미 몇 시간 전에 명령이 내려졌지만 이종무함은 북방경계선을 돌파하기 위해 깊이 잠항하느라 이제야 명령을 받을 수 있었다.

　1함대 소속 수상함정들이 거부지역으로 설정한 해역에서는 아군 잠수함이라도 추적을 받는다. 지금 동해에 설정된 북방경계선 이남에는 1함대의 구축함과 프리깃이 잔뜩 집결한 상태였다. 이종무함이 그 구역으로 잘못 진입할 경우 아군으로부터 오인공격을 받을 수도 있었다. 민경배는 돌아갈 때 조심해야겠다고 생각하며 용지를 순서대로 정리했다.

　현재 동해에 진입한 잠수함은 이종무함밖에 없었다. 앞으로 잠수함이 추가로 파견되겠지만 지금은 혼자였다. 모든 위협을 무릅쓰고 적 잠수함 기지로 잠입하는 것은 쉽지 않은 일이었다. 게다가 북한 잠수함은 수적으로 훨씬 더 우세했다.

　"여긴 우리뿐입니다, 함장님."

　"그렇다네. 더 많이 필요한가?"

　"아닙니다. 충분합니다."

　함장이 뜻밖의 미소를 짓자 민경배 소령도 따라 웃었다. 함장은 지금 그에게 다짐을 준 것이다.

　- 기관실입니다! 충전 완료됐습니다.

　인터폰에서 기관장의 목소리가 쩌렁쩌렁 울렸다. 오랜만에 디젤엔진 소음이 기관장의 목청을 크게 만들었다. 민경배 소령은 잠항 준비를 서둘렀다. 승조원들을 시켜 스노클과 잠망경을 내리고 각종 마스트를 수납했다.

　"좋아, 잠항한다. 지금부터 우리는 그림자가 되는 거다."

　"알겠습니다. 잠항합니다. 잠항각 10도."

　민감한 장보고급 잠수함이 물 속으로 자맥질하기 시작했다. 민경배는 발끝에 힘을 주며 몸이 앞으로 쏠리지 않도록 주의했다.

　"놈들의 둥지를 잡아버린다."

함장 김철진 중령이 불끈 쥔 주먹을 가슴 위로 흔들었다. 민경배가 보기에 잠수함 함장으로서 필요하지만 상반되는 덕목인 신중성과 활동성 중에서 김철진 중령은 활동성 쪽으로 약간 더 치우친 함장이었다. 그것이 매사에 치밀하고 신중한 민경배 소령이 이종무함 부장으로 배치된 이유였다.

민경배는 영화 '닥터 스트레인지 러브'를, 그리고 '크림슨 타이드'를 기억해냈다. 그는 이 잠수함이 적을 만나 무슨 일이 생기기 전에 제발 귀항 명령이 떨어지길 바랐다.

자칫하면 귀항 명령을 받지 못한 채 적과 싸우다가 전쟁의 빌미를 제공할 수도 있었다. 적이 쉽게 탐지하지 못하는 대신, 아군과의 연락에도 문제가 있는 것이 잠수함이었다. 그럴 가능성은 충분했다.

4월 23일 11:04 서울 강남구

어둡지는 않았다. 그러나 아무 것도 보이지 않는다. 뭔가 분명히 있는 것 같지만 보이지 않는 것들, 그 어느 것도 정지상태다. 움직이지 않는 모든 것은 죽은 시체다. 까마귀가 눈알을 파먹고 들쥐가 썩은 내장을 파먹어도, 개미떼가 마지막 남은 살점을 뜯어가도 움직이지 못하는 시체는 이미 쓰레기에 불과하다.

이동훈은 꿈꾸지 않는 상태로 잠에 빠져 있음을 자각했다. 의식 없는 잠은 가사상태다. 가사상태도 죽은 것이다. 그는 이런 가사상태가 싫었다.

삶은 화려해야 한다. 치솟아 오르는 힘과 활기로 충만해야 한다. 이동훈은 꿈꾸지도 않고 깨어나지도 않는 이 상태로 있는 것이 불만스러웠다. 의식은 몽롱했지만 몸은 전혀 움직이지 않았다.

어디선가 시끄러운 소리가 들렸다. 덕분에 가사상태에서 빠져나올 수 있을 것 같았다. 이동훈은 생명의 기운이 조금씩 꿈틀거리는 것을 느꼈다.

─크르르르릉~ 사흘째 아무런 움직임이…… 퉁! 퉁! 퉁! 국방부는 오늘…… 끼이이이잉~ 미 국무부 대변인은…… 콰앙!

이동훈은 간신히 깨어나기 시작했다. 그는 잠에서 깨어날 때마다 몸이 죽지 않은 것에 대해 감사했다. 오늘도 어제와 다른 새로운 삶이 시작될 것이다.

사실 그에게는 하루하루가 하나도 달라질 것이 없는 나날이었다. 사우나로 시작해서 집에 잠시 들렀다가 고급 레스토랑, 나이트 클럽, 고급 술집을 전전하다가 마지막에는 호텔에서 친구들과 도박을 하거나 여자와 자는 것으로 하루가 끝났다.

어찌 보면 약간 따분하기도 했다. 이동훈은 그러나 지금 영위하고 있는 삶이 즐거웠다. 언제인지 알 수 없지만 견딜 수 없는 일상성에 지칠 때 이 생활을 마칠지도 모르겠다고 그는 생각했다.

"씨팔! 졸라 시끄럽네."

"아웅~ 오빠, 그냥 자."

옆에서 뒤척이는 여자가 누군지 확인했다. 기억을 더듬어 보니 어젯밤 나이트에서 낚은 그렇고 그런 여자애였다. 이동훈보다 한두 살이 많은 여자인데, 동훈에게 오빠라고 부르는 걸로 보아 아직 인사불성인 것 같았다.

"TV나 끄고. 지금 몇 시야?"

"몰라. 깨우지 마!"

─동해상에는 미 7함대 항공모함이…….

이동훈이 눈가를 잔뜩 찌푸린 채 침대보를 걷고 리모컨을 찾았다. 예나 지금이나 언론은 호들갑스러웠다. 이동훈은 지금 TV에서 나오는 내용이 3~4년 전쯤에 벌어진 일처럼 느껴졌다.

한국에 전쟁이 나든 말든 그와 별로 상관이 없었다. 군대를 안 갔으니 예비군이 될 리도 만무했다. 조용해질 때까지 몇 년 동안 미국에 가 있으면 그뿐이었다. 미국에도 골 빈 한국 여자애들은 얼마든지 널려 있었다.

그리고 전에도 그랬지만 앞으로도 아무 일 없을 것이다. 다만 마음대로 노는 게 괜히 눈총 받는 상황이 되면 불편했다. 어차피 남의 눈치를 볼 사람도 아니었지만, 용돈 타낼 적당한 핑계거리를 만들어내야 하는 게 이동훈은 짜증났다.

TV를 끄고 침대에 다시 누워 담배를 피워 물었다. 옆에 누운 여자가 다시 한 번 뒤척였다. 이동훈은 여자의 알몸을 보고도 별다른 감흥이 일지 않고 오히려 귀찮아졌다. 자그마한 여자의 등이 가여워 보이기도 했다.

이 여자는 얼굴도 그렇고 몸매나 피부도 그저 그랬다. 나이에 비해 기술이 유달리 뛰어나다거나 서비스가 헌신적인 편도 아니었다. 그저 하룻밤 보낼 상대에 불과했다. 이 여자도 한동안 죽자사자 그를 따라다니겠지만, 특별히 정이 갈 만한 상대는 아니었다.

그저께 같이 보낸 여자도 그랬다. 이름이 지은이라던가? 학교 선배의 여자만 아니었으면 유혹할 만한 가치도 없는 여자였다. 뭔가 재미있을 만했지만 초반부터 너무 찰싹 달라붙는 바람에 밥맛이었다. 그리고 특급호텔이 아닌 싸구려 모텔로 간 것은 정말 새로운 경험이었다. 결국 거기서 자지도 못하고 나왔는데, 결코 유쾌한 기억이 아니었다.

아무래도 요즘 얼굴 예쁜 애들은 룸살롱에만 있는 것 같았다. 그런데 돈으로 살 수 있는 여자들은 재미가 없었다. 하긴, 이동훈은 길거리에서 꼬셔서 넘어가는 여자들도 돈에 팔리는 것과 같다고 생각했다.

발랑 까진 애든 고고한 척하는 애든 상관없었다. 여자는 자기 합리화가 무척 뛰어난 동물이었다. 그래서 쉽게 넘어온다는 것이 이동훈의 지론이었다.

일단 나가서 밥 먹고 사우나하고 머리 다듬고 집에 들러서 옷 갈아입고…… 나이트에서 친구들을 만나는 저녁때까지 할 일이 꽤나 많았다. 서둘러야 했지만 지금 당장 움직이고 싶지는 않았다. 잠시 후에 일어나기로 하고 일단 이동훈은 무거운 눈꺼풀을 다시 붙였다.

4월 24일 14:24　함경남도 마양도 남동쪽 14km

"방위 일백삼십오(1-3-5)도! 거리 600미터. 수면 접촉음입니다! 헬리콥터가 호버링하는 것 같습니다."

음탐장의 급박한 보고에 사령실 요원들의 얼굴이 일시에 굳어졌다. 수면 위에서 정지비행을 하는 헬리콥터라면 대잠헬리콥터밖에 없었다. 승조원들의 행동이 눈에 띄게 조용하고 신중해졌다.

민경배 소령은 작도판을 보면서 이보다 더 나쁠 수는 없다고 생각했다. 재수없게도 인민군의 소형 고속정들 중에 소나를 가진 녀석이 우연히 쏜 액티브 음파에 걸린 것이다.

경비정이 액티브 음파를 쏘아가며 항만을 초계하는 것은 무모한 짓이다. 자신의 존재가 폭로되기 때문이다. 그러나 북한 해군은 무모함을 빼면 이른바 주체성을 찾을 수 없는 집단이었다.

정말 재수없는 경우였다. 그러나 민경배는 계속 재수만 탓할 수는 없었다. 어떻게든 방법을 찾아야 했다.

"함장님, 목표 8을 해치우고 도주하면 어떻겠습니까? 이곳은 북한 영해 안쪽입니다. 발각될 때까지 기다릴 수는 없습니다!"

민경배 소령이 절박한 심정으로 함장에게 말했다. 적에게 발각되느니 차라리 먼저 공격하고 혼란스러운 틈을 타 최고속도로 빠져나가는 게 더 나을 것 같았다.

민경배가 말한 목표 8은 바로 나진급 프리깃이었다. 만재배수량 1,500톤으로, 고속정과 잠수함이 주력인 북한 해군에겐 상당히 큰 대형 수상전투함이라 할 수 있다. 그리고 지금 북한의 고속정들을 지휘하는 기함이었다.

그런데 기함을 격침시킨다면 상대방의 대잠작전에 대혼란이 일어나겠지만, 그것은 교전 행위의 시작을 의미했다. 그렇다고 북한 영해에서 이종무함이 발각되는 것 역시 남북 관계에 어떤 폭풍을 불러올지도 몰랐다. 가뜩이나 미 공군의 북한 핵시설 폭격으로 잔뜩 독이 오른 인민군이 전면전을 벌일 수도 있었다. 민경배의 입이 바짝바짝 타들어 갔다.

지금 이종무함과 같은 상황에 인민군이 처한다면 망설일 것도 없이 자폭을 선택한다. 그러나 인민군도, 구 일본 해군도 아닌 대한민국 해군에게 자폭이란 없다. 민경배는 지금 이종무함 자체가 자칫 전쟁의 도화선이 될 수도 있으리라는 공포가 가슴을 짓눌렀다.

"대기한다."

김철진 중령이 내뱉은 말은 단 한 마디뿐이었다.

— 까앙~ 깡깡!

또다시 선체를 두들기는 폭발음이었다. 사령실 승무원들이 반사적으로 몸을 웅크렸다. 지긋지긋한 소리였다. 바로 옆에서 이종무함을 쇠망치로 두들기는 것 같았다.

"폭뢰는 이백사십공(2-4-0)도 방향. 거리 1,300입니다."

음탐장이 자리에서 움찔거리며 보고했다. 지금까지 폭뢰 터지는 걸 한두 번 들은 것도 아니지만 들을 때마다 놀랄 수밖에 없었다.

"긴장을 풀어라. 이번 폭뢰는 방향이 다르다. 놈들은 아직 우리를 못 찾고 있는 거야. 저놈들 실력으론 절대 우릴 발견할 수 없다. 나를 믿어라."

쥐죽은듯한 적막을 깨고 김철진 중령이 담담하게 말했다. 미동도 하지 않는 함장의 모습이 마치 감정의 기복이 전혀 없는 기계장치 같았다. 함장은 15분 전에 겨우 좌현 300미터에서 폭뢰가 터졌을 때도 그랬다.

민경배는 함장의 냉정함을 바라보면서 자신도 점차 안정돼 가는 것을 느꼈다. 그리고 다른 승무원들에게도 천천히 전염되고 있었다.

민경배는 스스로 자신이 정말 차분하고 치밀한 성격인가를 반문해 보았다. 위기 상황에서의 냉정함은 아무나 가질 수 있는 능력이 아니다. 함장은 그것을 가지고 있었다. 잠시 당황했던 스스로를 부끄러워하며 민경배는 음탐실 쪽으로 걸음을 옮겼다. 지금은 참을성과의 싸움, 자신과의 싸움이었다.

4월 25일 09:30　함경남도 마양도 남동쪽 22km

"목표 8이 내항으로 진입했습니다."
"정말 아슬아슬했습니다. 휴우~."

음탐장의 보고에 민경배 소령이 무겁게 한숨을 내뱉었다. 다시 생각하면 할수록 아찔한 순간이었다.

"놈들은 우리를 수괴로 판단한 것 같아. 저놈들이나 우리나 요란 떠는 건 똑같군."

김철진 중령이 미소를 지었다. 언제 위기였냐는 듯 천연덕스런 표정이었다. 수괴水塊란 수온이 다른 해수의 커다란 덩어리다. 한류와 난

류가 섞이면서 중심부에 있는 바닷물이 대류하지 않고 덩어리째 움직이는 현상을 일컫는다.
  수괴는 주변 해수와 염도 및 밀도 차가 크기 때문에 음파를 산란시키거나 반사시킨다. 그래서 가끔 잠수함으로 오인되기도 한다. 1998년 동해에서 한국 해군도 수괴를 북괴 잠수함으로 착각하고 대소동을 벌인 적이 있었다.
  만약 인민군이 이곳에 잠수함이 있다고 확신했다면 대잠수색망은 겨우 20시간 만에 끝나지 않았을 것이다. 한 달 이상 계속 수색하고도 남을 위인들이었다.
  "잠망경 심도로 부상한다. 전단사령부와 교신 준비하게. 그리고 배터리도 충전해둔다."
  "알겠습니다, 함장님!"
  민경배 소령이 대답하며 이마를 쓸어내렸다. 몸에 남아 있던 기운이 모두 빠지는 것을 느끼면서 시계를 들여다보았다. 추적을 피하기 위해 쥐죽은듯이 침좌해 버틴 지 무려 20시간이나 지났다. 이종무함이 서서히 부상하기 시작했다. 수면 밖으로 잠망경과 스노클이 조심스럽게 밀려 올라갔다.
  예상대로 상공에는 아무런 항공기도 없었다. 그리고 전단사령부로부터 통신이 잇달아 들어오기 시작했다. 통신장이 명령문을 재빨리 프린트해서 함장에게 건넸다.
  "키 왼편 30도. 일백칠십공(1-7-0)도 잡아!"
  통신지를 보면서 김철진 중령이 별안간 남쪽으로 진로를 바꾸라고 지시했다. 함장은 잔뜩 인상을 찌푸리고 있었다. 민경배 소령은 명령에 복창하면서 그게 무슨 뜻인지 깨닫기까지 꽤 시간이 걸렸다.
  "제기랄! 잠항해!"
  함장은 스노클 수납을 명령하지도 않고 잠항 명령을 내렸다. 민경배가 서둘러 충전상태를 확인하고 잠항준비 절차를 마쳤다.

"우린 기지로 돌아간다. 조함은 부장이 맡도록."

함장이 통신지를 팽개치듯 민경배 소령에게 주더니 휙 돌아 함장실로 향했다. 민경배 소령이 얼떨떨한 표정으로 통신지에 인쇄된 명령문을 확인했다.

귀항하라는 명령이었다. 함장과 달리 민경배 소령은 얼굴에 화색이 감돌았다. 전쟁 위기가 지나간 것이 틀림없었다. 승조원들이 호기심 어린 눈빛으로 민경배를 힐끗거렸다.

"8노트 이하로 움직인다. 아직 북방경계선 북쪽이다. 침묵 유지에 만전을 기하도록."

민경배는 절대 북한 해역이라고 말하지 않았다. 승조원들은 이곳을 빠져나간다니까 비로소 안심이 되는지 여기저기서 한숨 소리가 흘러나왔다.

민경배가 다시 통신문을 보며 명령의 발신시간을 확인했다. 21시간 전이었다. 그 명령을 제때에 받고 바로 귀환했더라면 그 난리를 안 피웠을 것이다. 그러나 북한 잠수함을 추적하는 중이라 명령을 받지 못했다.

민경배는 잠항 중인 잠수함이 사령부의 통신문을 받지 못해 전쟁의 빌미가 될 수 있다는 교훈을 뼈저리게 다시 배웠다. 영화에서나 있을 법한 이야기가 아니었다.

일이 꼬이긴 했지만 어쨌든 민경배는 다행이라고 생각했다. 북한 고속정과 접촉하기 이전에 상어급 잠수함의 음문을 분석할 수 있었고, 북한 해군이 보유한 Mi-14 대잠헬리콥터의 능력이 형편없다는 것도 확인한 것이다. 구식이지만 나진급의 음문도 좋은 보너스였다.

그러나 전단사령부는 발칵 뒤집혔을 것이다. 지난 21시간 동안 이 종무함과 연락이 끊어졌으니 당연한 일이었다. 명령문은 5분 간격으로 계속 반복되었다. 그것은 이종무함에서 답신할 때까지 계속될 것이다.

"우리가 돌아갈 때까지 전단장님 똥줄깨나 타시겠군요."

작전관이 명령문을 읽으며 낄낄댔다. 농담을 할 상황은 아니었지만 맞는 말이었다. 이종무함이 귀환 보고를 하면 전단사령관이 까무러칠 지도 모를 일이었다.

일단 작전사령부와 교신하는 것이 급했다. 그러나 이 해역에서 전파를 발신하는 건 위험했다. 아직 북한 영해였다. 작전사령부는 물론이고 합참도 난리가 났을 것이다.

발을 동동 굴렸을 전단사령관을 떠올리며 민경배 소령이 키득거렸다. 그리고 아무런 일도 벌어지지 않아 정말로 다행스런 일이라고 생각했다.

방향을 전환한 이종무함이 천천히 가속을 시작했다. 그리고 남쪽을 향하며 점차 심도를 낮췄다.

4월 28일 18:45   서울 서초구

회의실에서는 생담배 타는 푸른 연기만 올라오고 한 시간째 아무 말도 없었다. 회의 참석자들은 이 사설 펀드회사에서 일하는 직원 전부였다. 사장이나 전무는 넋 나간 사람처럼 초점이 흐린 눈으로 형광등만 보고 있었다.

김승욱은 푸석푸석한 얼굴을 손으로 비볐다. 지난 며칠 밤을 악몽 속에서 보냈다. 몸도 마음도 지쳐 완전히 녹초가 되었다. 정신적 충격에서는 이미 벗어난 지 오래였다.

1주일 전 한국에서 전쟁이 나지 않는 것을 확인하고 들어온 단기 투기자금은 일시에 한국 증시를 폭발적으로 확대시켰다. 종합주가지수가 천정부지로 치솟았다. 그러나 그 막대한 자금은 주가지수가 어느 정도 오르자 선물 투자금액 일부를 제외하고는 헤지펀드들답게 약속이라도 한 듯 한날 한시에 빠져나갔다. 그것이 사흘 전이었다.

증시는 연일 폭락하고 환율은 급상승했다. 이 회사에 돈을 맡긴 투자자들 중 대부분은 알거지가 되고 자본금을 완전히 다 까먹은 회사는 문을 닫게 될 처지에 놓였다.

김승욱도 수중에 한 푼 가진 것 없이 털어넣었다가 모두 날렸다. 며칠 전의 장밋빛 꿈이 흙빛 악몽이 되었다. 이젠 가족이나 친척들을 걱정해줄 여유조차 없었다. 한숨이 절로 나왔다.

'이제 실업연금으로 연명해야 하나……'

"10년도 안 돼서 또다시 이런 꼴을 당하다니 믿어지지 않습니다. 한국은 국제적 음모에 의해 또다시 망했습니다."

펀드매니저 박 부장이 한마디 한마디에 분노를 실었다. 국경을 자유롭게 넘나드는 국제금융계에서는 자금이 많은 쪽이 항상 이기는 게 시장의 생리였다.

그러나 분개하는 박 부장의 주장과 달리 금융 위기는 없었다. 단지 국제투기자본에 의해 증권시장이 단기적으로 폭등했다가 다시 폭락한 것뿐이었다. 그러니 4월 21일 이전이나 지금이나 종합주가지수는 거의 비슷했다. 그리고 실물경제는 이번 주가지수 급등락에 전혀 영향을 받지 않았다. 손해본 것은 대다수 한국 기관투자자와 사설펀드들뿐이었다.

"헤지펀드가 분명한데도 정상적인 투자자금이라니! 우리 정부가 어떻게 이럴 수가 있단 말입니까?"

박 부장이 계속 울분을 터뜨렸다. 그런데 외국 자금을 따라 공격적으로 투자하자고 주장한 사람이 바로 박 부장이었다. 사장은 잠시 관망하자고 반대했었다. 전무는 원래 사채업자였고, 사장의 공동창업자였다. 그래서 주식시장에 대해서는 원체 아는 게 없었다.
"됐네. 그만두게, 박 부장."
사장이 침울하게 말하며 일어섰다. 손바닥만한 사설 펀드회사 직원 가운데 가장 큰 피해를 본 사람이 사장이었다. 직원들은 일어설 힘도 없었다. 어깨가 축 처진 채 문을 나서던 사장이 돌아보며 말했다. 김승욱은 그의 안경 안쪽을 볼 용기가 나지 않았다.
"다들 모레쯤 나와서 경리부에서 퇴직금을 받아가도록 하게."

5월 2일 21:35   서울 송파구 신천동

"에잉~ 계집애가 칠칠치 못하긴!"
거실에서 TV 뉴스를 보던 최길수는 방에 틀어박혀 울어대는 딸년이 마땅치 않았다. 요 며칠 동안 백마 탄 왕자 만난 공주마냥 좋아하더니, 지금 하는 짓으로 봐선 아마 금세 깨진 모양이었다.
1년이나 사귄 남자를 모멸차게 내치고 돈 많은 백수건달이 좋다더니 이젠 차라리 잘됐다 싶었다. 딸년은 철이 나려면 아직 멀었다고 혀를 차려는 순간 딸애 방 안에서 울음 섞인 항변이 들려왔다.
"할아버지처럼 전쟁터에 끌려가 죽으면 안 되잖아요! 저는 할머니처럼 홀로 자식들만 바라보면서 살긴 싫었어요!"
최길수는 가슴이 찡하게 저렸다. 한평생 고생만 하시다가 살 만하니까 돌아가신 어머니 생각이 났다. 벌써 10년이 지났다. 어머니가 그토록 기다려온 사람은 끝내 돌아오지 않았다. 어머니가 돌아가시면서 품에 끌어안은 사진 속 얼굴은 최길수가 태어나서 한 번도 본 적이 없는 사람이었다.

"무슨 소리야? 너네 할아버지는 돌아가시지 않았어!"

"전쟁 나가서 소식 없으면 돌아가신 거잖아요! 살아 계시더라도 지금 연세가 몇인지 아세요?"

전쟁은 반세기가 지나서도 사람들의 가슴을 아프게 했다. 최길수는 실향민이며, 전쟁통에 태어났다. 그는 이웃들로부터 아비 없는 자식이라는 손가락질을 받으며 커왔다. 화가 치밀어오른 최길수는 리모컨으로 TV 소리를 줄이며 대꾸했다.

"네 할아버진 적지에서 북괴군하고 싸우시다 휴전선이 막혀 돌아오지 못하신 거야!"

"그럼 돌아가신 거잖아요? 그리고 그것도 그래요."

찰칵거리며 방문 자물쇠 풀리는 소리가 들리더니 이내 방문이 빼꼼 열렸다.

"북괴군하고 싸우다 돌아가셨는데 우리집은 왜 국가유공자 대우도 못 받아요?"

여전히 딸애 얼굴은 보이지 않았다. 딸애 목소리가 한 옥타브 정도 올라갔다.

"미군 부대에 계셔서 증명이 쉽지 않대니까? 켈로부대라고 미군 첩보부대에 계셨다고 했잖아?"

켈로부대(KLO)는 'Korea Liaison Office', 한국연락사무소라는 뜻의 영어 약자다. 인천상륙작전, 그리고 한국전쟁 기간 동안 다양한 첩보작전에서 많은 공훈을 세운 부대다.

그런데 첩보부대 특성상 수많은 한국인 공작요원들의 법적 신분은 민간인이었다. 또 한미간의 협조가 미미했고 갈등도 있었던 관계로 켈로부대 출신자들은 대한민국 정부로부터 병역의무 이행을 인정받지 못했다. 전쟁 후 그들은 신병으로 다시 입대해야 했다. 딸이 아버지의 아픈 데를 다시 찔렀다.

"증거 있어요? 혹시 우리집 빨갱이 집안 아녜요?"
"아니, 이년이!"
최길수가 벌떡 일어났다. 실향민들의 레드 콤플렉스는 상상외로 컸다. 한국전쟁 때 공산군에 맞서 가장 용감하게 싸운 사람이 실향민들이었다. 월남 전에 공산정권의 학정을 몸으로 뼈저리게 느낀 사람들이었다. 그리고 이들은 공산주의에 대한 증오가 지나치다 못해 전쟁 전에 양민학살사건에도 많이 연루되었다.
최길수가 화를 버럭 내자 옆에서 잠자코 듣고만 있던 그의 아내가 나섰다.
"여보, 그만 하세요. 지은이가 오죽하면 그러겠어요. 요즘 지은이 마음이 아플 테니 당신이 참으세요."
"어휴~ 저걸."
아내가 만류하자 최길수가 씩씩거리며 주저앉았다. 그러나 방 안에서 딸아이가 내지른 소리에는 참을 수가 없었다.
"우리 집안이 실향민만 아니었어도, 할아버지가 돌아가시지만 않았어도 내가 일부러 군대 안 갈 남자 좋다고 하지는 않았을 거예요!"
"그래도 저년이!"

6월 5일 14:00 중국 길림성 백하白河

사륜구동차 랜드로버(Land Rover)가 굉음을 울리며 급경사길을 미친 년 널뛰듯 튀어올랐다. 도로가 평평하지 않아 차가 잔뜩 울렁거렸다. 김승욱은 휙휙 지나가는 주변 경관을 감상할 겨를이 없었다.
'여기 오느라 돈이 얼마나 깨졌는데! 그게 어떤 돈인데! 빌어먹을!'
엉망으로 튀는 차 안에서 안개 사이로 보이는 백두산과 개마고원은 단지 무의미한 바깥 풍경에 불과했다. 일단은 목숨이 먼저였다. 차가 튀는 리듬에 맞춰 움직이니 속이 울렁거렸다.

김승욱은 중국놈들이 인도에나 쓰는 보도블럭을 차도에 까는 경우 없는 짓을 한다고 투덜댔다. 민족의 영산인 백두산에 찻길을 낸 자체가 불경스럽게 느껴지기도 했다. 차가 급회전을 반복하자 차에 탄 손님 여섯 명은 속이 불편한지 잔뜩 인상을 찌푸렸다.

"씨발, 좆도!"

차 유리창에 머리를 부딪친 옆자리 청년이 누구에겐지 모를 욕지기를 퍼부었다. 김승욱은 백미러를 보며 운전사의 눈치를 살폈다. 아침에 조선족 가이드는 중국 운전사들이 한국말 중에서 유일하게 욕만 알아듣는다고 했다. 임업국 소속 공무원이라는 중국인 운전사는 불쾌한 표정을 지었지만 누가 욕을 했는지 확인할 틈이 없었다.

김승욱은 운전사의 이마가 비치는 백미러에 대고 노골적으로 혐오스런 눈빛을 쏘아보냈다. 공정가격인 차비 외에 팁으로 1인당 미화 15달러나 받아 처먹은 놈이었다. 팁을 달러로 받다니! 김승욱은 운전사에게 속으로 욕을 퍼부었다.

날씨도 개떡같았다. 대충 눈이 녹는 6월 초에서 장마철 직전까지, 그리고 8월 하순부터 눈이 오는 9월 중순 이전까지만 천지가 보인다고 해서 김승욱은 이때를 선택했다. 그런데 아침에 올라갔을 때는 정상 부근에서만 비가 쏟아졌고, 두 번째인 지금은 안개가 자욱했다.

'3대째 공덕을 쌓아야 천지를 볼 수 있다고? 제기랄! 그럼 여기 열 번씩 올라온 졸부들은 최소 한두 번씩은 봤을 테니까 그놈들은 3대째 공덕을 쌓았나?'

김승욱은 이제 틀렸다고 생각했다. 여기까지 와서 천지도 보지 못하고 내일 모레 서울로 돌아가야 했다. 서울로 돌아가면, 이젠 할 일이 없었다. 회사가 망해 졸지에 실업자가 된 것이다.

만약 그 빌어먹을 돈이 많았다면 북한 쪽에서 백두산에 올랐을 것이다. 길도 좋고 차 안에서 천지를 내려다볼 수 있었을 것이다. 요즘은 돈만 있으면 금강산은 물론이고, 백두산에도 마음대로 올라갈 수 있는 세상이다.

물론 북한 쪽에서 등정하면 돈이 너무 많이 들었다. 한민족 동포가 백두산을 보겠다는데 북한 당국은 어떻게 천 달러씩이나 받아 처먹는지 알 수 없었다. 기타 경비까지 포함하면 백두산 관광경비가 중국 쪽에서 올라가는 것에 비해 최소 3배는 더 들었다. 김승욱은 욕이 튀었다.

"니기미! 전쟁이라도 나서 후딱 통일이나 돼부렀으면 좋겠네, 이~."

아직도 머리를 싸매고 있는 옆자리 청년이 투덜거렸다. 김승욱은 입에서 튀어나오려는 욕지기를 꿀꺽 삼키고 옆사람에게 웃어 보였다. 김승욱이 하고 싶은 욕이었다.

"빨갱이 시키들, 다 쥑이야 된다카이!"

이번에는 김승욱의 왼쪽에 앉은 중년 남자가 구토를 참는지 잔뜩 찡그리며 한마디했다. 김승욱이 맞장구치지는 않았지만 서로 얼굴을 보며 웃음으로써 공감을 표했다. 단체관광을 같이 와서 사흘째 인사도 하지 않은 사람들이었는데, 이때만큼은 하나가 된 기분이었다.

차는 곧 정상 바로 아래 주차장에 도착했다. 친해진 세 사람은 바람이 부는 정상을 향해 어깨동무하며 같이 올라갔다. 심한 급경사에 바람이 심해 여자들은 올라갈 엄두도 내지 못했다. 강한 바람에 주먹만 한 돌멩이가 날아다녔다.

자욱한 구름과 안개 때문에 결국 이번에도 천지는 보이지 않았다. 허탈했다. 천지가 있을 곳인데 지금은 구름바다인 아래를 내려다보며 세 사람은 욕설과 함께 괴성을 질러댔다. 속이 다 후련했다.

돌아오는 길에 차 안에서 한 사람이 포켓양주를 꺼내 모두들 한 순배 돌렸다. 다들 얼굴이 벌겋게 되고, 김승욱도 기분이 좋았다. 그러나 김승욱의 답답한 마음은 가시지 않았다. 옆자리 청년이 혼잣말처럼 중얼거렸다.

"빨갱이놈들이 쳐들어오기 전에 우리가 먼저 치고 올라가뿌러도 되는디, 이. 머달라고 그리 보태줘싸코 고론 미운 놈들헌티 이로코롬 질질 끌려댕긴당가?"

6월 6일 14:35 강원도 횡성군

"으흑흑~ 반쯤 무너진 시멘트 다리 지나자마자 물에 반쯤 잠긴 도로라니. 불쌍한 내 차."

"흐~ 10년 넘은 똥차. 뭐, 어때. 걱정 마. 금방 도로가 나올 거야."

검은 색 스포츠카, 96년형 티뷰론이 꼬불꼬불한 길을 비틀거리며 시속 50km로 달렸다. 어떤 차도, 그 어떤 속도광이라도 이 도로에서 그 이상 속도를 내는 것은 무리였다.

이 차는 지금 운전대를 잡고 있는 민순기의 형이 중형차를 사면서 민순기에게 물려줬다. 민순기는 5년 넘게 이 차를 몰다가 학군 장교로 입대했다. 근무하는 날에는 상관들 눈치 보느라 몰고 다닐 수 없었고, 오늘 같은 휴일에나 가끔 놀러다니는 데 쓰였다.

"그 금방이 벌써 40분째다, 임마! 차라리 좀 밀리더라도 큰길로 갈 걸, 괜히 니 말 들었더니 또 이 모양이다. 그리고 내 차는 아직 10년 안 넘었어!"

민순기는 조수석에 앉은 친구를 잡아먹을 듯이 노려보았다. 얄밉게도 발바닥에 허옇게 무좀 난 왼발은 양말을 벗은 채 앞유리창 밑에서 꼼지락거리고, 오른발 역시 맨발로 오른쪽 백미러를 가리고 있었다. 졸린 듯 반쯤 감긴 친구 얼굴 너머로 물에 잠기기 시작한 논밭이 눈에 가득 들어왔다. 이때 친구의 게슴츠레한 눈이 약간 크게 뜨였다.

"전방 주시!"

"으갸!"

민순기는 핸들을 급히 오른쪽으로 꺾었다. 민순기의 몸이 핸들과 같이 오른쪽으로 움직였고, 친구는 왼쪽으로 기울었다. 갑자기 온 세상이 벼락 친 것처럼 하얗게 번쩍거렸다.

"아악! 이 돌대가리!"

둘은 거의 동시에 비명을 질렀다. 물보라가 튀어 앞유리창을 두들겼다. 운전석으로 튀는 황톳빛 물방울이 문제가 아니었다. 중앙선을 넘다 못해 하마터면 차가 반대편 개울로 빠질 뻔했다. 놀라 다시 핸들을 꺾었는데, 이번에도 너무 많이 돌려 길 옆 미루나무에 부딪칠 뻔했다. 친구가 조금 전에 부딪쳐 혹이 난 머리를 문질렀다.

"아후~ 아파라. 죽을 뻔했네."

"으~ 이 도로 열라 더럽다. 차라리 빨리 수몰되는 편이 낫겠어."

"그러니 댐을 만들겠지."

수몰예정지구라서 그런지 도로에는 지나가는 사람 한 명 없었다. 주변에는 적당히 높은 산들이 사방으로 빽빽이 들어차 있었고, 제멋대로 자란 잡초가 옛날에는 논과 밭이었을 곳을 지켰다. 초라하지만 튼튼하게 지어진 2층짜리 슬래브 양옥이 그 집 옆에서 다 쓰러져 가는 외양간과 대조적으로 보였다.

"그나저나 요즘 군대 좋다? 비상경계령인데 소대장이 외박이라니. 나 때는 말이야~."

"씁새! 일찍 갔다왔다고 디게 뻐기네."

"방송에선 조용하던데. 전엔 그렇게 호들갑 떨더니, 북한이 안 쳐들어와, 민 중위? 전쟁 난다고 믿는 사람은 이젠 아무도 없지만 말야."
"전방엔 아~무 일 없다. 아직 비상이 해제되지 않은 건 대국민 홍보용이라더라. 쫄따구들도 휴가 꼬박꼬박 챙겨먹고 제대특명도 제때 떨어진다, 뭐."
"오호~ 그래도 이 기회에 일하는 티는 내겠다, 이거지?"
"어떤 조직이든 기회 있을 때마다 존재가치를 증명해야겠지?"
민순기가 행정학과 졸업생답게 말했다. 사회생활 4년째인 친구는 기성세대 정치인이나 행정 관료들에 대해 매우 비판적이었다. 민순기의 고교 동창인 친구는 어릴 적부터 익힌 컴퓨터 기술을 기반으로 일찌감치 용산전자상가에서 중고컴퓨터 판매상을 하고 있었다.
"그래도 군대는 그나마 다행이다. 다른 데서는 뇌물 처먹거나 비리 저지르면서 존재가치를 거꾸로 증명하는 놈들이 많으니까."
"검찰청 현관 포토라인에 서서 사진 찍히는 장교는 없지."
TV 뉴스 시간에 많이 나오는 장면이다. 참고인으로 소환될 때는 혼자, 구속된 다음에는 양옆에 검찰 수사관이 팔짱을 끼고 보도진의 플래시 세례를 받는다. 그런데 방금 민순기가 한 말은 당연한 말이다. 범죄를 저지른 군인은 검찰이나 경찰이 아니라 헌병이나 군 검찰이 수사를 담당한다.
"순기야! 저 도로표지판 봐라. 마을 이름이 삼거리야."
"삼거리면 세 갈래 길이지, 그게 왜 마을 이름이야? 어? 정말이네?"
표지판에는 현재 지명이 아니라 분명히 행선지에 삼거리라고 되어 있었고, 그쪽 길은 마을에서 곧 끝났다. 민순기가 신기한 듯 창 밖을 살폈다.
"우헤헤~ 정말 웃기다."
10년을 몰아도 20년 된 차 같은 96년형 티뷰론은 양쪽이 콘크리트로 된 좁은 길을 지나자 곧 왕복 4차선 도로를 만났다. 도로표지판에는 오른쪽으로 횡성, 왼쪽으로는 홍천과 인제 가는 길이라고 되어 있었다. 민순기가 액셀러레이터를 밟으며 환성을 질렀다.
"살았다!"

6월 6일 19:04 중국 길림성 용정

김승욱은 흐뭇한 표정으로 관광버스에 올랐다. 이끼로 덮고 다시 나무껍질에 싸인 산삼을 소중히 들고 통로를 지났다. 산삼은 워낙 구하기 힘든 만큼 이런 포장이 정말 그럴 듯했다. 아마 산삼의 수분이 빠져나가지 않게 하려는 방법 같았다.
아이처럼 생긴 산삼이 약효가 좋다는데, 하나는 정말 어린아이처럼 생겼다. 게다가 이것들은 효능 좋다는 백두산 산삼이었다. 아버지께 드리면 얼마나 좋아하실까 상상하며 김승욱은 기분이 좋아졌다.
그렇게 비싼 것도 아니다. 중국돈 겨우 천 원, 한국돈으로 20만원도 안 되는 싼 가격이었다. 중국 물가가 싸다더니 정말이었다. 그리고 이 산삼 두 뿌리는 조선족에게 샀다. 돈만 죽어라 밝히는 한족 중국인과 달랐다. 그들은 순박한 우리 동포인 만큼 믿을 만했다.
버스가 연변을 향해 출발했다. 널따란 들판이 휙휙 지나갔다. 들판에 심어진 것은 대부분 옥수수였다.
"그게 뭔가?"
버스 옆자리에 앉은 노인이 안경 너머로 물었다. 김승욱이 자랑삼아 산삼을 포장한 나무껍질을 보여주었다.
"산삼입니다. 인민폐 천 원에 두 뿌리나 샀어요."
"그래? 어디, 구경 좀 해보세."
김승욱이 조심조심 포장을 풀었다. 나무줄기로 묶은 나무껍질을 천천히 펼쳤다. 이끼를 걷자 하얗고 누런 뿌리가 드러났다. 가느다란 잔뿌리들이 서로 얽혀 있었다.

"어허~ 그건 장뇌로구먼그래. 쯧쯧!"

"장뇌라뇨?"

김승욱이 어디선가 들어본 말인 것 같았다. 불안했다.

"자연산이 아니라 적당한 곳에 심어서 기른 산삼 말일세! 허이구~ 그런 것도 몰라서 속아? 쯧쯧!"

노인 말로는 저질 산삼도 아니고, 아예 산삼이 아니라는 것이다. 산삼 씨앗을 뿌려 키웠다면 그건 인삼이나 다름없다.

"설마요!"

"환율을 감안하더라도 산삼이 그렇게 싸겠어? 그리고 산삼은 백두산 남쪽 사면에서 난 것만 제대로 된 효능이 있네. 장뇌가 아니고 진짜라도 백두산 북쪽에서 난 것은 가짜나 다름없어. 미국에서 나는 산삼은 무 뿌리만하다네. 그런 게 약효가 있겠나?"

"그럴 리가요! 방금 조선족한테서 샀는데요?"

심장이 덜컥 내려앉는 것 같았다. 그래도 아직 김승욱은 동포를 믿고 싶었다. 조선족은 태어날 때부터 뻘건 사상에 물든 북한 사람이 아니다. 이들만큼은 아직 순진하다고 들었다.

"저런…… 쯧쯧! 조선족이 순박했던 건 80년대 말이나 그랬지. 지금은 돈맛을 알고 되바라져서 한국 사람보다 더 약삭빠르다네."

"……."

"한국에 와서 막노동판을 전전하며 돈을 모은 사람이 연변 자치주로 돌아가 뭘 하는지 아나?"

노인은 약간 흥분해 있었다. 옆자리에서 졸던 부인이 깨어 노인을 걱정스럽게 바라보았다. 김승욱은 생각나는 대로 대답했다.

"농사 지을 땅을 삽니까?"

"이 사람! 농사 지어서 자식 공부도 제대로 못 시키는 건 한국이나 여기나 마찬가지야. 한국서 돈 벌어오면 여기서 노래방이나 차린다고! 정신 좀 똑바로 차리게! 세상물정 모르는 사람 같으니라고……. 에잉~ 쯧쯧!"

김승욱이 눈을 감고 의자에 똑바로 앉았다. 눈앞이 캄캄해지는 것 같았다. 그깟 돈이 아까워서가 아니라, 믿었던 사람들에게 배신당한 기분이 들었다. 무척 불쾌했다.

김승욱은 백두산 여행길에 작은 도시들을 지나며 곳곳에 있던 M-TV라는 간판이 붙은 가게들을 기억했다. 처음에는 위성TV를 틀어주는 곳인 줄 알았다. 그런데 초저녁부터 화장을 짙게 한 젊은 여자들이 입구에 나와 있는 게 이상했다.

그런 곳에서 어제 점심을 먹기도 했다. 넓은 홀마다 노래방용 모니터와 마이크가 있고, 반짝거리는 조명이 천장에서 휙휙 돌아갔다. 보통 식당은 아닌 것 같았다. 누군가가 이런 곳은 밤이면 노래방으로 바뀐다고 알려주었다.

아니나 다를까, 그곳에는 커튼으로 쳐진 밀실이 있었다. 노래방에 아가씨들이 나오니 이 밀실이 어떤 곳인지는 알 만했다. 김승욱은 몹시 불쾌했다.

— 아! 아!

운전석 뒤에 앉아 있던 여행단장이 일어나 마이크를 잡았다. 그 간사하게 생긴 중년은 한국 관광회사에 고용된 가이드가 아니고, 다만 자천타천으로 여행단 대표가 된 사람일 뿐이었다. 그 옆에는 조선족 쓰루 가이드와 조선족 현지 가이드가 앉아서 여행단장이 하는 말에 귀를 기울였다.

— 오늘 저녁은 연변에서 묵고 내일 아침에 비행기편으로 대련에 갑니다. 그리고 저녁때 영종도에 도착할 예정입니다. 안개가 너무 많이

끼어 천지를 못 봐서 아쉽겠지만 그래도 기억에 남을 만한 좋은 여행이었습니다. 큰 사고도 없었고 말입니다.

그건 새빨간 거짓말이었다. 가짜 산삼 사건으로 불쾌해진 김승욱은 욱하는 기분이 들었다. 북한에 있는 친척을 만나러 온 여행단 일행 중 한 명은 중국 공안원에게 끌려갔다가 강제로 출국 당했다.

그 사람은 연변 조선족을 통해 북한에 있는 친척과 서신왕래를 하다가 연변에서 친척을 만나기로 되어 있었다. 그런데 그 북한 친척이 위험을 무릅쓰고 연변까지 나온 건 돈 때문이었다. 그 사람은 일행들에게 서울에 가면 갚기로 하고 돈을 꾸어서까지 그 친척을 도와주려 했다.

그런데 돈을 받은 그 친척은 다음날 나타나지 않았다. 대신 군인 같은 복장을 한 공안원들이 나타나 그 사람을 체포했다. 그 사람은 다음날 강제출국 당했다고 한국영사관으로부터 들을 수 있었다.

"자! 그동안 수고한 우리 가이드들에게 박수!"

버스 여기저기서 힘없는 박수 소리가 나왔다. 현지 가이드라는 비쩍 마른 조선족 젊은 남자는 신세타령 비슷한 이야기로 일관했다. 어떻게 들으면 자랑 같기도 하고, 어떻게 들으면 푸념 같기도 했다.

중국에서 관광 가이드는 돈을 많이 벌어 부러움을 받는 직업이라고 한다. 그 사람은 북경에서 대학까지 나와 가이드를 하는데, 관광회사로부터 월급을 받는 것이 아니라 오히려 일정 금액을 회사에 상납해야 한다며 한숨을 쉬었다. 운전사에게 주는 수고비도 가이드가 챙겨줘야 한다는 말도 했다. 물론 만주 길림성 곳곳에서 들른 토산품 가게로부터 가이드들이 챙기는 커미션은 쏙 빼고 하는 이야기였다.

김승욱은 현지 가이드들이 마음에 들지 않았다. 한국말을 제대로 하지 못하는데다가 기껏 더듬더듬하는 말에도 심한 함경도 사투리가 섞여 있었다. 관광지에 대한 조사조차 제대로 하지 않아 설명도 엉터리였다.

그리고 지금은 없는 다른 현지 가이드 한 명은 숙박업소에서 체크인할 때나 나타났다. 하는 일도 없으면서 괜히 현지 가이드랍시고 있는 것 같았다.

전체 일정을 책임지는 쓰루 가이드도 마찬가지였다. 그 가이드는 일정이 길어 피곤하다며 산이나 관광명소에는 갈 생각도 하지 않은 채 여행일정 내내 버스에 남아 자기만 했다.

그 다음 과정은 일사천리로 진행되었다. 시장 장사치 같은 여행단장이 쓰루 가이드와 현지 가이드들, 그리고 운전사들에게 줄 팁을 걷는다고 말했다. 웃기게도 버스는 한 대인데 운전사는 2명이었다. 5층 아파트 엘리베이터에도 버튼을 눌러주는 안내원이 따로 있다는 중국식 고용방식이었다.

일행들에게 의견을 묻지도 않고 부단장이라는 젊은이가 버스 통로를 지나며 돈을 걷기 시작했다. 한 사람당 내는 돈은 그리 많지 않았지만 합하면 만만치 않은 금액이었다. 가이드 3명과 버스 운전사 2명은 중국 노동자들의 한 달 월급이 넘는 금액을 단 며칠 만에 챙겼다.

"징허네, 이~."

김승욱과 함께 백두산에 올랐던 전라도 남자가 투덜거리며 돈을 냈다. 앞자리에 앉은 경상도 남자도 툴툴거리며 돈을 냈다. 김승욱도 어쩔 수 없이 지갑을 꺼냈다. 김승욱은 이 돈을 여행단장이 중간에서 얼마쯤 챙기는 것은 아닌가 의심이 갔다.

다시 유월

6월 9일 11:15 경기도 양평군 용문산 상공

산자락 사이에서 터보프롭 엔진의 낮은 소음이 계곡을 울렸다. 곧 회색빛 비행물체가 계곡을 빠져나와 모습을 드러냈다. 한국 공군의 전형적인 저시인성 회색 도장을 한 비행물체는 고도를 잠시 높이는 듯했다. 그러나 비행기는 이내 다시 기수를 숙이며 또 다른 계곡 사이로 파고들었다.

산자락 사이에서 숨바꼭질하듯 비행하는 주인공은 한국형 훈련기 KT-1을 기본으로 제작된 한국형 전선통제기 KO-1이었다. 지표면을 훑듯이 저공비행하는 KO-1의 전방석에는 장명숙 대위가 조종간을 잡고 있었다. 후방석에는 관측사인 전현호 중위가 하네스 벨트를 조이며 흔들리는 몸을 추스르기에 바빴다.

"장 대위님! 기동 연습이라곤 하지만 너무 심한 거 아닙니까?"

전현호는 불만과 부러움이 섞인 목소리로 전방석에서 조종간을 잡고 있는 장 대위에게 투덜거렸다.

- 야, 모르는 소리 하지 마! 실전에서 대공화망을 피하려면 이것도 모자라!

전방석에서 장 대위가 앙칼진 목소리로 쏘아붙였다. 인터컴으로 들려오는 소리가 헬멧을 가득 메웠다. 전현호는 정신이 없었다.

- 왼쪽으로 상승선회할 테니까 투덜대지 말고 10시 방향 능선에 뭐가 있는지 살펴봐.

다음 순간 비행기가 날카로운 각도로 왼쪽으로 급선회하면서 상승했다. 선회에 따른 중력 가속도가 어깨를 짓누르자 전현호는 끙 소리를 내며 숨을 짧게 내쉬었다. 이 상태에선 지상 관측은 고사하고 고개를 돌리기도 힘들었다.

- 전 중위! 뭘 봤나?

"장 대위님! 아무 것도 못 봤습니다. 그렇게 갑자기 당기면 어떡해요!"

- 똑바로 못해? 그럼 지상에서 미사일 쏴대는데 누구 좋으라고 얌전하게 꺾냐? 훈련은 실전처럼 하는 거 몰라?

장명숙 대위가 조종간을 앞으로 밀자 KO-1이 갑자기 기수를 숙였다. 후방석에서 정신 못 차리고 있던 전현호의 헬멧이 위쪽 캐노피에 부딪칠 정도로 몸이 솟구쳤다. 유원지의 놀이기구가 내리꽂힐 때보다 훨씬 더 심한 마이너스 G가 전현호를 덮쳤다. 머리 위쪽으로 중력가속도를 받는 마이너스 G 상태에는 가슴이 철렁하도록 떨어지는 느낌과 함께 피가 머리로 쏠려 올라가는 고통이 따랐다. 전현호의 엉덩이가 좌석에서 살짝 떨어지며 어깨의 하네스 벨트에 체중이 실렸다.

"으악! 장 대위님. 다시 할게요! 이번엔 잘 할게요. 제발!"

전현호는 피가 머리 위로 솟구쳐 오르는 마이너스 G는 정말 질색이었다. 전현호가 지금 타고 있는 KO-1의 모체인 KT-1 중등훈련과정에서도 가장 싫었던 게 까마득히 떨어지는 듯한 끔찍한 느낌의 스핀 과목이었다.

- 이번엔 오른쪽이다. 목표는 전방 2시 방향! 거리 3km 능선이다. 뭐가 있는지 잘 살펴봐!

기수를 숙이고 저공으로 진입하던 비행기가 이번엔 오른쪽으로 급선회하며 상승했다.

"끙, 흡, 후~ 끙, 흡, 후~."

M-1 호흡법대로 짧게 끊어서 내쉬는 숨소리 사이로 전현호의 신음소리가 섞였다. 높은 G상태에서의 호흡기법이 M-1 호흡법이다.

- 이번엔 뭐가 보였나?

선회를 마치고 기체가 수평을 되찾자 장 대위의 날카로운 질문이 전현호를 다그쳤다.

"능선을 따라서 샛길이 있고 경사면 중간쯤에 정자가 하나 있었습니다."

- 잘했어. 정자 이름은?

"정자 이름이요? 그건 한자라서…… 그게……."

- 다음 번엔 기동 중에 정자 현판까지 읽을 수 있도록 해. 다음에 또 시킬 거야. 알았지?

"예, 알겠습니다."

- 좋았어, 오늘 훈련은 여기까지 하고 귀환한다.

용문산 계곡을 누비던 KO-1이 상승하면서 기수를 돌렸다.

KO-1은 노후한 O-2 전선통제기를 대체하기 위해 한국 공군의 기본훈련기 KT-1에 약간의 무장능력을 덧붙여 만든 비행기다. 이 기체를 부르는 공군의 공식 명칭은 저속통제기다. 그런데 조종사들은 줄여서 저통기, 혹은 거세게 발음해서 젖통기라고 불렀다.

초등훈련기라고는 하지만 950마력의 강력한 터보프롭 엔진을 장비한 KT-1은 +6G까지의 급기동과 배면 스핀 등 각종 고난이도 기동을 수행할 수 있다. 그리고 프로펠러기 특유의 저속 기동성으로 인해 저공비행이 주임무인 전선통제기 KO-1으로 채택되었다.

그러나 KO-1이 처음 전선통제기로 채택되었을 때 일부에서는 각종 대공화망의 위협 하에서 저속인 프로펠러 항공기의 생존성이 낮다는 이유로 반대 의견도 만만치 않았다. 이 때문에 KO-1의 운용 교리에는 생존성 향상을 위해 지금과 같은 저고도 지형추적기동과 급기동 중 관측훈련이 상당 부분을 차지하고 있었다.

6월 9일 11:35 경기도 성남시

제트 엔진의 귀를 찢는 듯한 소음이 아닌, 터보프롭 엔진 특유의 부드러운 저음이 활주로 주변을 맴돌았다. 회색빛 KO-1은 활주로 상공에서 사각형의 장주비행을 실시하고 사뿐히 활주로 위로 내려앉았다. 활주로에 바퀴가 닿고 나서 완전히 멈추는 데 걸린 거리는 불과 300미터 남짓이었다.

중간 유도로를 통해 주기장으로 들어온 KO-1은 천장이 없는 개방형 주기구역에서 정지했다. '푸드득' 하는 소리와 함께 프로펠러가 멎고 일체형 캐노피가 오른쪽으로 열렸다.

정비병들이 탑승 사다리를 갖다대기도 전에 벨트를 풀고 훌쩍 뛰어내린 사람은 20분 전에 용문산 자락을 휘저으며 비행하던 장명숙 대위였다. 후방석의 전현호 중위는 날개에서 미끄러지듯 떨어지며 허겁지겁 장 대위를 따랐다.

"같이 가요, 장 대위님!"

허둥대며 뒤따라가는 전현호는 아직 헬멧도 벗지 못한 채였다. 전현호는 키 184cm, 몸무게 89kg의 거구답게 머리도 남들보다 컸다. 그 덕에 머리에 꼭 맞게 제작된 비행헬멧을 쓰고 벗을 때면 남들보다 훨씬 더 고생했다.

겨우 헬멧을 머리에서 벗겨낸 전현호가 장 대위 옆으로 바짝 따라붙었다. 고개를 돌려 전현호를 올려다본 장 대위는 걸음을 재촉해 한 걸음 앞서 걸었다.

"야, 빨리 가자. 디브리핑 하고 점심 먹어야지."

0.1톤에 가까운 덩치에 걸맞지 않게 전현호의 얼굴은 여드름이 덕지덕지 내려앉은, 앳된 모습이었다. 마스크 자국이 선명한 입 언저리를 연신 문지르며 전현호가 넉살좋게 따라붙었다. 비행 후 조종사들끼리 갖는 작은 평가회인 디브리핑 시간에 조종사인 장 대위에게 깨질 게 뻔해도 전현호는 여전히 웃고 있었다.

"오늘 메뉴가 뭔데 그렇게 빨리 가요? 뭐 맛있는 거 나와요?"

전현호는 조종장학생 출신으로 입대해서 초중등 비행훈련과정을 마치고 고등과정에서 탈락했다. 전현호는 그래도 비행기 타는 게 좋다며 남들이 가기 싫어하는 KO-1 후방석의 관측 장교로 자원했다.

어느 나라 공군이든 조종사와 비조종사간의 격차가 심하지만 조종사끼리도 기종간에 알력이 심했다. 특히 전투기도 아닌 지원기, 그것도 프로펠러기인 KO-1 후방석 관측특기는 사실 찬밥이나 다름없었다.

전현호 옆에 선 장명숙 대위는 공중에서 당당하던 모습과 달리 왜소해 보였다. 실제로 장 대위의 키는 조종사 기준치를 간신히 통과하는 162센티미터에 불과했다. 장명숙 대위는 90년대 후반 공군사관학교의 여학생 입학허용 조치 이후 배출된 제1세대 여성 조종사었다.

 KO-1 조종이 3년째인 장 대위의 조종 기량은 대대 내에서 이미 널리 알려졌고 고등훈련 수료 때에도 F-16 전투기를 탈 수 있는 우수한 성적이었다고 한다. 그렇지만 무슨 이유에선지 장 대위는 F-16이나 F-4 대대로 가지 못하고 지금의 KO-1 대대에 배치되었다.

 전현호는 그런 장 대위에게 비조종사로서 조종사에 대해 느끼는 열등감 섞인 부러움과 함께, 같은 찬밥으로서의 동질감을 느끼고 있었다.

6월 12일 08:17   서울 용산구

 【세상 만물이 다 변해도 변하지 않는 것이 제국주의자들의 침략적 본성이다. 우리 조선민주주의 인민공화국에 대한 군사적 선제타격을 노리고 자행된 4·21 폭격사건은 미 제국주의 호전광들이 제2의 조선전쟁을 도발하려고 얼마나 지랄발광하고 있는가를 똑똑히 보여주고 있다.

 남조선을 발판으로 전 조선을 침략, 식민착취하려는 것은 미제 전쟁광들이 추구하고 있는 야망이다. 미국이 기회가 있을 때마다 조선반도의 평화요, 동북아세아의 신뢰요 하고 떠들어대고 있으나 그것은 저들의 침략과 전쟁책동을 가리우기 위한 술수에 지나지 않는다.

 승냥이의 본성이 변할 수 없는 것처럼 미제의 침략적 본성도 결코 변할 수 없다. 그러나 미국은 그 걸탐스런 주둥아리에 전 조선을 집어 삼키려는 시대착오적인 망상을 버려야 한다. 미국이 그런 망상을 버리지 않으면 조만간 양코백이 높은 콧대가 뭉개질 것이다.

 우리 공화국은 최고사령관 동지로부터 전 인민과 하전사에 이르기까지 철저한 사상과 원쑤의 심장에 기어코 비수를 꽂고야 말겠다는 강철같이 굳센 의지로 무장되어 있다. 미국이 조선 인민에게 총칼을 들이댈 때마다 천 배 만 배 피의 복수를 당하고야 말 것이다.】

합참 정보참모본부 소속 정현섭 소령이 아침마다 체크하는 것이 평양방송 녹취문이었다. 정현섭은 녹취문을 보고 피식 웃었다. 지난 한 달 반 넘게 꾸준히 나온 대미국 경고문과 내용상 별다른 게 없었다.

정현섭은 다른 자료도 살폈다. 전방 각 지역별 통신량, 각 감제고지에서 확인한 북측 도로의 차량 이동상황, 인공위성에서 탐지한 북한 해군 함정의 이동경로 등 북한 군사동향에 관한 모든 자료가 그의 손에 있었다.

정현섭은 느긋하게 의자에 등을 붙이고 차근차근 읽어 내려갔다. 별다른 움직임은 없었다. 지난 한 달 반 동안 그랬듯이 대규모 병력이동이나 물자이동은 없었다. 모든 지표들이 극히 정상적인 수준이었다.

그런데 뭔가 이상했다. 정현섭은 인상을 약간 찌푸렸다. 책상 서랍에서 어제 받은 보고서철을 뒤졌다. 보고서를 쭉 훑어보다가 당황한 정현섭의 손길이 빨라졌다. 이틀 전, 사흘 전 보고서철을 뒤진 그의 표정은 점점 경악으로 변했다.

"이봐, 정 소령! 주관적인 오판을 피하기 위해 마련된 것이 체크리스트야. 도대체 통신량이 증가하거나 감소했나, 아니면 대규모 부대이동이라도 있나? 아니, 모든 징후가 지나치게 평균적이라고? 그럼 평상시지, 그게 왜 문제야?"

합동참모본부 정보참모본부장 안우영 중장이 정현섭 소령을 쏘아붙였다. 정현섭은 안우영 중장의 책상 앞에 서서 미동도 않고 그대로 야단을 맞았다.

"지난 수십 년간 전쟁 위기가 있던 때가 차라리 더 일상적이었습니다. 물론 북괴의 최근 동향을 보면 통신량이 증가하거나 감소하지도 않았고, 훈련이든 병력 이동이든 극히 평상시 수준입니다.

하지만 지나치게 평균적인 것이 도리어 의심스럽습니다, 본부장님. 다시 말씀드립니다만, 현재 휴전선 이북에서 보여지는 모든 징후들은 지나치게 평균적이고, 차이가 있더라도 그 편차가 극히 적습니다. 이는 분명히……."

참다 못한 안우영 중장이 정현섭의 말을 끊었다.

"인민군 상부에 의해 현재 상황이 작위적으로 통제되고 있다는 증거라는 건가?"

"그렇습니다. 상부에 데프콘 3을 건의해 주십시오."

정현섭의 목소리가 차분해졌다. 이로 인한 모든 책임을 질 수 있다는 뜻이었다. 그러나 자칫 잘못된 건의를 하면 최종 책임은 결국 합참 정보참모본부장 안우영 중장이 져야 한다.

한미연합사가 유명무실해진 현재 데프콘 발령권은 잠정적으로 대한민국 합동참모본부가 쥐고 있었다.

"무슨 소리야? 고작 그런 불명확한 이유로 데프콘 3을 건의하라니? 자네 그렇게 안 봤는데, 왜 그리 다혈질이야?"

동료들은 정현섭을 매우 차분한 사람으로 평가했다. 안우영 중장에게는 정현섭이 새까만 후배이고 계급과 직급 차이 때문에 평상시에 몇 번 마주치지도 않았지만 차분하고 냉철한 정현섭은 정보참모본부에 무척 어울리는 장교였다. 그러나 안우영 중장이 이제 다시 보니 소령은 다혈질 과격파와 다름없었다. 안우영 중장이 혀를 차며 모범답안을 말했다.

"전쟁 징후 체크리스트란 건 말일세. 자네 같은……."

6월 12일 17:35　경기도 동두천시

"어이~ 말년 병장 김 병장!"
심창섭 중사는 뭔가 비닐봉지에 잔뜩 담아 어기적거리며 걸어가는 사병 셋을 불러 세웠다. 심창섭은 바지주머니에 손을 꽂은 채 달려오는 김한빈 병장을 나무라려다가 말았다. 내일은 김 병장이 손꼽아 기다리던 제대일이었다. 눈감아 주기로 했다.
일병 둘은 심창섭의 눈치를 보며 멀찌감치 뒤에 떨어져 있었다. 날카롭게 삐죽삐죽 튀어나온 걸로 보아 검은색 비닐봉지 안에 뭐가 들어 있는지 알 만했다.
"헤헤! 왜 그러십니까? 선임하사님."
예의상 마지못해 주머니에서 손을 뺀 김 병장이 곰살궂게 굴었다.
"오늘이 마지막 회식이지, 김한빈 씨?"
"그렇습니다. 내일 제대합니다. 심 중사님도 저녁때 꼭 오십시오, 헤헤."
"난 자네 말년 휴가 갔다와서 했잖아."
"헤헤~."
김 병장이 괜히 해죽거렸다. 심창섭은 김한빈이 졸병들을 얼마나 갈궈대는지 잘 알고 있었다. 오죽하면 제대 전날에도 졸병들을 부릴까. 보통 제대 전 며칠 동안은 내무반 막내들이 제대병인 갈참을 못살게 구는 경우가 많다. 군에 남은 내무반원들에게 정을 떼라는 의도가 담긴 관습이다.
"어이~ 아저씨, 알지? 내무반에 술 반입은 절대 안 돼."
"헤헤~ 물론입니다. 알고 있습니다."
심창섭은 이제 할 일을 다했다고 생각했다. 김한빈 역시 대답하면서도 비닐봉지 안에 술이 없다는 말은 하지 않았다. 제대 회식 때 쓸

술 반입을 명시적으로 용인하지만 않으면 소대 선임하사의 책임은 일단 없는 것이다.

심창섭은 그만 가보라고 고개를 끄덕거렸다. 김한빈은 대충 경례를 붙이고 바지주머니에 손을 꽂은 채 팔자걸음으로 내무반으로 향했다. 양손에 봉지를 가득 든 일병 둘은 자꾸 심 중사 눈치를 살폈다.

6월 13일 01:45 경상북도 울진군 앞바다

"함장 동지! 편대 전 함정이 죄 집결했습네다."

잠망경을 들여다보던 인민군 해군 박삼룡 대위가 그동안 고조된 긴장으로 꾹 참았던 숨을 한꺼번에 토해내며 보고했다. 2편대 마지막 함정인 3호 잠수함의 잠망경 마스트가 방금 막 수면 위로 솟는 것을 확인한 것이다.

북한 잠수함들은 해안선 1킬로미터 밖에서 잠망경으로 해안지형을 교차확인하여 이곳에 모일 수 있었다. 이들은 민간용 휴대 GPS 수신기를 이용하여 위치를 대조했기 때문에 다른 때보다 훨씬 더 정확한 위치에 도착했다. 이들이 소속된 북한 인민무력성 총참모부 정찰국 해상처 22전대는 대남침투 전용 잠수함을 운용하는 부대였다.

함장 옆에 서 있던 단단한 체구의 사내 눈이 번뜩였다. 상처로 얼룩진 구릿빛 얼굴은 다듬지 않은 화강암처럼 거칠었고 핏기라곤 전혀 없었다. 함장이 만면에 미소를 지으며 검은색 수중침투복을 입은 그 사내에게 말했다.

"동지! 당과 인민이 동지의 무운을 빕네다. 조국 통일을 위해 혁명적으로 작전을 완수해주시라요."

함장 딴에는 정감 어린 인사말을 보냈지만 구릿빛 사내는 아무런 대꾸도 하지 않았다. 사내는 고개만 한 번 끄덕거리더니 조용히 함수 쪽 탈출실로 걸음을 옮겼다. 빠르지도 느리지도 않은 기계적인 걸음걸이였다. 발자국 소리도 들리지 않았다. 구릿빛 사내의 무뚝뚝한 행동은 남들에게 그의 오만함을 충분히 드러내 보였다.

해군에서는, 특히 모든 판단과 의사결정을 전적으로 함장에게 의존하는 잠수함에서 함장의 권위는 절대적이다. 아무리 높은 사람이 탑승해도 함장보다 상석을 차지하지 못하는 법이다. 그런 함상관례는 북한에서만 예외였지만, 북한 잠수함 함장이라고 해서 인력거꾼 정도로 대우받는 것은 아니었다.

"간나새끼, 너무 건방집네다."

"말 조심하라우, 동무."

함장에 대한 불손한 행동에 발끈한 박삼룡 대위가 거칠게 입을 열자 오히려 함장이 그에게 경고했다.

항상 그렇듯이 인민무력성 직속의 정찰국 요원들은 출발에 앞서 말을 삼간다. 함장과 구릿빛 사내가 함께 작전한 것이 처음은 아니었다. 함장도 그의 이름만 겨우 알 뿐이었다. 대남침투와 귀환임무를 반복하는 동안 함장은 그 사내에게 경외감을 느끼고 있었다.

"동무, 공화국영웅에게 그런 말투를 쓰면 자아비판에 회부하갔어. 조심하라우."

"저 동무래 공화국영웅이란 말입네까?"

공화국영웅이라는 말에 기가 죽었는지 박삼룡 대위의 목소리가 수그러들었다. 위험한 임무를 수행하는 대남침투요원 중에서도 열세 번 이상 침투작전을 성공리에 마치고 귀환해야 공화국영웅 칭호를 받는다. 그나마 90년대 이후에는 침투작전 성공률이 크게 떨어졌다.

그래서 북한에서는 공화국영웅이 특별한 대우를 받았다. 하지만 해안경계가 허술한 일본을 100번 이상 침투에 성공해도 받지 못하는 것이 공화국영웅 칭호였다.

"계속 멍청하게 서 있을 텐가? 날래 개구부 개방하고 전 편대에 침투개시 명령을 전파하라야!"

"알갔습네다! 타 고정하라. 전방 개구부 개방 준비하라~!"

얼떨떨해진 박삼룡 대위는 함장의 명령을 복창한 다음 즉시 수중전화기를 집어들었다.

6월 13일 01:52 강원도 양양군 앞바다

북한이 자체적으로 건조한 상어급 잠수함은 공격형 타입도 있지만 대부분은 대남침투용으로 사용된다. 침투용 상어급 잠수함은 함수 부분의 어뢰실이 수중탈출실로 개조되어 있다. 어뢰발사관을 들어내고 내부가 방수구획으로 만들어졌기 때문에 이 잠수함은 공격능력이 전혀 없다.

김삼수 중좌가 들어오자 비좁은 탈출실에 빼곡이 들어와 있던 해상저격여단 특수임무조원들이 일제히 몸을 세웠다. 부하들의 굳은 표정은 긴장해서가 아니었다. 동물적인 조건반사가 가능할 때까지 반복되는 훈련과 잦은 대남침투가 얼굴에서 감정까지 없애버렸다. 김삼수 중좌가 사령실로 통하는 방수해치를 직접 걸어 잠그자 바닷물이 쏟아져 들어왔.

침투실 안으로 물이 완전히 차올랐다. 잠수함 바깥과 압력이 동일해졌음을 알리는 램프가 깜빡이자 부하 한 명이 해치를 열었다. 좁은 해치를 통해 컴컴한 어둠 속으로 한 명씩 빠져나가기 시작했다.

수중추진기는 두 종류다. 그 중 하나는 개인용 추진기인데, 배터리와 전기모터로 작동된다. 마치 프로판 가스 용기처럼 생긴 이 추진기를 잡고 침투요원들은 힘들이지 않고 물 속을 자유롭게 움직일 수 있다. 침투요원들은 수영엔 모두 베테랑이었다. 하지만 해변까지 헤엄치는 데 체력을 낭비할 필요는 없었다.

또 한 가지는 장비 운반용이다. 개인용 추진기보다 훨씬 더 크고 무장이나 탄약까지 적재할 수 있다. 부피가 커서 함내에는 탑재할 수 없고 함체 위쪽 공간에 고정시켜 운반한다.

요원들이 장비 운반용 추진기를 풀어내고 모든 준비를 마치자 침투조원들은 하나가 되어 해안 쪽으로 움직였다.

모든 것은 세밀하게 부력이 조절되어 있었다. 침투원들은 잠수복에 무거운 납벨트를 매고 장비추진기도 탑재중량에 맞춰 부력조절탱크가 조정된 상태였다.

만약 너무 무거우면 바닥으로 가라앉아버린다. 그런데 너무 가벼워도 문제가 되었다. 오히려 더 위험할 수도 있다. 탐지를 피하기 위해 깊은 수심으로 침투했다가 납벨트가 풀어지거나, 간혹 추진기를 잘못 조작하여 침투요원들이 물 위로 치솟는 경우가 그런 경우였다.

수심이 깊어질수록 수압은 높아지고 신체에 가해지는 압력도 높아진다. 압력이 높아지면 허파를 감싼 혈관에 들어찬 혈액에도 산소나 질소가 더 빨리 용해된다.

그런데 갑자기 압력이 낮아지면 용해된 기체들이 다시 기화되어 혈관과 허파를 급팽창시킨다. 사이다나 콜라 같은 탄산수 병을 땄을 때 음료수 속에 용해된 이산화탄소가 폭발적으로 기화하는 것과 마찬가지 현상이다. 잠수 중인 사람이 깊은 물 속에서 급상승할 때 이런 이유 때문에 허파꽈리(肺胞)가 터지거나 부풀어오른 공기가 혈관을 막는 공기색전증으로 단번에 죽기도 한다.

1998년 동해시에서 발견된 북한 대남침투요원이 그런 경우였다. 게다가 단독침투 도중 죽었기 때문에 다른 요원들이 은폐할 수도 없었다. 시체는 물론 기관권총에 수중추진기까지, 그의 장비가 모조리 해

안까지 밀려왔다. 그곳에서 간첩이 죽었다고 전국에 소문을 낸 꼴이
돼버렸다.

이번에는 김삼수 중좌가 선두에 섰다. 바로 뒤에서 요원들이 휴대
용 음파탐지기를 손에 들고 아무 것도 보이지 않는 전방을 수색했다.
아주 미약한 음파를 발사한 다음 반사되는 음파로 장애물을 파악하는
휴대용 음파탐지기는 마치 수중의 플래시와 같은 것이다.
김삼수 중좌는 잠깐씩 물 위로 잠망경을 내밀어 제대로 가고 있는
지 확인했다. 문제는 전혀 없었다. 다만 한 가지 장애라면 남애리 앞바
다에서 대량 양식되는 돌미역이었다. 해안에 접근할수록 돌미역이 밀
생해 이들의 전진 속도가 뚝 떨어졌다.
어패류가 하얗게 말라죽은 해저에서도 유일하게 자라는 것이 돌미
역이었다. 1990년대 후반 동해안에서 백화현상이 심해지자 어민들은
자구책으로 돌미역을 양식하기 시작했다. 양식에 실패해 시름에 젖은
어민들에게 이것은 큰 소득원이 되었다. 그런데 이 돌미역이 북한 특
수부대의 진로를 가로막고 있었다.
김삼수 중좌는 대검으로 돌미역 줄기를 쳐가며 진로를 열었다. 작
년 이맘때 침투했을 때엔 적어도 이 정도까지는 아니었다. 김삼수 중
좌는 이 상태라면 자칫 제시간에 도착하기 어렵겠다는 생각이 들었다.
평상시의 조 편성보다 훨씬 더 많은 15명의 해상저격여단 침투요원들
이 양식어민들의 재산을 망쳐가며 서둘러 해변으로 움직였다.

6월 13일 02:15   황해도(황해남도) 봉천군 누천비행장

예식은 조종사들이 모인 휴게실에서 약식으로 진행되었다. 전원 자

원자로 구성됐다는 인민군 공군 조종사들이 이 자리에 모였다. 자원 아닌 자원을 하게 된 리태호 상위는 멀뚱거리며 조종사들 사이에 서 있었다. 이제 시간은 얼마 남지 않았다. 최후의 비행을 하기 위한 예식이었다.

그 이후에 공화국이 어떻게 될지, 과연 조국 통일이 될지는 그에게 상관없는 문제처럼 느껴졌다. 리태호는 그동안의 굳센 신념이 허물어지는 것을 느끼면서 조종사들 사이에서 소외감을 느끼는 자신이 신기했다.

미그-17 조종사들은 태평양전쟁 때의 일본 제로센 조종사들처럼 머리에 띠를 두르거나 김정일이 하사한 술을 마시지는 않았다. 하지만 이들은 가미카제처럼 다시 돌아오지 못하리라는 사실을 잘 알고 있었다.

"돌아올 연료보다는 폭탄을! 미제놈 가슴에 비수를! 조국에 반대하는 분열주의자들에게 피의 불벼락을!"

조종사복을 입은 작달막한 중년 조종사가 북한 특유의 선동적인 음조로 연단에서 소리 높여 외쳤다. 리태호 상위가 속했던 추격기연대 연대장인 지철우 대좌였다. 강인해 보이는 얼굴 한구석에 어쩐지 쓸쓸한 표정이 언뜻 비쳤다.

리태호 상위는 이미 약속이 되어 있는 대로 주먹을 불끈 쥐며 위아래로 흔들어댔다. 옆을 슬쩍 돌아보니 구호를 함께 외치는 조종사들의 눈은 이미 광기에 휩싸여 있었다.

죽으러 가는 이들이 인솔자들을 따라 활주로로 걸어나갔다. 활주로 옆 주기장에는 자그마한 미그-17 전투기들이 강냉이를 배급받으려고 몰려든 굶주린 인민들처럼 북적거렸다.

이 전투기들은 비록 겉보기엔 낡아빠졌지만 끊임없는 정비와 북한에서 자체 생산한 부품으로 간신히 비행 가능 상태를 유지하고 있었다. 그러나 이 전투기들은 이제 기체수명의 극한까지 왔고, 주체전술을 신봉하는 고위 장령들은 이 전투기들을 다른 용도로 활용할 방법을 찾게 되었다.

활주로 한켠에는 이륙 준비를 마친 미그-21 전투기들이 대기하고 있었다. 조종석 옆에 서서 출동대기하는 인민군 조종사들은 침묵 속에서 다시는 보지 못할 조종사들의 행렬을 바라보았다. 죽으러 가는 자들을 지켜보는 눈들은 무척 착잡했다.

그 착잡한 눈길을 받으며 리태호 상위는 허무감에 빠져들었다. 겉보기에는 군기가 바짝 들어간 손으로 지휘관들과 악수를 나누고 동지들과 뜨거운 눈길을 맞부딪쳤지만, 속마음은 허탈하기 그지없었다. 리태호에게 죽음이 현실로 다가오고 있었다.

물론 기지에 남거나 요격임무에 동원된 조종사들도 살아남으리라는 보장은 없었다. 이 기지는 최전방 제트기 기지라서 개전 초에 한·미 공군의 집중공격을 받을 것이 틀림없었다.

6월 13일 02:23 강원도 고성군 향로봉 부근

― 부르릉~.

북한에서 '안둘'이라 불리는 AN-2 소형 비행기가 급상승과 급강하를 끊임없이 반복했다. 비행기들은 인민군 경보여단이 사전에 대량 침투해 철책선 안쪽의 GP와 철책선을 경비하는 한국군 소대를 제압한 곳으로 넘어왔다. 휴전선 남쪽을 비행하는 경비행기들은 대공감시초소에 걸릴까 봐 어둠 속에서도 초저공으로 비행하고 있었다.

비행기 뒤쪽 자리에 앉은 리남규 중사는 심한 메스꺼움을 느꼈다.

저공비행은 이륙 후 지금까지 계속되었다. 자세를 흐트러뜨리지 않으려고 팔다리 근육이 계속 긴장하고 있었기 때문에 이젠 쥐가 날 지경이었다. 리남규는 왼손으로 뻣뻣해진 팔다리를 계속 주물렀다.

좁은 공간에 12명이 타고 있어 무척 더웠다. 엔진에서 스며드는 열기까지 더해져 어두운 기내는 후덥지근했다. 낙하산을 멘 등줄기로 땀이 축축하게 배어 나왔다. 처음에는 기름 냄새와 땀 냄새가 섞여 코가 괴로웠다. 그런데 이젠 익숙해져 냄새만큼은 아무렇지도 않았다.

연약한 기체를 뒤흔드는 1,000마력짜리 엔진 소리가 처음엔 좀 시끄러웠지만 이제 리남규의 귀에는 들리지 않았다. 수백 번의 초저공 강하훈련을 받았기 때문에 그의 귀는 안둘의 엔진 소리에 금방 적응이 되었다. 소음에 적응되면 그 소음과 다른 주파수 대역의 소리를 들을 수 있었다. 천장의 전등이 빠직거리는 소리를 작게 내면서 길게 한 번 반짝였다.

"강하 1분 전!"

조장 박형진 중위의 목소리가 또렷하게 들렸다. 군사 부소대장 박형진 중위의 목소리는 훈련 때와 마찬가지로 전혀 떨림이 없었다. 대원들이 부스럭거리면서 각자 장비를 최종적으로 점검하기 시작했다. 리남규도 걸상띠를 풀고 총기와 각종 준비물품들에 대해 최종점검을 실시했다.

리남규가 가진 시모노프 저격총은 길이가 약 1미터 정도다. 입대 이후 줄곧 그와 군생활을 함께 해온 든든한 동반자였다. 이 시모노프 저격총은 반동이 적고 신뢰성이 높아 좀처럼 고장이 나지 않는다. 장전할 수 있는 탄환 숫자는 10발 정도로 적지만 다른 저격총에 비해 가볍고 거친 환경에서도 잘 견디기 때문에 인민군 저격수들이 애용하는 총이다.

이 총은 다른 저격총보다 길이가 짧아 좁은 비행기 내부나 우거진 밀림 속에서 비교적 자유롭게 움직일 수 있다. 한반도처럼 산과 계곡이 많은 지역에서 보병전투가 벌어질 경우, 대부분 교전거리가 300미터를 넘지 않는다. 그래서 인민군은 시모노프 저격총처럼 간단하게 다룰 수 있는 저격총을 대량 보급하는 쪽을 선택했다. 물론 경제상황이 넉넉지 못한 북한 현실도 반영된 것이다.

소총에 조준경을 장착한 채로 강하하면 착지할 때의 충격으로 조준경에 문제가 생길 수 있다. 그래서 리남규는 조준경을 분리해 따로 보관하고 있었다. 점검은 각 장비들이 제대로 붙어 있는가를 손으로 더듬어 확인하는 것으로 끝났다. 천장 전등이 다시 짧게 한 번 반짝였다.

"강하 30초 전!"

조장이 외치며 비행기 문을 활짝 열었다. 습기를 가득 머금은 바람이 얼굴을 때려댔다. 퀴퀴한 냄새와 찌는 듯한 열기가 한순간에 시원하고 습기찬 바람에 쓸려 날아갔다.

리남규는 긴장감 때문에 입에 가득 고인 침을 꿀꺽 삼켰다. 리남규가 모자를 벗자 머리카락이 바람에 심하게 휘날렸다. 그와 동료들은 바람 속에서 목표물을 정확하게 보기 위해 1차대전 때 복엽 전투기 파일럿들이 썼음직한 촌스러운 디자인의 보안경을 착용했다.

레이더 기지가 가까워졌다. 레이더 탐지를 피하기 위해 비행기가 아래로 약간 더 내려갔다. 오른쪽 전방 어둠 속에서 X자 모양의 표시가 보였다. 미리 현장에서 기다리는 안내책 공작원들이 손전등을 적당한 간격으로 배열해 강하지점을 표시한 신호였다.

안둘은 지면에서 겨우 80미터 정도로 고도를 낮추고 직진하기 시작했다. 주변 산봉우리보다 훨씬 낮은 고도였다.

80미터라는 초저고도에서 강하해 살아남으려면 안둘에서 뛰어내리자마자 낙하산을 펼쳐야 한다. 조금이라도 늦으면 낙하산이 제대로 펼쳐지기 전에 땅바닥에 닿기 때문에 처참하게 죽는 수가 있다.

리남규는 훈련 중에 낙하산이 제때 펼쳐지지 못해서 죽는 동료들을 몇 번 보았다. 그 끔찍했던 시체들의 모습이 머릿속에 떠오르자 입 안에 침이 고이고 심장 박동이 한층 더 빨라졌다.

조장이 가장 먼저 문 밖으로 몸을 날렸다. 리남규는 박형진 중위의 뒤를 이어 허공으로 몸을 던졌다. 안둘의 엔진 소리가 머리 위에서 급격히 멀어졌다. 낙하산이 활짝 펼쳐지면서 몸에 강한 충격이 실렸다. 낙하산이 펼쳐진 지 얼마 지나지 않아 발끝이 지면에 닿았다.
— 철썩!
리남규는 착지와 동시에 무릎을 구부려 충격을 완화시켰다. 축축이 젖은 땅바닥을 세 바퀴 뒹굴고 난 다음 일어선 그는 신속하게 낙하산을 회수했다. 나중에 강하하는 동료들에게 방해되지 않도록 하기 위한 배려였다. 착지 충격으로 제정신이 아닌 가운데 반사적으로 취한 행동이기도 했다.

풀잎이 섞인 진흙이 그의 뺨과 전투복을 뒤덮다시피 했다. 리남규는 예리한 눈으로 짧은 시간에 주변을 샅샅이 살폈다. 주변에 위험은 없는 것 같았다.

그 주변으로 동료들이 속속 착지했다. 그들은 모두 표적의 10미터 이내에 착륙했다. 오늘 같은 날을 위해 지난 수년간 수십 번씩 연습한 결과였다.

그들이 낙하한 위치는 향로봉 정상에서 남동쪽으로 약 1km 정도 떨어진 작은 계곡 속 평지였다. 계곡물로 자연스럽게 만들어진 습지대였기 때문에 착지할 때 받은 충격은 대단히 작은 편이었다. 이곳은 이미 20여 년 전에 선정된 수십여 곳들 가운데 하나였다.

분대장들이 인원점검에 들어갔다. 그 짧은 여유시간을 이용해 리남규는 배낭에서 시모노프 저격총을 꺼내고 분리해둔 조준경을 장착했다. 이미 이 총기에 숙달되어 칠흑 같은 어둠 속에서도 손끝 감각만으로 완전분해와 조립을 충분히 할 수 있었다. 총기 조립을 끝내고 목에 걸고 있던 야간투시경을 착용할 때쯤 인원파악이 끝났다.
"이상 없습니다, 소대장 동지!"
"좋소. 기럼 갑세!"
점검이 끝나자 리남규가 속한 인민군 제16공군저격여단 5대대 2중대 1소대는 소대장이 이끄는 1개조와 군사 부소대장이 이끄는 1개조로 나뉘어졌다. 두 공격조는 약간의 간격을 두고 2열 종대로 축축한 어둠에 둘러싸인 숲 속으로 들어가기 시작했다.
리남규가 속한 공군저격여단의 최소 단위는 4명으로 이루어진 공군저격조다. 이 공군저격조 6개가 모여 공군저격소대 1개를 만든다. 각각의 공군저격조는 다른 나라의 특수부대들이 그렇듯 단독작전능력을 갖추고 있었다.
그들이 숲 속으로 완전히 모습을 감추자 그동안 숨죽이고 있던 풀벌레들이 다시 소리를 내기 시작했다.

6월 13일 02:29 서울 용산구

합동참모본부 상황실은 밤에도 제대로 돌아가고 있었다. 통신 및 스크린 디스플레이용 콘솔 앞에 앉은 아퍼레이터들 몇몇이 쏟아지는 졸음을 이기기 위해 시선은 모니터에 고정시킨 채 팔운동을 하고 있었다. 오늘밤 당직사령인 육군 장군 한 사람은 의자에 앉아 늘어지게 기지개를 켜다가 길게 하품을 했다.
합참 정보참모본부 소속 정현섭 소령은 오랜만에 당직근무를 맡아 휴전선 상황을 살피고 있었다. 아직 별다른 일은 없었다. 보통 때 같으면 어디선가 총기 오발이나 탈영사고라도 날 만한데, 지난 4월 말 경계령이 발동된 이후 요즘은 그런 사고도 거의 없었다.

육군 쪽을 맡은 정현섭 소령은 지상작전사령부와 통하는 모니터를 한참 들여다보다가 다른 쪽으로 시선을 돌렸다. 그곳에는 전방 각 군단 및 사단별 상황이 일목요연하게 나타나 있었다.

합참은 지상작전사와 통하는 라인 외에 각 사단별로도 통신망이 연결되어 있었다. 유사시를 대비한 통신망이며, 사단별 정보 취합은 다른 방에서 20여 명의 위관급 아퍼레이터들이 담당했다.

정현섭 소령은 주변 눈치를 슬쩍 본 다음 길게 하품을 했다. 아무런 할 일이 없는 때에 당직 서는 일은 무척이나 고역이었다.

6월 13일 02:41 강원도 고성군 향로봉 부근

공군저격여단 소속 인민군들은 정문초소에서 약 200미터 정도 떨어진 풀숲에 은신해서 기다리고 있었다. 위장용 누더기를 덮어쓴 리남규는 경비초소에서 직선거리로 약 300미터 정도 떨어진 나무 그루터기 옆에 몸을 숨기고 있었다.

리남규는 천천히 숨을 들이마셨다. 초소가 경사진 길 위쪽에 있어서 야간투시장치가 붙은 쌍안경으로 몇 분 올려다보고 있으니 목뼈가 뻐근했다.

흐릿한 흑백영상에 사람과 동물의 그림자가 어른거렸다. 초점을 맞추고 다시 보니 총을 멘 사병 둘과 군견이었다. 맞바람이 불어서 군견은 리남규가 있는 것을 아직까지 눈치 채지 못한 모양이다. 옆에 있는 초소 안에도 그림자 하나가 어른거렸다.

리남규는 쌍안경을 벗어 옆에 내려두고 눈에 고인 눈물을 닦았다.

희미한 흑백 텔레비전 같은 야간투시용 쌍안경을 오래 보고 있으면 눈이 금세 피로해졌다.

리남규가 이번에는 옆에 놔둔 저격총을 들어 조준경에 눈을 갖다댔다. 이 조준경 역시 야간투시장치가 붙어 있다. 조준경 십자선상에 그려진 작은 눈금을 표적에 갖다대면서 거리를 측정하기 시작했다. 측정된 거리는 290미터였다.

바람이 멈췄다. 풀과 나무들이 바람에 흔들리는 소리가 뚝 그치며 풀벌레 소리가 다시 들리기 시작했다. 리남규는 소음기를 총구에 장착했다. 이 소음기는 원통으로 둘러싸인 내부에 구멍이 수십 개 뚫린 파이프가 들어 있어 사격할 때 발생하는 연소가스의 압력과 대기압의 차이를 줄여 소음을 감소시키는 작용을 한다.

시모노프 소총이 사용하는 탄환은 일반적인 7.62mm 탄환보다 위력이 덜하다. 또 소음도 작아 소음기를 장착할 때 소음감소 효과가 큰 편이다.

소음이 작다고는 하지만 주변 수십 미터 안쪽에서는 발사음을 감지할 수 있을 정도다. 그러나 100m를 넘어가면 거의 소리를 듣기 힘들다. 물론 맞바람이 부는 상황에서는 그 소리가 더욱더 작아진다.

— 컹! 컹!

별안간 개가 리남규가 있는 쪽을 향해 짖기 시작했다. 소음기를 장착할 때 나는 소리를 들은 모양이었다. 갑자기 개가 짖자 초병들은 당황했다. 초병 한 명이 군견의 목을 어루만지며 달랬다. 개는 계속 큰 소리로 짖으면서 목줄을 잡은 초병을 끌다시피 하면서 리남규가 숨어 있는 쪽으로 달려들려 했다.

리남규는 어둠 속에 숨어서 그를 향해 짖어대는 그 대형 군견의 코끝 부분을 조준했다. 조준경 안으로 보이는 군견은 셰퍼드 같았다. 군견은 본능적인 위기감을 느꼈는지 짖는 소리가 한층 더 커지고 동작도 난폭해졌다. 마치 길 가던 사람이 돌을 던지려는 찰나에 취하는 동작 같았다. 군견은 초병들이 개를 붙잡고 있기 어려울 정도로 바둥거렸다.

십자선이 호흡에 따라 아래위로 움직이다가 곧 고정되었다. 원래 조준점에서 목표인 개의 머리 하나만큼 아래쪽 지점에 십자선이 멈추자 방아쇠에 걸린 손가락이 가볍게 움직였다.

— 픽!

주변에 있는 수풀 때문에 빠져나가지 못한 소음으로 리남규의 귀가 멍멍해졌다. 미친 듯 짖던 군견은 외마디 비명과 함께 몸통이 휘청하더니 뒤로 풀썩 넘어졌다. 개줄을 쥐고 있던 초병이 놀라 외쳤다.

갑자기 군견의 머리통이 박살나자 초병들은 깜짝 놀라 쓰러진 개에게 다가갔다. 조준선이 초병 쪽으로 이동했다.

— 퉁!

머리가 깨끗이 날아간 개를 내려다보며 놀라는 병사의 왼쪽 팔꿈치를 향해 두 번째 탄이 날아갔다. 팔을 스쳐 들어간 총탄이 옆구리로 들어가 내부를 갈기갈기 찢었다. 개줄을 쥔 초병은 맥없이 바닥에 엎어졌다. 쓰러져 새우 모양으로 등을 구부린 초병은 잠시 부르르 떨더니 이내 미동도 하지 않았다.

남은 한 명은 당황한 듯 총을 들고 자세를 낮추며 주변을 살피기 시작했다. 하지만 정확한 위치 파악은 못한 듯 리남규를 향해 등을 돌리고 섰다. 조준선이 그 병사의 왼쪽 허리로 이동했다.

— 풍!

허리 왼쪽 부분에서 뭔가 확 뿜어지더니 앞으로 풀썩 쓰러졌다. 겨우 5초 사이에 일어난 일이었다. 보이는 표적을 모두 제거한 리남규는 다시 조준선을 이동시켜 초소 안에 있을 병사들을 찾았다.

창문 가에 어른거리는 그림자는 조명 때문에 기울어져 있어 사격

제원을 계산하기가 곤란했다. 심호흡을 한 후 조준을 하고 있는데 때마침 초병이 초소 밖으로 머리를 드러냈다. 앞서 나간 두 초병의 인기척이 없어 궁금한 모양이었다.

고개를 내밀어 뭐라 작게 말하며 이리저리 살피고 있는 초병을 향해 조준선이 재빨리 이동했다. 거리를 감안해 귀 부분에서 머리 하나 길이만큼 내려 조준한 리남규가 천천히 방아쇠를 당겼다.

- 피츳!

단 한 발에 초병의 머리통이 터졌다. 초병은 상체를 초소 밖으로 내민 채 즉사했다. 창틀 아래로 팔이 좌우로 흔들거렸다.

"장애물 제거 완료!"

리남규가 어깨 위에 붙은 고성능 일제 소형 무전기에 대고 나지막이 보고했다. 일반적으로 인민군의 통신장비 수준이 열악하다고 생각하지만 이처럼 필요한 것은 적정 수준으로 갖추고 있었다. 민수용품이 군용품을 능가하는 경우가 많아 한쪽만을 기준으로 평가하는 것은 오류를 일으킬 가능성이 컸다.

리남규에게 무전보고를 받은 조장이 돌격명령을 내렸다. 풀숲에 숨어 있던 인민군 공군저격여단 인민군 3명이 식별용 작은 야광표지를 어깨에 단 채 빠른 속도로 초소를 향해 돌진했다.

리남규는 어깨에 야광표지가 없는 사람은 무조건 사살해야 했다. 적 방어선 돌입 직전에 야광표지를 떼는 일반적인 경우와는 달랐다. 그런데 적의 그림자는 보이지 않았다.

조원들은 리남규보다 약 100미터 더 앞에 나가 있었지만 한 명이 달리는 동안 다른 2명이 엎드려 엄호하는 식으로 전진했다. 그래서 겨우 200미터 정도밖에 되지 않는 거리인데도 초소까지 도달하는 데는 2분 가까이 걸렸다.

초소 안팎을 완전히 장악한 동료들이 리남규에게 신호를 보냈다. 동료 인민군들보다 상대적으로 큰 편인 리남규는 죽을힘을 다해 초소로 달리기 시작했다.

"허억! 헉……"

300m를 단숨에 전력 질주한 리남규는 초소 안으로 들어가 쓰러지듯 주저앉았다. 금방 비라도 올 듯이 습기를 잔뜩 머금은 공기 때문에 몸에서 땀이 쏟아졌다. 초소 벽에 기대앉아 밖을 내다보았.

바람이 살짝 불자 코끝에 피비린내가 진하게 풍겨왔다. 머리에 총탄을 맞은 군견은 머리 전체가 형체도 없이 날아간 상태였다. 잠시 시체를 내려다보던 조장 박형진 중위는 시체들을 보이지 않는 장소로 치우도록 명령한 뒤 리남규를 바라보며 나직한 목소리로 말했다.

"모두 한 방에 깨끗이 해치웠군. 과연 리남규 동무답소!"

"감사합네다, 조장 동지."

"동무들, 다음 목표로 이동합시다! 해야 할 일이 많소."

주변 지형은 사전에 철저한 도상훈련을 통해 충분히 숙지하고 있었다. 말이 끝나기가 무섭게 4명은 어둠 속으로 다시 모습을 감췄다. 이들 소대의 다른 조들도 각자 맡은 임무를 수행하고 있었다.

6월 13일 02:55 서해 상공

KF-16 전투기 4대로 이뤄진 한국 공군 전투기 편대는 고도 9천 미터에 이르자 상승을 중지하고 미리 정해진 항로를 따라 비행하기 시작했다. 기상이 좋지 않았기에 구름을 피해 고도를 높이다 보니 통상적인 임무 고도 중에서 가장 높은 9천 미터에 이르게 되었다.

2번기인 송호연 대위는 편대장 김영환 중령의 왼쪽 뒤 약간 아래쪽에서 비행하고 있었다. 갑자기 통신기를 통해 김 중령의 목소리가 들렸다.
 − 편대장이다. 고개를 한 번 들어봐라.
 위쪽을 보자 송호연의 눈에 비친 하늘에는 마법이 펼쳐진 것 같았다. 하늘은 마치 하얀 모래를 검은색 천장에 두껍게 발라놓은 것 같았다. 이런 높은 고도에 구름이 있나 하고 자세히 보니 그것은 구름이 아니라 무수한 별무리였다. 지상에서는 대기 중의 먼지나 오염물질로 인해 잘 보이지도 않던 별들이었는데, 공기가 맑은 9천 미터 고도에서는 이렇게 빛나는 장관이 연출되고 있는 것이다.
 "멋~집니다!"
 송호연은 야간비행 중 처음으로 밤하늘이 멋있다는 것을 느꼈다. 송호연은 주기종이 야간임무가 많은 KF-16이라 전체 비행시간에 비해서 야간비행 시간이 많은 편이었다. 그렇지만 야간비행 시간이 60시간 정도에 불과한 송호연은 밤하늘의 낭만을 즐길 여유가 없었다.
 − 이런 걸 볼 수 있는 건 우리 전투기 조종사들만의 특권이지!
 3번기 박성진 소령의 목소리였다. 박 소령은 자존심이 강하고 굽힐 줄 모르는 성격을 지닌 전형적인 군인으로 '전투기 조종사'라는 자부심이 대단했다.

포성

6월 13일 02:58 강원도 인제군

"김 상병님! 김 상병님!"
"뭐야? 씨팔!"
김재창 상병은 GOP 유개호 안에서 철모에 앉아 졸고 있었다. 그를 깨우는 이환동 이병의 목소리가 다급했지만 보나마나 소대장이 오고 있다는 소리라고 잠결에 생각했다.
때 이른 장마가 시작됐는지 꽤나 추웠다. 이곳은 고지대라 여름인데도 밤에는 아직 추운 곳이다.
이렇게 비가 오는 밤에는 초소 안에서 졸아도 자주 깨어 개운치 않았다. 찬 습기를 가득 머금은 공기 탓에 몸이 싸늘해졌다. 귀까지 윙윙거리는 것이 몸살이라도 날 것 같았다.
김재창은 그 벼락맞을 신참 소대장놈은 시도 때도 없이 순찰을 돈다고 속으로 투덜댔다. 그래도 지난 번 소대장보다는 나았다. 그때는 소대 분위기도 이상해 마치 정신병동에서 혼자 제정신으로 있는 기분이었다.

김재창이 비틀거리며 일어나 주섬주섬 군장을 챙겼다. 그런데 이환동은 소대장이 오는 방향인 우측 창문 쪽이 아니라 앞으로 고개를 내밀어 빗줄기 너머 멀리 북쪽 하늘을 바라보고 있었다. 이렇게 비 내리는 한밤중에 철책선 위 하늘을 볼 일이 있을 리 만무했다.

"야, 씨바. 길 잃은 비행기라도 떴냐? 북쪽으로 넘어가?"

"허연 것들이 잔뜩 나타났습니다! 비행기 소리가 들립니다."

"뭐야?"

창 밖으로 고개를 내밀고서야 김재창은 하늘을 가득 메운 하얀 비행물체들을 볼 수 있었다. 1차대전 때 사용한 것 같은 구식 비행기들이 빠르지는 않지만 저공으로 남쪽을 향해 차근차근 날아왔다.

김재창은 재빨리 30 정도까지 센 다음 창틀에 올려놓은 자동소총을 집어들었다. 그러고는 벽에 걸린 인터폰을 힐끗 쳐다보았지만 소대본부든 중대본부든 이미 비행기 소리를 들었을 것이라고 판단했다. 아니면 소대 내 다른 초소나 GP에서 보고를 했을 것이다. 조금만 기다리면 내무반에 남은 소대원들이 곧 이쪽으로 달려나올 것이다.

이환동도 서둘러 대공사격 자세를 취했다. 그런데 지붕과 철책이 초병들과 비행기들 사이에 있었다. 두 사람은 유개호 밖으로 나와 옆에 있는 무개참호로 뛰어들었다.

GOP, 즉 일반전초는 간첩이나 막기 위한 초소다. 그리고 이들이 휴대한 K-2 자동소총은 훌륭한 개인 자동화기지만 결코 대공무기라고 할 수는 없다. 일단 하늘로 총을 겨누었지만 이들이 항공기를 막을 방법은 없었다.

계곡을 가득 메운 AN-2기는 이미 군사분계선을 넘어 철책으로 그어진 남방한계선에 접근하고 있었다. 김재창 상병은 사격을 하려다 말았다. 거리가 멀기도 하거니와 다른 초소에서 대공사격을 하지 않고 있었기 때문이다. 남쪽 산중턱에 있는 벌컨 포대에 맡기는 수밖에 없었다. 닭 쫓던 개꼴이 된 김재창은 서둘러 참호 안에 벗어놓은 철모를 들고 나오며 투덜거렸다.

"쓰펄! 전쟁이 나나 보다."

"예?"

"하여간 넌 졸라 재수없는 놈이야."

김재창은 참호 위로 고개를 내밀어 철책 밖을 살폈다. 멀리 어둠 속 그늘진 곳에 있는 것이 군사분계선 안쪽 GP인데, 그곳도 뜻밖에 조용했다. 물론 밤이라 그곳이 보이진 않았다.

김재창은 전쟁이 나서 적의 대규모 공격을 받으면 GP가 몇 분이나 버틸 수 있을까 생각할 필요는 없었다. 김재창이 있는 GOP도 GP와 사정은 별로 다르지 않았다.

비무장지대 안에서는 아직 별다른 상황이 없어 보였다. 비가 추적추적 내리는 풀밭에 산 그림자가 음산하게 자리를 뻗고 있었다. AN-2가 떼거지로 남하한 지금까지 아무 일이 없다는 것이 신기했다. 김재창은 조금 전에 본 비행기들이 꿈속에 나타난 게 아닌지 잠시 의심했다.

그런데 멀리 산등성이 위에서 날아오는 시뻘건 것들이 보였다. 불행하게도 꿈이 아니었다.

"니기미! 화이바 처박어. 빌어먹을 포탄이 졸라 많이 날아온다, 씨팔!"

― 쓔우~~~~~~~~~~~~~~.

김재창이 들은 소리는 이것뿐이었다. 김재창은 참호 안에 머리를 처박고 몸을 최대한 굽혔다. 폭음은 들리지 않았다. 커다란 충격파가 몸을 덮치고 흙더미가 와르르 무너져 내렸다. 뭔가 섬광 같은 것이 꼭

감은 두 눈을 부시게 했다. 몸이 제멋대로 움직이는 것 같았다.
 시간이 끝없이 흐르는 것 같았다. 헬멧을 두 손으로 감싼 이환동이 이제야 들려오기 시작하는 엄청난 소음 속에서 악을 써댔다.
 "김 상병님! 전쟁이 난 것 같습니다!"
 "난 것 같은 게 아니라 이미 터진 거야. 이 재수없는 놈아!"
 김재창이 간신히 고개를 들어 헐떡거리며 대답했다. 이환동이 고함을 친 다음 뭐라고 욕설을 퍼붓는 것 같은데 폭음에 묻혀 잘 들리지 않았다.
 김재창은 몸이 으실으실 떨리고 이가 딱딱 부딪쳤다. 김재창은 고참인 자신이 이런 상황에서 겁을 집어먹는 사실이 창피했다. 몸이 떨리는 건 적의 포격과 꼴통 이환동에 대한 분노 때문이고, 이가 부딪치는 것은 추위 때문이라고 굳게 믿고 싶었다. 그렇게 생각하니 충격과 공포에서 조금이나마 벗어날 수 있었다.
 김재창이 참호 밖으로 고개를 살짝 내밀었다. 주변에 낙하하는 포탄은 상당히 줄어들었다. 포탄은 대부분 머리 위쪽으로 날아가 GOP 바로 뒤쪽을 강타했다. 김재창은 참호 안에 엎드린 이환동이 훌쩍거리는 것을 본 다음 옆에서 뭔가 번쩍거리자 고개를 숙였다. 충격파가 다시 참호를 뒤흔들었다. 이환동은 꼭 이럴 때 소리를 질러댔다.
 "이제 어떡합니까? 우린 앉아서 그냥 죽는 겁니까?"
 "씨발, 우리가 한두 발 맞고 죽냐? 걱정 마라."
 김재창이 악을 써서 대답한 다음 다시 고개를 숙였다. 김재창은 80년대 중반에 그가 소속된 사단에서 발생했다는 의문사를 떠올렸다. M-16 소총으로 자살했다는 그 일병은 왼쪽 가슴에 쏴도 안 죽으니 오른쪽 가슴을 쐈고, 그래도 죽지 않자 스스로 머리를 쏴서 자살했다고 공식 발표되었다.
 김재창이 피식 웃었다. 아무리 M-16 소총이 작은 소화기라 해도 자동소총탄을 몸통에 한 방 맞고도 살아남는 경우는 없다. 설사 방탄조끼를 입었더라도 결과에는 차이가 없었다.

그런데 지금 이곳에는 대구경 포탄이, 아마도 다연장로켓탄이 쏟아지고 있었다. 이미 옆에 있던 유개호는 형체도 없이 날아가버렸다. 몇 초 전까지 그들이 있던 바로 그곳이었다. 김재창은 다시 추위와 분노를 느꼈다.

6월 13일 02:59 서해 상공

송호연 대위가 별빛을 보며 감상에 젖어 있는 동안 무선망에서 전구항공통제본부(TACC)의 긴급 호출이 들어왔다.

전구항공통제본부(TACC)는 한반도와 주변 상공에서 발생하는 돌발사태에 대응하고, 한국 공군 전투기들의 전투관제를 담당하는 중요한 부서다.

- 알파 편대! 방위 0-0-5에 항적 다수 출현, 거리 150km! 진로 0-1-0으로 수정하라. 실제상황이다!

송호연이 깜짝 놀랐다. 송호연은 지금 상황이 그동안 가끔 있었던 북한 조종사의 귀순사건이라 예상했다. 항적이 다수인 건 귀순하는 비행기를 북한 전투기들이 추적하는 게 분명하다고 송호연 대위는 생각했다. 통신망이 편대장의 목소리로 채워졌다.

- 알았다. 진로 0-1-0으로 수정! 전투대형으로 벌리고 고도를 분리한다. 3, 4번기는 현재 고도 유지하고 2번기는 뒤에 붙어서 내려와라!

말이 끝나기가 무섭게 김 중령의 KF-16은 기체를 돌려 선회했다. 송호연이 어깨를 짓누르는 중력가속도를 참으며 편대장의 뒤를 따랐다.

4대로 이뤄진 표준 편대를 2대씩 2개 분대로 분리한 KF-16 편대는 각자 레이더로 적기를 탐색했지만 적기가 저고도로 비행해서인지 목표가 잡히지 않았다.

― 여기는 알파 편대! 레이더에 잡히지 않는다! 항적 위치를 다시 알려주기 바란다.

― 현재 미확인 항적은 방위 0-1-2, 0-3-2, 0-7-4에 다수 출현했다. 모두 저고도에서 고속 접근 중이다! 알파 편대는 방위 0-1-2, 거리 120km 위치의 항적을 요격하라.

무선통신망에서 들려오는 소리는 뜻을 제대로 알아듣기 힘들었다. 송호연은 관제사가 영어가 아닌 한국말로 해도 알아듣기 힘들게 말한다고 투덜거렸다.

― 알았다. 전 편대원, 진로 0-2-0으로 수정하고 현재 고도에서 5천 미터 하강한다. 항적의 고도가 낮은 것 같으니 아래쪽을 잘 살펴라.

송호연은 김 중령의 기체를 따라 하강선회하면서 스로틀 레버의 스위치를 이용해서 레이더 탐지거리를 최대로 조작했다. 고도가 낮아지자 뿌연 안개 같은 구름 덩어리들이 KF-16 편대의 주위로 빠르게 스쳐 지나갔다.

TACC에서는 무선으로 계속 미확인 항적의 거리와 위치를 알려주고 있었다. 송호연의 편대는 TACC의 지시에 따라 진로를 수정하며 미확인 항적을 향해 계속 나아갔다.

TACC에서 70km까지 접근했다고 할 때까지도 미확인 항적은 송호연의 레이더 화면에 잡히지 않았다. TACC에서 다시 확인한 바로는 미확인 항적이 단기가 아니라 여러 대의 편대를 이루고 있다고 했다.

송호연은 지금 상황이 북한 조종사의 귀순사건이 아닐지도 모른다는 생각이 들었다. 그렇다면 북한과의 전쟁이 터졌다는 뜻인데……. 송호연은 가슴이 쿵쾅쿵쾅 뛰기 시작했다.

―미확인 항적이 전술조치선을 넘었다! 알파 편대는 대응 태세를 갖추기 바란다!

지금은 매우매우 특별한 상황이었다. 적기들이 기수를 남쪽으로 향하고 저공에서 450노트 이상의 속도로 접근하고 있는 상황이었다. 이것은 일반적으로 북한 항공기들의 남침 의도를 극명하게 드러낸 도발행위로 간주된다.

―편대장이다. 전 편대원, 무장 스위치 온(on)!

명령에 따라 송호연이 무장 스위치를 켜고 HUD를 공대공 미사일 모드로 전환했다. HUD 화면에 커다란 원이 나오더니 이리저리 움직였다.

HUD는 'Head Up Display'의 약자로, 조종사의 시야 정면에 투명한 판을 비스듬히 설치한 것이다. 이 장치는 투명판 아래쪽에서 각종 정보를 투명판에 반사시켜 조종사에게 보여준다. 조종사는 비행 중에 정면을 주시하면서도 이 HUD를 통해서 비행이나 사격에 필요한 정보를 얻을 수 있다.

송호연은 제발 전쟁상황이 아니길 빌었다. 그리고 혹시나 북한 공군기일 것이 확실한 이 미확인 항적들의 남방경계선 침범사건이 요즘 들어 뜸했던 무력시위나 긴장을 유발하기 위한 도발행위가 아닌가 생각했다. 그렇다면 어느 시점에서 격추시켜야 할지, 격추시키면 어떤 파문이 생길지 여러 가지 생각이 송호연의 머릿속을 스치고 지나갔다.

―편대장이다. 항적을 레이더에 잡았다. 방위 3-5-9, 거리 65km, 고도 300미터에서 500노트로 고속 접근 중이다.

김영환 중령의 통고에 따라 송호연이 레이더 범위와 방향을 조작하자 디스플레이에 기호 서너 개가 나타났다. 이것이 그가 전투기 조종사가 된 다음 레이더로 처음 확인한 적기였다. 이것들은 훈련 때 자주 마주친 가상 적기가 아니라 남쪽으로 향하는 진짜 북한 항공기들이었다. 송호연은 이 기호들에서 눈을 떼지 못했다.
 – 알파 편대장이 통제본부에게! 항적을 레이더로 추적하고 있다. 고속 접근 중이다. 무장 사용을 허가해주기 바란다!
 – 알파 편대장, 여기는 통제본부다. 선제 공격하지 말라. 현 상태에서 대기하라.
 – 알았다. 현 위치에서 계속 접근하겠다.
 송호연은 통신망에서 들려오는 소리에 퍼뜩 정신이 들었다. 주변을 둘러보니 사방이 시커먼 어둠 속에서 동료기들의 시뻘건 엔진 화염만 보였다. 잠시 어디가 하늘이고 어디가 땅인지, 그리고 바다인지 구별이 되지 않아 당황했다. 송호연은 계속 고도를 유지하며 편대기들을 따라갔다.
 – 알파 편대원은 조준 완료하고 대기하라.
 편대장의 명령이 떨어졌다. 송호연은 암람 공대공 미사일을 선택해 적기를 향해 조준하는 절차를 차분히 진행했다.

6월 13일 02:59:10 황해도(황해남도) 옹진군 기린도 해상

"편대장 동지, 시간이 됐습네다."
 인민군 해군 김영철 소좌가 파도 소리에 묻힐 만큼 나직한 목소리로 편대장 쪽을 돌아보았다. 야광시계의 시침이 희미하게 빛났다. 짙게 드리운 구름은 달빛까지 완전히 가렸다. 완벽한 어둠 때문에 검은 바다의 끝을 제대로 볼 수 없었다. 다만 어슴푸레한 구름 덕분에 바다와의 경계선을 겨우 알아볼 수 있을 정도였다.
 "신호를 보내기요."
 묵묵히 서 있던 리기호 중좌가 명령을 내리자 함장 김영철 소좌가

플래시를 들어 주변 함정들에게 신호를 보냈다. 그러자 주위 곳곳에서 붉은 빛이 깜빡거렸다.

곧이어 주변에 몰려 있던 고속정에서 디젤엔진의 묵직한 배기음이 일제히 울려퍼졌다. 십여 척의 고속정이 내뿜는 배기가스가 안개처럼 피어올랐다. 요란한 소음이 고요한 바다를 뒤흔들었다.

오늘처럼 구름이 짙게 드리워진데다 해상마저 잔잔하면 소리는 더욱더 멀리까지 들린다. 리기호 중좌는 천둥 소리처럼 요란한 엔진 소리에 국군이 모든 것을 알아채지 않을까 불안해졌다. 그러나 곧 걱정하는 만큼 더 빠르게 움직이면 된다고 마음을 고쳐먹었다.

김영철 소좌가 전송관을 열고 기관실을 다그쳤다. 엔진 하나가 아직 시동이 걸리지 않은 것이다. 배기구에서 쿨렁거리는 소리가 몇 번 들린 후에야 200톤급 소주급 미사일 고속정의 주엔진 3대가 모두 시동이 걸렸다. 부르릉거리며 배기구에서 검은 연기가 치솟았다.

"남조선 간나새끼들을 잡으러 간다!"

김영철 소좌는 신이 나서 부하들 쪽을 향해 고래고래 소리를 질렀다. 소주급 미사일 고속정의 디젤엔진은 간혹 노킹(knocking) 현상이 일어나는 듯 불규칙적인 배기음이 섞여 있는 것을 빼고는 완벽했다.

"기관 전속!"

카랑카랑한 목소리로 김영철 소좌가 악을 쓰자 조타수가 속도지시계의 레버를 앞쪽 끝까지 힘차게 밀어넣었다. 그러자 곧이어 탄력을 받은 고속정의 선수가 번쩍 들리고 항해함교 위에 서 있던 승무원들이 뒤로 기우뚱 넘어지려 했다. 검은 바다 위로 소주급 미사일 고속정의 스크루가 만들어낸 세 줄기 항적이 맹렬하게 소용돌이쳤다.

"저길 보시라요, 전대장 동지!"

김영철 소좌가 북쪽 해안을 가리키며 손을 쳐들었다. 하얗게 빛나는 불꽃들의 무수한 줄기가 하늘로 솟아오르고 있었다. 얼마나 퍼부어대는지 짐작조차 하기 어려웠다. 몽금포 해안과 주변 능선 전체가 하얗게 밝아졌다. 장관이었다. 하지만 그 엄청난 불덩어리와 빠른 속도는 불꽃놀이와는 확연히 달랐다.

6월 13일 02:59:30 강원도 철원군(강원도 김화군)

인민군 제5군단 군단장 박성철 상장은 초조한 듯 연신 시계를 보고 있었다. 이제 몇 초 남지 않았다. 드디어 이 날이 온 것이다. 90년대 전반기부터 공화국이 위기를 맞은 이후 살아 생전 이런 날이 오지 못할 줄 알았다.

박성철은 북방한계선 766고지에 위치한 군단 전진감시소에 우뚝 서 있었다. 그의 뒤로는 철모를 쓴 참모들이 도열해 침묵을 지키고 있었다.

계속 시계를 보던 박성철 상장은 문득 생각났다는 듯 하늘을 바라보았다. 밤하늘에는 검은 비구름 사이로 언뜻언뜻 별이 빛나고 있었다. 박성철은 별을 바라보며 알 듯 모를 듯한 미소를 흘렸다. 박성철 상장은 떨리는 가슴을 억누르며 하늘을 향해 붉은색 신호광탄 한 발을 쏘아올렸다.

— 타~앙!

붉은색 신호광탄은 군사분계선 한가운데로 긴 궤적을 그리며 힘차게 날아올랐다. 이글거리는 듯한 신호광탄은 마치 붉은색으로 숫자 하나를 그리는 것 같았다.

이와 동시에 인민군 5군단 통신부대에서는 일제히 무전으로 333, 333을 타전했다. 텔레타이프도 일제히 작전명 '새벽별'을 타전했다. 휴전선 동부전선 전역이 일제히 중포가 뿜어대는 엄청난 포성으로 요동치기 시작했다. 전면적인 화습, 즉 포병화력기습이었다.

"드디어 조국해방전쟁이 다시 시작되었다!"

감격에 겨운 박성철 상장이 전진감시소 위로 기어 올라갔다. 참모들이 허겁지겁 그를 따랐다. 남쪽에서는 섬광과 함께 폭연이 자욱했다.

"남조선 반동 괴뢰놈들! 공화국이 이대로 망할 줄 알았지? 그럴 순 없지. 조선 력사의 새시대를 연 공화국은 길이길이 영원하리라!"

군단장이 선언하듯 악을 쓰자 인민군 참모들이 박자에 맞춰 박수를 쳤다. 박성철 상장은 2.5km 전방의 국방군 GP 진지 위로 인민군 사단 및 군단 포병이 쏘아대는 중포 포탄들이 작열하는 불빛을 흐뭇하게 지켜보았다.

박성철 상장은 조국해방전쟁을 겪지 못한 걸 무척이나 안타까워하는 인물이었다. 그는 전쟁에 참여한다는 것이 군인으로선 가장 영광스러운 일이라 생각하고 있었다. 더구나 공화국 깃발 아래 조국을 통일하는 이 위대한 전쟁에 있어서랴!

이제 조선은 강력하고, 자주적이면서, 부유한 국가가 되리라. 진정한 강성대국이 될 통일된 공화국의 미래를 생각하자 그의 가슴은 감격으로 터질 것만 같았다.

'아! 장군님이 살아 계셨더라면 얼마나 좋았을까!'

박 상장은 평생 동안 존경해온 김일성을 떠올리고 있었다. 김일성은 이미 10여 년 전에 죽었지만 그에 대한 군 장령들의 무한한 존경심이 사라지기에는 아직 짧은 시간이었다.

6월 13일 03:00:00 경기도 개풍군(개성직할시) 상공

인민군 공군 전투기들은 평상시처럼 가로등이 켜진 개성시를 오른쪽에 두고 저공으로 남동쪽을 향해 비행을 계속했다. 편대 2번기를

조종하는 리태호 상위는 개성 시가지를 내려다보며 묘한 만감에 휘감겼다.

리태호는 휴전선에 가까운 개성에만 밤에 가로등 불이 들어온다는 사실을 알고 있었다. 다른 도시, 심지어 평양도 밤에는 암흑천지였다. 수력발전을 위주로 하는 전력 생산이 수요에 미치지 못해 병원 수술실에서도 자연광을 조명 삼아 수술하는 상황이었다.

공화국 정부에서는 미 제국주의의 경제봉쇄로 인한 일시적인 어려움이라고 했다. 그러나 북한이 만성적인 물자 및 식량 부족에 시달린 지는 이미 오래되었다.

리태호는 공화국 인민정부가 과오를 인정하지 않고 모두 미 제국주의 탓으로 돌린다고 생각했다. 그가 이런 식으로 생각한 것도 최근 며칠 전부터였다. 그 사건이 아니었다면 공화국 정부에서 발표하는 대로 믿었을 것이다. 그러나 이제 시간을 되돌릴 수는 없었다.

리태호는 조종석 계기판을 다시 한 번 살폈다. 제대로 작동하지 않는 계기판이 대부분이지만, 비행과 조종에 필수적인 고도계와 유압계는 제대로 작동하고 있었다. 리태호는 불안한 듯 자꾸 지상을 내려다보며 눈어림한 고도와 고도계가 표시한 고도가 일치하는지 확인했다.

서방세계에 미그-17로 알려진 이들 중국산 J-5는 도입 후 40년이 넘어 지금은 도태 직전의 상태였다. 이 전투기들은 북한에 부품공장이 있어 그나마 최소한의 보수·유지를 할 수 있었다. 이제 이 전투기들은 최후의 임무를 위해 투입되었다. 조종사들도 최후이긴 마찬가지였다.

북한이 보유한 마지막 미그-17 전투기에 탄 조종사들은 침묵을 유지했다. 레이더 대용품인 FM 라디오에서는 간간이 전장 상공 상황을 짤막하게 중계하고 있었다. 엄청난 엔진음을 뚫고 라디오가 지직거리는 소리가 들린다니, 대단하다고 리태호가 혀를 찼다.
 서울 인근 상공을 초계 중이던 한국 공군 F-16 전투기 편대는 주로 수원과 이천 사이에서 활발히 움직이고 있었다. 이들은 휴전선 상공에 출현한 북한 공군 전투기들과는 상당한 거리를 두고 대치하는 중이었다.
 한국 공군도 북한의 침공을 조금 전에 알았겠지만, 아직 제대로 반응하기에는 이른 시간이었다. 서산이나 수원 공군기지에서 한국 공군기들이 대규모로 이륙했다는 소식은 아직 없었다. 인민군 공군 자살특공대에게는 희소식이었다. 그렇다고 그들의 운명이 달라지는 것은 아니었다.
 그리고 리태호는 전부터 인민군의 지상레이더를 믿지 않았다. 조금만 저공으로 비행해도 지상레이더는 목표를 잃기 십상이었다. 만약 한국 공군기들이 저공으로 서울 북쪽에서 선회하고 있다면 자살특공대는 꼼짝없이 범의 아가리로 곧장 뛰어들어갈 수도 있었다.

 ─ 개성 라지오방송입니다. 연백군으로 가는 길은 열려 있습니다. 강아지 세 마리가 장풍군에서 놀고 있습니다.
 편대 무선통신 대신 개방시킨 라디오에서는 암호인지 아닌지 구별하기 힘든 말들이 간간이 흘러나왔다. 리태호 상위는 자살특공대를 이끄는 지철우 대좌의 기체를 살폈다. 겉보기에 대장기는 제대로 비행하고 있었다.
 바로 앞쪽에서 날고 있는 지철우 대좌의 기체는 지휘관의 기체답지 않게 가장 낡은 기체였다. 리태호는 지철우 대좌 같은 초엘리트가 자살특공대에 지원한 사실에 별로 놀라진 않았다. 지철우 대좌도 리태호처럼 기체를 잃고 추락한 것이다. 인민군 전투기 조종사가 아무리 엘리트라고 하지만, 값비싼 항공기를 잃고도 계속 특권을 유지할 수는 없었다.

그런데 리태호는 지 대좌가 선택한 기체가 60년대에 중국에서 생산하여 북한이 도입한 J-5가 아니라, 1956년에 구 소련에서 이전된 미그-17 전투기 100여 기 가운데 최후의 기체라는 사실에는 무척 놀랐다. 거의 50년 동안 살아남은 그 낡은 비행기를, 베트남전에 비밀리 공산군으로 참가하여 미 해군 전투기를 두 대나 격추시킨 경력이 있는 공화국영웅 지철우 대좌가 조종하는 것이다.

아직도 무선침묵은 계속 이어지고 있었다.

6월 13일 03:00:20 황해도 용연군(황해남도 룡연군) 몽금포

'장산곶 마루에 북소리 나드니'라는 가사로 시작되는 민요, 몽금포 타령으로 잘 알려진 곳이 황해도 몽금포다. 그 포구에서부터 시작되는 몽금포 해안은 원산 명사십리 못지않은 천혜의 해수욕장이다. 이곳도 한글로는 원산 명사십리明沙十里와 같은 이름이다. 눈부시게 흰 모래가 워낙 곱기 때문에 밟으면 모래가 우는 소리를 낸다고 해서 붙여진 이름이 바로 명사십리鳴沙十里다.

이곳 몽금포 명사십리 백사장 뒤로 해풍을 듬뿍 머금은 해당화와 솔밭이 쓰러지고 짓밟힌 채 어지러이 흩어졌다. 북한 인민군 4군단 소속 제8방사포병여단의 다연장로켓포와 견인차량들, 그리고 군단 직할 제71포병여단의 자주포와 중포들이 숲을 짓이겨놓았다. 지금도 엄청난 굉음과 섬광, 연기와 후폭풍이 숲을 엉망으로 만들고 있었다.

폭 400미터가 넘고, 길이 4km가 넘는 백사장과 도로 주변 널찍한 평지마다 각종 구경의 방사포들이 시뻘건 화염과 연기를 뿜어냈다. 그 중에는 122mm 구경인 BM-21 계열 방사포 외에도 신형 240mm 방사

포들이 섞여 있었다. 이 아수라장 속에서 각 대대별로 규칙적이고 질서 정연하게 화염이 남쪽을 향해 솟아올랐다. 어둠을 울리는 굉음이 이어졌다.

이곳 백사장에서 백령도는 바로 보이지 않는다. 황해도 용연반도의 끝, 장산곶과 해발 300미터가 넘는 태산봉에서 국사봉에 이르는 능선들에 가리기 때문이다. 명사십리가 동트는 새벽하늘처럼 번쩍거리더니 수많은 불기둥들이 백령도를 향해 치솟은 다음 능선 너머 구름 속으로 사라졌다.

사격이 끝난 방사포 주위에서 인민군 병사들이 정신없이 움직였다. 이들은 근처에 대기한 탄약수송차에서 운반해온 로켓탄을 재장전했다. 덩치가 큰 240mm 방사포는 사람 힘으로 재장전하는 것이 불가능하고 기중기가 장착된 전용차량이 필요했다. 부족한 물리력을 인력으로 메꾸는 북한식 주체전술도 불가능을 인정할 수밖에 없는 상황이 있는 것이다.

뜨겁게 달아오르는 열기 속에서 인민군들이 진땀을 흘렸다. 이들은 무척 서둘렀다. 백령도에 주둔 중인 한국군 해병 5여단의 포병부대가 몽금포를 향해 대포병사격을 개시하면 단박에 끝장이었다.

6월 13일 03:00:37 강원도 인제군 서화면 삼재령 부근

깜깜한 어둠 속이었다. 이따금 낮게 깔린 먹구름 아래쪽이 보라색으로 번쩍거리고 멀리서 은은한 천둥 소리 같은 것이 들려왔다.

억새풀이 살짝 움직였다. 잠시 후 어른 키만한 풀들이 바람에 슬며시 갈라졌다. 그곳에서 총구가 삐죽 드러났다. 잠시 모든 것들이 마치 사진 속의 풍경이 영원히 멈춘 것처럼 그렇게 정지했다. 풀 밑

의 검은 그림자도 마치 오래 전부터 그대로 있던 것처럼 그렇게 가만히 있었다.

"이거이 완전히 총알받이가 되는 기분이구만기래."

소리 죽여 투덜거린 인민군 박재홍 하사는 잠시 멈춘 발걸음을 다시 옮겼다. 보슬비에 군복이 축축이 젖어들었지만 중대 최전방에 선 박재홍은 그런 것에 신경 쓸 겨를이 없었다. 모든 위협을 파악해 뒤따라오는 동료들에게 알려야 하는 것이 척후조의 임무였다.

아직도 박재홍은 진짜 전쟁이 난 것인지 믿어지지 않았다. 2시간 전 중대장이 갑자기 내무반에 들이닥쳐 비상을 걸고 군장을 꾸리게 할 때까지도 박재홍은 늘 있던 비상훈련인 줄로만 알았다.

그런데 중대본부 연병장에는 근래에 보기 드물게 중대원 전원이 한 곳에 집결했다. 민경중대 전원이 주둔지를 이동할 때 외에는 좀처럼 없던 일이었다.

근무지인 비무장지대에서 평소 매복하던 지점보다 훨씬 더 남쪽으로 이동했을 때까지만 해도 박재홍은 기껏 남파공작원 몇 명을 호송하는 임무인 줄 알았다. 그러나 군사분계선 팻말 주위에서 지뢰를 제거하고 있는 민경중대원들을 보고서야 상황이 완전히 다름을 알고 놀랐다. 일반인들의 상상과 달리 남방한계선과 북방한계선 사이의 군사분계선은 철책으로 막힌 곳이 아니었다.

멀리서 포성이 울려퍼졌다. 틀림없는 포격 소리였다. 가까운 곳은 아니었지만 뭔가 일이 터진 게 분명했다. 박재홍은 심장이 마구 뛰었다. 어릴 때부터 전쟁을 준비해왔지만 지나친 긴장에 적응해서인지 20여 년간 위기의식이 무척 무뎌진 것은 사실이었다. 그런데 이번에는 바로 그 일이 터진 것이다.

휴전선 군사분계선을 돌파하기 직전, 뒤에 뭔가 있는 것 같아 뒤돌아본 박재홍은 놀랄 수밖에 없었다. 수없이 많은 병력이, 박재홍이 속한 중대원들을 뒤따르고 있었다.
 중대원들은 드디어 남조선 해방전쟁이 시작됐다고 기뻐했다. 그제야 군관들이 하전사들에게 임무를 알려주었다. 여기저기서 낮게 수군거리는 목소리가 들려왔다. 어떤 중대원들은 군사분계선 팻말을 뽑아 짓밟고 있었다.
 박재홍은 겁부터 먹었다. 그는 전쟁이 나는 것보다 어서 복무연한을 채우고 고향으로 돌아가는 편이 훨씬 더 좋았다. 아버지는 지방의 공장 지배인이었다. 어머니는 군 당 제1 부서기이니 남부러울 게 없었다. 박재홍은 자본주의의 퇴폐적 상징이라는 청바지를 남몰래 입어본 몇 안 되는 젊은이들 중 한 명이었다.

 박재홍이 속한 부대는 인민군 1사단 직할 민경중대였다. 국군은 정규군 사병에게 MP 마크를 달게 해서 철책선 경비임무에 투입한다. 그런데 인민군은 일반 병력으로 교대근무 시키지 않는다. 대신 비무장지대(DMZ) 관리를 맡는 별도의 민경중대 혹은 대대를 보유하고 있다.
 이들은 단순한 철책 경비임무만을 맡는 것이 아니다. 이들은 특별히 선발되고 각종 특수훈련을 받아 준특수부대적인 성격을 띤다. 간첩이나 무장공비로 불리는 대남공작원의 길잡이나 호송임무를 담당하는 것도 민경중대였다.
 박재홍이 속한 민경중대는 1사단 소속 경보대대와 2보병연대 소속 2개 대대 병력을 비무장지대 너머로 인도하는 임무를 맡고 있었다. 아무리 기습을 제대로 한다 해도 한국군이 그리 호락호락하게 당하지는 않을 것이다. 방어작전을 위주로 수십 년간 훈련을 해온 국군이 강력하게 저항해올 텐데, 그 저항을 온몸으로 받아야 하는 것이 박재홍이 속한 민경중대의 임무였다. 겉으로 드러낼 수는 없었지만 박재홍은 속으로 총알받이 신세라며 불안해했다.

박재홍은 연신 날카로운 눈으로 어둠 속 이곳 저곳을 살피며 천천히 앞으로 나아갔다. 동료들은 뒤쪽에서 공격대형으로 전개한 채 서서히 뒤따라오고 있었다.

박재홍은 이전에 몇 번 정찰국 소속 대남침투요원들을 안내해준 적이 있었다. 휴전선 군사분계선을 넘어 비무장지대 남쪽 남방한계선까지 가야 하는 위험한 임무였다. 그럴 때마다 무척 떨렸다. 그런데 이번에는 대규모 병력이었다.

이미 다른 곳에서 포성이 들려오기 시작했다. 이 정도면 남반부 괴뢰군도 눈치 챘을 것이 분명했다. 박재홍은 이런 상황에서 남방한계선까지 몰래 도달하는 것이 어렵다고 느꼈다.

점점 더 길이 눈에 익숙해지자 박재홍은 조금씩 대담해졌다. 앞으로 조금 더 전진한 후 주변을 살피기로 하고 서너 걸음씩 계속 앞으로 나아갔다.

바람을 마주 보고 걷던 박재홍은 특이한 냄새를 맡고 본능적으로 자세를 낮췄다. 적의 냄새였다. 놀란 박재홍은 즉시 왼팔을 들었다. 근처에 적이 있다는 신호였다.

전투대형이 즉시 변경되었다. 민경중대 주력이 앞으로 나오면서 큰 원형으로 주변을 포위해갔다. 박재홍은 부대가 전투대형을 바꾸는 동안 긴장을 늦추지 않고 서서히 전방으로 이동했다. 분명히 앞에 아군이 아닌 뭔가가 있었다.

보통 냄새라고 말하는데, 엄밀한 의미에서 실제 냄새일 수도 있고, 아닐 수도 있었다. 담배 냄새는 숲 속에서 100미터 넘게 퍼진다. 김치나 마늘 냄새, 심지어 땀 냄새도 상당히 멀리 퍼진다. 이 냄새로 적의 존재를 알아챌 수 있다.

그런데 더 확실한 것이 육감이었다. 박재홍은 오랜 훈련과 경험으로 직감할 수 있었다. 이것은 분명 인민군에게 적대감을 가진 자들의 냄새였다. 박재홍은 산개한 인민군 민경중대원들과 반대편에 있는 적들의 고조되는 긴장감을 확실히 느낄 수 있었다.

10미터 옆에서 자세를 잔뜩 낮춘 분대장이 살금살금 앞으로 나아갔다. 박재홍은 자동보총을 들어 여차하면 갈기려고 준비했다. 적에게서 피어나는 긴장감은 폭발 직전이었다. 앞으로 나온 7호 발사관 사수가 목표를 향해 발사준비를 마쳤을 때였다. 7호 발사관은 서방세계에서 일반적으로 RPG-7이라 불린다.

순간, 민경중대의 오른쪽 날개를 맡은 2소대 쪽에서 섬광이 연이어 번쩍였다.

— 퍼펑!

박재홍은 엄청난 폭음에 깜짝 놀라 주저앉을 뻔했다. 파편이 후두둑거리는 소리를 내며 근처에 떨어지자 반사적으로 바닥에 바싹 엎드렸다. 오른쪽에서는 참담한 비명이 계속해서 들려왔다. 부상자가 많이 발생한 모양이었다. 터져나오기 시작한 K-2 자동소총 발사음 밑으로 분대장이 나직이 외쳤다.

"빌어먹을! 강구지뢰야!"

강구지뢰는 경우에 따라 단 한 발로 1개 소대병력을 몰살시킬 수 있는 무서운 무기였다. 강철구슬 수백 개를 내장하고 있다가 격발과 동시에 일정한 각도로 퍼붓는 강구지뢰가 아니라면 단 한 번에 이렇게 큰 피해를 입히기 어려울 것이다. 강구지뢰란 클레이모어를 가리키는 북한 말이다.

국군 매복부대의 총알이 소나기처럼 쏟아지는데도 2소대가 있는 방향에서는 제대로 된 반격이 없었다. 너무 큰 피해를 입어 아직 정신을 차리지 못하는 것 같았다. 그 사이 3소대 병력이 왼쪽에서 맹렬한 공격을 퍼붓기 시작했다.

박재홍의 옆에 있던 7호 발사관 사수가 서둘러 로켓탄을 발사했다. 로켓 추진체가 시뻘건 화염과 하얀 연기를 뿜으며 날아갔다. 곧이어 섬광과 함께 거대한 폭발음이 천지를 울렸다.

찢어지는 듯한 국군 K-2 자동소총 소리는 곧 인민군의 둔탁한 68식 자동보총 소리에 의해 압도당했다. 총알이 돌에 튀는 소리가 이어졌다. 수류탄이 동시에 서너 발씩 터지면서 비명이 간간이 들렸다. 흙덩이가 소리를 내며 계속 주변에 떨어졌다.

한국군 매복부대는 병력이 1개 분대가 채 되지 않았다. 전투가 본격적으로 시작된 지 2분도 되기 전에 이들은 모두 사살당했다. 하지만 그들은 전투 그 자체로 할 일을 다한 셈이었다. 어차피 그들의 임무는 적과 전투를 벌여 승리하는 것보다는 총소리라도 내고 죽음으로써 적의 침입을 알리는 역할에 가까웠기 때문이다.

이제 은밀한 침투는 완전히 틀렸다. 박재홍은 힘으로 뚫고 나가는 수밖에 없다고 생각했다. 발소리가 들리며 뒤쪽에 있던 경보대대 병력이 앞으로 이동했다. 남조선 GP까지는 이제 얼마 남지 않았다. 박재홍이 속한 민경대대 1소대도 사단 경보대대와 함께 GP 정면을 우회해 후방 측면으로 빠르게 접근했다.

북쪽 능선이 갑자기 조명을 받으며 환하게 밝아졌다. 수천 문의 화포가 동시에 포격을 시작하자 섬광이 낮게 드리운 구름에 비쳐 생긴 현상이었다. 드디어 이쪽 지역에서도 포격이 시작됐다.

조명탄이 GP 근처 여기저기에 떠올라 천천히 내려왔다. 국군 매복부대가 일으킨 폭음 때문에 GOP 쪽에서 쏘아올린 조명탄이었다. 암흑지대가 대낮처럼 밝아지며 어른 키만큼 자란 수풀 사이로 인민군들이 수십 개의 종대를 이루며 달려나갔다. 흡사 뱀떼가 먹이를 향해 달려드는 모습이었다. 이런 모습은 이곳 삼재령 부근만이 아니라 동부전선 몇몇 지역에서 동시에 벌어지는 상황이었다.

6월 13일 03:01:05   강원도 양양군 앞바다

물 속은 무척 차가웠다. 건식잠수복을 벗은 김삼수 중좌는 차가운 바닷물이 가슴을 찌르는 것 같았다. 김삼수는 잠수복을 벗어 물 속 바위틈에 구겨넣은 다음 큼지막한 돌덩어리로 덮어놓았다. 김삼수 중좌는 수중호흡기를 문 채 잠망경을 수면 밖으로 내밀었다.

건식잠수복이란 외피와 내피 사이에 튜브가 있고, 그곳에 공기가 주입된 잠수복이다. 입고 벗는 것이 불편하고 움직임도 둔해져 펭귄처럼 뒤뚱거리게 된다.

화려한 수중세계에서 스쿠버 다이빙을 하는 근육질 남자와 늘씬한 미녀를 연상하면 수중침투조의 복장과는 상당히 거리가 멀다. 잠깐 동안 물 속에 들어갔다 나오는 스포츠인 스쿠버 다이빙과 하루 종일 물 속에 있어야 하는 수중침투요원이 같을 수는 없었다. 저체온증으로 죽지 않으려면 반드시 착용해야 하는 것이 바로 이 건식잠수복이다.

'지금이야.'

시간은 세 시를 막 넘어섰다. 이곳에 미리 도착해 준비하지 못한 것은 해안에 밀생하는 돌미역 때문이었다. 김삼수는 동해안 어민들을 저주하며 이를 갈았다.

그는 수시로 급변하는 상황에 따라 부하들이 능력을 충분히 발휘할 수 있도록 재량권을 위임하는 스타일이었다. 하지만 선도요원들이 초소 병사들에게 총알을 한 방씩 먹여야 할 시간은 벌써 지나버렸다. 김삼수 중좌는 돌미역의 밀림을 헤쳐나갈 때부터 지금까지 이미 충분히 초조해져 있었다.

잠망경에는 보이는 것이 거의 없었다. 부슬비가 내리는 캄캄한 해안초소에는 아무 일도 없는 듯했다. 흐릿하게 보이는 초소 안에서 누군가 움직이는 것 같았다. 그런데 긴장감 없는 그 검은 그림자는 김삼수의 부하가 아니었다.

'60초 주갔어. 제발……'

김삼수 중좌의 혼잣말을 선두 조가 들을 리 없었다. 그 시간 안에 해결하지 못하면 나머지 요원들이 강행돌파하는 수밖에 없었다. 1초가 마치 한 시간처럼 느껴졌다. 참다 못한 김삼수 중좌가 잠망경을 내려놓고 수면 밖으로 천천히 머리를 쳐들었다.

김삼수 중좌는 눈만 내놓은 채 꼼짝 않고 초소를 노려보았다. 파도가 넘실거리며 물안경 위로 찰랑거렸다. 훈련 때는 그런 자세로 열 시간 넘게 가만히 있었던 적도 있었다. 초소에서는 수면 위로 머리를 내민 암초와 구분하지 못할 것이다. 오늘은 하늘에 먹구름이 가득했고 부슬비까지 내려 몇 미터 밖은 잘 보이지 않았다.

김삼수는 그 자세로 꼼짝하지 않았다. 이럴 때는 용변도 그 자리에서 봐야 했다. 침투 때마다 김삼수는 그런 식으로 각 해안초소 초병의 교대시간이나 순찰간격 등을 체크해서 돌아갔다.

바로 옆에 있던 부하가 방수포에 담긴 7호 발사관을 어깨에서 풀어내렸다. 김삼수가 명령하면 7호 발사관을 쏘아 초소를 아예 박살내게 된다. 이번에는 다른 요원 한 명이 물 밖으로 나오더니 침투용 방수배낭에서 길쭉한 로켓포탄을 꺼냈다.

'안 되갔어.'

어쩔 수 없었다. 상대방의 존재를 알고 있는 적을 상대하는 것은 어렵지만 이젠 각오해야 했다. 김삼수 중좌의 팀이 돌미역 때문에 늦게 도착한 것도 이유였지만, 간신히 예정시간에 도착한 만큼 결정적인 이유는 되지 않았다.

그것보다는 공격할 초소의 교대시간이 공격시간과 겹친 것이 더 나빴다. 지금 선두 조원들의 행동이 늦어지는 이유는 교대 중인 2개 조를 동시에 해치워야 하기 때문이다.

아무래도 해안초소 초병 누군가 늦잠을 잔 모양이었다. 전에도 해안선에 침투해서 교대시간을 기다릴 때 그런 적이 몇 번 있었다. 답답한 경우였다.

김삼수는 남조선에서 제대 직전의 사병을 가리켜 말년 병장이라고 하는 것을 들었다. 근무시간에 빠지고 졸병들을 괴롭히는 일 외에는 하는 일 없이 시간을 보내는 것이 말년 병장이다. 수십 년간 사회주의 체제에서 생활한 김삼수를 비롯한 침투요원들은 그들을 남반부 괴뢰군에 만연한 자본주의적 암세포라고 비웃었다. 그런데 그 암세포 때문에 작전에 차질이 생기고 있는 것이다. 김삼수는 점점 더 초조해졌다.

각 해안방어 초소마다 교대시간이 다른데, 그에 따라 공격시간을 조절하는 것은 불가능했다. 더 빨리 해치워도 안 되지만 시간을 늦출 수도 없었다. 자칫 늑장을 부렸다가는 휴전선 일대에 걸쳐 포격이 시작된 것을 초병들이 전해들을 수도 있었다. 전쟁이 시작되는 정각 새벽 3시에 하필 그 초소에서 교대가 이뤄지고, 게다가 다음 근무조가 교대시간에 늦는 상황이 벌어졌다.

이제 더 이상 시간을 지체할 수 없었다. 김삼수 중좌가 손을 들어올렸다. 옆에서 대기하던 7호 발사관 사수가 상체를 일으킨 다음 방수포를 벗기기 시작했다. 다른 조원들은 해안선 가까운 바위 뒤에 바짝 몸을 붙이고 돌격준비를 마쳤다.

- 툭! 투두툭! 투툭!

파도가 바위를 두들기는 소리 사이로 짧은 파열음이 연이어 파고들었다. 김삼수 중좌가 황급히 손을 뻗어 7호 발사관 사수의 사격을 막았다. 김삼수는 다시 조용해진 초소 쪽으로 고개를 돌렸다. 저격조가 발사한 소음총 소리가 분명한 것 같았지만 확실해질 때까지 더 기다렸다.

잠시 후 초소 쪽에서 빨간색 불빛이 짧게 두 번 깜빡거렸다. 초소를 제압했다는 신호였다. 물 속에 머물고 있던 나머지 요원들이 벌떡 일어섰다. 십여 명이 해안 바위 위로 올라섰다. 애간장을 태우던 김삼수 중좌와 부하들은 초소를 향해 쏜살같이 뛰어올랐다.

초소 안의 시체는 넷이었다. 교대하던 2개 조의 초병들이었다. 너부러진 시체들 중 두 명은 정확히 기도와 가슴에 한 방씩 맞았다. 그런데 다른 둘은 가슴과 얼굴까지 알아볼 수가 없었다. 저격조가 서둘렀던 흔적이었다. 저격조가 자동사격하는 경우는 거의 없었다.

이미 다른 요원들은 정해진 타격목표를 향해 움직이고 있었다. 질책을 예상한 선두 조 2명이 자리에 남았다. 그러나 김삼수 중좌는 아무 말도 하지 않고 고개만 끄덕거렸다. 속도가 그 핵심이었다. 그 의미를 알아차린 선두 조 요원들이 초소를 뛰쳐나갔다.

김삼수 중좌는 처음 고비를 잘 넘겼다고 생각했다. 다행이었다. 적어도 30분은 순조로울 것이다. 하지만 그 다음은 예상할 수 없었다. 며칠이 걸릴지, 아니면 몇 달이 걸릴지 예상할 수 없는 머나먼 여정이 드디어 시작된 것이다.

김삼수와 부하들의 작전은 애초부터 귀환이 예정되어 있지 않았다. 해상저격여단 소속인 이들을 데려갈 상어급 잠수함은 없었다. 그들은 남조선 해방전쟁에서 이겨야 주둔지로 돌아갈 수 있었다.

차가운 초여름 새벽 공기가 김삼수 중좌의 의지를 한껏 북돋웠다.

6월 13일 03:01:40 　인천광역시 옹진군 백령도 해상

− 방위 공이십공(0-2-0)도, 거리 80km! 비행체 다수가 남하 중입니다!

− 접근 중입니다!

당황한 전투정보센터 요원들의 날카로운 외침이 함교와 연결된 인터폰에 빗발쳤다. 함장은 검은 바다 위 하늘을 수놓고 있는 시뻘건 불꽃들에서 눈을 떼지 않았다. 인민군 공군기들은 대규모 포격과 거의 동시에 내습하여 백령도로 접근하고 있었다.

- 함장님! 10여 기가 넘습니다. 이럴 수가……

전투정보센터에 남아 있던 부장이 말끝을 흐렸다. 부장도 다른 수병들처럼 겁먹은 목소리였다. 그러나 승무원들은 겁쟁이가 아니었다. 1998년 12월 거제도 남쪽 해상에서 고속으로 도주하는 북한 반잠수정을 격침시킨 광명함이었다.

그런데 지금 상대해야 할 적은 배가 아니라 비행기였다. 역전의 광명함 승무원들이 당황한 이유는 한국 해군 포항급 초계함 광명함에는 함대공 미사일이 없기 때문이었다.

들고 있던 쌍안경을 내린 함장 길문석 중령은 잠시 생각에 잠겼다. 지금 광명함의 위치는 백령도 북서쪽 해안에서 5km밖에 떨어져 있지 않았다. 일반적으로는 백령도에 주둔하는 방공포대의 대공망 안쪽에서 작전하는 것이 안전하다.

하지만 지금 하늘을 가르는 무수한 불덩어리들은 호크 지대공 미사일 포대는 물론이고 주변 엄폐진지에도 무차별로 쏟아지고 있었다. 접근 중인 북한기들을 호크 포대가 요격할 수 있을지 가늠해본 길문석 중령은 그것이 단지 간절한 바람일 뿐이라고 판단했다. 헛된 희망은 정확한 판단을 방해한다. 그렇다면 냉정하게 빨리 결정해야 했다.

함대사령부에서는 아직 어떤 결정도 내리지 못했다. 분명 책임자와 연락이 되지 않았거나, 있더라도 허둥대고 있을 것이다. 길문석 중령은 차분히 생각했다.

북한이 전면적인 남침을 가해올 가능성은 상대적으로 적었다. 남이나 북이나 상대방에게 전면전을 걸 능력이 없는 건 아니지만, 지금은 그럴 이유가 없었다.

그렇다면 국지전이었다. 이따금 그런 일이 있었고, 북한은 끊임없이 무장공비를 남파했다. 백령도는 서해 5도 중에서 가장 중요한 위치에 있다. 그리고 한반도에 제한전이 발생한다면 몇몇 후보 가운데에서도 1순위 지역이었다. 오죽하면 백령도에 여자 예비군이 있을까?

역시 북한의 목표는 백령도가 분명했다. 만약 다른 곳에서 유혈충돌이 있더라도 그것은 양동작전에 불과할 것이다. 포격의 강도나 항공기의 대량 내습만 보더라도 공격의 중심은 백령도가 틀림없었다. 그렇다면 한국군은 백령도에 주둔한 해병대 전력의 피해를 최소화하는 것이 전략의 핵심이 될 것이다. 그런 판단을 한 함장이 결단을 내렸다.

"좌현 전타. 삼백오십공(3-5-0)도 잡아! 기관 전속."

"함장님!"

뜻밖의 명령에 놀란 작전관의 얼굴 근육이 굳어졌다. 함장이 북쪽을 향하라고 명령한 것이다. 백령도 미사일 포대의 방공망에서 벗어나는 것은 광명함 스스로 위험을 자초하는 행동이었다.

"편대 전 함정에 명령을 내리게."

함장은 결연했다. 광명함의 운명보다 전체 전국이 중요하다는 것을 작전관도 인정했다. 불리한 싸움을 각오한 작전관은 광명함을 따르는 고속정들에게 통하는 통신회선을 개방했다.

6월 13일 03:02:15 강원도 인제군

"씨팔! 우린 죽었다."

포격이 멈춘 직후 참호 밖으로 머리를 살짝 내민 김재창 상병이 내뱉은 말이었다. 연이어 터지는 조명탄 밑으로 수많은 그림자들이 꾸물

거리는 게 보였다. 넓은 중대방어선 전면으로 몰려오는 그림자들은 전체 중대원보다 더 많은 숫자였다. 누가 봐도 우리 편이 아닌 것만은 분명했다.

갑자기 공기가 연속 진동하는 소음과 함께 그림자들이 픽픽 쓰러졌다. 소리가 나는 쪽을 보니 2소대가 있는 오른쪽에서 기관총탄을 퍼부어대고 있었다. 시뻘건 예광탄 빛줄기가 그림자들을 향했다. 우리 편이 확실했다. 김재창이 안도의 한숨을 내쉬었다.

그런데 주변의 다른 초소들은 침묵을 지키고 있었다. 김재창이 사격을 시작하려다가 옆을 보니 이환동이 참호 안에 머리를 처박고 꼼짝하지 않고 있었다. 마치 매에 쫓기다가 머리만 숨긴 까투리 같았다.

"야, 이 꼴통아! 이러고 있다간 우린 죽는단 말야. 일어나!"

김재창이 이환동 이병의 머리를 마구 흔들었다. 이환동은 김재창의 손길을 뿌리치고 계속 머리를 숙인 채 덜덜 떨기만 했다.

김재창도 무섭긴 마찬가지였다. 그러나 죽지 않으려면 싸워야 했다. 전투 중에는 적과 싸우다 죽는 자보다 싸우지 않고 도망 다니거나 가만있다가 죽는 자들이 더 많은 법이다.

김재창은 엎드린 채 총만 참호 밖으로 내밀고 자동으로 갈겨댔다. 맞든 말든 상관없었다. 무서워서 머리를 내밀 수가 없었다. 총알이 참호에 맞아 퍽퍽거리는 소리와 돌에 튀어 찡찡거리는 소리가 끔찍했다. 실탄이 떨어졌는지 철컥거리는 소리가 이어졌다.

"야, 이 씨팔놈아! 쏘라니깐! 죽고 싶어?"

김재창이 탄창을 교환하다 말고 애꿎은 이환동을 총구로 쿡쿡 찔러댔다. 이환동이 초점 풀린 눈으로 슬그머니 일어나 앉았다. 정신없는 와중에도 총만은 꼭 쥐고 있었다. 판초우의 아래로 보이는 전투복 바지는 참호에 고인 뻘건 흙탕물에 물들어 있었다. 김재창은 이환동이 그를 향해 쏠까 봐 은근히 겁이 나기 시작했다.

"총을 겨누고 어서 쏴! 북괴놈들이 몰려오고 있어. 이렇게 가만있다간 죽는단 말야!"

이환동이 꿈틀거리더니 서서히 몸을 일으켜 세웠다. 얼이 빠진 표정으로 총을 들고 북쪽을 향해 지향사격 자세로 쏴댔다. 람보가 M-60 기관총을 갈겨대는 자세였다. 머리를 숙인 김재창의 철모 위로 뜨거운 탄피가 마구 쏟아졌다.

참호 근처 땅에 총탄이 퍽퍽 박혔다. 가만 놔두면 죽겠다 싶어 김재창이 그를 주저앉혔다.

"이 미친놈아! 엎드려서 쏴야지. 우악!"

이환동은 주저앉으면서도 방아쇠에서 손가락을 떼지 않았다. 이환동이 하늘을 향해 난사했다. 하마터면 총탄에 맞을 뻔한 김재창이 주춤주춤 뒤로 물러섰다. 갑작스럽게 치솟은 공포가 서서히 가시면서 김재창은 두려움 대신 분노가 치밀어올랐다.

"정신 차려, 씨바!"

김재창은 이환동을 죽여버리고 싶었다. 주먹으로 이환동의 뺨을 갈겼다. 참호 위로 풀썩 쓰러진 이환동은 잠시 멍청한 눈으로 김재창을 쏘아보더니 이내 스르륵 주저앉아 훌쩍거리기 시작했다.

"김 상병님! 무서워요. 엉엉~."

"좆도!"

이제야 이환동은 정신을 차린 모양이었다. 그러자 김재창은 마음이 안정되기 시작했다. 지금은 이환동의 울음을 들을 시간이 없었다. 총을 겨눠 그림자들을 향해 한 발씩 쏘기 시작했다.

거리가 멀고 주변에 총탄이 튀어 제대로 조준하기 곤란했다. 그래서 쏠 때마다 맞지는 않았지만 그래도 목표가 하나씩 쓰러지기 시작했다. 총에 맞은 적이 죽었는지 살았는지 알 바는 아니었다. 김재창은 적이 가까이 오는 것이 두려워 쏘아댈 뿐이었다. 적군을 향해 저리 가버리라고 외치고 싶은 심정이었다.

이제 적과의 거리는 400미터 정도였다. 이쪽이 상대적으로 높은 곳에 있으니 더 유리했다. 맨 앞에 달려오던 검은 그림자 하나가 뒤듯이 옆으로 쓰러졌다.

그러나 적은 너무 많았고, 거리는 점점 줄어들고 있었다. 힐끗 곁눈질로 보니 옆의 기관총좌도 침묵을 지키고 있는 것 같았다. 어떻게 된 건지 조명탄도 더 이상 날아오지 않았다.

주변을 둘러봐도 소대장이나 다른 소대원들은 보이지 않았다. 저 멀리 왼쪽에 있던 유개호 진지는 포격에 날아가고 벽돌 잔해만 남아 있었다. 김재창은 소대원들이 참호선에 도달하기 전에 전멸했거나, 아니면 대규모 포격 초탄에 내무반이 날아갔을지도 모른다고 생각했다.

어쨌든 지금 이곳에는 김재창 한 사람뿐이었다. 이환동은 아직 제 정신이 아니었다. 정신을 더 추슬러야 했다.

김재창은 계속 사격을 하면서도 혹시 적이 뒤에서 나타나지 않을까 겁이 나기 시작했다. 내무반은 포격이 아니라 침투한 적에 의해 박살 났을지 모른다는 생각도 들었다. 지난 번 뒤쪽에서 통신병들이 작업하는 줄도 모른 채 놀랐던 기억이 떠올랐다.

"야, 꼴통!"

"예! 이병 이환동!"

김재창은 자동소총에 탄창을 삽입했다. 마지막 남은 18발이었다.

"정신 차렸어?"

"예! 저도 싸우겠습니다."

말이 끝나자마자 이환동은 참호 위에 총을 거치했다. 매서운 눈빛이 철책에 가장 가까이 접근한 그림자 두셋을 잡았다. 목표를 잃은 김재창이 자세를 다시 낮췄다.

"됐어. 이제 그만하고, 우리 이동하자."

"도망가자고요?"

"씨발놈! 말을 해도······."

잠시 두 사람의 눈길이 메시지를 교환하기 시작했다. 뜻이 통했다 싶자 두 사람은 교통호로 내달렸다. 총탄이 주변 대기를 뚫고 지나갔다. 두 사람이 달리는 참호선은 포격에 무너져 엉망이었다. 주변 나무들도 제대로 서 있는 것이 없었다. 두 사람은 잽싸게 돌계단을 뛰어내려 내무반 쪽으로 향했다.

그런데 내무반 건물은 없었다. 어떻게 된 건지 폭삭 주저앉은 것이다. 불에 타며 연기를 뿜어대는 것이, 살아 있는 소대원은 한 명도 없는 것 같았다. 두 사람은 더 이상 볼 것도 없이 다시 내달리기 시작했다. 어두운 큰길가에는 아무도 없었다. 그들 뒤로 샛노란 섬광이 번쩍거렸다.

6월 13일 03:02:50   황해남도 장연군 서쪽 상공

"전대장 동지! 목표가 북상하기 시작했습네다."

"영리한 놈이야. 우릴 백령도에서 떼어놓으려는 수작이구만, 기래. 길티만 어림없디."

폭격기 후방석에 탑승한 신흥식 중좌가 껄껄거렸다. 당초부터 그들의 목표는 백령도가 아니었다. 백령도 폭격은 후속기들의 몫이었다. 신흥식 중좌는 한국 해군 함대의 의도를 알아채고 마음에 드는 상대라고 생각했다.

대규모 포격이 진행되는 동안 백령도의 대공 미사일은 침묵할 것이다. 어쩌면 이미 전멸했을지도 모른다. 신흥식 중좌는 어차피 한국 해군이 백령도의 대공포대로부터 지원받지 못할 바에야 백령도를 공격할 북한 비행대를 유인하는 미끼로 쓸 것이라고 판단했다.

무모한 시도는 아니었다. 냉정한 놈이라면 그 상황에서 생각할 수 있는 최선의 노력이었다. 지금 상황에서 남쪽으로 도주하는 것은 더욱 더 비참한 종말을 재촉할 뿐이었다. 그쪽에는 다른 함정이 있으니 한국 함대는 하늘과 바다로부터 동시에 공격받을 게 뻔했다.

"최대 속도로 가속하라우."

"알갔습네다."

Il-28 비글(Beagle) 폭격기 후방석에는 원래 항법사가 탑승한다. 이번에는 그 자리가 전대장인 신흥식 중좌의 좌석이 되었다. 선도기가 가속하는 것을 확인한 전투기들이 뒤따라 가속했다. 최고속도가 기껏 시속 900km 정도인 비글은 가속하더라도 음속보다는 약간 느린 아음속일 뿐이다. 뒤따르던 미그-19 편대 10여 대가 속도를 높여 신흥식 중좌를 앞서 나갔다.

— 목표 확인했습네다. 방위 1-7-0, 거리 30km! 남반부 괴뢰군에 대형 함정 한 척, 고속정 3척입네다.

"전기, 공격대형으로 산개하라!"

무선침묵은 이제 끝났다. 선도기 비글로부터 목표 함정들의 자세한 위치보고가 이어졌다. 앞서 나간 미그-19 전투기들이 각각 두 대씩 짝을 지어 좌우로 활짝 펼쳐졌다. 그동안 맹훈련한 그대로였다.

신흥식 중좌는 한국 해군의 함포가 빗나가기만을 기대했다. 한국 해군은 대단한 포사격 실력을 자랑한다고 들었다. 심지어 대함 미사일을 함포로 격추시킨다는 믿어지지 않는 보고도 있었다. 선도 비글로부터 조명 로켓이 날아가기 시작했다.

검은 하늘과 그보다 더 검은 바다 위로 조명탄 빛이 이글거렸다. 어둠에 익숙해졌던 눈이 잠시 부셨지만 신흥식 중좌는 한국 해군 함정들을 모두 자세히 확인할 수 있었다. 크고 작은 군함들에서 노란색 화염이 번쩍거렸다.

"사정거리에 들어가지 않도록 조심하라우!"

신홍식 중좌가 무전기를 잡고 외쳤다. 그는 20퍼센트 정도의 손해라면 성공이라고 생각했다. 저 앞에 보이는 포항급 초계함만 제거하면 나머지 고속정들은 전혀 문제가 되지 않았다.

북한 전투기 입장에서는 다만 미사일 대신 재래식 폭탄을 써야 하는 것이 불리한 점이었다. 지금이 2차대전도 아닌데 공대함 미사일 하나 없이 해군 전투함을 공격해야 한다는 사실이 씁쓸하게 다가왔다. 그런데 그것은 한국 해군 초계함도 마찬가지였다. 광명함에도 함대공 미사일은 없었다.

왼쪽으로 접근하는 첫 번째 편대가 초계함을 중심으로 한 대씩 흩어졌다. 초계함을 전후좌우에서 포위하는 형태로 비행하는 것이다. 그리고 첫 번째 편대가 실패하면 두 번째 편대가 뒤따르는 공격방식이었다.

포항급 초계함에서 뿜어대는 화염의 수가 점점 더 늘어났다. 전후에 장착된 함포 두 개와 안쪽에 있는 포탑에서도 붉은색 빛줄기가 뻗어나왔다. 40mm 함포가 불을 뿜기 시작한 것이다.

하늘을 가르는 예광탄 줄기 끝에서 검붉은 폭발이 일었다. 근접신관과 지연신관이 결합된 76밀리와 40밀리 포탄들이 공중에서 연속 폭발하며 미그기 전방에 두터운 장벽을 만들어내고 있었다. 대단한 실력의 탄막사격이었다.

아슬아슬한 높이로 해면을 스치듯 비행하던 미그-19 한 대가 방향을 틀어 탄막을 비켜가려 했다. 그러나 조종사의 뜻대로 되지 않았다. 예광탄 줄기도 미그기를 따라 나란히 옆으로 움직였다. 커튼을 잡아당긴 것처럼 폭발구름이 미그기의 진로를 가로막았다.

잠시 후 붉은 폭풍이 미그기를 집어삼켰다. 공기주입구와 캐노피에 각각 40mm 포탄 한 발씩이 작렬하자 미그기는 비스킷이 부서지듯 파편을 흩뿌리며 바다로 곤두박질쳤다.

2번기는 더 비참했다. 76mm 포탄에 직격을 당한 것이다. 머리가 잘린 기러기처럼 동체 절반만 남은 전투기는 잠시 동안 제대로 비행하는 것 같았다. 미그기는 곧 한 바퀴 크게 빙글 돌며 물 속으로 처박혔다.

다른 미그기들도 반격을 가하기 시작했다. 포항급 초계함이 함포만 가지고 모든 방향을 감당할 수는 없었다. 미그기들이 뿜어대는 기관포탄이 해면과 평행으로 초계함과 그 주변에 꽂히기 시작했다.

미그-19 전투기가 발사하는 37mm 기관포탄은 전투기가 사용하는 기관포탄 가운데 최대급에 속하는 강력한 포탄이다. 목표가 비행기일 경우, 한 방이라도 맞으면 그 비행기는 당장 박살난다. 물론 발사속도가 상대적으로 느리다는 단점이 있다.

탄막 속에서 또 한 대의 미그기가 바다로 사라졌다. 실전경력이 있는 광명함의 분전 결과였다. 그와 동시에 맹렬히 화염을 토해내던 초계함의 함포들이 하나씩 침묵하기 시작했다.

드디어 마지막 순간이었다. 탄막을 피해 나온 미그기 한 대가 급상승했다. 미그기가 격추될 때마다 신음 소리를 내던 신홍식 중좌가 주먹을 불끈 쥐었다.

"잡았다!"

미그기가 포항급 초계함의 머리 위로 지나쳤다. 잠깐 시간이 흘렀다. 광명함은 거대한 빛의 구름 속으로 잠시 모습을 감췄다. 두 번째 미그기 편대에서 또다시 연달아 폭탄이 떨어졌다. 폭연이 가시기도 전에 또 다른 화염이 치솟았다.

폭탄을 투하하고 이탈하는 미그기들을 향해 광명함 주변의 다른 고속정들이 벌컨포의 예광탄 줄기를 쏘아올렸다. 그러나 컴컴한 어둠 속에서 벌컨포는 엉뚱한 곳을 향했다. 초당 50발이 넘는 탄환이 공중으로 흩어졌지만 미그기들을 떨어뜨리진 못했다.

각 고속정에 2문씩 탑재된 시 벌컨(Sea Vulcan)포는 지상용의 대공 벌컨과 달리 사격레이더가 없었다. 이것은 북한의 고속정을 잡기 위한 것으로, 애초부터 정밀한 대공사격은 아예 고려되지 않았다. 고속정에서 발사된 예광탄 줄기들이 마치 분수처럼 사방으로 뻗어나갔다.
"조무래기들을 날래 쓸어버리라우. 동무들! 날래!"
신홍식 중좌는 꽉 쥐었던 주먹을 펴며 무전기를 집어들었다. 예상보다 많은 세 대의 손실이었다. 아깝지만 그래도 임무는 성공한 셈이었다.
미그기들은 조명탄 아래로 환히 보이는 고속정들을 향해 다시 37mm 기관포탄을 쏟아내기 시작했다. 최고속도로 달리는 고속정 주위로 하얀 거품이 일더니 이내 고속정이 폭발화염에 휩싸였다. 손쉬운 사냥감이었다.

6월 13일 03:03:00 서울 용산구

"알겠습니다! 예, 예. 합참의장님은 곧 오십니다. 예. 당직사령님은 통화 중이십니다. 예, 알겠습니다. 화학전 무기에 의한 피해는 아직 보고된 바 없다고 반드시 보고 드리겠습니다."
정현섭 소령은 통화를 하며 간신히 마음을 추스를 수 있었다. 전투가 발생한 어느 곳에서도 아직 화생방전이 발생하지 않았다니 그나마 다행이었다. 이번에는 정현섭이 지상작전사령부에 전체 전국戰局을 참고로 알려줄 차례였다.
"예, 그렇습니다. 후방에서도 무장공비들과 치열하게 교전 중입니다. 예. 서해상에서 약간의 해상전이 진행 중이고 일부 공역에서는 공중전이 전개되고 있습니다. 예? 예. 이유를 말씀드리긴 곤란하지만 공중지원은 약간 어려운 상황입니다. 예. 당분간 연락은 5분 단위로 유지해 주십시오. 알겠습니다. 예. 오시면 즉시 보고 드리겠습니다. 충성!"

정현섭 소령이 수화기를 내려놓았다. 통화를 한 상대방은 서울을 포함해 동부전선과 서부전선 등 모든 전방지역의 지상군을 지휘하는 지상작전사령부의 작전참모였다. 지작사는 휴전선 일대의 대대적인 포격과 대규모 지상군의 침공을 받고도 그런 대로 예하 부대를 잘 장악하고 있는 것 같았다.

몇몇 다른 장교들도 합참 예하 작전부대들에서 올라오는 보고를 받느라 바빴다. 작전부대란 해군작전사령부, 특전사령부, 2군사령부 등 합동참모본부의 직접 지휘를 받는 상급부대를 말한다.

메모지를 들고 정현섭이 통화 중인 남성현 소장에게 다가갔다. 의장, 차장도 없는 이 상황에서 작전참모본부의 남성현 소장은 합참 상황실을 잘 이끌고 있었다.

작전참모부장 옆에서 보고를 들어보니 육해공에 걸쳐 모든 전선이 엉망이었다. 언뜻 봐도 북한의 전면적인 남침이 시작된 것 같았다.

"알겠소. 어떤 희생을 치르더라도 백령도를 사수하시오! 음, 그렇소. 충성!"

비상시 국군의 최고 지휘부인 국방부 지하지휘소는 현재 외부로부터 완전히 고립되었다. 이곳 국방부 청사는 북한 특수부대에 겹겹으로 둘러싸인 채 곳곳에서 치열한 전투가 벌어지고 있었다.

지금도 바깥으로부터 쉴새없이 총성이 들려왔다. 이따금 국방부 청사 옥상에 있는 벌컨포가 지상사격을 가하는 소리에 건물 전체가 크게 울렸다.

그런데 지하지휘소에 남아 있는 사람들은 의외로 느긋했다. 국방부 청사 경비가 만만치 않은데다가, 만에 하나 이곳이 붕괴되더라도 다른 곳에서 지휘할 수 있도록 예비시설을 마련해두었기 때문이다. 다만 정현섭은 합참의장 등 지휘부가 늦게 도착하는 것이 마음에 걸렸다. 어떻게든 빨리 결단을 내려야 할 때였다.

6월 13일 03:03:05   경기도 오산 상공

불덩어리가 별빛 찬란한 밤하늘을 배경으로 수직 강하했다. 밑에는 구름바다가 끝없이 펼쳐져 있었다. 불덩어리는 그 구름바다를 향해 점점 더 속도를 높이며 돌입했다.

지상에서 올라온 불빛이 불덩어리를 스쳐 지나갔다. 다시 새로운 미사일이 불덩어리 옆을 스치자 충격파 때문에 궤적이 약간 흔들렸다. 그러나 속도는 전혀 줄어들지 않았다.

재돌입할 때 추진체를 분리시키지 않는 스커드-B 미사일이 비를 가득 머금은 먹구름을 뚫고 내려갔다. 구름 밑으로 드넓은 대지가 드러났다. 밑에서 올라오던 패트리엇 미사일이 폭발하자 작은 파편이 스커드의 탄두에 꽂히며 표면을 찢었다. 그러나 스커드 미사일은 같은 방향을 유지하며 낙하했다.

스커드 탄두 끝에 달린 작은 레이더가 작동했다. 주변 산과 넓은 활주로가 참조점이 되며 예정된 목표를 향해 궤도가 미세한 각도로 수정됐다. 스커드 미사일은 오산비행장 부근을 목표로 마하 5.6의 최종속도로 내리꽂혔다.

러시아에서 개발된 스커드의 화상합치식 종말유도 시스템은 원형공산오차가 50미터 이내다. 발사된 미사일의 50퍼센트가 탄착점 주변 50미터 이내에 명중한다는 뜻이다. 스커드 계열 미사일치고는 대단히 정밀한 종류였다.

목표는 시뻘건 화염을 내뿜고 있었다. 오산 중앙방공관제소(MCRC)

의 지상 부분 건물을 이미 스커드-B 미사일이 명중한 것이다.

패트리엇 2와 패트리엇 3 미사일 포대가 결합된 방공망은 첫 번째 미사일을 요격할 틈이 없었다. 미국의 위성감시체계로부터 탄도탄 공격 경보를 받자마자 포대 레이더가 자동으로 가동을 시작했지만, 위상배열 레이더가 정상작동할 때까지 2분에서 3분이라는 시간이 필요했다. 이것은 미사일로 미사일을 요격하기에는 엄청나게 긴 시간이었다. 방공포대가 첫 발을 발사하기도 전에 중앙방공관제소를 스커드 미사일이 명중시켰다.

두 번째 스커드를 향해 3발이 발사됐지만, 이것들 또한 요격에는 실패했다. 스커드는 너무 빨랐다. 패트리엇 3이 속도면에서 더 빠르다고는 하지만 고속으로 낙하하는 목표를 정확히 명중시키기는 어려웠다. 폭발 파편으로 목표를 잡는 패트리엇 2와 달리 패트리엇 3은 목표물에 직접 타격하는 방식이다.

825kg짜리 탄두가 거대한 섬광과 함께 폭발했다. 곧이어 불길이 주변의 암흑을 집어삼켰다. 충격파가 대지를 찢었다. 폭음이 들린 것은 약간의 시간이 지난 후의 일이었다.

곧이어 하늘에서 커다란 화염이 일어났다. 세 번째 스커드 미사일은 패트리엇 3 미사일에 의해 요격되어 공중폭발했다. 목표를 놓친 다른 패트리엇 미사일들은 불꽃을 지나자마자 공중에서 자동폭발했다.

6월 13일 03:03:10 인천광역시 월미도 해상

인민군 김용기 대위는 이제 목표까지 2분 남았다고 계산했다. 예정보다 몇 분 늦은 시간이었지만 일부러 지연시킨 것은 아니었다. 물론 늦추고 싶은 마음이 굴뚝같았다. 김용기 대위는 출발했던 곳으로 다시

되돌아가고 싶었다. 그러나 결코 돌아갈 수 없었다.
　이틀 전 김용기는 잠수정을 몰고 남포직할시에 있는 해상처 1기지를 출발했다. 유고급 소형 잠수정은 천천히 남쪽으로 내려왔다. 서해안에서 한국 해군의 감시는 치밀했지만 조심스럽게 움직이는 작은 잠수함을 포착하지는 못했다. 김용기는 침투 도중 잠수함에 고장이 발생하지 않는 것이 오히려 원망스러웠다.
　정장 김용기 대위가 지휘하는 잠수정은 이번에 아주 독특한 임무를 맡았다. 대남침투요원을 해안선까지 안내하는 업무를 주로 하는 해상처 잠수함은 일반적으로 정규전이나 게릴라전에 참가하지 않는다. 침투요원을 안전하게 목적지까지 도착시키는 것만으로 임무는 끝나기 때문이다. 그러나 이번에는 달랐다.
　해상처는 동해안에서 좌초되거나 꽁치잡이 그물에 걸린 잠수함들 때문에 잘 알려져 있다. 해상처는 북한 인민무력성 총참모부 정찰국 소속이다.
　"좌현 15도 잡으라."
　"좌현 15도!"
　조타석에 앉은 리경호 중위가 명령을 복창하며 키를 움직였다. 폭탄 기폭장치를 조작할 총참모부 공병국 소속 요원 한 명을 빼고는 이 두 명이 잠수정을 조종하는 승조원 전부였다. 이것은 유고급 잠수정에 최소한으로 필요한 승무원 수였다.
　김용기 대위가 잠망경을 다시 올렸다. 상하로 움직이는 일반 잠수함의 잠망경과는 달리 소형 잠수정인 유고급의 잠망경은 접는 방식이었다. 핸들을 돌리자 후갑판 쪽에 누워 있던 잠망경이 직각으로 세워졌다.
　이들의 목적지는 월미도와 소월미도 사이에 설치된 거대한 갑문이었다. 잠수정은 월미도 유원지의 휘황찬란한 조명을 지형참조했기 때문에 목표를 못 찾는 실수는 범하지 않았다.

잠수정 안에서는 가끔 내려지는 명령과 복창을 빼면 침묵이 계속 이어졌다. 죽음을 앞둔 사람들은 할말이 별로 없었다. 정장 김용기 대위는 뭔가 말을 해야 할 것 같았다. 그래서 김용기가 남조선 인민들의 퇴폐적인 놀이문화를 의례적으로 비판하려는 순간, 리경호 중위가 먼저 입을 열었다.

"우리는 공화국영웅이 되갔디요?"

"그렇갔디. 공화국이래 없어지디만 않는다면……."

이들이 긍정적일 수 있는 유일한 대화 주제였다. 죽음을 앞둔 마지막 시간은 이들이 모든 것에 회의가 들도록 만들었다. 공화국영웅으로서 이들 가족이 혜택을 받을지는 불분명했지만 작전에 실패하거나 포기했을 때 어떤 보답을 받을지는 분명했다.

김용기 대위는 생각이 점차 희미해졌다. 머릿속이 점점 텅 비는 느낌이었다. 마지막으로 아내와 아이들을 떠올렸다. 그런데 이상하게도 가족들의 얼굴이 제대로 그려지지 않았다. 가족들의 얼굴이 희미하게 멀어지는 것 같았다.

공병국 요원이 폭탄 뇌관과 연결된 인계선을 끌고 사령실로 들어섰다. 젊은 요원은 더 이상 필요없게 된 해도판 위에 기폭장치를 올려놓고 인계선을 접점에 연결시켰다. 김용기 대위가 능숙한 솜씨로 작업하는 공병국 요원을 물끄러미 쳐다보았다.

나이는 20대 초반, 앳된 얼굴이었다. 곧 죽는다는 사실에 대해 그 어떤 망설임도 없는 동작이었지만 김용기는 전혀 놀라지 않았.

잠수정 함수와 함미 양쪽에 설치된 폭약을 모두 합하면 2톤이 넘었다. 대부분이 TNT였고, 그보다 폭발력이 훨씬 더 강력한 HBX가 섞여 있었다.

김용기가 잠망경을 통해 목표를 다시 한 번 확인했다. 시간만 끌 수 있다면 백 번이라도 더 확인하고 싶었다. 그가 볼 수 있는 마지막 물

위 세상이기도 했다. 김용기는 크게 숨을 들이쉰 다음 잠수정 정장으로서 할 수 있는 마지막 명령을 내렸다.

"동력 차단하라."

목표인 인천항 도크가 바로 앞에 있었다. 유고급 잠수정은 동력을 차단한 채 관성의 힘에 이끌려 갑문 쪽으로 미끄러져 들어갔다. 갑문의 이름은 월미문이었다.

"정장 동지께서 누르시갔습네까?"

반짝이는 눈동자로 공병국 요원이 입을 열었다. 목소리는 더욱더 어리게 들렸다. 폭파임무는 미리 담당자가 정해져 있었다. 얼굴과 눈동자에서는 드러나지 않지만 그 젊은이도 미련이 많을 나이였다.

"이미 늦은 시간이야. 날래 해치우라우야."

공병국 요원이 눈을 감았다. 그 청년은 눈을 감은 채로 폭파 스위치에 손을 가져갔다. 김용기 대위는 청년의 손을 끝까지 지켜보려 했으나 마지막 순간에 저절로 눈이 감겨졌다.

무척 짧은 시간 동안 소리와 압력이 만들어내는 거대한 충격파를 느낄 수 있었다. 그리고 모든 것이 캄캄해졌다.

6월 13일 03:03:15 강화도 상공

미확인 항적과의 거리가 점점 더 가까워졌다. 한국 공군 F-16 전투기 조종사 송호연 대위는 조금씩 불안해지기 시작했다. 북한이 가끔씩 도발행위를 하긴 했지만 이렇게 무모하게 접근한 적은 없었다.

언제나 실전처럼 훈련을 받기는 했다. 그러나 이렇게 적과 직접 맞닿는 건 이번이 처음이었다. 그런 면에서 송호연 대위는 아직 신병과 다름없었다.

그런데 김영환 중령의 목소리에는 별다른 동요가 없었다. 송호연은 편대장이 젊었을 때 귀순하는 북한 공군기를 호위하여 활주로로 안전하게 유도한 적이 있다고 들었다.

고속으로 접근하는 항적들은 적어도 송호연의 편대를 공격하려는 뜻이 없는 것 같았다. 레이더 경보수신기는 계속 침묵을 지켰다. 어쩌면 저 북한 전투기들에는 레이더가 없을 수도 있었다. 송호연은 공산권 군대에서 낡은 비행기를 어떻게 유지하는지 익히 들어 알고 있었다.

시계를 보니 03시 03분이었다. 어느새 30km까지 좁혀져 있었다. TACC를 호출하는 김 중령의 목소리가 들렸다.

— 통제본부, 알파 편대장이다. 적기가 계속 접근 중이다. 무장 사용을 허가해주기 바란다.

이상하게 통제본부에서는 아무런 응답이 없었다. 치직거리는 잡음이 헬멧 이어폰 스피커를 가득 채웠다.

— 통제본부! 알파 편대장이다. 응답하기 바란다.

— …….

— 통제본부! 내 말 안 들리나?

통제본부에서는 여전히 응답이 없었다.

— 2번기, 내 목소리 들리는가?

"예! 잘 들립니다."

송호연이 즉시 대답했다. 편대장은 통신기가 고장이 났는지 확인한 것이다.

— 주파수를 바꾼다. 비행단 관제탑과 교신하겠다. 기지 관제탑, 여기는 알파 편대다. 내 말 들리는가?

— 알파 1번기, 여기는 기지 관제탑! 현재 기지가 공격받고 있다. 탄도 미사일 공격이다! 피해가 크다.

매일 들어서 귀에 익은 관제사의 다급한 목소리가 들려왔다. 그렇다면 통제본부도 혹시? 하는 생각이 송호연의 머리를 스칠 무렵, 통신기를 통해 김영환 중령의 목소리가 들려왔다.

－편대장이다. 지금은 실전이다! 육안확인 절차는 생략하고 공격하겠다. 전 편대원은 현 위치에서 사격하라.

미확인 항적이 다수 남하하고 있는 위기 상황에서 TACC가 기능을 상실하자 김영환 중령은 편대장의 권한으로 공격을 결심한 것이다. 송호연이 조종간 방아쇠를 당기며 외쳤다.

"미사일 발사!"

KF-16의 날개 밑에 달려 있던 AIM-120 암람 미사일들이 아까부터 조준하고 있던 목표를 향해 기다렸다는 듯이 튀어나갔다. 송호연은 훈련이 아닌 미사일의 실탄 발사는 처음 겪는 일이었다. 심장이 거세게 박동했다. 미사일이 발사되면서 기체 한쪽이 가볍게 쏠리는 느낌은 약간 생소했다.

－고도를 낮추고 근접 공중전에 대비하라. 3, 4번기는 천 미터 고도에서 엄호 위치를 확보하라. 2번기는 벌린 대형으로 나와 함께 접근한다.

"알겠습니다!"

송호연이 쥔 조종간에 힘이 들어가기 시작했다. 송호연의 가슴에 들어 있는 주먹만한 것이 지금 열심히 작동하고 있다는 것을 증명하려는 듯 거세게 뛰었다.

6월 13일 03:03:35 인천광역시 인천항

"광명함에서 통신이 두절됐습니다."
"제기랄!"

무전병의 보고가 있자마자 추선호 대령의 입에서 욕설이 튀었다. 그것은 백령도 주변 해역에서 작전 중인 해군 분함대가 당했다는 것을 의미했다. 눈앞이 아득해졌다. 해병대사령부에서 연락이 빗발쳤다. 그러나 해군과 해병대 양쪽 모두 제대로 대응하지 못한 채 허둥대고 있었다.
"사령관님과 연락됐나?"
"15분 후에 도착하신답니다."
서해함대 사령부 당직사관 가운데 한 명이 바짝 얼어붙은 채 보고했다. 다른 당직자들과 함께 젊은 박일영 중위는 실로 정신없이 바쁜 3분간을 보내고 있었다.
"정박 중인 전 함정과 통신회선을 점검해. 출항 준비를 확실히 갖춰야 해!"
함대사령관이 없을 경우에는 당직사령이 예하 모든 함정을 통솔한다. 그런데 결단을 내려 함대 예하 함정들에 특정 명령을 내리기는 어려웠다. 함대사령관이 올 때까지는 일단 만반의 준비를 갖춰 놓아야 했다. 이런 비상상황에 대비해 여러 가지 대응책이 준비되어 있지만 그 어느 것도 불분명하고 혼란스러웠다.
추선호 대령은 차분해져야 한다고 마음을 다잡았다. 하지만 제대로 되지 않았다. 그 순간이었다. 멀지 않은 북쪽에서 거대한 폭음이 울리고 창문이 미친 듯이 흔들렸다.
박일영 중위가 창문 바깥을 내다보고 말을 잇지 못했다. 월미도 너머에서 거대한 불기둥이 하늘 끝까지 치솟고 있었다. 엘지 - 칼텍스의 정유플랜트가 있는 방향이었다.
그런데 그 불기둥은 시작일 뿐이었다. 저유탱크 내부에 들어찬 석유가 기화하여 폭발하면 걷잡을 수 없는 재앙이 닥친다. 지금 그 재앙이 시작되고 있었다. 상황실의 실내조명을 꺼도 될 만큼 엄청난 화염이 창 밖에서 치솟았다. 상황실 요원들 모두 벌린 입을 다물지 못했다.

"전화를…… 저건!"

침투조의 소행이라고밖에 볼 수 없었다. 추선호 대령은 정문과 철조망을 뚫고 들어오는 인민군 특수부대원을 떠올렸다. 그러나 언뜻 경비망이 철저한 주변으로 잠입하는 것이 쉽지 않을 것이다. 마지막으로 어두운 항구에 몰래 접안하는 소형 침투용 잠수정이 추선호 대령의 뇌리를 스쳤다.

"잠수정!"

그것이 해답이었다. 추선호 대령은 타격부대가 즉시 출동하도록 연락을 취해야 했지만 긴장한 나머지 입술이 떨어지지 않았다.

"항구에 대기 중인 전 함대에 대잠경보를 발령해! 북한놈들 잠수정이 항구에 잠입했다!"

또다시 거대한 폭발 소리가 들렸다. 방향이 비슷한 것 같았지만 훨씬 더 가까운 곳이었다. 박일영 중위가 직감적으로 직통전화를 집어들었다. 그러나 아무런 응답이 없었다.

"갑문이 파괴된 것 같습니다!"

6월 13일 03:03:40 강화도 상공

거리가 20km까지 좁혀지자 레이더 화면의 기호들이 많아지기 시작했다. KF-16 전투기 조종사 송호연이 숨을 헐떡이며 레이더 스크린에서 반짝이는 점을 셌다.

20대가 넘는 것 같았다. 여러 대가 밀집편대를 이루고 있어서 먼 거리에서는 그 수가 실제보다 적어 보였던 것이다. 레이더 화면의 기호로 봐서는 미그-17이나 19급의 소형 전투기들이었다.

초기에 지정되었던 목표물 몇 개가 자동적으로 레이더 화면에서 사라지고 새로운 것으로 바뀌었다. 없어진 것들은 KF-16 편대가 발사한 암람 미사일들이 올린 전과였다.

"2번기입니다! 적기 1대 격추. 현재 20대 이상 직진, 접근합니다!"

송호연이 발사한 미사일에 적기가 격추됐다. 첫 격추기록이었다. 이런 상황에 대비해 지금까지 조종사 훈련을 받았지만 송호연은 전혀 기쁘지 않았다. 다만 지나친 긴장으로 아플 정도로 심장이 뛰고 숨이 가빴다.

적기 조종사가 살았는지 죽었는지 여기서는 알 수 없었다. 눈으로 직접 확인할 수 없기 때문이다. 송호연은 그가 발사한 미사일에 명중한 전투기 조종사가 비상탈출에 성공하기를 바랐다. 그러나 가능성은 별로 없었다. 또 송호연은 어느새 자신이 항적이란 말 대신 적기라는 단어를 쓰고 있다는 사실을 깨닫고 전율했다. 실제상황이었다.

― 현 위치에서 남아 있는 암람을 모두 발사한다. 미사일 발사 후에는 사이드와인더로 바꾸고 대기하라.

편대장은 TACC의 지시가 없어도 전혀 동요되지 않고 침착함을 유지하고 있었다. 송호연은 평소에도 존경하던 김영환 중령이었지만 새삼스레 그의 침착한 상황 대처 능력에 다시 한 번 놀랐다. 송호연은 발사준비 조작을 빠르게 마쳤다.

암람 공대공 미사일 몇 기가 흰 연기를 끌며 어두운 하늘 너머로 사라졌다. 잠시 후 레이더 화면에 나타난 신호가 또다시 줄어들었다. 적기와의 거리는 어느새 10km로 좁혀졌다. 맑은 대낮에 높은 고도에서라면 육안으로도 확인이 가능하겠지만 지금은 먹구름이 뒤덮인 캄캄한 밤이었다.

송호연이 무장 스위치를 단거리용 열추적 미사일인 사이드와인더로 바꿨다. 이어폰에서 목표 포착음이 들려왔다. 지면의 반사파 때문에 톤이 그다지 좋지 않았다. 그것은 목표가 확실하게 포착되지 않았다는, 즉 미사일을 발사해도 제대로 명중할지 알 수 없다는 뜻이었다. 정면에서 다가오는 적기들은 피할 기미도 보이지 않은 채 직선으로 계속 남하하고 있었다.

ㅡ편대장이다. 목표가 잡히면 쏴라. 발사!

"2번기 발사!"

ㅡ여기는 3번기, 고도 차이가 나서 잘 안 잡힙니다. 대기하겠습니다.

3번기와 4번기는 미사일을 발사하지 않았다. 송호연이 발사한 미사일은 검은 하늘 속으로 빨려 들어갔다. 그런데 김 중령과 송호연이 발사한 미사일의 폭발 섬광은 끝내 보이지 않았다. 아무래도 미사일이 목표를 놓친 것 같았다.

ㅡ편대장이다. 현재 적기는 전방 정면 하방에서 접근 중이다. 2번기는 나와 교차선회로 적 후미에 붙어라!

"카피!"

송호연이 알았다고 대답한 순간 김 중령과 송호연의 편대 아래로 500미터의 고도 차이를 두고 20여 대의 은색 기체가 지나갔다.

ㅡ브레이크, 나우(now)!

약 1km의 거리를 두고 대각선으로 날고 있던 KF-16 두 대 중 한 대는 왼쪽으로, 또 한 대는 오른쪽으로 급선회했다.

교차선회는 2대로 이뤄진 편대가 전투 도중 방향을 180도 바꿀 때 흔히 사용하는 방법이다. 물론 공중에서 충돌을 막기 위해 선회반경과 180도 선회 완료시간은 사전에 미리 훈련한 대로였다. 선회를 끝냈을 때는 선회 전에 뒤따라가던 2번기가 앞쪽에 위치하는 것이 교차선회의 특징이다.

김 중령이 송호연의 오른쪽 뒤로 따라붙어 편대를 이루자 3, 4번기도 방향전환을 완료했다고 알려왔다.

─ 여기는 3번기, 방향전환 완료! 현재 위치는 1번기에서 3km 후방, 고도 천 미터입니다.

─ 편대장이다. 현재 진로를 유지하고 고도를 700미터로 내린다. 시계가 불량하니 지상충돌에 유의하고 레이더로 탐색하라.

KF-16 편대가 후미로 접근하자 북한 전투기들은 편대를 벌려 흩어지기 시작했다. 적기들은 KF-16이 야간 탐색을 위해 레이더 범위를 가까운 거리로 설정하면 탐색 범위가 좁아진다는 것을 알고 행동하는 것 같았다. 레이더를 근접전 모드로 설정하면 탐지거리는 줄어드는 대신 목표는 더 선명하게 포착된다. 그만큼 명중률이 높아진다는 뜻이다.

교차선회로 편대의 선도기가 된 송호연은 새삼 그 위치가 부담스러웠다. 당장에 김 중령이 그에게 부담을 주었다.

─ 편대장이다. 보이나?

"아직 못 찾았습니다."

검은 하늘에서 적기를 찾기는 쉽지 않았다. 게다가 적기들은 저공으로 비행하고 있었다. 송호연은 가정집에서 흘러나오는 전깃불에 잠시 시선을 두었다. 편대장의 목소리가 한눈 팔던 송호연을 깨웠다.

─ 2시 방향에 둘이다. 엄호할 테니 잡아라!

송호연이 오른쪽으로 고개를 돌리니 과연 그곳에 뭔가 있었다. 송호연은 밤눈도 짬밥인가 생각하며 기수를 2시 방향으로 돌렸다. 사이드와인더를 선택하고 목표를 지정하자 이어폰에서 사이드와인더 특유의 포착음이 들렸다. 후방에서 조준해서 그런지 포착음이 아까보다는 더 또렷했다.

낮이라면 기총사격도 가능한 거리였다. 하지만 이렇게 흐린 날, 그것도 야간에는 육안추적이 어렵기 때문에 기총사격은 힘들 것 같았다. 기총사격은 숙련된 조종사의 대단한 순발력을 필요로 한다.

방아쇠를 당겼다. 사이드와인더가 뱀처럼 하얀 꼬리를 흔들면서 목표 쪽으로 향했다. 전방에서 둥근 불꽃 덩어리가 생기는 순간 송호연은 암순응을 위해 한쪽 눈을 감았다.

송호연은 속으로 깜짝 놀랐다. 사이드와인더가 목표에 접근하는 동안 예상은 했지만 이렇게 확실하게 폭발이 일어날 줄 미처 몰랐기 때문이다.

송호연은 비로소 '이게 전쟁이구나' 하는 생각이 들었다. 레이더 화면의 기호가 사라지는 것만이 아니라 눈앞에서 폭발이 일어나고 파편이 튀고 있었다. 송호연은 리얼하다는 것이 무슨 뜻인지 비로소 실감했다.

6월 13일 03:03:55   서울 영등포구 대림동

김승욱은 또 군대 가는 꿈을 꾸었다. 끔찍했다. 제대한 지 3년이 넘었으니 이 지겨운 꿈을 그만 꿀 때도 됐건만, 아직도 혹독하게 기합 받던 기억이 꿈속까지 따라와 괴롭혔다. 그를 갈구던 고참도 빠지지 않는 메뉴였다.

등에서 식은땀이 나며 깬 김승욱은 자명종을 보았다. 아직 새벽이었다. 그런데 시계는 야광상태가 아니라 제대로 다 보였다. 그제야 김승욱은 창문 바깥이 환하다는 것을 알았다. 사이렌 소리가 울리고 소란스러웠다.

김승욱은 어디서 불이 난 모양이라고 생각하며 다시 담요를 끌어안았다. 그런데 사이렌 소리는 흔히 듣던 불자동차 소리가 아니었다. 예전에 민방위훈련 때 들었던 공습경보 사이렌 소리 같았다. 바깥이 점점 더 소란스러워졌다. 식구들이 방문 밖에서 뭐라 큰 소리로 외치며 부산하게 움직이는 것 같았다. 잠결에 누나가 자신의 이름을 부르는

소리를 들은 것 같기도 했다.

김승욱은 다시 잠에 빠져들었다. 북한이 쳐들어올 리도 없겠지만 걸핏하면 호들갑 떠는 민방위 어쩌고 하는 정부기관도 싫었다. 아마 북한 조종사가 고물 미그 전투기를 몰고 귀순하는 상황이겠지 하는 것이 꿈속에 빠지고 있는 김승욱의 몽롱한 의식이었다.

이번에는 군대 꿈이 아니었다. 새로 들어간 회사가 망해 다시 한 번 실업자가 되는 꿈도 아니었다. 헤어진 애인 최지은이 나타나 김승욱을 몰아붙이는 꿈이었다. 이것도 김승욱에게는 끔찍한 꿈 중의 하나였다.

김승욱은 지금 이 상황이 꿈이라는 사실을 꿈속에서도 알았지만, 역시나 가슴이 아팠다. 아무 것도 할 수 없는 꿈이라서 더 가슴이 쓰렸다. 헤어지지 않았더라면 좀더 잘해줄 수 있지 않았을까 생각했다. 알 수 없는 일이었다. 서로를 용납하기에는 둘 다 자존심이 너무 강했다.

― 쿠~~ 우우웅! 드드드드~.

아파트 전체가 크게 뒤흔들렸다. 비행기가 음속을 돌파할 때 생기는 충격파 같은 소리였지만 그보다 훨씬 더 컸다. 침대 시트 위로 뭔가 쏟아지는 것 같았다. 따끔따끔한 것이 몸을 찔러 김승욱은 잠이 퍼뜩 깼다. 창문 쪽에서 세찬 바람이 불어왔다. 사이렌 소리가 더 크게 울렸다.

조금 전에 꾸었던 꿈속에서 최지은이 눈물을 흘리며 뭐라고 말하는 것 같았지만 기억이 나지 않았다. 그것보다는 지금 뭔가 이상하다는 것을 먼저 깨달았다.

침대 시트 위에는 무거운 것들이 올려져 있었다. 오른손이 따가워서 보니 손등에서 피가 흘러내렸다. 상처를 확인하자 아파 오기 시작했다. 김승욱은 잠시 아직도 꿈속에 있는 것인가 혼돈스러웠다.

어디선가 날카로운 비명이 울려퍼졌다. 거실에서 들리는 것 같았다. 김승욱은 벌떡 일어났다. 침대 밑으로 내려오는 순간 뭔가 발을 찔러 주저앉았다. 주위를 둘러보니 깨진 유리조각 같은 것들이 잔뜩 쌓여 있었다. 김승욱은 절룩거리면서 방문을 열었다.

"승욱아! 승욱아~."
거실 바닥에 엎드린 어머니가 자꾸만 김승욱을 불러댔다. 아버지는 평상복을 걸쳐입고 서류가방 하나만 챙긴 채 소파 밑에 엎드려 있었다. 누나는 잠옷 위로 웃옷 하나만 걸치고 바닥에 주저앉아 있었다. 아버지는 얼이 빠지고, 누나와 어머니의 얼굴은 온통 눈물범벅이었다, 라고 김승욱은 생각했다.
"도망가! 빨리 내려가지 않고 뭐 해?"
누나가 외치는 순간 김승욱은 거실에 불이 꺼져 있는 것을 확인했다. 엄청난 빛이 바깥에서 들어오고 있었다. 무너진 앞동 사이로 멀리 여의도가 보였다. 여의도는 불길에 휩싸여 있었다. 여의도 너머 서울 시내도 마찬가지였다.
하늘에서 시뻘건 불꽃들이 연달아 땅으로 내리꽂혔다. 불꽃은 그 즉시 거대한 섬광으로 피어나고, 곧이어 커다란 뭉게구름을 피어올리는 화염이 되었다. 그리고 또 다른 불꽃들이 떨어지고 있었다.
"승욱아! 빨리 지하로 가!"
"전쟁이야, 누나."
누나와 눈길이 마주친 순간 김승욱은 누나의 얼굴에 흘러내리는 것이 눈물이 아니라 피라는 것을 알았다. 깜짝 놀란 김승욱은 다른 가족을 살폈다. 어머니는 다리를 다쳤는지 움직이지 못하고 어찌 된 셈인지 아버지는 꼼짝도 못한 채 엎드려 있었다.
"아버지!"

"승욱아, 너만이라도 빨리!"

어머니가 외쳤지만 김승욱은 아버지의 상태를 먼저 살폈다. 걸을 때마다 뾰족한 것이 발바닥을 찔러대는데도 어느새 김승욱은 무감각해져 있었다. 아버지의 몸에는 군데군데 외상이 있었다. 다행히 피를 많이 흘리진 않은 것 같았다. 김승욱은 아버지를 바로 눕히고 숨쉬기 쉽게 허리띠를 풀었다. 가느다란 호흡이 이어지고 있었다.

"여기 있다간 다 죽는다! 너만이라도 도망가, 빨리!"

어머니의 울부짖음에 김승욱은 순간적으로 바깥을 살폈다. 하늘에서는 시뻘건 불덩어리가 계속 떨어지고 있었다. 불과 연기 때문에 서울 시내를 제대로 볼 수도 없을 지경이었다. 이것이 말로만 듣던 전쟁이라고 생각하니 김승욱은 더럭 겁이 났다.

잠시 동안 김승욱은 멈칫거렸다. 어머니가 시키는 대로 혼자라도 지하로 뛰어갈까 생각했다. 그러나 지하방공호도 무서웠다. 앞동이 무너진 것처럼 지하대피소에 있다가 매몰될 우려도 있었다. 무엇보다도, 지금 가족과 떨어지면 영원히 못 만날 것 같았다. 그것이 더 무서웠다.

서울이 불타오르는 것을 본 순간 김승욱은 장남으로서의 책임감 따위는 이미 잊었다. 다만, 어떻게 하면 자신이 살고 가족도 잃지 않을까 하는 생각만 그의 머리를 가득 채웠다.

"아버지는 어떻게 되신 거예요? 빨리 병원으로 모시고 가야겠어요!"

6월 13일 03:04:10 부산광역시 부산항 앞 1km 해상

"좌현 10도."

"좌현 10도!"

한국인 도선사導船士의 지시에 따라 조타수가 키를 조작했다. 영국 선적 컨테이너선 네들로이드 로테르담(Nedlloyd Rotterdam)호는 거대한 선체를 서서히 왼쪽으로 움직였다.

이 배는 부산 입항이 처음이었다. 네들로이드 로테르담호는 총 6,690개의 컨테이너를 적재할 수 있는데다 순항속력이 24.5노트에 이르는 고속 대형 컨테이너선이다.

주로 일본 항로를 왕복하는 로테르담호 선장에게 이 낯선 한국 항구는 무척 신경이 쓰였다. 게다가 로테르담호는 대만 근처에서 악천후를 만나 늦게 도착한 까닭에 입항예정 시간을 지키지 못했다. 그래서 영도 왼쪽에 있는 N-4 대기묘박지에서 3일 동안 지겹게 입항순서를 기다려야 했다.

도선사는 선장 출신이다. 선장 중에서도 최고 베테랑이라고 할 수 있다. 도선사는 항만 내로에 진입하는 선박의 운항에 대해 전권을 행사하는 수로안내인이며, 영어로는 비행기 조종사와 같은 말인 파일럿(pilot)이다. 항만에 진입한 선박은 임시로 배에 탑승한 도선사가 운항을 지시한다.

그런데 영국인 선장은 무엇이 맘에 안 드는지 잔뜩 인상을 찌푸리고 있었다.

— 좌현에 기다란 항적입니다. 으악! 저게 도대체 뭐야?

선수에 나가 있던 수로안내원이 워키토키를 통해 비명을 질렀다. 도선사가 선교 바깥을 살폈다. 그러나 아무 것도 찾을 수 없었다. 항구 도시의 불빛들만 파도 위에 아련히 일렁거렸다. 도선사는 영문을 알 수 없었다.

"뭐야?"

— 속도가 빠릅니다. 곧장 우리 쪽으로…… 으아아!

뭘 발견하고 당황하는지 파악하지 못한 도선사가 어안이 벙벙한 사이 수로안내원은 계속 비명을 질러댔다. 순간 거센 충격파가 8만 톤이 넘는 네들로이드 로테르담호를 뒤흔들었다. 도선사와 영국인 선장, 그리고 선교 위에 있던 선원들이 바닥으로 나뒹굴었다.

"제기랄! 좌초인가? 겨우 이따위 실력이야?"

바닥을 짚고 일어선 선장이 도선사를 향해 버럭 고함을 질렀다. 비틀거리며 일어선 도선사는 황당한 표정이었다. 부산항 주변 물 속 수십 미터까지 모든 암초를 꿰차고 있는 도선사였다. 이렇게 커다란 충격을 일으킬 만한 암초가 이곳에 있을 리 없었다.

선장의 힐난에 대답 대신 워키토키를 들고 확인하려던 도선사는 두 번째 충격파에 다시 바닥으로 넘어졌다. 우현 쪽으로 물기둥이 치솟고 검은 연기가 뿜어져 올라왔다. 암초에 부딪친 것이 아니었다. 무엇인가 폭발한 것이다.

— 선교! 기관실입니다. 침수 발생! 침수 발생!

"뭐야? 이럴 수가!"

— 막을 수가 없습니다! 너무 많은 양입니다. 탈출하겠습니다!

사색이 된 선장이 선교 뒤쪽 벽으로 눈길을 돌렸다. 벽에 붙어 있는 데미지 컨트롤 패널(Demage Control Panel)에는 침수 위치를 알려주는 표시등 여러 개가 깜빡거렸다. 각 구획마다 설치된 피해감지 센서들과 연결되어 있는 선교 표시판에서 불이 들어온 침수구역 표시등의 숫자가 급격히 늘어나고 있었다.

"선장! 이건 좌초가 아닙니다. 배 밑에서 무엇인가 폭발했습니다. 이…… 이건, 어뢰 같습니다."

도선사는 넘어지면서 손목이 부러진 듯 고통스런 표정으로 일어나 선장 뒤로 다가섰다.

"어뢰라고요? 도대체 누가 우리를 어뢰로 공격한단 말입니까?"

얼굴이 노래진 선장이 도선사에게 물었지만, 그도 알 수 없는 일이었다. 또다시 커다란 폭발음이 들렸다. 이번에는 다른 배였다. 네들로이드 로테르담호의 오른쪽 500미터쯤을 지나던 4,000톤급 유류바지선이었다. 폭발과 함께 유류바지선에서 불길이 치솟았다. 항구 전체가 화염으로 번쩍거렸다.

영국인 선장의 놀란 얼굴이 붉은색 화염 그림자로 일렁거렸다.

"본사에 타전해. 맙소사! 한국에 전쟁이 터졌다……."

6월 13일 03:04:30 부산광역시 북동쪽 20km

"방위 0-2-1, 거리 700! 이번 목표는 대형 벌크선이다. 어뢰 공격 준비!"

인민군 해군 서일구 중좌가 옆에서 또 다른 잠망경을 쥐고 있는 부함장에게 명령했다. 곡물 등 부피가 큰 화물을 포장하지 않고 통째로 싣는 화물선이 벌크선이다.

"공격 방위 0-2-1. 움직입니다. 목표는 2-6-9 방향으로 진행하고 있습니다."

부함장은 공격용 잠망경을 사용하여 조준눈금 안으로 벌크선을 집어넣었다. 워낙 가까운 거리였다. 무유도 어뢰로도 충분했다.

부함장이 지정한 방향은 조함콘솔 위의 방향지시계에 표시되었고, 조함병들은 그 방향으로 함체 중심을 맞추기 위해 키를 꺾었다. 물 속에서 로미오급 잠수함이 서서히 선회했다. 잠시 후 함체 중심선이 벌크선에 정확하게 맞춰졌다.

"공격하갔습네다, 함장 동지."

"공격하라우!"

눈금에 들어온 벌크선은 해안선을 향해 도망가기 위해 필사적이었다. 주변의 다른 선박들이 침몰하거나 화재가 발생하는 것을 보고 공포를 느꼈을 것이다. 잠수함의 공격을 감지한 상선들은 재빨리 등화관제를 하고 운항등까지 모두 끄고 전속력으로 도주했다. 그러나 이런 큰 목표를 놓칠 로미오급 잠수함이 아니었다.

"4번 발사관 개방!"

- 4번 발사관 개방했습네다!

"발사."

- 발사!

너무 크고 느린 배였다. 무유도 어뢰를 발사할 때는 보통 목표가 움직이는 방향을 예측하여 부채꼴로 여러 발을 발사한다. 이렇게 발사하면 목표가 어떤 방향으로 도망가더라도 어뢰가 한 발 이상 명중한다. 그런데 지금처럼 가까운 거리에 있는 크고 느린 배에게 신중해봤자 그건 낭비일 뿐이다. 어뢰는 아낄 수 있을 때 아껴야 한다.

최대속도 51노트의 53-56어뢰가 새하얀 항적을 끌며 벌크선으로 쇄도했다. 어뢰가 발사된 지 30초가 약간 되지 않아 벌크선에서 화염이 솟구쳤다. 310킬로그램짜리 고폭약이 벌크선 용골 아래쪽에서 터진 것이다. 벌크선은 검은 구름과 함께 두 동강이 난 채 순식간에 가라앉았다.

"방위 0-9-0! 컨테이너선이다. 이놈은 속도가 있다."

"문제 없습네다!"

벌크선을 공격하는 사이 주변의 다른 목표를 수색하던 함장이 이번에는 동쪽으로 향하는 컨테이너선을 지정했다. 이번에는 함장도 신중했다. 컨테이너선을 격침시키는 것이 북한 로미오급 잠수함의 목적이 아니었다. 영도 서쪽, 대기묘박지에 정박해 있는 상선들을 일사불란하게 한쪽으로 몰고 가는 것이 목적이었다. 마치 양떼를 몰듯 무리를 벗어나는 배는 용서할 수 없었다.

검은 바다 위 이곳 저곳에서 불길이 치솟고 나머지 배들은 우왕좌왕했다. 어뢰에 맞은 배들의 운명을 본 다른 배들이 결국 한 방향으로 움직이기 시작했다. 그쪽에는 아무 것도 없을 것이라 생각했을 것이다. 하지만 그것은 큰 오산이었다. 그들 앞에는 다른 로미오급 잠수함들이 부설한 대규모 기뢰밭이 있었다.

"부함장! 공격을 서두르라우. 저놈만 잡고 바로 퇴각한다."

"알갔습네다. 10초만 주시라요. 확실히 해부시갔습네다."

인민군 해군 동해함대 제13전대 소속의 다른 로미오급과 상어급 잠수함들은 기뢰만 잔뜩 싣고 와서 부산항 앞에 뿌렸다. 서일구 중좌의 잠수함만 이곳에 남은 이유는 바로 이 양몰이 임무 때문이었다.

임무는 성공적이었다. 상선들이 기뢰밭을 향해 집단적으로 움직이고 있었다. 컨테이너선을 향해 어뢰를 발사한 북한 잠수함은 북동쪽으로 함수를 돌렸다.

무려 10km 떨어진 곳이지만 소리는 명확하게 들렸다. 구식 소나를 가진 로미오급 잠수함에게도 충분히 들릴 만큼 그 소리는 컸다.

"또 터졌습네다."

벌써 다섯 번째 폭발음이었다. 소나장 김칠보 상사가 기쁨을 감추지 못한 채 서일구 중좌에게 보고했다.

물 속에서 들리는 폭발음은 지상에서 듣는 소리와는 조금 다르게 들린다. 물 속 소리는 훨씬 더 짧고 둔탁하다. 2~3km 정도의 가까운 거리일 때는 음파가 선체에 직접 부딪치는 소리가 마치 망치로 철판을 두들기는 것처럼 들리기도 한다.

"이제 기지로 돌아간다. 침로를 0-1-0으로 잡으라."

"알갔습네다. 출력 1/3로! 우현 30도!"

잠시 정지했던 로미오급 잠수함의 스크루가 다시 회전하며 서서히 북쪽으로 선회했다. 송전만 기지까지는 8노트로 움직여도 꼬박 30시간 이상 항해해야 한다. 먼 길이지만 승무원들은 승리감에 도취되어 있었다. 이제 잠수함에 탑재된 어뢰는 단 두 발뿐이었다. 기지로 돌아가 재빨리 어뢰를 보급받아야 다시 전투를 치를 수 있었다.

이번 작전에는 인민군 총참모부 정찰국 해상처 소속 일부 특수전용 잠수함을 제외하면 인민군 해군 동해함대가 보유한 거의 대부분의 잠수함이 투입되었다. 그만큼 동해함대 사령부는 부산항과 대한해협에 대한 기뢰 봉쇄작전에 전력을 다 기울였다.

서일구 중좌가 함내 마이크를 집어들었다. 잔뜩 들뜬 사령실 승무원들이 함장에게 시선을 집중했다.

"동무들이 열성적으로 작전한 덕에 우리는 목표를 초과달성했다. 귀환할 때까지 최선을 다하도록. 어뢰를 싣고 돌아와서 이번에는 남조선 해군 간나새끼들을 해치우자우! 최고사령관 동지 만세!"

"최고사령관 동지 만세!"

함장의 선창에 따라 부하들이 만세삼창을 했다. 잠수함에서 큰 소리를 치는 건 위험천만한 일이지만 지금은 거리낄 일이 전혀 없었다. 또 다른 폭발 소리가 물 속으로 울려퍼졌다.

6월 13일 03:04:50 서울 영등포구 대림동

"아버지~~."

김승욱은 아버지를 업고 비상계단을 뛰다시피 내려가며 외쳤다. 위에서는 누나가 어머니를 부축하여 절룩거리면서 천천히 내려왔다. 다행히 두 사람은 크게 다친 것 같지 않았다. 의식을 잃은 아버지가 문제였다. 아무리 불러대도 대답이 없었다. 축 늘어진 아버지의 팔이 연달아 계단 난간을 치며 튀어올랐다.

김승욱은 슬리퍼 밑이 진득진득해지는 걸 느꼈다. 발바닥에서 피가 계속 흘러내렸다. 발을 내딛을 때마다 유리조각이 맨살을 찔러댔다.

아직 8층이었다. 엘리베이터는 멈췄고, 비상계단에는 비상등도 들어오지 않았다. 다시 한 번 아파트에 커다란 진동이 엄습했다. 이제 폭발 소리는 들려오지 않았다.

비상계단에는 가끔 사람들이 서둘러 내려가는 모습이 보였다. 아이들 때문인지 걸음걸이는 그다지 빠르지 않았다. 김승욱이 그들을 스쳐 지나쳤다. 아이들의 울음소리가 뒤로 멀어져 갔다.

등에 업힌 아버지가 점점 더 무겁게 느껴졌다. 허벅지 근육이 가장 먼저 지쳐갔다. 팔도 뻐근해지기 시작했다.

김승욱은 어느 대기업에 입사해 신입사원 극기훈련을 받을 때가 생각났다. 그때는 회사를 관두면 그만이었다. 실제로 그는 극기훈련장을 뛰쳐나왔고, 그것으로 사표를 대신했다. 그러나 지금은 아버지를 놓칠 수 없었다.

아직 6층이었다. 김승욱은 축 늘어진 아버지의 몸무게를 온몸으로 느끼는 순간 아버지가 타인처럼 느껴졌다. 어렸을 때부터 아버지 얼굴을 본 적이 많지 않았다. 모처럼의 일요일에는 안방에서 주무시기만 했다.

언제부턴가 김승욱은 아버지나 다른 가족보다 친구들이 더 좋아지기 시작했다. 그리고 애인이 더 좋았던 적도 있는 것 같았다. 아버지와 대화를 나누거나 함께하는 시간을 갖는 것이 김승욱의 몇 가지 취미, 즉 운동, 잠, 그리고 심지어 TV시청보다 항상 뒷전이었다. 김승욱은 아버지가 불쌍해졌다.

숨이 차오르기 시작했다. 아직 3층이었다. 계단에는 점점 더 사람들이 많아지고 있었다. 모두 꿈결처럼 흐릿하게 보였고, 누가 누군지 확인할 겨를도 없이 김승욱은 뛰어갔다. 온몸의 감각이 무뎌졌다. 다리가 풀리는 것 같았다.

6월 13일 03:05   김포평야 상공

KF-16 편대가 북한 공군기를 쫓아 작은 산 하나를 타넘자 넓게 펼쳐진 야경이 드러났다. 송호연 대위는 이곳이 어딘지 정확히 알 수 없어 불안했다. 야간비행을 하면서 많이 본 지형이겠지만 고도가 낮아 정확히 판별할 수는 없었다. 계속 남쪽으로 비행하고 있으니 북한이 아닌 것만은 분명했다.

박성진 소령의 기체에서 발사된 사이드와인더가 목표 하나를, 지상을 밝히는 화톳불로 만들었다. KF-16 편대는 계속 미그기들을 추적했다. 송호연이 마침내 미그기 한 대를 포착하고 미사일 발사 기회를 잡았다.

순간 레이더 경보신호기가 작동했다. 미사일 위협 경보였다. 사방에서 지대공 미사일이 KF-16 편대를 노렸다. 아직 쫓아오는 미사일은 없었다. 아연실색한 송호연이 비명을 질렀다.

"편대장님, 2번기입니다! 여긴 아군지역입니다. 아군 방공포가 우리를 포착하고 있습니다!"

— 조금만 더 가면 비행금지구역입니다, 편대장님!

통신망에서 이재민 대위의 떨리는 목소리가 먼저 들렸다. 비행금지구역은 아군기라도 접근할 수 없는 공역이다. 이를 어겼다간 당장 미사일이 날아올 수도 있다.

— 전역통제소가 파괴됐다니까 아마 중앙방공관제소(MCRC)도 당했을 거다. 쟤네들도 중앙관제소가 없어져서 당황하는 것 같다. 일단 IFF

트랜스폰더 출력을 최대로 높여라.

송호연과 이재민이 무척 당황하고 있었지만, 김영환 중령은 여전히 모든 상황을 파악하고 있는 것 같았다. 곧이어 편대장과 관제탑과의 무선통신이 통신망을 가득 채웠다. IFF는 전파를 이용한 피아식별장치다.

─ 기지 관제탑 나와라. 아군지역에서 아군 방공포에 조준되고 있다. 방공포대에 연락해서 사격을 중지시켜라!

─ 알파 편대, 여기는 관제탑이다. 중앙관제소도 공격받아서 전체 컨트롤이 불가능하다. 여기도 피해를 입었지만 이착륙은 가능하다. 위험지역에 있지 말고 어서 귀환하라!

─ 적기가 남쪽으로 내려가고 있다. 어떻게 그냥 가란 말인가?

침착하던 김 중령의 목소리가 높아졌다. 송호연은 계기판 연료유량계에서 잔량을 확인했다. 적기를 수색하고 후미를 잡기 위한 기동을 많이 해서인지 기지까지 돌아가기엔 빠듯한 연료만 남아 있었다.

"편대장님, 2번기 빙고(bingo)입니다. 연료잔량 확인 바랍니다."

─ …….

편대장은 잠시 응답이 없었다. 김영환 중령은 이 상황이 무척 아쉬운 모양이었다. 적 전투기를 잡는 가장 확실한 방법은 아군 전투기였다. 그런데 이런 상황에서 연료가 부족했다. 전투기가 추락하도록 내버려둘 수도 없었다. 송호연이 편대장을 재촉했다.

"편대장님! 기지로 귀환해야 합니다!"

─ 김 중령! 나, 비행단장이다. 기지로 귀환해라!

비행단장 김홍수 준장의 목소리였다. 어느새 비행단장까지 관제탑에 올라와 있었다. 스피커에 김영환 중령의 당황한 목소리가 울렸다.

─ 하지만 단장님…….

그 순간 왼쪽 아래에서 불꽃 줄기 몇 개가 치솟는 게 보였다. 불꽃

크기로 봐서는 휴대용 미사일인 미스트랄이었다. 불꽃 줄기는 송호연이 뒤쫓고 있던 북한 전투기 중 한 대에 명중했다. 그 기체는 더 큰 불줄기를 끌며 지상으로 추락했다. 송호연이 속으로 환호성을 질렀다.

지상의 방공포대도 KF-16 편대의 IFF 신호를 수신하고 아군에 대한 오사를 막기 위해 미사일과 방공포의 대규모 탄막사격 대신 소형 열추적 미사일로 간헐적인 대공사격을 하고 있는 것 같았다.

― 이봐, 김 중령! 너 비행기 떨어뜨리고 걸어올래? 거기는 방공포병한테 맡기고 어서 귀환해! 너희 편대가 빠져줘야 쟤들도 대공사격을 할 수 있잖아!

― …….

― 이건 명령이야. 당장 귀환햇!

― 알파 편대, 기지로 귀환한다. 3, 4번기는 나와 합류하지 말고 먼저 귀환해라. 나도 곧 뒤따라가겠다.

이어폰에서 들려오는 김영환 중령의 목소리에는 힘이 빠져 있었다. 송호연이 조종간에 힘을 주어 크게 선회했다. 송호연은 여전히 불안한 표정으로 바깥을 내다봤다.

6월 13일 03:05:15 강원도 양구군

"당소 태백산, 당소 태백산. 백두산 나와라. 이상!"

비무장지대 GP장 고원국 중위가 무전기를 잡고 악을 썼다. 유선망은 이미 불통이기 때문에 고 중위는 무전기를 들고 교통호에 들어와 있었다. 고 중위는 치열한 포격에 머리조차 들 수 없을 지경이었다.

포탄 소리에 묻혀 자기 목소리도 알아들을 수 없었다. 무서웠다. 나름대로 뜻을 품고 장교로 군생활을 시작했지만, 고폭탄이 진지 좌우에서 터질 때 나는 무거운 금속성 폭발음에 본능적 공포를 일깨웠다. 그렇다고 지휘자가 머리를 처박고 엎드려 있을 수만은 없었다. 중대에 연락해 일단 상황을 알려야 했다.

"아, 아. 당소, 태백산. 당소, 태백산. 백두산 나와라, 이상!"

— 치직~ 당소, 백두산. 귀소, 태백산 말하라, 이상!

"빌어먹을! 떨어진다. 진내로 치열하게 적탄 낙탄 중. 아! 엄청나다. 이상!"

— 알았다, 태백산. 현재 전 전선에 걸쳐 적 포격 중. 귀소는 별명이 있을 때까지 현 위치를 고수하라. 이상!

금강산과 백두산에 관광객이 왕래하는 지금, 전쟁이 날 리 없었다. 미국이 영변 핵시설을 폭격했을 때도 북한은 가만히 있었다. 고원국 중위는 아무래도 건너편 지역 북괴 사단장이 뭔가 심통이 나서 지난 50여 년 동안 그랬듯이 상투적인 도발을 하는 것이리라 생각했다.

그런데 중대장은 휴전선 전역에서 적이 포격 중이라고 했다. 그렇다면 빌어먹을 전쟁이었다. 그럴 리가 없었다. 고 중위는 전쟁이 일어났다는 현실이 도저히 믿어지지 않았다.

"당소 태백산, 전면전인가?"

— 여긴 백두산. 파악 중이다. 상황으로 보아 전면전인 것 같다. 추후 별도 지시가 있을 때까지 작계대로 행동하라. 이상!

빌어먹을! 고원국 중위는 사병으로 근무하는 것보다 장교로 병역의 무를 마치는 것이 더 남자다운 길이라고 생각했다. 어려운 집안살림에도 보탬이 될 것이라고 계산했을 뿐이었다. 이런 전쟁터에서 목숨을 바치겠다고 생각한 적은 한 번도 없었다. 전역 후 좀더 자유로운 민간인으로 아내와의 신혼생활을 만끽하려 했는데……. 그런데 전쟁이라니!

— 푸슉~ 콰쾅! 쿠르르르…….

GP 콘크리트 진지가 직격탄을 맞으면서 반쯤 허물어졌다.

'젠장! 건물 안에 손 상병이 있을 텐데. 바보 같은 녀석. 나오지 않고선.'

어차피 콘크리트 진지 안에 있든 교통호에 나와 있든 위험하긴 마찬가지였다. 다만 동생 같은 부하들의 목숨이 허무하게 사라진다는 사실이 너무도 억울해서 내뱉은 넋두리였다. 고지 후사면 50미터 정도 아래쪽의 내무반 건물에 있던 소대원들도 이미 모두 튀어나와 참호 속에서 몸을 숨기고 있었다.

얼마쯤 지났을까. 포격 빈도가 조금씩 약해지는 것 같았다. 고 중위는 엄폐호 밖으로 머리를 내밀어 상황을 파악해야겠다고 생각했다. 그때 무전기에서 중대장 박 대위의 목소리가 흘러나왔다.

― 당소 백두산. 귀소 전방에 적 일개 대대급 병력이 전개 중이니 주의하라. 조만간 철수지시를 하달하겠다. 태백산은 전방지역 상황을 잘 관측하고 철수를 준비하라. 이상!

고 중위는 적 대대급이 접근 중이라는 말에 놀랐다. 미처 대답할 겨를도 없이 그는 연기가 자욱한 호 밖으로 머리를 내밀었다. 그런데 호 밖에서 그가 본 것은 울고 있는 어린 아내의 처연한 얼굴이었다.

― 퍽. 퍼벅!

적 저격병이 쏜 단 한 발에 머리가 터져나갔다. 살점이 터져나가는 기분 나쁜 소리와 함께 화약냄새가 가득한 연기 속으로 고 중위의 뇌수가 흩날려갔다.

머릿속을 탄두가 관통하는 순간은 찰나였지만, 그 짧은 순간에도 고원국 중위의 머릿속에는 집에서 울고 있을 어린 아내의 환상이 몇 번이나 스쳐 지나갔다. 아! 사랑하는 나의 아내여.

인민군은 포병사격 중에 탄막 바로 뒷부분에서 전진하는 위험한 모험을 한 것이다. 포병사격이 연신하는 지역을 20~30미터 간격을 두고 보병이 바로 뒤따르는 건 위험부담이 큰 기동방식이다. 인민군이 한국전 때부터 고지돌격전에서 흔히 쓰던 방식이기도 했다. 인민군 민경중대 병력은 포격 이전에 이미 군사분계선을 3~5명 단위로 돌파하여 GP 아래 산허리에서 대기하고 있었다.

요란한 총성이 몇 번 울린 후 북쪽으로부터 산을 타고 올라온 사내들 한 무리가 소대 진지로 뛰어들었다. 총성과 둔탁한 충격음이 요란했다. GP 안의 소대원들이 총을 쏘며 저항했지만 이미 늦었다. 수적 차이가 너무 많이 났다.

길게 이어진 W자형 교통호 저쪽에서 소대 선임하사 이병길 중사가 홀로 고함을 지르고 있었다. 이 중사는 왼쪽 가슴에 깊숙이 자상을 입고도 총검을 매단 K-2 소총을 허공으로 휘두르고 있었다.

"씨발! 덤벼, 개새끼들아! 덤벼! 덤벼!"

이병길 중사 주변으로 북한 제25보병사단 민경중대 소속 인민군 몇 명이 빙 둘러섰다. 그리고 총성이 한 발 더 울린 후 모든 것이 끝났다.

인민군 민경중대의 첨병소대 역할을 맡은 일부 병력은 고지에 위치한 진지를 넘어 남쪽 후사면으로 넘어가고 있었다. 나머지 병력은 점령한 진지 내에서 기관총 등 공용화기를 남쪽 방향으로 거치하고 인원점검을 하고 있었다.

살아남기

6월 13일 03:05:45 경기도 동두천시

"가자."

심창섭 중사가 소대원 중 절반을 이끌고 뛰기 시작했다. 등화관제로 어둠 속에 잠긴 병영 여기저기서 완전무장한 병사들이 서둘러 움직이고 있었다. 산 너머 북쪽에서 섬광이 번쩍거리고, 멀리서 포성이 메아리쳤다. 여기서 가까운 곳은 아니었다. 물론 이곳까지 포탄이 떨어지지도 않았다.

심창섭은 자기 소대가 제일 빨리 움직이는 것을 확인하고 흡족해했다. 다른 소대와의 경쟁심리 때문이 아니라, 소대원들의 동작이 빠를수록 그가 살아남을 가능성이 크다는 사실에 대한 만족이었다.

소대원들은 전투복에 배낭을 메고 총만 들고 뛰었다. 화생방 방호복 등 다른 장비는 나머지 소대원들이 나중에 챙겨오기로 되어 있었다. 이어지는 군홧발들이 빗물 고인 웅덩이를 지나면서 요란하게 물을 튀겼다.

대대 후문에는 완전무장한 병력이 경계를 서고 있었다. 그들 가운데 누군가 빨간 플래시를 깜빡거렸다. 심창섭이 상대방을 알아보고 총을 오른쪽 옆구리에 붙인 뒤 거수경례를 하며 보고했다.

"충성! 2중대 1소대 병력입니다."

"어서 가라. 북괴놈들이 쳐들어왔다."

후문 위병소 근무자는 심창섭이 나온 하사관학교 2년 선배인 하 중사였다. 하 중사는 심창섭 앞에서 당혹감을 감추며 의연하게 말했다. 뒤에선 위병들이 벌써 바리케이드를 치웠다. 소대원들은 계속 앞으로 뛰어가고 있었다.

"그만 가겠습니다. 충성!"

심창섭은 하사 임관 초기에 하 중사가 자기를 얼마나 갈궈댔는지 기억하고 있었다. 하 중사는 사람들이 군대에서 겪어봤다는 온갖 나쁜 짓을, 심창섭을 괴롭히는 데 써먹었다. 아직까지 심창섭은 하 중사에 대한 감정이 좋지 않았다.

그런데 지금 이 순간은 하 중사와도 자연스럽게 유대감이 생기는 것 같았다. 심창섭은 전쟁이 사람들에게 끼치는 몇 안 되는 좋은 영향 가운데 하나라고 투덜거리며 빨리 뛰었다.

심창섭이 소대원들을 따라잡았다. 훈련 때마다 느꼈지만, 행렬 뒤쪽에서 보면 어둠 속에서 야광테이프가 붙은 헬멧들이 떼지어 움직이는 기괴한 느낌이었다. 뛰어가는 소대원들은 불안한 마음을 감추지 않았다. 맨 뒤에 약간 처져서 달리는 김한빈 병장은 벌써부터 숨소리가 거칠었다.

"어이~ 김한빈 아저씨."

"예! 선임하사님."

심창섭은 김한빈이 헐떡거리는 모습을 물끄러미 바라보았다. 술이 덜 깼는지 김한빈은 복장이 엉망이었다. 졸병들이 배낭까지는 챙겨줬겠지만 군복에 판초우의까지 제대로 입혀주지는 못한 모양이었다. 빈 수통이 엑스밴드 옆에 매달려 덜거덕거렸다.

심창섭은 하필 제대하는 날 새벽에 전쟁이 터져 전장으로 나가는 김한빈이 안쓰러웠다. 그런데 김한빈이 하는 말은 뜻밖이었다.

"저는 운이 없다고 생각하지 않습니다. 훅훅~ 동원예비군으로 가느니, 후윽~ 차라리 현역일 때 전쟁이 나는 게 낫습니다."

"그래도 전쟁이 안 나는 게 낫지, 뭘 그래."

"우헤헤~ 선임하사님은 군인의 존재가치를 부정하십니까?"

"어떤 빌어먹을 군인이 전쟁 나길 바라겠나? 어이~ 강 병장!"

"예! 선임하사님."

심창섭이 맨 앞에서 달리는 1분대장을 불렀다. 강 병장은 제자리걸음을 뛰면서 뒤를 돌아보았다.

어느새 병영에서 상당히 멀리까지 나와 있었다. 비 내리는 숲 속 비포장도로는 엉망이었고, 앞을 분간하기 어려웠다. 점령 예정지까지는 한참을 더 가야 했다.

"첨병 둘 내보내! FM대로 해야지."

"알겠습니다. 김 상병, 박 일병!"

강 병장은 1분대에서도 밤눈이 밝고 똘똘한 사병 둘을 첨병으로 앞에 내세웠다. 강 병장은 본대에서 그들이 안 보일 때까지 잠시 거리를 두었다가 뛰기 시작했다. 대열이 다시 움직였다.

"빌어먹을 빨갱이들요."

잠시 기다렸던 김한빈이 숨을 고르며 입을 열었다. 심창섭은 조금 전에 무슨 말이 오갔는지 잠시 생각한 뒤 말했다.

"모르지. 그놈들도 위에서 시키는 대로 까는 건지……."

6월 13일 03:05:55 서울 강서구

인민군 공군 리태호 상위는 기수를 급히 동쪽으로 꺾었다. 편대장 지철우 대좌의 기체가 저 멀리 다리 위로 앞서 비행하고 있었다. 한강 양옆으로 수많은 불빛들이 보였다.

드디어 서울이었다! 리태호 입장에서는 적의 심장인 수도였다. 서울은 인민군이 감행한 대규모 포격으로 불타오르고 있었다. 등화관제가 실시되어 전등불빛은 거의 보이지 않았지만 곳곳의 화재현장에서 번득이는 불길이 한강물에 비쳐 화려하게 어른거렸다.

노란 빛줄기가 편대 바로 앞을 스쳐 지나가더니 북쪽 한강변에서 작렬했다. 리태호가 몇 주 전부터 교육받기로, 그곳은 한강고수부지라 부른다고 했다.

그 직후 다른 방향에서 날아온 빛줄기가 미그기 한 대를 꿰뚫었다. 그 전투기는 공중에서 폭발하는 순간 언뜻 멈춘 듯했다. 그러더니 미그기는 산산조각이 나며 파편이 강물 위로 흩뿌려졌다.

또 한 대가 격추되었다. 그 미그기는 불을 뿜어내며 고도를 낮추더니 강물 위에서 대여섯 바퀴를 굴렀다가 마침내 폭발했다. 뒤를 보던 리태호가 이를 악물었다. 지철우 대좌가 탑승한 선도기는 마지막 비행을 위해 속도를 높이고 있었다. 리태호도 가속하여 대공포대의 탄막을 강행돌파했다.

여기 올 때까지 많은 동료들이 희생되었다. 한국 공군 KF-16 편대의 공격은 집요했다. 지상에 전개된 대공포대의 위력도 몸으로 처절하게 겪었다. 그러나 이제 목표는 얼마 남지 않았다. 적의 심장부 상공을 비행한다는 사실에 가슴이 벅차 오른 리태호가 통신망을 개방했다.

"편대장 동지!"

― 날래 따라오라우요.

한마디뿐이었다. 그 말 한마디로 리태호의 말을 끊었다. 편대장은 4월의 그날 이후 말이 없었다. 리태호는 묵묵히 지철우 대좌의 기체를 뒤따랐다. 리태호도 더 이상 말을 하기 힘들었다. 몇 분째 저공으로 고속비행을 하느라 신경이 지칠 대로 지쳐 있었다.

리태호의 전투기에는 레이더뿐만 아니라 저공비행할 때 필수적인 전파고도계도 없었다. 정비사 동무들의 말에 의하면, 30여 년 전에 고장나 이미 떼어낸 지 오래였다고 한다.

미그기 편대는 한강 가운데 커다란 섬에 세워진 불타는 시가지를 오른쪽에 두고 강을 따라 더듬어 올라갔다. 출발할 때에는 27명이었지만, 지금은 10명도 채 되지 않는 동료들이 리태호의 좌우에서 비행하고 있었다. 황해남도 봉천군 누천 비행장에서 같이 출발한 전투기들이었다. 실로 사선을 넘어 살아남은 동지들이었다.

그 가운데 한 대는 한국 대공포대의 공격으로 동체에 서너 개의 구멍이 나 있는 상태였다. 리태호가 옆에서 비행하는 미그기를 보니 얼마 남지도 않은 연료가 허공에서 줄줄 새고 있었다.

그런데 인민군 공군 자살특공대는 기체에 탈이 나도 탈출하지 못한다. 비상탈출을 위한 낙하산도 없지만, 북에 남은 가족의 안위를 외면한 채 탈출할 조종사 역시 없었다. 어떻게든 목적지까지 도달해서 동체로 들이받아야 임무가 끝나는 것이다.

피격 당한 기체의 조종사는 리태호가 어제 처음 알게 된 사람이었다. 림봉주 대위던가, 출격을 기다리는 사이 그는 잔뜩 풀이 죽어 있었다.

그런데 지금은 악착같았다. 리태호는 어떻게 죽든지 마찬가지일 것이라고 생각했다. 림봉주 대위의 미그기는 점점 더 속도가 떨어져 편대에서 뒤처지기 시작했다.

6월 13일 03:06:10 인천광역시 옹진군 대연평도

"으아아! 으아악! 으아아아!"
　한국군 해병대 조민식 일병은 밖에서 들려오는 굉음보다 고참의 비명이 더 끔찍했다. 유개호 구석에 머리를 처박은 김민철 상병은 끊임없이 비명을 질러댔다. 그 비명 위를 폭음이 덮고, 쉴새없이 진지가 윙윙거리며 마구 뒤흔들렸다.
　북한의 기습공격에 대비해 콘크리트로 견고하게 만들어진 해안 진지였지만 무차별 포격 앞에서는 견딜 재간이 없었다. 조금 전까지만 해도 바로 옆에 있었던 무반동포 진지는 바다 건너편에서 날아온 중포탄의 직격을 받아 형체도 없이 사라졌다.
　조민식은 언제 이곳도 직격탄을 받아 가루가 될지 조마조마했다. 그나마 조민식은 포격이 시작되는 순간 유개호에 들어가 있어서 살아남을 수 있었다. 조금 전 내무반에서 뛰쳐나오던 나머지 소대원들 중 절반은 근접신관이 장착된 포탄 한 발로 한꺼번에 날아가버렸다. 그 모습을 목격한 조민식은 몸을 부르르 떨어야 했다.
　지금이 차라리 꿈이었으면 좋았을 것이다. 조민식은 손톱으로 손등을 찔렀다. 아팠다. 불행히도 꿈이 아니었지만 그래도 아직까지는 살아 있는 것 같았다. 기습적인 적 항공기들의 공습에 이어 겨우 5분간의 포격이었는데도 끔찍하도록 지겨워졌다. 포격이 언제 그칠지 알 수 없었다.
　조민식은 차라리 포격이 계속되는 것이 나을지도 모른다는 생각이 들었다. 포격이 끝나면 북한 상륙부대가 이곳 해안으로 상륙할 가능성이 크다. 그러면 병력이 적은 이쪽은 전멸할 것이 뻔했다. 문득 악착같이 살고 싶었다. 지옥훈련 때의 기억이 되살아났다.
　잠깐 동안 포격이 멈춘 것 같았다. 조민식 일병이 엉거주춤 총안구

로 고개를 내밀었다. 조민식은 북쪽에서 무수히 날아오는 붉은색 줄기에 놀라 뒤로 나자빠졌다.

조민식이 엉금엉금 기어 다시 총안구 밑으로 몸을 밀착시켰다. 잠시 멈춘 듯하더니 또다시 대규모 포격이 시작되었다. 인민군 포병대는 연평도에 배치된 포대의 대포병 사격을 피해 이동하면서 교대로 사격을 가했고, 방금 전에 포격이 잠시 멈춘 것은 그 교대시간의 짧은 빈틈이었다.

겁에 질린 그는 본능적으로 허겁지겁 동료를 찾았다. 그런데 김민철 상병은 정신이 완전히 나간 것 같았다. 철모는 어디론가 벗어던지고 웅크린 채 계속 고함만 질러대고 있었다.

그때였다. 벼락 맞은 것 같은 굉음이 울리고 콘크리트 조각이 머리 위로 우수수 떨어졌다. 그 가운데 한 조각이 어깨 위로 떨어졌다. 조민식은 찢어지는 아픔을 느꼈다. 그리고 아주 잠시 동안 콘크리트 벽이 춤을 추는 것처럼 보였다.

낮잠을 잔 것 같았다. 조민식 일병은 몽롱한 정신으로 지금 어디 있는지 곧바로 생각하지 못했다. 조민식은 옆에 너부러진 김민철 상병을 일으켜 세우려고 다가갔다. 침을 질질 흘리는 김민철은 허연 눈자위를 드러내고 있었다.

"김 상병님!"

무능한 고참일수록 신참들을 더 고통스럽게 만드는 법이다. 조민식 일병이 김민철 상병의 멱살을 잡고 흔들어댔다. 조민식은 김민철이 금세 제정신을 차릴 것 같지 않았다.

문득 바깥이 조용하다는 것을 느꼈다. 그때서야 조민식은 포성이 완전히 멈춘 것을 알았다. 고개를 들어 K-6 중기관총 옆으로 바깥을 내다본 순간, 조민식 일병은 그 자리에서 꼼짝도 할 수가 없었다.

바다에 잔뜩 드리워진 연무 끝자락을 헤치고 무수히 많은 상륙정들이 연평도로 달려오고 있었다. 이것들은 속도가 굉장히 빨랐다.
조민식은 고향에서 농사 짓는 부모님 생각이 났다. 어렸을 때 같이 놀던 동네 여자애들 생각도 났다. 제대 후에 도시로 가고 싶었는데…… 농사를 짓더라도 집에 있는 편이 훨씬 더 나은 것 같았다. 중기관총을 붙잡은 조민식은 괜히 눈물을 흘렸다.

6월 13일 03:06:35 서울 관악구

인민군 공군 조종사 리태호는 점점 더 호흡이 가빠졌다. 검은 하늘을 배경으로 멀리 목표가 있는 산등성이가 보였다. 여기까지 오려고 수많은 동지들이 목숨을 바쳤고, 다시 여러 동지들이 죽음으로써 기필코 파괴해야 할 목표였다.
목표는 높은 곳에 있어서 눈을 위로 향해야 보였다. 산등성이는 가까이 갈수록 점점 더 커 보였다. 그가 조종하는 미그기 바로 밑으로 작은 건물들이 휙휙 지나갔다. 리태호는 노련한 지철우 대좌의 전투기가 내뿜는 화염만 계속 따라갔다.
10대가 채 되지 않는 미그기 편대는 조금 전에 한강대교 부근에서 갈라졌다. 편대 중 하나는 동작동 국립묘지 쪽으로 향했고, 리태호가 속한 편대는 남쪽을 향했다. 그러나 편대가 단지 둘로만 나뉜 것은 아니었다.
고장난 미그기를 몰고 편대를 간신히 따라오던 림봉주 대위는 탑승한 전투기째로 한강철교를 들이받았다. 직접 보지는 않았지만 리태호는 뒤에서 들려오는 거대한 폭음을 들을 수 있었다.
동료의 죽음에 리태호가 눈물을 흘릴 필요는 없었다. 단지 림봉주는 다른 이들보다 1분 먼저 갔을 뿐이었다. 리태호도 죽음을 피할 길은 없었다. 운명은 완벽하게 리태호를 에워쌌다.

4대로 이뤄진 미그기 편대는 작은 집들이 빽빽이 들어찬 야산 두 개를 넘고 군데군데 부서진 승용차들이 불타는 도로 3개를 가로질렀다. 이따금 대공포대의 공격이 있었다. 그러나 미그기들이 주택가 위로 저공비행하자 주변 야산이나 고층빌딩에 몇 대 배치되어 있던 대공포들은 미그기를 적극적으로 공격하지 못하고 주저했다.

리태호는 대공포대 사수들을 비웃었다. 대공포대가 미그기를 향해 사격하면 주택가에 살고 있는 수많은 사람들이 죽을 게 틀림없었다. 그러나 리태호의 미그 편대가 노리는 목표가 파괴되면 전쟁 기간 동안 더 많은 남쪽 사람들이 죽어갈 것이다.

리태호는 더 많은 사람들을 위해서라면 적은 수의 사람들이 죽어야 할 분명한 이유가 있다고 배웠다. 사회주의에서는 당연한 진리였다. 그리고 리태호는 굶어 죽어가는 북녘 사람들을 떠올렸다.

통제된 북한 사회에서, 특히 최고 대우를 받으면서도 외부와 접촉할 기회가 거의 없는 사람이 전투기 조종사다. 홍수와 가뭄이 번갈아 이어지고 많은 인민들이 굶어 죽어간다는 소문이 기지에서 쉬쉬하며 나돌았을 때도 리태호는 믿어지지 않았다. 그런데 리태호는 휴가길에 우연히 그 참상을 보게 되었다.

수많은 사람들이 먹을 것을 찾아 벌거숭이 산과 텅 빈 들을 헤매고 있었다. 퀭한 눈에 깡마른 얼굴들은 기근이 한두 해 동안 계속된 것이 아님을 말해주었다. 헐벗고 꾀죄죄한 얼굴에 눈물마저 말라버린, 오랫동안 못 먹어 앙상한 팔다리에 배만 불룩해진 아이들을 봤을 때 리태호는 이곳이 노동자, 농민들의 지상천국인지 의심스러웠다.

리태호는 굶주린 인민들을 위해서라면 백 번이고 천 번이고 죽을 수 있다고 다짐했다. 그런데 이렇게 전쟁을 하는 것이 인민을 위하는 길인가 하는 것은 다시 생각해봐야 했다. 뇌물을 받아먹는 배 나온 고급 군관들, 사치를 일삼는 고위 당 간부 안해들이 떠올랐다. 외제 승용차에 자본주의적 퇴폐의 상징인 청바지를 입고 놀러다니는 당 간부 자식들도 이른바 '우리식 사회주의'의 부끄러운 단면이었다.

그러나 이제 다시 생각할 기회도 없었다. 어찌 됐건간에 리태호는 죽을 수밖에 없었다.

─5천 메타!

잔뜩 쉰 지철우 대좌의 목소리가 들려왔다. 리태호는 목표까지 5천 미터라는 말이 가슴에 와닿았다. 리태호는 이제 목숨이 5천 미터, 혹은 운이 나쁘면 그 이하로 남았다고 생각했다. 남은 목숨은 시간이 아니라 미터로 산출되는 거리였다.

저 멀리 앞에서 시뻘건 화염이 하늘로 치솟고 있었다. 불빛에 반사된 시커먼 연기가 하늘을 뒤덮었다. 목표 방향을 지시하기 위해 사전에 남파된 공작원이 일으킨 주유소 화재였다. 더 멀리에 또 하나의 주유소가 불타고 있었다. 주위에 높은 건물은 없었다. 두 개의 화재현장을 일직선으로 이어 곧장 날아가면 목표지점이었다.

─4천 메타!

리태호는 그새 목숨이 1천 미터나 줄어든 것이 안타까웠다. 호흡이 더 빨라졌다. 숨쉬기가 고통스러웠다. 이제 숨쉴 기회도 몇 번 남아 있지 않다는 것을 허파가 알아챈 것 같았다.

갑자기 지철우 대좌의 기체가 뿜어내는 화염이 위로 솟구쳐 올랐다. 주택가가 끝나고 산자락이 시작된 것이다. 리태호는 그곳이 남조선 괴뢰정부의 주구들 중 다수가 졸업한 서울대학교라고 교육받았다. 어둠 속에 잠긴 거대한 대학 건물 수십 개가 있고, 그 뒤로는 수풀이 울창한 관악산이었다.

― 3천 메타!

리태호는 조종간을 당겨 지철우 대좌를 따랐다. 두 방향에서 미사일로 생각되는 불덩어리가 빠르게 날아왔다. 미그기 4대는 고도를 더욱더 낮춰 산등성이를 더듬듯 비행했다. 리태호는 비행기 밑에 나뭇가지가 스친다고 생각한 순간 위로 샛노란 것이 지나가는 것을 느꼈다.

바로 옆에서 비행하던 미그기 한 대가 오른쪽 날개를 잃고 팽그르르 돌아 숲 속으로 처박혔다. 눈부신 폭발이 이어졌다.

― 2천 메타!

통신망을 울리는 지철우 대좌의 목소리가 비명처럼 들렸다. 리태호는 최고속도로 비행하고 있었다. 대공 벌컨으로 생각되는 포탄이 그가 탄 비행기 주변으로 휙휙 지나갔다. 또 한 대가 벌집이 되며 추락했다. 이제 선도기 지철우 대좌와 리태호의 기체만 남았다.

마지막 남은 전투기 2대를 향해 네 방향에서 십자포화를 퍼부어댔다. 갑자기 기체에 큰 충격이 가해졌다. 뭔가 부서진 것 같았다. 계기가 멋대로 움직였다. 순간적으로 추락할 뻔했으나 간신히 리태호는 조종할 수 있었다.

"당했습네다! 편대장 동지. 피격 당했시요!"

비행기가 무자비하게 덜컹거리는 와중에 산꼭대기 바로 옆의 네모난 건물이 눈에 들어왔다. 그동안 연습한 대로 리태호는 그 건물을 목표로 기관포 발사준비를 마쳤다. 그 건물 양쪽에서 시뻘건 것들이 이쪽을 향했다.

― 천 메타아~~~.

지철우 대좌는 리태호의 말을 못 들은 듯 큰소리로 절규했다. 지철우 대좌의 기체가 시뻘건 화염에 뒤덮였다. 순간적으로 리태호는 편대장의 기체가 대공포화에 명중됐다고 생각했지만, 지철우 대좌가 기관포를 발사한 것이었다. 리태호도 기관포를 발사했다. 시뻘건 것이 목표인 건물 위로 넘어갔다.

앞에서 뭔가 번쩍거렸다. 지철우 대좌의 기체 옆구리가 터져나가면서 리태호는 편대장기가 옆으로 날아가는 듯한 착각에 빠졌다. 전투기는 계곡 아래로 곤두박질쳤다. 파편이 리태호가 조종하는 미그기의 캐노피를 때려댔다.

"편대장 동지!"

계곡 아래로 추락하는 편대장의 기체는 마치 잘못 만들어진 종이비행기가 떨어지는 것처럼 팔랑거렸다. 이제 그가 마지막이었다. 남태령 고개로 향한 동료들을 빼면, 이곳으로 향한 동료들은 리태호를 제외하고 모두 죽은 것이다. 십여 년간 같이 생활해온 동료들과의 일이 주마등처럼 스쳐 지나갔다.

분노한 리태호가 고개를 번쩍 들었다. 목표는 바로 앞에 있었다. 하얀 레이돔이 눈에 가득 들어왔다. 참호 안에서 기관총을 발사하는 병사들이 흐릿하게 보였다.

당황하는 그들의 모습이 약혼녀 복순이와 겹쳐져 보였다. 태앉은 해방처녀, 아버지 없는 애가 딸린 까막과부. 약혼녀의 비참한 미래를 생각한 리태호가 눈을 질끈 감았다. 거리가 10미터도 채 남지 않았다고 생각하는 순간 충격이 그를 뒤흔들었다.

6월 13일 03:07:20 인천광역시 옹진군 대연평도 북쪽 해상

해주만 앞바다에서 고속정들의 경주가 시작되었다. 전날 밤 부포항에서 출발한 고속정들은 대연평도 앞 장재도 섬그늘에 숨어 있었다. 새벽 3시가 되자 고속정들은 동시에 넓은 바다로 튀어나왔다.

소형 고속 함선 50여 척은 불타는 연평도 북쪽 해안을 오른쪽으로 끼고 일직선을 이루며 동쪽으로 향했다. 짧은 시간에 집중적인 포격을 받은 연평도 북쪽 해안은 지대가 높아 상륙에 적합한 지형이 아니었다. 고속정들은 하얀 물보라를 일으키며 검은 바다를 질주했다.

주로 암초로 이뤄진 미력리도를 지나자 고속정들의 움직임에 변화가 생겼다. 앞서가던 차호급 고속정 편대가 서서히 속도를 늦췄다. 그 사이에 남포급 상륙정 30여 척이 재빨리 남쪽으로 방향을 바꿔 내달렸다.

75톤급인 남포급 상륙정은 기본적으로 고속정과 동일한 선체다. 외형은 82톤급인 차호급 고속정과 비슷하지만 함수 부분에 출입문이 설치되어 있고 상륙병력 1개 소대가 탑승한다. 고속정에서 발전한 탓에 남포급은 일반적인 상륙정에 비해 속도가 매우 빠른 편이다.

남포급 상륙정을 호위하는 임무를 맡은 차호급 고속정의 함교 뒷부분에는 상자 모양의 구조물과 그것을 지지하는 선회장치가 있었다. 상자형 구조물은 BM-21 다연장로켓포였다. 언제든지 로켓포를 쏠 수 있도록 준비를 마친 차호급 고속정들이 다시 속도를 높이기 시작했다.

차호급 고속정들은 마치 보병이 각개전투를 하듯 질서정연하게 각자 맡은 구역으로 나아갔다. 그리고 언제 쏟아질지 모를 상륙저지 사격에 대비했다. 어느새 대연평도의 남동쪽 해안이 보였다.

포격이 끝난 연평도에 잔뜩 드리워진 폭연과 먼지가 엷게 흩어지고 있었다. 드디어 해안과 산등성이 곳곳에 설치된 견고한 포대의 윤곽이 선명하게 드러났다.

연평도에는 한국 해병대 진지가 수십 년 전부터 치밀하고 견고하게 구축되었다. 그런데 각개 진지의 위치는 이미 북한에 의해 파악된 상태였다. 북한 땅에서 채 20km도 떨어지지 않은 연평도는 손에 잡힐 듯 들어왔다. 그래도 공작원들이 탑승한 반잠수정의 활약이 없었다면 남동쪽 해안의 진지 배치도는 쉽게 구할 수 없었을 것이다.

인민군 해군 김칠수 소좌는 광량증폭식 암시경을 전방으로 향했다. 김칠수는 진지를 하나하나 노려보듯이 살폈다. 파괴된 토치카가 꽤 보였지만 상처 하나 없이 건재한 포대도 많았다. 상륙 전 집중포격에 동원된 포탄은 다양했다. 겉보기엔 피해를 입지 않은 것 같아도 진지 안에 있는 자들이 죽었을지도 모를 일이었다.

김칠수는 혹시나 하는 희망을 매몰차게 바다에 처박았다. 10분간의 포격에 해병대 해안포대가 완전 궤멸된 것으로 여기면 지나친 낙관주의였다. 공격준비사격에서 국군이 제대로 살아남아 전열을 유지하고 있다면 지금쯤은 상륙함정들이 유효사거리 안으로 들어갈 때까지 기다리고 있을 순간이었다.

아직 한국 해병대 진지 쪽에서는 아무런 반응이 없었다. 상륙정들을 선두로 고속정 편대가 서서히 해안 쪽으로 접근했다.

"편대장 동지! 10시 방향입네다!"

해안선을 살피던 고속정 정장이 고함과 함께 가리킨 섬 방향에서 순간적으로 섬광이 산기슭을 비췄다. 잠시 후 주변 바다에서 물기둥이 치솟아 올랐다. 열을 지어 가던 고속정 대열이 놀라 잠시 흐트러졌다.

이곳까지 닿는 한국군 무기는 딱 한 가지밖에 없었다. 김칠수 소좌가 정장을 밀치고 전송관에 대고 큰소리로 외쳤다.

"105미리야! 속도를 높이기요!"

다시 포탄 한 발이 떨어지자 남포급 상륙정들이 회피기동에 들어가면서 대열이 넓게 흩어졌다. 상륙정들을 선두로 내밀면서 차호급 고속정을 뒤로 뺀 까닭은 집중포격에서 살아남은 해병대 해안포대를 확실히 제압하기 위해서였다.

포탄은 김칠수가 탄 고속정의 바로 뒤에 떨어졌다. 거대한 물기둥이 치솟고 김칠수가 서 있던 함교 상면에 물벼락이 쏟아졌다. 놀란 고속정들이 저마다 속도를 높였다.

곧이어 포탄 3발이 거의 동시에 날아왔다. 고속정 진형 여기저기서 물기둥이 치솟았지만 명중한 고속정은 없었다. 잠시 후 다시 4발이 거의 동시에 날아왔다. 곡사화기에 당할 고속정은 없다고 비웃는 김칠수를 되레 비웃으며 105밀리 포탄 한 발이 상륙정 한 척을 박살냈다. 화염이 솟구친 다음 그 상륙정은 옆으로 미끄러지며 빙글빙글 돌았다.

물에 흠뻑 젖은 김칠수 소좌가 송신기에 대고 고함을 질러댔다. 김칠수 소좌가 지휘하는 고속정은 현재 그가 타고 있는 것을 포함해 다섯 척이었다. 잠시 후 차호급 고속정 한 척에서 BM-21 다연장로켓 이십여 발이 날카로운 굉음을 울리며 날았다. 검은 하늘이 불꽃으로 수놓였다.

좁은 연평도에 105밀리 포대가 숨을 곳은 한정되어 있었다. 포탄이 날아온 방향으로 보아 김칠수는 그곳 위치를 분명히 알 수 있었다. 그리고 한국 해병대 105밀리 포대는 지금 엄폐호에 남아 있을 수가 없었다. 북한 고속정 편대가 북쪽이나 서쪽 해안이 아닌 남동쪽 해안으로 밀려왔기 때문이다. 그렇다면 얼마 되지 않는 평지에 전개된 포병대는 절호의 표적이었다.

그 사이 또다시 포탄이 몇 발 날아왔다. 김칠수 소좌는 머리 위로 날아가는 포탄의 궤적을 보며 등골이 서늘해졌다. 하지만 이번에는 고속정들이 지나간 바로 뒤쪽으로 낙하해 피해는 없었다.

다연장로켓이 해안선 너머로 날아간 지 얼마 되지 않아 연평도 중심부에서 폭발 섬광이 번뜩였다. 폭발은 잠시 더 이어졌다. 넓은 지역을 제압하는 다연장포가 한국 해병대 105밀리 포대를 공격한 것이다.

고속정에 타고 있던 인민군 수병들이 환성을 올렸다. 이제 해안선까지는 기껏 2km도 남지 않았다.

드디어 해안선의 벌컨 포대가 사격을 시작했다. 회전식 20mm 총신이 맹렬히 회전하면서 새빨간 예광탄 줄기를 남포급 상륙정들에 쏟아 부었다. 김칠수는 그 위험한 아름다움에 잠시 넋이 빠졌다.
그 중 한 줄기가 정확하게 남포급 상륙정 위를 뒤덮었다. 20mm 포탄 수십 발을 뒤집어 쓴 남포급 상륙정은 마치 폭죽이 터진 것처럼 요란한 소리를 내며 번쩍거렸다.
또 다른 상륙정은 옆면에 맞았다. 바다 위를 가르며 접근하던 20밀리 포탄의 물기둥이 급기야 상륙정을 타고 오르더니 불꽃으로 바뀌었다. 상륙정은 두 토막이 나며 순식간에 물 속으로 가라앉았다.
다시 차호급 고속정들로부터 무수한 로켓포탄이 검은 하늘로 치솟았다. 로켓탄이 저격총처럼 정확한 명중률을 가진 것은 아니지만 원형공산오차가 해결해줄 때도 있다. 불을 뿜는 엄폐호 몇 군데 주변으로 로켓포탄이 꽂히기 시작했고, 가끔 한두 발씩 정확하게 엄폐호 속으로 빨려 들어갔다.
벌컨 세 대가 만들어낸 아름다운 빨간색 줄기도 폭발로 끝나고, 벌컨 포대는 이내 침묵했다. 20밀리 벌컨 포대 숫자보다 고속정들이 훨씬 더 많았다. 60밀리로 추측되는 소형 박격포탄이 바다로 몇 발 날아왔지만 눈멀고 굼뜬 박격폭탄은 속도가 빠른 고속정에 직접적인 위협을 주지 못했다.
이제 큰 것은 다 잡은 셈이었다. 김칠수가 안도의 한숨을 내쉬었을 때 해안 쪽에서 시뻘건 것이 날아왔다. 화염이 시작된 곳을 확인한 김칠수는 본능적으로 외쳤다.
"106미리 비반충포야! 날래 잡기요!"

남포급 상륙정을 노린 포탄은 간발의 차이로 명중하지 않았다. 포탄이 바다 한가운데에 커다란 물기둥을 만들어냈다. 또 다른 빛줄기가 날아와 다른 고속정 한 척에 명중했다. 그 고속정은 함교가 터져나가고 이내 움직임을 멈췄다. 불빛이 주변 바다 위를 환하게 밝혔다. 북한에서는 무반동포를 비반충포라 부른다.

이번에는 국군 무반동포 진지가 대가를 치러야 할 때였다. 집중포격 때 숨어 있던 무반동포는 지프에 실린 채 상륙방어용 콘크리트 방벽 뒤에 숨어 사격을 가하고 있었다. 그곳은 엄폐 진지가 아니었다. 직사화기는 피할 수 있더라도 곡사화기로부터 숨을 수는 없었다.

콘크리트 방벽 주변으로 30여 발이 동시에 작렬했다. 정확한 포격은 아니었지만 무반동포 진지는 간단하게 산산조각이 났다. 이제 본격적인 상륙전의 시작이었다.

문제는 차호급 고속정에 있었다. BM-21 다연장포 발사기 안에 장전된 로켓탄은 40발뿐이었다. 단시간에 화력을 집중해야 하는 급박한 상황에서 재장전할 여유가 없었다.

상륙정들이 해안으로 좀더 가까이 접근하면서 해안방어부대의 기관총 진지들도 반격을 가하기 시작했다. 중기관총의 숫자는 다른 무기체계보다 훨씬 더 많았다. 십자포화에 노출된 남포급 상륙정들의 피해가 심해졌다. 불타는 상륙정이 조명탄 역할을 하며 주변을 지나는 상륙정들을 절호의 목표로 만들어주고 있었다.

추진력을 잃고 물 위에 뜬 채 일방적으로 공격받고 있는 상륙정에서 인민군들이 바다로 뛰어들었다. 헤엄치는 인민군들 머리 위로 다시 기관총탄이 퍼부어졌다.

피해는 예상보다 훨씬 더 커지고 있었다. 상륙부대인 해군 최정예 제29해상저격여단 병력은 아직 총 한 방 쏘지 못했다. 김칠수 소좌는 아군과 적군에 대해 동시에 분노가 치밀어올랐다. 김칠수가 절규했다.

"포병은 대체 무얼 한 기야?"

이제 차호급 고속정 전대 쪽으로도 총탄이 쏟아지고 있었다. 양쪽에서 발사한 로켓포와 기관포의 화염이 정신없이 교차했다. 차호급 고속정과 남포급 고속정에 탑재한 23mm 기관포와 14.5mm 기관포까지 불을 뿜었다. 양쪽으로 예광탄 줄기들이 아름답게 교차했다.

6월 13일 03:08 강원도 강릉시

보이는 것은 온통 검은 하늘, 검은 바다, 검은 산뿐이었다. 공습경보 사이렌이 울려 퍼지고 있는 강릉 시가지도 등화관제로 시가지 전체가 암흑 속에 잠겼다.

그런데 강릉으로 향하는 영동고속도로만은 아직까지 통제가 이뤄지지 않고 있었다. 전쟁이 난 줄 모르는 민간 차량들은 전조등을 켠 채 구불구불한 대관령을 내려오고 있었다. 하늘을 날아가고 있는 것이 있다면 이 길이 절호의 참조점이 될 것이다.

이 대관령 고개를 배경으로 길게 한 줄을 이루며 어두운 하늘을 날아가는 검은 물체들이 있었다. 그 비행체들은 바람을 타고 서서히 남쪽으로 향했다. 소리 없이 유유히 하늘을 날던 물체들이 천천히 아래로 향하기 시작했다.

그 검은 물체들은 제21공군저격여단 인민군들이 탄 행글라이더였다. 행글라이더는 장거리 침투가 가능하기 때문에 90년대 이후 인민군 특수부대들이 집중적으로 이 부문에 투자했다. 야간침투를 위해 특별히 제작된 행글라이더는 전체적으로 검은색 일색이었다.

이 행글라이더가 가진 특징은 금속제 부품이 하나도 없다는 점이다. 레이더에 걸리지 않기 위해 모든 부품을 플라스틱과 유리섬유 등으로 제작했다. 그리고 조립하고 분해하는 데 걸리는 시간은 불과 2분 이내였다. 모두 접으면 가방 하나에 들어가고, 필요한 경우에는 텐트로도 사용할 수 있었다. 융통성이 우수한 침투장비였다.

선두 행글라이더에 탄 인민군 군관이 조종장치 옆에 붙은 GPS 수신기 버튼을 눌렀다. 작은 액정화면에 현재 행글라이더의 위치, 속도, 표준시각이 나타났다. 혹시나 대관령이 완벽하게 통제되어 불빛에 의한 참조점이 될 수 없더라도 이들에게는 전혀 문제되지 않았다.

무선신호를 보낼 시간이 되자 인민군 지휘관은 무전기 스위치를 켜고 입을 열었다.

"여기는 큰 박쥐, 1분 후 도착 예정."

몇 초 후 다른 행글라이더 무리를 이끄는 지휘관에게서 응답이 왔다.

– 여기는 마라도. 마당에서 기다리갔다.

검은 행글라이더들은 한국군 강릉 공군기지 상공으로 유유히 접근했다. 이때 공군기지에서는 5분대기조를 조금 전에 출격시킨 상황이었다. 야간전 능력이 떨어지는 F-5 전투기지만 지금은 찬밥 더운밥 가릴 때가 아니었다. 그리고 다른 전투기들을 출격시키기 위해 바삐 작업 중이었다.

기지의 어느 누구도 인민군 공군저격여단 대원들의 공중침투를 눈치 채지 못했다. 전쟁이 났다는 사실만 알았지, 지금 상황이 어떻게 돌아가는지를 모르는 기지수비 병력은 외곽 경비에만 신경 썼다. 기지 바깥에는 아무 것도 없었다. 하늘을 비추는 서치라이트는 검은 구름만 훑고 있었다.

행글라이더가 기지외곽 철조망 지대의 상공을 지나자 선두에 선 지휘관이 무전기로 구호를 부르짖었다.

"각자 부여받은 위치로 돌입한다. 최고사령관 동지께 대를 잇는 충성심을 발휘하자!"

행글라이더들이 일제히 분산하면서 정해진 표적으로 날아갔다. 선두 행글라이더는 다른 행글라이더 20여 개와 함께 아무런 제지를 받지 않고 전투기 무장장착 작업이 한창인 기지 북쪽 이글루(Igloo)로 접근했다. 휘황찬란한 불빛 아래에서 출격 직전 정비사와 무장사들로부터 최종점검을 받고 있는 날렵한 F-5 전투기들이 보였다.

선두 행글라이더가 이글루 안으로 돌입했다. 뒤늦게 공군 보안요원이 행글라이더의 침입을 발견하고 경보를 발령했을 때는 이미 박쥐떼처럼 많은 행글라이더들이 이글루 바로 앞 시멘트 바닥에 내려앉은 직후였다. 치열한 총격전이 시작되었다.

두터운 방독면을 쓰고 낑낑대며 기체 점검과 무장장착 작업을 하던 한국 공군 병사들은 갑자기 나타난 인민군 특수부대원들의 출현에 제대로 대처하지 못했다. 총성이 길게 이어졌다. 비명이 이글루 안에 가득 찼다.

공군 정비사들이 허둥지둥 어깨에 멘 총을 풀어 반격에 나섰다. 그러나 한국군은 저항다운 저항 한 번 하지 못한 채 공군저격여단 병사들에게 제압당했다. 기습당한 까닭도 있지만 각개 병사들의 전투력 차이가 극심한 것이 가장 큰 이유였다. 이럴 때를 대비한 경비대는 이곳에서 너무 멀리 떨어져 있었다.

이글루 앞에 쓰러진 대부분의 시체들은 한국 공군 병사들의 것이었다. 아주 가끔 검은색 야간위장복을 걸친 인민군 특수부대원 시체도 보였다.

뒤늦게 기지 전체에 사이렌이 울리고 탐조등이 하늘과 지상을 비췄다. 그러나 침투할 적은 이미 모두 침투한 뒤였다. 황급히 달려온 기지 방어부대의 공군용 K-200 장갑차가 북쪽 이글루로 달렸다. 장갑차 상면의 기관포가 이글루를 향해 돌아갔다. 그런데 적은 보이지 않았다.

갑자기 어둠 속에서 시뻘건 것이 날아왔다. K-200 장갑차가 굉음을 울리며 폭발했다. 입구 방화수통 뒤에 숨어 있던 공군저격여단 인민군이 쏜 7호 발사관에 한 방 맞은 것이다. 장갑차를 뒤따라오던 병사들은 맹렬한 기관총 사격을 받고 뿔뿔이 흩어지고 말았다.

— 콰쾅!

폭음이 기지 전체에 울려퍼졌다. 이글루 안에 있던 F-5 전투기들이 차례차례 파괴되었다. 처음에는 인민군들이 전투기 조종석과 엔진 흡기구에 폭약을 장치해 파괴했다. 그러나 폭약이 모자라자 항공기용 급유차를 이글루 안에 몰아넣었다.

인민군들은 14.5mm 중저격총으로 철갑소이탄을 탱크에 쏴 급유차를 통째로 폭발시켰다. 무시무시한 불길이 하늘로 치솟았다. 하늘에서 점점이 뿌려대는 빗방울이 화재를 주변으로 더욱더 확산시켰다.

북쪽 이글루에 있던 15대가 넘는 F-5 전투기들은 모두 파괴되었다. 임무를 마친 공군저격여단 인민군들이 동쪽 이글루를 공격하기 시작했다. 하지만 이번에는 한국 공군 병사들도 단단히 준비하고 있었다.

공군기지 내에는 인화물질이 많아 평소에는 조명탄 사용이 금지되었다. 그러나 사태가 급박하게 전개되자 상황은 달라졌다. 한국 공군 병사들이 조명탄을 수십 발이나 발사한 것이다. 주변이 대낮처럼 밝아지자 상황은 극적으로 역전되었다.

인민군 공군저격여단 대원들이 입은 검은 위장복은 어둠 속에서는 잘 보이지 않았다. 그러나 주변이 밝아지자 회색 시멘트 바닥과 선명하게 대조되어 인민군들은 쉽게 눈에 띄었다.

한국 공군 병사들은 움직이는 검은 점을 향해 무차별 사격을 가했다. 공군저격여단 인민군들 사이에 사상자가 속출했다. 전투가 시작된 지 5분도 되지 않아 대부분의 공군저격여단 요원들은 사살당했다. 부상자는 독약을 깨물어 자살하거나 동료 인민군들이 그 고통을 덜어주었다.

극히 일부는 특수부대원답게 악착같이 기지 외곽으로 도주했다. 이들을 따라 기지 경비대가 추적에 나섰다. 그러나 어둠 때문에 경비대는 곧 추적을 단념할 수밖에 없었다.

피해는 컸다. 80명 정도로 추산되는 인민군 공군저격여단 병사들을 사살하는 대가로 강릉 기지가 보유한 전투기의 30퍼센트가 파괴되었다. 그리고 다수의 정비요원과 무장사들이 희생된 것이 더 큰 피해였다.

관제탑과 통신시설도 심각하게 파괴되어 기지의 작전능력은 크게 저하되었다. 한국군 동부전선을 담당하는 중요한 축 하나가 벌써부터 금이 가기 시작했다.

6월 13일 03:09 서울 영등포구 대림동

"아버지!"

김승욱이 정신을 잃은 아버지를 안타깝게 불렀다. 아버지는 차가운 아스팔트 바닥에 누워 있었다. 주변을 지나는 사람들은 비명을 질러대며 어린이 놀이터 밑에 있는 방공호와 지하주차장을 향했다. 뒤처진 누나와 어머니는 늦어지고 있었다. 지금은 그 누구도 김승욱을 도와줄 겨를이 없었다.

김승욱은 무너진 채 불타고 있는 옆동 아파트를 눈물 젖은 눈으로 보았다. 살아남은 사람은 아무도 없는 것 같았다. 무너진 건물더미 사이사이에 처참하게 찢긴 팔다리가 끼어 있는 모습이 보였다.

이렇게 큰 아파트가 무너지다니, 김승욱은 믿기 어려웠다. 작은 충격에도 구조물이 무너지는 것을 삼풍효과라 한다던가? 김승욱은 씁쓸했다.

사이렌 소리가 길게 이어졌다. 화재현장을 진압하러 온 소방차들이었다. 이 아파트가 소방서와 가까운 것이 김승욱에게는 천만다행이었다. 김승욱이 소방차를 향해 손을 흔들며 외치자 함께 온 구급차에서 응급구조사들이 몰려왔다.

"어떻게 된 일입니까? 그분, 살아 계셔요?"

"파편에 맞으셨나 봅니다. 맥박이 가늘게 뛰고 있습니다!"

김승욱의 그 한마디가 아버지를 살렸다. 김승욱은 붕괴된 아파트에 깔려 죽은 사람들보다는 죽어가는 아버지를 살리는 것이 우선이라고 생각했다. 물론 맥박이 가늘게 뛰고 있다는 김승욱의 말은 거짓말이었다.

얼핏 상태를 보고 가망 없다고 생각하며 화재현장으로 달려가려던 응급구조사들이 아버지를 들것으로 옮겼다. 구급차 안에서 인공호흡과 응급치료가 실시되었다. 김승욱은 응급구조사들의 표정을 읽고 나자 안도의 한숨을 내쉴 수가 있었다.

"들고 계셔요. 당장 도와드려야 할 분들이 많습니다."

그 젊은 응급구조사는 링거병을 김승욱에게 맡기고 불길을 내뿜는 현장으로 달려나갔다. 몇 안 되는 소방대원들이 불과 맞서고 있었다. 소방인력은 1998년 정부 구조조정 때 1,400여 명이나 감축되었다. 그들은 24시간 맞교대제와 박봉과 과로와 위험에 시달리는 사람들이었다.

김승욱이 밖을 내다보니 소방호스에서 물이 뿜어지고 곡괭이가 콘크리트를 연속 찍어대고 있었다. 김승욱은 저런 상황에서는 도저히 생존자가 있을 수 없다고 생각했다. 죽은 사람들은 빨리 포기하고 살아 계신 아버지나 병원으로 모셔갔으면 좋겠다는 것이 그의 솔직한 심정이었다. 잠시 후 환희에 찬 소방사들의 목소리가 들렸다.

"무너진 틈에 아이가 있다! 살아 있어!"

믿어지지 않았다. 저런 상황에서도 살아남은 생명이 있었다. 김승욱은 가슴이 뭉클했다. 이런 상황에서 희망을 찾는 사람들이 있었다. 아름다웠다.

6월 13일 03:11   인천광역시 옹진군 대연평도

기관총탄에 맞아 만신창이가 된 남포급 상륙정 한 척이 간신히 해안에 접안했다. 주변에서 연막탄들이 하얀 연기를 뿜어냈다. 그 상륙정을 향해 해안절벽 위에 있던 기관총이 총탄을 퍼부었다. 그러나 기관총좌는 주변에서 엄호하던 고속정들에 의해 즉각 제압되었다. 절벽에 붙어 있던 바위조각들이 으깨지며 그 위의 진지를 사수하던 해병대원 두 명과 함께 아래로 쏟아졌다.

드디어 함수에 붙어 있던 개폐문이 아래쪽으로 활짝 젖혀졌다. 그 안에서 북한 해군의 최정예 상륙전 부대라 할 수 있는 제29해상저격여단 1개 소대 병력이 연막을 헤치며 쏟아져 나왔다. 상륙하기까지 수많은 동료들의 죽음을 지켜본 해상저격여단 대원들은 뭍을 향해 필사적으로 기어올랐다.

배후의 고속정들에서 지원사격이 빗발쳤다. 그러나 국군 방어진지들을 모두 제압하지는 못한 상태였다. 상륙한 인민군들에게 다른 쪽에서 기관총탄이 퍼부어졌다. 인민군들은 쓰러진 동료를 방패 삼아 차근차근 앞으로 전진하기 시작했다.

두 번째와 세 번째 상륙정이 모래밭 위로 튀어 올라왔다. 두 상륙정의 앞문이 거의 동시에 열렸다. 상륙 병력이 상륙정을 나서기 바로 직전이었다.

해안으로 조금 더 밀고 들어온 상륙정 안에서 섬광이 한 번 번쩍거렸다. 수십 명이 동시에 비명을 지르는 소리가 사방에서 포탄이 작렬하던 해안선을 뒤덮었다. 그것으로 인민군 1개 소대는 끝이었다. 그 상륙정에서는 단 한 명도 나오지 못했다.

"머이야? 쏘아! 쏘라우!"

그 상황을 목격한 김칠수 소좌가 악을 써댔다. 해안선에 접근한 고속정들이 상륙정을 공격한 적을 찾아 무차별로 기관포를 갈겨댔다. 모래밭 해변과 바윗돌로 이뤄진 해안절벽 곳곳에 포탄이 작렬했다. 연속되는 기관포 소리가 김칠수의 귀청을 따갑게 했다.

김칠수는 원인을 알 수 없었다. 위력으로 봐서는 60밀리 박격포탄이었다. 또 포탄은 짧은 거리에서 직사로 날아온 것이 분명했다. 세 번째 상륙정에서 나온 인민군들은 모래밭에 붙박인 채 섣불리 움직이지 못했다. 기관총탄이 그들의 머리 위로 휙휙 지나갔다. 그때 김칠수의 머리를 스치는 것이 있었다.

"기건 박격포 직접 사격이야! 주변을 초토화하기요!"

김칠수 소좌가 예하 고속정들에게 명령했다. 최근에 운용되는 60밀리 박격포 가운데는 양각대를 쓰지 않은 채 포신만을 이용해 낮은 각도로 포탄을 발사하는 종류도 있다. 이 경우 포신 안에 포탄을 집어넣으면 자동으로 격발되지 않고, 포신에 달린 운반손잡이 밑에 있는 방아쇠를 누르는 발사방식이다. 물론 가벼워 한 명이 쏠 수 있다.

"악질 반동 해병대 아이새끼들!"

김칠수가 이를 가는 동안 고속정의 23밀리 중기관포가 해변을 휩쓸었다. 기관포탄이 박힌 곳마다 모래가 터져나가며 하늘로 튀어올랐다. 14.5밀리 기관포가 어두운 곳은 모조리 한국군의 참호로 간주하고 집중사격을 퍼부어댔다.

그 사이 상륙정들이 속속 도착해 해안선에 상륙병력을 토해냈다. 인민군들이 함성을 지르며 돌격했다. 해안선에 매설된 지뢰가 연속적으로 폭발했다. 폭발에 휩쓸린 인민군들의 팔다리가 떨어져 나갔다. 그래도 인민군들은 돌격을 계속했다. 그들이 갈 수 있는 곳은 정면밖에 없었다.

직사화기로부터 간신히 피할 수 있는 바위 쪽으로 박격포 소대원들이 뛰어나갔다. 상륙한 부대가 자체 화력을 갖추기 직전인 지금이 제일 위험한 순간이었다. 이들은 서둘러 박격포 진지를 확보해야 했다.
60mm 박격포조의 동작은 민첩했지만 덩치가 큰 82mm 박격포 요원들의 행동은 상대적으로 굼떠보였다. 무거운 박격포판을 짊어진 부사수가 100여 미터 앞에서 불빛이 번뜩이는 것을 보고 직감적으로 멈춰섰다. 소총이나 기관총 발사 섬광이 아니었다.
"엎드리기요, 동무들!"
큰소리로 외친 함경도 출신 부사수가 재빨리 엎드렸다. 그러나 그 소리를 듣지 못한 나머지 조원들은 20미터 앞쪽 바위를 향해 줄기차게 뛰고 있었다. 위험을 경고하던 부사수가 총을 쏘려 했지만 어깨에 멘 박격포판에 짓눌려 소총을 겨누기 어려웠다. 부사수는 조정간을 자동으로 옮긴 다음, 불꽃이 번뜩인 지점을 향해 갈겨대기 시작했다.
그 다음 순간은 믿기 어려웠다. 10여 미터 앞을 뛰던 동료들 주위로 무수한 폭발이 이어졌다. 마치 양동이에 수류탄을 가득 채웠다가 흩뿌려 한꺼번에 터뜨리는 것 같았다. 귀를 찢는 듯한 폭음과 흙먼지로 눈을 뜰 수가 없었다.
뒤따르던 경기관총과 비반충포 조원들이 잽싸게 엎드려 대응사격을 시작했다. 날카로운 굉음이 울리고 국군의 유탄발사기 진지 하나가 굉음과 함께 날아갔다.
그런데 유탄기관포는 하나가 아니었다. 그때까지 침묵을 지키고 있던 다른 유탄기관포 2문이 해안을 향해 불을 뿜었다. 서쪽 해안에 있다가 서둘러 옮겨진 것들이었다. 수류탄에 맞먹는 위력을 가진 40mm 유탄은 장갑판이 없는 경차량이나 상륙정도 거뜬히 부술 수 있는 위력을 갖고 있다. 유탄기관포가 쓸고 간 자국 뒤에는 어김없이 인민군들의 시체가 너부러져 있었다.

허둥지둥 7호 발사관을 가진 인민군들이 유탄기관포 진지를 겨눴고 경기관총도 불을 뿜었다. 운이 좋은 쪽은 정확히 조준해서 발사했지만, 채 조준도 하기 전에 유탄의 소낙비를 뒤집어쓴 인민군들은 처참한 고깃덩어리로 변했다.

"유탄기관포야. 간나새끼들!"

먼지를 잔뜩 뒤집어쓴 비반충포 사수가 땅바닥에 침을 내뱉었다. 상륙작전에 앞서 거듭 주의를 받은 것이 국군의 K-4 고속유탄기관포였다. 분당 4백 발이 넘는 발사속도로 40mm 유탄을 날려보낼 수 있는 유탄기관포는 엄폐화된 진지로 돌격하는 보병에게는 치명적인 장비였다.

비틀거리며 일어선 박격포조 부사수가 쓰러진 동료들에게 다가갔다. 생존자를 구하고 장비가 사용가능한지 확인하기 위해서였다. 그는 몇 걸음 옮기기도 전에 그 자리에서 얼어붙고 말았다.

기껏 십여 발의 유탄일 뿐이었다. 그런데 살아남은 자는 아무도 없었다. 사지가 제대로 붙어 있는 시체는 한 구도 없었다. 피와 화약냄새가 뒤섞인 고깃덩어리들, 조금 전까지 비좁은 상륙정 안에서 함께 숨쉬던 동료들이었다.

남포급 상륙정에서 상륙한 해상저격여단 인민군들과 국군 해병대 사이에 치열한 교전이 벌어지는 가운데 두 번째 상륙부대가 밀어닥쳤다. 해안으로 접안한 상륙정들에서 뿜어낸 연막 속으로 돌풍이 불어닥친 것처럼 하얀 연기가 이리저리 휘날렸다. 그 사이로 공방급 호버크래프트, 즉 공기부양정들이 나타났다.

호버크래프트들은 해안에 이르자 모래밭에서 멈추는 기색 없이 그대로 육지 위로 올라갔다. 호버크래프트는 해안 모래밭을 따라 수평으로 움직이며 한국군 진지의 기관포들을 유인해냈다. 기관포들이 공방형 호버크래프트 쪽으로 포구를 돌려 사격을 시작했다. 그러나 공기부양정들은 워낙 빨리 움직여 명중시키기가 쉽지 않았다.

시속 85km가 넘는 공방급 호버크래프트는 국군 진지들 앞을 빠른 속도로 지나쳤고, 예광탄 줄기들이 그 사이로 교차했다. 호버크래프트 한 대가 한국군이 발포한 기관포탄에 맞아 균형을 잃고 뒤집혔다. 빠른 속도로 달리다가 한쪽이 기울자 순식간에 뒤집힌 것이다. 뒤집어진 호버크래프트에서 살아남은 인민군들이 기어나왔다. 당연히 이들을 목표로 기관총이 다시 불을 뿜었다.

해안에 있던 차호급 고속정이 불을 뿜는 국군 진지들을 가만둘 리 없었다. 해병대가 새로운 목표에 놀라 당황하는 사이 차호급 고속정은 호버크래프트를 노린 포좌를 향해 차근차근 다연장로켓 포탄을 퍼부었다. 해안방어선은 점점 침묵에 잠겨갔다.

20여 대 가까운 공방급 호버크래프트가 내뿜는 굉음은 장관이었다. 몇 척은 아예 섬 안쪽으로 향하는 도로로 올라가 트럭처럼 질주하기 시작했다. 정지한 호버크래프트에서 보병과 함께 사륜구동차들이 몰려나왔다.

이제 상륙한 인민군이 연평도를 방어하는 해병대 연평부대를 수적으로 압도하기 시작했다. 공습에 의해 해병대 전차대가 모두 파괴된 지금, 화력은 인민군 쪽이 훨씬 더 강했다.

그 와중에 연평도의 방어작전을 총괄하는 해병대대 지휘부는 새로운 목표가 다가오는 것을 전혀 발견할 수 없었다. 레이더 사이트는 모두 파괴됐고, 하늘로 눈을 돌릴 새도 없었다.

검은 하늘에서 소리 없이 접근한 AN-2 항공기가 연평도에 병력을 낙하시키고 있었다. 한때 특수 8군단이라 불렸던, 경보지도국 산하의 정예 공수부대인 제48항공육전여단 병력이었다. 어둠 속에서 그들의 낙하산을 발견하기란 불가능에 가까웠다.

6월 13일 03:14 서울 용산구

"옛? 연평부대가 괴멸 직전이라고요? 확인 바랍니다. 북괴놈들이 백령도가 아니라 연평도를 공격했습니까?"

합참 상황실은 지금도 빠르게 돌아가고 있었다. 정현섭 소령은 해병대사령부와의 연락을 담당한 대위 한 명이 이상하다는 표정으로 통화하는 모습을 지켜보았다. 이상하다고 생각한 건 그들뿐만이 아니었다. 당직사령 남성현 소장이 달려와 수화기를 낚아챘다.

"합참 당직사령 남성현 소장이오. 연평도 상황은?"

남성현 소장의 표정이 점점 더 심각해졌다. 한국 해병대가 정예부대이기는 하지만 상대도 녹록찮은 부대를 투입할 것이라는 건 누구나 예상할 수 있었다.

수화기를 빼앗긴 대위는 현재 상황을 컴퓨터에 입력하고 있었다. 전면 스크린에 연평도가 깜빡거리며 빨간색으로 채색되었다. 적에게 점령당했다는 표시였다. 물론 아직 완전히 점령당한 것은 아니었지만, 가망이 없어 보였다. 지휘부에서 당장 그곳을 지원할 여력이 없으니 해병대만으로는 도저히 역부족이었다.

"고속정 50여 대라니? 해주 쪽엔 고속정이 몇 척 없었는데, 어디서 나타났소? 음…… 어찌 된 셈인지 대충 알겠소. 음…… 알겠소. 반드시 사수할 필요는 없지만 거기 해병대원들에겐 다른 선택권이 없겠구려.

해병대 연평부대…… 정예인데 정말 안타깝소."

정현섭은 대충 알겠다는 남 소장의 말뜻을 알아챘다. 개전 직전에도 인근 해상에는 고속정이 몇 척 없었다. 그리고 몇십 분 전에 백령도와 연평도 중간쯤에 있는 기린도 해상에서 10여 척이 발견됐었다. 그런데 갑자기 수십 척이 연평도 바로 앞에 나타난 것이다.

평상시에 남포를 중심으로 전개된 인민군 해군이 서해 연평도 해상으로 고속정을 이동시키려면 반드시 백령도 앞을 지나가야 한다. 그런데 한국 해병대가 수비하고 있는 백령도에서는 그런 움직임을 보고하지 않았다.

북한 고속정들이 백령도를 크게 우회해 숨어들 수도 없었다. 항공감시를 속일 수 없기 때문이다. 그렇다면 인민군은 틀림없이 바로 며칠 전에 열차로 고속정을 수송했을 것이다. 이것이 정현섭의 추측이었다.

중요한 의문점은 아직 남아 있었다. 북한의 남침 움직임이 사전에 전혀 포착되지 않은 것이다. 아무리 북한이 전쟁 준비를 철저히 했다손 치더라도 연료나 탄약, 병력의 움직임이 전혀 없이 전쟁을 일으킬 수는 없다. 그런데 지금 전쟁이 벌어지고 있는 것이다. 바로 어제 상부에 비상경계령을 건의했던 정현섭도 이해하지 못할 일이었다.

미국의 위성감시체계도 알아채지 못했다. 정현섭은 만약 미국이 북한의 남침기도를 알아챘다고 해도 겨우 10분 전일 것이라고 판단했다.

한국전쟁 때 등짐을 이거나 지게에 지고 군수물자를 나른 것이 인민군과 중공군이었다. 그때는 이 작전이 미군의 항공정찰을 거의 완벽하게 따돌렸다. 이들은 낮에는 산 속 동굴 같은 곳에서 자고, 어두운 밤에만 기어나와 물자를 수송했다.

그것은 지금도 마찬가지였다. 상대방이 기계가 아닌 인력을 이용한다면, 미국의 초정밀 정찰수단은 기능을 제대로 발휘할 수 없었다. 이것이 현대전의 핵심인 정보전쟁의 한계였다. 걸프전 때도 미국은 이라크의 쿠웨이트 점령을 예상하지 못했고, 나토의 유고공습 때도 대부분의 유고 군부대는 피해를 입지 않았다. 심지어 인도와 파키스탄의 핵실험을 미리 탐지하지도 못했다. 남성현 소장의 통화는 곧 끊어졌다.

"음, 알았소. 계속 상황을 보고해 주시오. 거기 박 소령!"

"예! 소령 박기찬."

수화기에 매달려 있던 박기찬 소령이 일어섰다. 상황실 요원들은 의아한 표정이었다. 박 소령은 연평도와 별로 관계없는 해군 담당이었다. 정현섭은 남 소장이 연평도에 해군 지원을 명령한다고 생각했다. 그러나 그의 예상은 빗나갔다.

"연평도가 지금 거의 무너졌다. 2함대, 아니 인천 주변에 비상을 걸어. 놈들이 곧 그쪽으로 몰려갈 거야. 정규 해군이 아니라 다수의 소형 선박을 동원한 대규모 특수전 부대일까? 글쎄, 아마 그럴 거야."

특수전이라는 말을 하며 남성현 소장이 눈살을 찌푸렸다. 북한군은 특수부대 전력 비율이 너무 높아 어떤 특수전 부대가 올지 예상하기 어려웠다. 특수전 병력만 30만이라면 웬만한 전투부대는 모두 특수부대라 할 수 있었다. 남 소장은 숨돌릴 틈도 없이 다른 콘솔로 다가갔다.

"그런데 MCRC는 며칠 만에 기능 정상화가 가능하겠나?"

이번에는 공군 쪽이었다. 공군도 피해상황은 심각했다. 한반도 상공을 통제하는 MCRC와 후방에 있는 제2 MCRC가 북한 미사일과 특수부대의 공격을 받아 기능을 상실했다. 당분간 한반도 공역 감시체제가 전면 붕괴된 것이다. 공군작전사령부는 예하 전투비행단에 명령을 전파하고 있었지만 상황이 제대로 통제되지 않아 하늘에서는 모든 것이 엉망이 되고 있었다.

조금 전에는 관악산에 있는 중요한 레이더 기지가 인민군 공군 자살특공대의 공격으로 날아갔다. 남태령에 위치한 군수물자 집적시설도 공격받았지만 지대공 미사일로 간신히 격퇴시켰다는 보고도 있었다. 그것은 지금부터 겨우 7분 전의 일이었다.
 전 전선에 걸쳐 북한 공군기들이 휴전선을 돌파해 전략거점들을 공격하는 상황이었다. 그러나 한국 공군은 제대로 대응할 수 없었다. 인민군이 노린 것은 개전 초반 한국 공군 지휘통신정보체계의 마비였다.
 "김 대령! 힘내시오."
 상황판을 주시하고 있는 긴급대응조치반장 김병주 대령은 거의 넋이 나가 있었다. 제대로 된 대응을 하기 위해서는 정확한 정보가 필요했다. 예하 사령부로부터 올라오는 정보는 극히 모호했다. 그리고 모든 사령부가 모든 전선에서 특별상황을 전파해왔다. 문제는, 중요하지만 부정확한 정보가 지나치게 많다는 것이다.
 긴급대응조치반은 합참 작전참모본부 소속이며, 대간첩작전 등 비상시에는 이것이 중심이 되어 합참 상황실이 움직인다. 합참 상황실 당직사령 남성현 소장은 합참 작전참모본부의 제2인자, 작전참모부장이었다.
 "경찰청으로부터 지원요청이 빗발치고 있습니다. 아, 참! 서울에 대한 북괴의 포격은 끝났습니다. 지금은 산발적으로 몇 발씩 날아오는 상황입니다. 현재 피해 복구 중입니다."
 "간첩이 곳곳에서 준동한다는 소리요?"
 "그렇습니다. 도로, 도시가스, 전력공급시설 등 주로 도시시설 파괴를 노리고 있습니다. 몇몇 한강 교량도 노렸지만 저번에 증강파견된 방어병력이 잘 막아냈습니다."
 4월 위기 때 한강 교량을 보호하기 위해 방어병력을 대폭 증강했다. 그 병력이 이번에 제 역할을 해낸 셈이었다. 그러나 지금까지 북한의 기습공격 양상을 보면 공격측의 이점을 충분히 살리고 있었다.
 남 소장이 긴급대응조치반의 상황판을 찬찬히 살폈다. 합참 상황실 상황판과 별다를 게 없지만 민간부문까지 포함되어 있었다. 현재 전국

일원에서 북한 특수부대의 소행으로 보이는 사건과 사고가 빈발하고 있었다. 해안이나 도서지역에서 특히 침투 징후가 많이 보고되었다.

남 소장은 시큰둥한 표정이었다. 지금 이 시간에는 그것보다 중요한 일들이 지나치게 너무 많았다.

"이미 충분히 예상한 것 아니오?"

6월 13일 03:15　강원도 고성군 향로봉

－위잉~ 위잉~.

산꼭대기 바로 아래에서 들려오는 소리가 규칙적으로 숲 속을 울렸다. 가파른 경사에 세워진 하얀색 구조물이 어둠 속에 희미하게 빛났다. 건물 주변에 이중으로 쳐진 철조망 사이사이 참호에는 날카로운 눈초리들이 외곽을 향하고 있었다.

이곳은 향로봉 레이더 기지였다. 휴전선 부근에서 출몰하는 북한 전투기나 저공침투하는 소형 항공기들을 탐색하기 위해 건물 옥상에서 작은 레이더가 빠른 속도로 돌아갔다.

향로봉 정상에 만들어진 이 레이더 기지는 다른 레이더 기지와는 조금 달랐다. 다른 기지들이 후방에 위치한 반면 이곳은 전방으로 상당히 돌출해 있어 인민군의 중포 사정거리 안에 있었다. 물론 고지 정상에 정확히 포탄을 명중시키는 것이 쉽지는 않겠지만, 그렇다고 불가능한 것도 아니었다. 그런데도 이 위험한 지역에 한국군이 레이더 기지를 설치한 이유는 향로봉이 가지는 특수성 때문이었다.

향로봉 일대는 유사시 인민군 특수부대의 주된 공중침투 예상경로였다. 그래서 국군 입장에서는 위험을 감수하면서까지 최전방에 이 기지를 설치할 수밖에 없었다. 향로봉 기지의 레이더는 그러한 임무에 알맞게 소형으로 출력이 작아 탐지거리는 짧지만, 근거리에서 저고도 비행표적을 추적하는 성능이 매우 뛰어난 특수 레이더였다.

기지 요원들은 전 전선에 걸쳐 대규모 포격전이 벌어지고 있다는 사실을 알고 있었다. 포탄이 작렬하는 섬광이 지금도 휴전선을 따라 서쪽으로 길게 이어지는 것이 이곳에서도 보였다. 당연히 기지를 둘러싼 이중 철조망 안에 구축된 콘크리트 진지에는 경비병력이 이미 투입된 상황이었다. 철조망 쇠기둥마다 조명등이 매달려 창백한 빛을 기지 주변에 뿌려댔다.

경계임무에 투입된 한국군 병사들은 화학전에 대비해 모두 방독면을 쓰고 두터운 보호의를 입고 있었다. 날씨가 우중충해 짜증나게 덥고 시계도 크게 제한됐지만 화학탄이 언제 날아들지 모르는 위험한 상황이라 장비를 착용하지 않을 수 없었다. 화학탄은 야포에서 발사할 수도 있지만 스커드 계열의 미사일로 화학탄 공격을 가할 수도 있다.

동그란 원 안에서 보이는 기지는 긴장감이 팽배한 가운데서도 조용했다. 그 긴장감에 눌려 밤새들은 날아가고 풀벌레들은 울지 않았다. 레이더 기지 발전실 근처를 맴돌던 하얀 십자선이 참호선을 따라 쭉 내려오다가 멈췄다. 국군 병사 한 명이 십자선 한가운데에 잡혔다. 그 옆에 묵직한 K-6 중기관총이 길 쪽을 향하고 있었다.

기관총 사수는 방독면을 둘러쓴 모습이 흡사 외계인 같았다. 표적이 된 기관총 사수는 실탄 상자를 열어 안쪽을 살피고 있었다. 옆에서 부사수인 듯한 병사는 열영상 장비로 주변 숲을 살폈다.

— 퉁!

조준경 안의 기관총 사수는 급출발하는 만원버스에서 손잡이를 놓친 사람처럼 뒤로 나자빠졌다. 부사수가 멀뚱하니 넘어진 병사를 쳐다보고 있었다. 조준경 안에서 봐도 방금 쓰러진 사수는 마치 장난치는 것처럼 보였다.

– 투웅!

부사수가 쓴 헬멧이 옆으로 홱 돌아갔다. 부사수는 힘없이 머리부터 모래주머니 위로 떨어졌다. 헬멧이 모래주머니 위에서 팽이처럼 빙글빙글 돌았다.

단 두 발로 깨끗이 마무리한 리남규가 조준경으로 주변을 훑었다. 한국 경비병들은 기관총 진지의 비극을 모른 채 주변만 살피고 있었다. 리남규는 철조망 위에 매달린 밝은 조명등이 눈에 무척 거슬렸다.

"장애물을 제거했습네다!"

리남규가 나직한 목소리로 무전기에 대고 박형진 중위에게 보고했다. 박형진은 소대의 군사 부소대장이었다. 인민군 특수부대에는 소대장 외에 군사 부소대장과 정치 부소대장이 있는데 모두 군관, 즉 장교다.

– 잘했수다.

통신이 잠시 중단됐다. 무전기에서 바스락거리는 소리가 들렸다. 박 중위가 포복으로 한국군 진지에 접근하고 있는 것 같았다.

"일 없시요."

'천만에요'라는 뜻이다. 리남규가 부소대장의 응답을 재촉하기 위해 일부러 한 말이었다. 여기서 계속 뭉그적거릴 수는 없었다. 그러나 부소대장은 일일이 명령을 받아 움직여야 하느냐고 힐난하는 투였다.

– 기럼 다음 위치에서 계속 지원하라우야. 시간이 없어!

"알갔습네다, 부소대장 동지."

보고를 마친 리남규가 일어섰다. 체구가 큰 리남규는 나무와 바위 사이를 타며 몸집에 어울리지 않게 족제비처럼 민첩하게 움직였다. 비에 젖어 차가운 나뭇잎이 얼굴을 스쳤다.

미리 예정된 다음 자리가 나타났다. 전망이 매우 양호했다. 이제 새로운 목표를 잡을 때였다.

6월 13일 03:16 인천광역시 옹진군 대연평도

연평도 북쪽 해안방어선에 있는 한국 해병대 조민식 일병은 조용히 앞을 주시했다. 바다에서는 작은 공방형 호버크래프트 몇 대가 해안 진지를 향해 기관총을 쏘아대며 접근했다가 물러서는 동작을 반복하고 있었다. 그러나 해안기지로부터는 어떠한 반격도 없었다.
　조민식이 다른 진지를 살폈다. 조용했다. 유선통신은 끊긴 지 오래였다. 소대 진지에 있던 아군은 대부분 죽은 것 같았다. 다른 소대 진지도 마찬가지로 조용했다.
　다른 소대는 집중포격에 의한 피해가 컸어도 상당수 살아남아 있었다. 조민식도 1소대와 2소대 대원들이 움직이는 것을 조금 전에 확인했다. 그런데 이들은 전투가 벌어지고 있는 남동쪽 해안을 지원하기 위해 이곳 진지를 비운 상태였다. 그들이 지금쯤 살았는지 죽었는지는 알 수 없었다.
　조민식은 자기가 이곳에서 마지막 해병대원이라는 것을 알고 진지와 함께 최후를 맞기로 각오했다. 조민식은 중기관총의 총구를 접근하고 있는 호버크래프트에 겨냥했다. 북한 호버크래프트들은 진지에서 반응이 없자 아까보다 조금 더 가까이 접근하고 있었다.
　물론 조민식 혼자만 있는 것은 아니었다. 불쌍한 고참과 함께 진지에 있었다. 김민철 상병은 언제 비명 지르고 아우성쳤느냐 싶게 지금은 코를 골며 자고 있었다. 조민식은 방아쇠를 잡은 채 고참의 자는 모습을 보며 피식 웃었다.

- 뚜두둥~ 뚜두두둥~.

해안을 향해 달려오던 호버크래프트 주위로 사람 키보다 높은 물기둥들이 튀었다. 조민식은 목표에 10발 이상 명중했다고 생각했다. 그러나 기관총에 맞은 호버크래프트는 전혀 속도를 줄이지 않고 돌진해 왔다.

의아해진 조민식이 탄띠에 매달린 굵직한 12.7밀리 실탄을 만지작거렸다. 분명히 공포탄은 아니었다. 조민식은 성룡이 주연한 홍콩영화를 떠올렸다.

"젠장! 영화에선 빵구나던데!"

잠시 후 조민식이 있던 진지가 적의 집중공격 대상이 되고 말았다. 총탄이 빗발쳤다. 총안구를 통해 들어온 총탄이 뒤쪽 콘크리트 벽에 맞아 이리저리 튀었다. 조민식은 몸을 움츠리며 김민철 상병을 돌아보았다. 세상 모르고 자는 김 상병을 보며 부럽다는 생각이 들었다. 조민식은 무서웠다. 고개를 들 수가 없었다.

"나는 국가전략기동부대의 일원으로서 선봉군임을 자랑한다. 하나! 나는 찬란한 해병대 정신을 이어받은 무적 해병대원이다!"

조민식은 총소리가 들리지 않을 정도로 크게 악을 썼다. 두려웠다.

"둘! 나는 불가능을 모르는 전천후 해병대원이다!"

'해병대원의 긍지'를 외치자 용기가 생기는 것 같았다. 조민식이 다시 기관총을 잡았다. 적은 해안에서 약간 물러나 있었다. 그러나 이들이 다시 돌아올 것이라는 것은 쉽게 알 수 있었다.

처음에 연평도 남동쪽 해안에서 들려오던 총성과 폭발음이 지금은 점점 더 가까워지고 있었다. 한국군의 예상과 달리 북한은 북쪽 해안이 아니라 남동쪽 해안으로 상륙했다. 총소리가 점점 더 커지는 대신 총소리 횟수는 점점 줄어들었다. 한국 해병대의 저항이 약해지고 있다는 증거였다.

"답답하네, 이거. 셋! 나는 책임을 완수하는 충성스런 해병대원이다!"

조민식은 지금 상황과 총에 맞고도 끄떡없는 적을 어떻게 상대해야 할지 몰라 답답했다. 북한 호버크래프트 세 대가 그를 노리고 거의 동시에 돌진을 시작했다. 총탄이 콘크리트에 맞아 찌그러지거나 튕겨나가는 소리가 진지를 울렸다.

"에~라, 모르겠다. 넷! 나는 국민에게 신뢰받는 정예 해병대원이다!"

조민식은 한가운데에서 다가오는 호버크래프트의 상면을 향해 기관총을 쏘아댔다. 조종석 유리창이 여러 장 깨진 것 같았다. 그러나 아무리 쏴도 소용없었다. 적함에서 시뻘건 것이 날아온다 싶더니 옆에서 꽝 하는 소리와 함께 폭음이 콘크리트 진지를 울려댔다. 조민식은 개의치 않고 악착같이 기관총을 쐈다.

실컷 총탄을 퍼부은 호버크래프트 세 대가 바다로 돌아가기 위해 방향을 틀었다. 조민식에게는 절호의 찬스였다. 용감한 해병대원은 목표에 연사를 가해 조종석 위에서 기관총을 발사하던 인민군 둘을 바다로 떨어뜨렸다. 그리고 바로 밑의 조종석을 목표로 삼았다. 조종석으로 총탄을 퍼부었다.

조민식의 목표였던 공방형 호버크래프트가 갑자기 방향을 바꿨다. 그리곤 조민식이 있는 진지를 향해 쇄도해 왔다. 조민식은 열 받은 적군이 이곳에 상륙할까 봐 덜컥 겁이 났다. 조민식은 그 공기부양정에 상륙전용 병력이 탑승했을 것이라고 생각했다. 듣기로 호버크래프트는 지상에서도 운용할 수 있다고 했다.

북한 호버크래프트가 백사장에 오르면서 모래를 사방으로 뿌려댔다. 곧이어 암초가 널려 있는 갯바위를 타넘더니 진지로 육박해왔다. 조민식은 얼굴이 시뻘개지며 기관총을 쏘아댔다. 실탄이 고무에 맞아 퍽퍽거리는 소리가 여기까지 들려왔다.

"저 미친놈들! 야, 이 씨발 새끼들아! 니들이 탱큰 줄 아냐? 한 번 해볼텨?"

조민식이 지금 할 수 있는 일은 기관총을 쏘는 수밖에 없었다. 점점 다가오는 커다란 괴물이 두려웠다. 호버크래프트는 진지에서 10미터 앞에 있는 바위에 부딪쳐 정지했다. 조민식은 호버크래프트에서 인민군 수십 명이 튀어나올 줄 알았는데, 뜻밖에 아무도 나오지 않았다. 잠시 침묵이 흘렀다.

— 타닥!

뒤에서 나는 소리였다. 군홧발로 진흙바닥을 내딛는 소리가 분명했다. 놀란 조민식이 등에 메고 있던 K-2 자동소총을 집어들었다. 적인지 아군인지 알 수 없었지만, 아무래도 우리 편은 아닌 것 같았다. 남동쪽에 상륙한 인민군일 수도 있고, 낙하산이나 다른 방법으로 연평도에 상륙한 적군일 수도 있었다. 조민식이 여차하면 총을 갈기려고 하는데, 창을 통해 자그마한 것이 들어와 바닥에서 굴렀다.

그것이 무엇인지 깨달은 조민식은 숨이 딱 멈췄다. 바닥에 주저앉은 조민식의 눈이 굴러가는 수류탄을 따라갔다. 수류탄이 멈춰선 곳에는 김민철 상병의 옆구리가 있었다. 조민식이 벌떡 일어나 김민철에게 달려가며 외쳤다.

"다섯! 나는 한 번 해병대원이면 영원한 해병대원이다! 김 상병님!"

6월 13일 03:17 강원도 고성군 향로봉

공기를 가르는 소리와 함께 뭔가 떨어지는 소리가 들렸다. 레이더 기지를 방어하는 국군 경비대원들의 눈이 그 소리의 정체를 찾았다. 쇠뭉치가 하늘 높이 솟았다가 기지 연병장 한가운데로 떨어져 푹 박혔다.

쇠뭉치 끝에는 긴 줄이 달려 있었다. 그 줄 중간중간에는 일정한 간격으로 작은 깡통이 촘촘히 매달려 있고, 그것들은 철조망 밖으로 길게 이어졌다. 비슷한 것이 몇 개 더 날아왔다. 진지 안에 있던 한국군 병사들은 포탄이 날아온 줄 알고 일제히 바닥에 머리를 파묻고 엎드렸다.
— 콰콰쾅!
줄에 매달린 깡통이 일제히 폭발했다. 주변이 자욱한 연기로 휩싸이며 기지 주변에 매설된 지뢰가 일제히 폭발하기 시작했다. 작은 폭약통들의 폭발 때문에 철조망 역시 폭 2미터 정도의 구멍이 뚫렸다. 줄에 매달린 폭약은 철조망과 지뢰지대 개척용이었다.
인민군 저격수 리남규의 총구가 바빠 돌아갔다. 리남규는 철조망 꼭대기에 붙은 감시용 조명등을 차례대로 쏘아 터뜨렸다. 뻥뻥거리는 요란한 소리와 불꽃을 내면서 조명등이 잇달아 터졌다. 기지는 순식간에 암흑 속에 잠겼다.
공군저격여단 소속 인민군들은 공격용 수류탄을 던지면서 4개 방향에서 일제히 철조망 내부로 진입해 들어갔다. 돌파구 부근은 이미 리남규가 청소를 한 덕에 거의 저항을 받지 않았다. 인민군들이 수없이 반복한 연습 그대로였다. 하지만 연습과 실전은 늘 다르게 마련이다.
"적이다!"
한국군 진지에서 누군가 외치자 진지 바닥에 엎드려 있던 경비병력이 일제히 고개를 내밀었다. 정신을 추스른 이들은 움직이는 물체 쪽으로 무차별 사격을 시작했다.
수류탄을 들고 던지려던 인민군이 다리에 총상을 입고 쓰러지며 수류탄을 바닥에 떨어뜨렸다. 충격신관이 장착된 공격용 수류탄은 바닥에 떨어지자마자 곧 폭발했다. 그 인민군은 온몸이 산산이 부서져 주변에 흩어졌다.
조명탄 몇 발이 하늘 높이 날아올랐다. 철조망에 뚫린 구멍으로 들어오던 공군저격여단 인민군들은 환한 빛 아래 노출됐다. 리남규의 눈에도 놀란 동료들의 표정이 보였다.

그때 그동안 굳게 닫혀 있던 발전실 철문이 열렸다. 그 안에서 기관총이 맹렬하게 불을 뿜었다.

그 기관총은 일반인이 보기에도 전혀 얼토당토않은 위치에 있었고, 인민군들이 전혀 예상할 수도 없는 위치였다. 인민군 몇 명이 철조망에 팔다리가 걸린 채 너부러졌다.

예상을 넘는 강력한 반격에 주춤거리던 공군저격여단 인민군들이 다시 맹공을 퍼부었다. 그러나 기관총에 의한 피해가 점점 더 늘어났다. 리남규가 시계를 확보하기 위해 옆으로 뛰었다. 그가 있는 곳에서는 기관총을 쏘는 국군 병사들이 언덕에 가려 제대로 보이지 않았다.

— 꽝!

사격을 하던 한국군 병사 둘이 수류탄 폭발에 휘말려 진지 밖으로 튀어나왔다. 한 명은 수류탄 폭발을 온몸으로 받아내고도 아직 숨이 붙어 있는지 바닥에서 꿈틀댔다.

리남규는 들고 있던 저격총에서 소음기를 분리하고 총검을 달았다. 그 과정은 불과 몇 초만에 끝났다. 무너진 철조망을 고양이걸음으로 통과한 리남규가 현장으로 달려갔다. 앞쪽에 박형진 중위가 보였다.

박형진 중위는 옆에 7호 발사관 사수를 대동하고 전투를 지휘하고 있었다. 박 중위가 손으로 가리키는 방향에는 기지 발전실이 있었다. 7호 발사관 사수의 목표는 발전실 입구에 거치된 기관총좌였다. 그 기관총은 아래쪽을 향해 쉴새없이 총탄을 뿜어내고 있었다.

리남규가 박형진 중위에게 달려가는데 너덜너덜해진 모래주머니가 흩어진 참호에서 누군가 벌떡 일어났다. 박형진 중위는 그곳이 이미 제압된 줄 알고 있었지만 살아남은 국군이 있었다.

군복이 온통 피에 젖은 국군이 밑에 동그란 원통이 달린 총구를 박형진과 7호 발사관 사수에게 겨눴다. 두 사람은 국군이 노리고 있다는 사실을 모르고 있었다. 리남규가 총을 들었다.

거의 동시에 총소리가 났다. 그러나 리남규가 조금 더 빨랐다. 총탄은 정확하게 국군 병사의 목 뒷덜미를 관통했다. 이름모를 국군 병사가 발사한 유탄은 약간 오른쪽으로 빗나가 7호 발사관 사수 옆에 떨어졌다.

섬광과 함께 7호 발사관 사수가 앞으로 고꾸라졌다. 오른쪽 다리가 몸통에 간신히 붙은 채 너덜거렸다. 박형진 중위도 비틀대더니 옆으로 쓰러졌다. 리남규는 한국군 병사가 쓰러진 진지 안에 수류탄 한 발을 던져넣어 확실하게 마무리지었다.

리남규가 부상을 입은 박 중위에게 달려갔다. 옆에 쓰러진 7호 발사관 사수는 하반신이 짓이겨진 상태로 이미 숨이 끊어져 있었다.

"부소대장 동지! 괜찮으십네까?"

리남규가 박 중위를 안아 일으키자 박 중위가 고통스런 신음 소리를 냈다. 옆구리 근처가 뜨겁게 축축했다. 박 중위는 으르렁대는 듯한 목소리로 리남규에게 지시했다.

"저기 건물 안에 있는 기관총을 제압하라우야!"

"알갔습네다. 잠시만 기다리시라우요, 조장 동지."

대답과 동시에 리남규는 저격총을 옆에 내려두고 바닥에 떨어진 7호 발사관을 치켜들었다. 조금 전에 죽은 발사관 사수가 조준을 마친 상태라 거리에 따라 조정하는 조준간은 제대로 맞춰져 있었다.

화염이 뒤로 맹렬하게 빠지더니 뒤에 기다란 쇠막대가 달린 탄두가 위로 날아갔다. 포탄은 불덩이가 되어 기관실 입구로 빨려 들어갔다. 폭음이 울리며 발전실 내부는 불바다가 되었다. 동시에 요란하던 기관총 소리도 뚝 그쳤다.

리남규는 걱정이 되어 옆으로 고개를 돌렸다. 박 중위도 그를 바라보고 있었다.

"내 걱정 말고 날래 쏘아!"

리남규는 잠시 박 중위의 눈을 바라보다 바닥에 내려진 저격총을 집어들고 발전실을 지나 지하실 입구로 달려갔다. 레이더가 설치된 건물 바로 옆에는 두꺼운 콘크리트 벽으로 은폐된 지하실 입구가 있었다.

리남규는 입구 옆에 숨어서 국군 병사들이 나오는 족족 사살해버릴 심산이었다. 그런데 안쪽에서 총탄이 비오듯 날아왔다. 국군은 안에서 나올 생각을 하지 않는 것 같았다.

폭약 가방을 든 인민군들이 옆으로 달려왔다. 리남규는 입구 앞에 우뚝 서서 안쪽을 향해 탄창을 몇 개나 비워가며 맹렬하게 사격을 가했다. 그 사이 다른 두 명이 입구로 접근해 폭약 가방을 안으로 던져넣었다. 리남규는 재빨리 콘크리트 벽 뒤로 몸을 피했다.

— 꽝!

굉음과 함께 입구에 쌓인 시체들이 폭발에 말려 몇 미터나 날아갔다. 내부에 있던 병사들은 폭발 압력에 으스러졌을 것이다. 발소리가 등 뒤에서 들리자 리남규가 재빨리 총구를 돌렸다.

"쏘지 마!"

귀에 익은 목소리였다. 리남규는 상대방의 어깨 위에 붙은 야광표지를 보고서야 겨우 안도의 한숨을 내쉬었다. 조금이라도 말이 늦었으면 방아쇠를 당길 뻔했다.

어둠 속에서 걸어나온 자들은 서쪽에서 공격하기로 했던 인민군들이었다. 소대장이 이끄는 3개 저격조 요원들이었다. 숫자는 거의 절반 가까이 줄어들었고 소대장은 보이지 않았다. 그쪽도 치열한 전투에 휘말린 모양이었다.

"동무들, 수고했수다!"

4개 방향에서 돌입한 인민군 공군저격여단 병사들은 연병장 가운데서 만나 서로를 격려했다. 피해는 예상외로 너무 컸다. 전사자 7명에 중상자는 9명에 이르렀다. 절반을 넘는 인원이 죽거나 다친 것이다. 조기에 지하실 입구를 제압하지 못했다면 피해는 더 커졌을지도 몰랐다.

기지 외부가 완전히 장악되자 폭파요원들이 레이더를 비롯한 주요 시설물에 빠짐없이 폭약을 설치했다. 대원들이 모두 안전지대로 대피한 직후 거대한 불길이 레이더가 있던 위치에서 하늘로 뿜어 올라왔다.

레이더, 발전실, 관제실 등 레이더 기지의 주요 부분에 장치된 폭약들이 연쇄적으로 폭발을 일으키며 모든 것을 산산조각 냈다. 잠시 모두들 넋을 잃고 솟구치는 불길을 바라보는데, 북쪽 하늘에서 항공기 엔진 소리가 들려왔다.

리남규는 재빨리 목에 걸려 있던 야간투시용 쌍안경을 들고 북쪽 하늘을 올려다보았다. 리남규는 눈에 익은 검은 그림자를 보고 안도의 한숨을 내쉬었다. 그와 동료들을 태우기 위해 북쪽에서 날아온 인민군 직승비행기들이었다.

헬리콥터라고 불리는 직승비행기 3대는 강력한 바람을 일으키며 불타는 건물에서 조금 떨어진 헬기 착륙장에 차례로 내려앉았다. 공군저격여단 인민군들은 모자가 날아가지 않게 움켜잡았다.

인민군 네 명이 간단한 담가(擔架, 들것)를 만들어 부상을 입은 박형진 중위를 직승기로 옮겼다. 전사한 동료들의 시체를 함께 옮길 때 리남규는 눈물이 났다.

이들은 소대장까지 전사하는 큰 피해를 입었다. 하지만 레이더 기지를 파괴하는 임무를 완수했고, 기지를 지키는 국군은 단 한 명도 살아남지 못했다. 조장 박형진 중위는 피로가 가득 묻어난 목소리로 말했다.

"전사 일곱에 부상 아홉이라…… 각오는 했지만 소대장 동지까지 당할 줄은 몰랐구만."

"남조선군 경비가 예상보다 강화되어 있었습니다."

리남규의 말에 박 중위는 고개를 끄덕였다.

"힘이 없시요."

박 중위의 목소리는 기운이 빠져 있었다. 엔진 소음에 말소리가 잘 들리지 않았다. 옆에서는 신참 하사가 특무상사의 팔에 붕대를 감고 있었다. 나이가 든 특상이 부소대장을 격려했다.

"힘내시라요, 부소대장 동지."

피로에 지친 박 중위가 힘없이 빙긋 웃어보이더니 두 눈을 감았다. 리남규는 직승기 창 밖에 비친 어둠 속을 응시했다. 이제 겨우 시작일 뿐이었다.

향로봉 레이더 기지가 제압되는 순간 국군은 동부전선 일대에 대한 저공비행체 감시능력을 상실했다. 물론 후방에 다른 대규모 레이더 기지가 있기는 했지만 그 위치상 저고도로 날아오는 AN-2 같은 소형 저속 표적은 포착하기 어려울 것이 분명했다.

잠시 후 인민군 최고사령부에서 무전이 타전되었다. 동부전선 각 전방기지에 대기 중이던 약 1,000명의 특수전 병력이 항공기를 이용해 저공침투로 휴전선을 넘어 남쪽으로 날아들기 시작했다.

태백산맥을 횡단해 동서를 연결하는 주요 교통로 주변 산악지에 인민군 특수전 병력들이 깔리기 시작했다. 하지만 짙은 구름과 암흑, 그리고 레이더 감시체제 미비로 이러한 인민군의 움직임은 극히 일부만이 포착될 뿐이었다.

공격자의 이점

6월 13일 03:19 인천광역시 인천항

"기다려! 기건 목표가 앙입네. 10시 방향에 주의하기요."
 암시경으로 관찰하던 서동호 상위가 억센 함경도 억양으로 부하들에게 주의를 주었다. 한국산 자동차 종류를 제대로 구분하지 못하는 부하들은 대형 승용차만 보면 대뜸 발사하려고 서둘렀다.
 함대사령부 앞 정문은 무척 혼잡했다. 정문 위병들이 일일이 신원검색을 하는지 군용 지프에서 온갖 승용차들까지 줄이 길게 이어졌다. 자전거를 탄 군인들도 많이 보였다. 이들은 전쟁소식을 들은 지 20분도 채 되지 않아 사령부에 복귀한 장교와 하사관들이었다.
 해군기지 바깥에도 무장병력이 쫙 깔렸다. 해군에 배속된 정찰대대 소속인 서동호 상위가 라이벌 의식을 느끼는 해병대였다. 이런 상황에서 예정된 목표를 한 방에 보내려면 신중해야 했다.

"조장 동지, 검은색 승용차가 대열을 비껴가고 있습네다."

"오호!"

부하가 가리킨 방향에는 길게 늘어선 차들 옆으로 검정색 대형 승용차가 위병소를 향해 빠르게 달리는 모습이 보였다. 암시경으로 그 차를 확인한 서동호 상위는 의외라고 생각했다. 전시에 관용차들은 표지를 가려야 하는 것이 원칙이다. 그런데 그 검정색 승용차의 번호판 밑 네모난 별판에는 은색 별들이 멋드러지게 박혀 있었다.

사령관의 운전병이 허둥댔다고 생각하자 서동호 상위의 입가에 미소가 번졌다. 실패는 용서받을 수 있어도 서툰 짓은 도저히 용납받을 수 없었다.

"저놈입네. 날래 잡기요."

5명으로 이뤄진 서동호 상위의 정찰조가 다른 장비도 많은데도 불구하고 어렵게 가져온 것이 대전차 미사일이었다. 그들의 1차 목표는 서해함대 사령관이었다. 퇴근한 사령관 때문에 이들은 경비가 허술한 개전 직전에 함대사령부를 공격할 수 없었다. 그런데 기회는 오히려 약간 늦은 지금이었다.

어둠 속에서 밝은 섬광이 일었다. AT-3 새거(Sagger) 대전차 미사일은 사수가 조종하는 대로 검정색 승용차를 향해 날아갔다. 미사일은 초속 100미터가 약간 넘는 속도로 어둠을 뚫고 비행했다. 낮에는 느려 보이던 미사일이 밤에는 불꽃의 움직임 때문에 엄청나게 빨라 보였다.

10여 초 후, 위병소 앞에 잠시 멈춰 서 있던 승용차 옆문을 새거 미사일이 정확히 꿰뚫었다. 뜨거운 메탈 제트가 승용차 안으로 뿜어지며 안에 탄 사람들을 새까맣게 태웠다.

"해치웠슴메? 기럼 날래 공격 신호를 전파하기요."

서동호 상위가 환호 섞인 명령을 내렸다. 통신수가 무전기의 접점 스위치를 짧게 세 번씩 끊어 눌렀다. 그것은 공격 개시를 뜻했다. 함대

사령부 주위에 숨어 있던 인민군 정찰대대 병력이 기관단총을 난사하며 정문으로 쇄도했다.

건물 옥상에 있던 조원들도 계단을 내려가서 사령부 쪽을 향해 뛰었다. 로켓탄이 터지자 화염이 치솟고 자동화기의 날카로운 연사음이 들리기 시작했다. 정문을 두고 치열한 총격전이 시작되었다.

6월 13일 03:20 인천광역시 인천항

"손 병장님! 우리도 정문 쪽으로 가야 하는 거 아닙니까?"

불안해진 김주용 일병이 자꾸 뒤를 힐끔거렸다. 뒤에서 폭음이 연속적으로 울렸다. 섬광이 어두운 참호를 밝게 비췄다가 곧 사라졌다. 그러나 손명훈 병장은 시멘트 벽 바깥에만 시선을 쏟았다. 고참 해병대원의 날카로운 눈빛이 어둠 속을 샅샅이 훑었다.

"초소를 사수하는 게 우리 임무야."

"상황이 바뀌었잖습니까? 놈들한테 본때를 보여줘야 합니다."

김주용 일병이 끊어진 유선전화를 가리켰다. 함대사령부가 외부로부터 공격받기 직전에 내부 침입자가 움직인 것이 틀림없었다. 손명훈 병장은 묵묵부답이었다. 어두운 바깥 야적장을 향한 총구는 꼼짝하지 않았다.

―콰웅~.

"으악!"

김주용 일병이 참호 밑으로 머리를 파묻었다. 이번에도 뒤에서 들려온 폭음이었다. 총성과 폭음이 점점 더 가까워지고 있었다. 김주용 일병의 감으로는, 사령부 건물들이 집중된 곳 근처에서 접전이 벌어지고 있는 것 같았다. 머쓱해진 김주용이 머리를 긁으며 철모를 집어들었다.

"앞을 봐."

침착하고 조용한 목소리였다. 긴장감 없는 손명훈의 목소리에 김주용이 슬쩍 머리를 들었다. 외곽 경비를 철저히 하라는 뜻인 줄 알았던 김주용이 '악' 소리나는 입을 틀어막았다.

검은 그림자들이 해군기지와 야적장 사이의 너른 풀밭을 기어오고 있었다. 그들은 허수아비만 남고 텅 비어 있는 진지를 향해 접근했다. 바로 옆, 50미터쯤 떨어진 곳이었다.

"원래 오늘 우리가 투입됐을 곳이야."

"예?"

김주용은 부들부들 떨며 그들의 행동을 주시했다. 옆에서는 손명훈이 슬그머니 자동소총을 놓더니 수류탄을 꺼내들고 뒷걸음질쳤다. 김주용도 허겁지겁 수류탄에서 안전핀을 뽑았다.

김주용은 이곳에 클레이모어가 매설되지 않은 것이 안타까웠다. 함대사령부 위치가 군사시설치고는 민간용 항만에 더 가까웠다. 그리고 시멘트 벽 아래 진지에서 위를 향해 높이 수류탄을 던져야 하는 불리한 지형조건이었다.

검은 그림자 하나가 슬그머니 일어섰다. 그 뒤에 있던 그림자들이 황급히 옆으로 피하는 것이 보였다.

"RPG-7이다. 지금 던져!"

타이밍은 절묘했다. 검은 그림자가 텅 빈 참호를 향해 RPG-7을 발사하는 순간 수류탄이 두 개씩 두 번 날았다. 김주용은 수류탄을 던지자마자 초소로 뛰어 들어가 엎드렸다. 옆에 있던 참호가 벽째 터져나갔다. 그 직후 인민군들이 막 일어선 순간이었다.

수류탄은 네 곳에서 연쇄적으로 폭발했다. 가까이에서 터진 두 발이 특히 치명적이었다. 돌진하던 인민군들이 파편에 휩쓸렸다. 모두 합해 10명 정도가 죽거나 다친 것 같았다. 동시에 쓰러지는 볼링핀을 연상한 김주용이 자동소총을 갈기며 통쾌하게 외쳤다.
"스트으~~ 라익!"

6월 13일 03:22 인천광역시 인천항 연안 해상

"함장님, 함대사령부와 통신이 두절됐습니다."
부장의 보고에 윤재환 중령이 소스라치게 놀랐다. 울산급 호위함 전남함 함교에서 육지 쪽을 지켜보던 함장은 안 좋은 예감이 계속 뇌리를 스쳤다. 그러나 함대사령부가 그리 쉽게 당할 곳은 아니라고 애써 생각을 고쳤다. 윤재환 중령은 불안한 표정을 숨기지 않는 부함장에게 명령했다.
"부장! 통신기를 점검해 봐!"
바다에 떠 있는 전남함에서 어떻게 할 수 없는 일이었다. 함대사령부가 있는 쪽 부두에서 검은 구름을 배경으로 불길이 치솟는 것을 보고도 대응할 수 없는 무력감에 윤재환 중령은 가슴을 오므렸다.
"함장님!"
윤재환 중령이 반갑게 돌아보았지만 부장은 조금 전보다 더 초조한 표정이었다.
"통신이 들어왔나?"
"아닙니다. KNTDS망까지 완전히 두절됐습니다."
"맙소사!"
함장은 어이가 없었다. 함대사령부와 연결된 전남함의 전술자료분배체계는 디지털화된 전술정보를 실시간으로 교환하는 시스템이다. 그것은 전남함에서 직접 탐지한 주변 목표 외에도 다른 함정, 혹은 항공기에서 탐지한 모든 목표정보가 분류되고 정리되어 일목요연하게 표시되는 장치이다. 한국 해군이 자체 개발한 이 시스템을 KNTDS라고 부른다.

"함대사령부가 당한 것 같습니다."

절망스런 표정으로 부장이 윤재환 중령을 올려다보았다. 그것이 두절됐다는 것은 단 한 가지 의미밖에 없다. 함대사령부의 KNTDS 분배 체계가 들어선 시설물이 붕괴되고 사령부가 적 특수부대에 당했다는 뜻이었다.

함대사령부 쪽에서 또다시 커다란 폭발이 일어났다. 폭발 섬광이 함장의 눈에 그대로 반사되어 이글거렸다. 분노에 찬 함장이 이를 악물고 함교 요원들에게 돌아섰다.

"당장 포반 연결해!"

"함장님!"

부장이 안 된다는 뜻을 강하게 담은 표정으로 윤재환 중령을 불렀다. 방금 함장이 한 말은 함포를 동원해 사령부를 공격하겠다는 뜻이었다. 하지만 안 될 일이었다. 적은 소수의 특수전 병력이었다. 함포로 공격한다고 그들을 잡을 확률이 있는 것도 아니었다.

물론 윤재환 중령도 그 사실을 알고 있었다. 하지만 가슴에서 터질 것 같은 분노를 배출할 통로가 없었다. 작도판 위에 손을 얹은 윤재환 중령의 어깨가 떨리기 시작했다.

"전 승무원 대잠 전투배치. 서둘러! 놈들이 침투에 사용한 잠수정들이 아직 멀리 가지 못했을 거야. 지금 우리가 할 수 있는 일은 이거야."

"알겠습니다. 함내 총원 전투배치!"

부장이 마이크를 잡았다. 곧이어 전남함 내에서 쇠종이 연속 땡땡거리며 울리고 전투배치를 알리는 명령이 스피커를 통해 반복되었다.

"대체 이게 무슨 꼴이야? 함대사령부는 박살나고, 초계함 두 척은 항구에서 날아가고……"

분노에 찬 함장의 시선이 바깥을 향했다. 항구에 정박해 있던 포항급 초계함인 부천함은 폭탄 공격을 받아 다른 고속정 두 척과 함께 항구 바닥에 주저앉았다. 함교는 온전하게 물 위에 있었지만 갑판 위로 잔물결이 부드럽게 지나갔다. 함장은 이것이 수중침투조에 의한 공격이라고 단언했다.

그리고 김천함은 인천항을 거의 다 빠져나와 안전한 해역에 도착했다고 생각되는 순간 기뢰에 부딪쳐 가라앉았다. 침몰이었다.

차라리 부천함의 상황이 나았다. 인천항 내항은 수심이 얕아 곧 수리해 다시 운영할 수는 있었다. 그러나 김천함은 불운했다. 외항 쪽의 깊은 수심에 가라앉았기 때문이다. 김천함은 간신히 마스트만 남기고 물 속으로 빠져들었다. 아무리 인천항의 수심이 얕다 해도 중심 수로는 얕은 곳도 10미터가 넘었다. 전쟁이 끝나더라도 아마 몇 년간 다시 운영하기는 불가능했다.

김천함 주위에서 생존자를 구출하기 위해 고속정들이 맴돌았다. 그러나 빠져나온 수병은 몇 명 되지 않았다. 화염에 휩싸인 함대사령부를 뒤로 하고 전남함이 속도를 높여나갔다.

6월 13일 03:23 대마도 동쪽 23km 해상

"뭐라고? 그놈이 아직까지 빠져나가지 않았어? 저놈 도대체 거기서 뭐 하는 거야?"

선교에서 뛰어 내려온 카와노 케이치(河野圭一) 이등해상보안사二等海上保安士는 통신실로 들어서자마자 하야마 오사무(葉山修)에게 물었다. 일본 해상보안청에서 이등해상보안사는 한국 경찰과 비교하면 대략 경사에서 경위 정도에 해당하는 계급이다.

"예. 예정통과시간이 두 시간이나 지났답니다. 잠시만 기다려주십시오. 지금 계속 본부와 교신을 진행 중입니다."

통신기에 귀를 기울이던 하야마가 손을 올려 카와노에게 기다리라는 신호를 보냈다. 카와노는 선장을 깨워야겠다고 생각했다. 당직 중에 급한 일이 생기면 머릿속엔 아무 생각도 떠오르지 않았다. 절차에 따라 비상을 걸어야 한다는 생각만이 그의 뇌리를 지배했다.

"우리가 가장 가깝답니다. 출동하랍니다."

하야마가 통신을 다 끝내고 카와노를 올려다보았다. 이 명령이 무슨 의미인지 확인하며 두 사람은 서로 시선을 교차했다.

다른 배도 아니고 북한 배라면 문제는 달라진다. 그리고 이 배는 며칠 전부터 해상보안청뿐 아니라 해상자위대에서도 예의주시하고 있었다. 조금 전에는 한국에서 전쟁이 났다고 알려왔다. 저 배가 도대체 무슨 짓을 할지 걱정되었다. 통신사 하야마는 잔뜩 불안한 표정이었다.

"선장을 어서 깨워드려라. 그리고 빨리 무장을 장착하고 탐색조를 편성한다. 서둘러!"

인터폰을 집어든 하야마가 선장실로 연결되는 스위치를 눌렀다. 그 모습을 지켜보는 카와노는 걱정이 많았다.

'기껏 기관총으로? 로켓포까지 싣고 다닌다는 놈들인데……. 아이쿠! 내가 이럴 때가 아니지.'

180톤급 순시선 카무이호는 무장이라곤 12.7mm 기관총 한 자루가 전부였다. 해상보안청은 한국으로 말하자면 해양경찰청에 해당하는 기관이다. 한국 해경이라면 간첩선과 교전할 수도 있겠지만, 기껏 한국 소형 어선이나 나포하는 일본 해상보안청의 소형 순시선이 중무장을 할 이유는 전혀 없었다.

카와노가 바삐 걸으며 벨트에 매달린 권총 홀스터를 매만졌다. 역

공격자의 이점 239

시 홀스터는 비어 있었다. 이 상황에서는 순시선원들도 무장을 해야 했다. 카와노 케이치는 목에 걸려 있는 무기고 열쇠를 허겁지겁 벗으며 무기고를 향해 뛰어갔다.

6월 13일 03:29 대마도 동쪽 31km 해상

등화관제를 실시한 청천강호의 선교는 어둠에 잠겨 있었다. 북한 국적인 만여 톤급 일반화물선 청천강호의 외관은 비교적 평범했다. 평소라면 검정색 선체와 흰색 선교, 그리고 굴뚝에 커다랗게 그려진 붉은색 인공기로 누가 보더라도 북한 배임을 단번에 알 수 있었다.
　지금 청천강호는 선미의 국적기를 내걸지 않고 있었다. 굴뚝에 페인트로 칠해진 이른바 '인민공화국기'로 유명한 인공기도 검은색 천으로 가려버렸다.
　갑판 위에 희미한 불빛이 어른거렸다. 달빛이 약간이라도 있었다면 선원들은 이 불빛도 켜지 않았을 것이다.
　승무원들이 갑판에서 작업하는 모습을 선교에서 내려다가 답답해진 선장 윤명철이 호주머니에서 담배를 꺼냈다. 윤명철 옆에 선 남자는 그보다 20년 정도는 연하로 보이는 해군 중좌였다. 북조선에서 상선 선장이라는 것은 대단한 엘리트다. 그런데 지금 윤명철의 자존심은 여지없이 짓밟히고 있었다.
　"좌현으로 10도 꺾으라우. 침로 일백이십도에서 키 고정하라우야."
　최영호 중좌가 조타수에게 명령을 내리는 동안 윤명철은 누가 선장인지 확인시켜주고 싶은 생각이 굴뚝 같았다. 그러나 지금은 전시였다. 선장은 울컥 올라오는 것을 겨우 목구멍으로 집어삼켰다. 윤명철의 수족이나 다름없던 조타수는 3일 전에 느닷없이 올라탄 인민군 해군 중좌의 직속부하가 돼버렸다.

"아, 기리고 선장 동지."

최영호 중좌가 윤명철 쪽을 보고 눈을 부라리며 뭔가 말하려다 말았다. 중좌는 갑판을 내려다볼 수 있는 난간으로 걸어나갔다. 목이 칼칼해진 윤명철도 바닥에 내던진 담배를 발로 비벼 끈 다음 난간으로 나갔다. 윤명철은 자신이 이 배의 선장이라는 생각이 들지 않았다.

갑판에는 선원들이 인민군 수병들과 함께 진땀을 흘리고 있었다. 갑판 좌우에는 나무궤짝에 포장된 기뢰들이 잔뜩 올려져 있었다. 하갑판의 화물실로 통하는 해치가 열려 있고, 그 구멍으로 기뢰를 담은 궤짝들이 크레인에 끌려 올라왔다.

대한해협 오른쪽인 동수도 해역은 반대편에 비해 수심이 비교적 얕다. 이곳은 대륙붕 지형이 발달해 수심이 100여 미터 내외로 평탄한 편이다. 그래서 계류기뢰를 부설하기에 딱 좋은 지형이기도 하다.

청천강호 좌현 난간으로 기뢰가 풍덩 소리를 내며 바다 속으로 빨려 들어갔다. 그러나 이 기뢰는 밑바닥까지 가라앉지 않았다. 무거운 기뢰 밑판이 바닥까지 내려간 다음, 부력이 있는 위쪽의 기뢰 본체는 밑판과 분리되어 수면을 향해 떠올랐다. 기뢰 본체와 밑판 사이가 케이블로 연결되어 있어서 본체는 미리 지정된 수심에 머무르게 된다.

충격식 뇌관이 달린 기뢰는 근처를 지나가던 배가 기뢰 본체에 고슴도치 바늘처럼 솟아 있는 촉침식 뇌관장치에 부딪치면 폭발한다. 기뢰 가운데서도 가장 단순한 폭발 방식이다. 간단한 방식인 만큼 그 위력은 확실했다. 그런데 지금 투하되고 있는 기뢰는 촉침식뿐만이 아니었다.

침저기뢰 종류는 바닥까지 그대로 가라앉는다. 수면 위로 배가 지나가면서 일으키는 소음이나 진동을 기뢰에서 감지하면 기뢰는 밑판과 분리되어 수면으로 치솟는다. 그리고 목표가 된 선체에 가장 큰 타격을 입힐 수 있는 수심에 이르러 폭발한다.
　음향 대신 자기磁氣 감지장치에 의해 작동하는 기뢰도 있었다. 이 기뢰는 금속성 선체가 내는 자기장을 감지하여 폭발한다.
　가장 나쁜 것은 부유식 기뢰였다. 이 기뢰는 계류기뢰나 침저기뢰처럼 고정되지 않고 해류에 밀려 이리저리 떠다닌다. 수면 위로 둥둥 뜨는 형식도 있으나 그런 것은 발견되기 쉽다. 지금 청천강호에서 투발하는 기뢰는 물 속 수 미터 심도를 유지할 수 있는 형태의 부유기뢰였다. 시간이 지나면 이 기뢰들은 해협의 양 해안까지도 흘러갈 것이다.
　이렇게 기뢰 종류를 골고루 섞어서 부설하는 가장 큰 이유는 소해掃海를 어렵게 만드는 것이다. 기뢰를 제거하는 것, 즉 소해는 한 가지 종류의 기뢰에 대처하기는 비교적 쉽다. 그러나 여러 가지 감지장치가 섞인 기뢰라면 종류에 맞는 소해방법을 각각 따로 사용해야 하고, 소해함정들이 여러 번 반복해서 작업해야 하는 부담이 따른다.
　그것은 소해함들이 기뢰 폭발의 위험에 더 많이 노출된다는 뜻이다. 결국 소해에 많은 시간이 허비된다. 기뢰를 부설하는 진짜 목적은 배를 폭파하는 것뿐만이 아니다. 어떤 배라도 안심하고 지날 수 없도록 통행을 저지하는 것에 있다.
　"선장 동지! 우현 전방에 선박입네다."
　항해사가 허둥대며 선교 난간으로 뛰어나왔다.
　"해상보안청 순시선입네다. 어드렇게 하면 좋갔습네까?"
　윤명철에게 다가온 최영호 중좌가 애써 긴장한 모습을 감추며 목소리를 가다듬었다. 어떻게 할지 난감한 듯 선장을 보는 그의 눈길이 당혹스런 마음을 고스란히 일러주고 있었다. 아직 부설해야 할 기뢰가 3분의 1이나 남아 있었다.
　"지금 중지할 수는 없갔디요?"

"물론입네다!"

당연한 말이었다. 그런데 작업을 계속할 수도 없는 상황이었다. 선장의 말은 중좌가 듣기에는 전혀 뜻밖이었다.

"기럼 작업을 계속하시라우요."

"지금 해상보안청…… 함정이 접근하고 있잖소!"

최악의 경우에는 해상보안청 함정을 공격하고 기뢰부설을 강행해야 한다. 이들이 명령받은 임무에는 조건이 없었다. 최영호 중좌는 너무 선뜻 대답하는 윤명철에게 오히려 놀랐다.

"조타수! 우현으로 15도 잡으라. 0-9-0까지 잡아! 기리고 중좌 동지."

"옛! 선장 동지."

출항 내내 선장에게 거리낄 것이 없었던 최영호 중좌가 갑자기 공손해졌다.

"계속 저놈에게 우현만 내보일 생각이오. 날래 서두르시라우요."

"예?"

최영호 중좌는 윤명철의 말을 제대로 이해하지 못했다.

"좌현에서만 작업하란 말이외다. 기리고 절대 우현측으로 승무원들을 노출시키지 마시라우요."

"아!"

"놈이 증원군을 더 호출했는지 모르갔디만 저놈 하나라면 속이긴 어렵디 않소. 기리고……."

윤명철의 의도를 이해한 최영호가 반색하면서 부하들에게 지시하러 나가려다가 말았다. 선장의 말은 아직 끝나지 않았다.

"이 배 선장은 접네다. 앞으로 주지해주시기 바랍네다."

말을 마친 윤명철이 담뱃불을 붙였다. 잠깐 동안 최영호 중좌는 어이없다는 표정을 지었지만 금세 표정을 고쳤다. 중좌는 윤명철을 향해 고개를 끄떡인 다음 재빨리 갑판을 향해 뛰어 내려갔다.

6월 13일 03:31 대마도 동쪽 28km 해상

"반복한다. 귀 선박은 항로를 이탈하고 있다. 응답하라."

카와노 이등보안사가 통신기에 계속 고함을 질러댔다. 청천강호에서는 응답이 없었다. 카와노는 안 되겠는지 고개를 도리질하며 선장을 돌아보았다.

"혹시 어떻게 될지도 모르겠습니다. 해상자위대에 지원을 요청하는 게 어떻겠습니까?"

"대비를 해두는 게 좋겠지. 지원요청을 해두자고."

선장은 잠이 덜 깨서 연신 하품만 해대고 있었다. 찢어지게 하품을 하고 눈가를 훔친 선장이 카와노에게 입을 열었다.

"기관총 배치는?"

"완료됐습니다."

"검색투입조는?"

"전원 무장대기 중입니다."

"좋아, 일을 시작하자고."

순시선 카무이호는 청천강호 선미로 접근하려고 했다. 그러나 어찌된 일인지 청천강호가 계속 방향을 바꾸고 있었다. 선장은 꼬리로 접근하는 것을 포기하고 최단거리로 접근을 시도했다. 경고방송에도 불구하고 청천강호는 대답도 없이 멋대로 움직이고 있었다. 참다 못한 선장이 기관총조를 호출했다.

"경고사격을 하라."

청천강호의 선교 위쪽으로 예광탄이 솟았다.

"반응이 없습니다. 저놈이 경고를 무시합니다."

청천강호의 갑판 상황을 쌍안경으로 확인하던 카와노 보안사가 황당한 표정을 지었다. 카와노는 가끔 이렇게 북한 선박들이 해상보안청의 경고를 무시하는 꼴을 보면 이것들이 정말 상선인지 의심스러웠다.

"지금 대체 뭘 하는 것일까요? 밀수는 아닌 것 같습니다. 주변에 다른 선박은 없습니다."

"모르지. 혹시 잠수정이라도 있는지 알겠나?"

선장이 대범하게 대답했지만 그도 속으론 겁이 나기 시작했다. 일본 영토를 자위대가 아닌 미군이 지켜준다고 믿는 사람이 더 많은 일본에서 전쟁이란 남의 이야기였다. 일본경제 부흥을 위해 한반도에 전쟁이 나길 바라는 일본 사람은 많지만, 그 전쟁에 말려들고 싶은 일본인은 없었다.

"오! 저기 하마찌도리 1호가 오는군."

선장이 쌍안경을 들어 남쪽에서 다가오는 헬기를 바라보았다. 하마찌도리는 물떼새란 뜻이다. 해상보안청 제7관구 소속의 감시 헬리콥터인데, 후쿠오카 항공기지에서 날아오른 것이었다.

감시헬기는 항공등을 깜빡이며 유유히 청천강호로 접근했다. 헬리콥터가 청천강호의 갑판 위를 스쳐 지나갔다가 뭔가 이상한 것을 발견한 듯 급선회하는 순간이었다. 갑자기 청천강호에서 하마찌도리 1호를 향해 시뻘건 빛줄기가 솟아올랐다. 빛줄기에 명중된 헬기의 동체 일부가 몇 번 번쩍거렸다.

선장과 카와노 이등보안사는 입을 벌린 채 잠시 멍청히 서 있었다. 검은 연기를 뿜어내던 하마찌도리 1호는 빙글빙글 돌면서 바다 위로 곤두박질쳤다.

갑판의 기관총조 요원들이 먼저 정신을 차렸다. 카무이호에서 청천강호를 향해 사격을 시작했다. 갑판 위로 상체를 올렸던 청천강호 승무원 몇 명이 얼굴과 가슴이 터져나가며 뒤로 나자빠졌다. 카무이호도 그 즉시 매서운 반격을 당했다.

청천강호의 선수와 선교 쪽에서 기관총탄이 쏟아졌다. 카무이호의 선교 앞쪽에서 기관총을 쏘던 순시선원들의 몸이 벌집이 되었다. 청천 강호에서 뿜어지는 빛무리는 다시 선장과 카와노가 있는 선교로 총구를 돌렸다. 카와노가 반사적으로 조타콘솔 밑으로 뛰어들었다. 선장과 나머지 승무원들은 반응이 그리 빠르지 못했다.

피거품을 문 항해사가 카와노 옆에 쓰러졌다. 마치 배에 달려 있던 뚜껑이 열려버린 것 같았다. 핏덩어리가 바닥으로 왈칵왈칵 쏟아졌다. 쓰러진 항해사가 터진 배를 움켜쥐고 잠깐 동안 신음했다. 숨은 오래 가지 않았다. 놀란 카와노는 눈도 깜빡하지 않고 항해사가 죽어가는 모습을 지켜보았다.

카와노는 겁에 질려 아무런 생각도 할 수 없었다. 도망치고 싶었지만 총알들 사이를 벗어날 수 없을 것 같았다. 총격은 멈추지 않았다. 몸이 부들부들 떨려 콘솔이 흔들리는 것 같았다.

뭔가를 쏘는 발사음이 선교 바닥에서 움직이지 못하는 카와노에게 들렸다. 기관총 발사음은 아니었다. 카와노는 아주 잠깐 밝은 빛을 보았다. 그것으로 마지막이었다.

6월 13일 03:37 서울 영등포구 대림동

병원은 만원이었다. 대림동에 있는 기독교계 종합병원은 병실이 모자라 입원실 바닥은 물론 복도까지 환자로 메워졌다. 김승욱은 아수라장 같은 병실에서 혼이 다 나갔다. 온갖 비명이 복도를 가로질러 병실까지 울려퍼졌다.

김승욱은 그런 대로 운이 좋다고 생각했다. 김승욱은 다른 환자들이 한꺼번에 몰려오기 직전에 도착해 당당히 4인용 입원실 침대 하나를 차지할 수 있었다. 나이 든 의사가 아버지의 상태를 잠깐 살피더니 젊은 의사에게 간단히 뭐라고 지시하고 떠났다.

아버지는 아직 의식이 없었다. 그런데 젊은 의사가 아버지의 산소호흡기를 떼려 했다. 김승욱이 거칠게 항의하려다가 뜻밖에 젊은 의사의 평화로운 얼굴을 보았다. 김승욱이 말을 못하고 있는데 의사가 미소를 지었다.

"일종의 쇼크입니다만, 응급처치가 잘돼서 위기는 넘겼습니다. 안심하십시오."

김승욱은 내심 불안했지만 이 젊은 의사가 거짓말하는 것 같지는 않았다. 아버지에게 귀를 가까이 대니 숨소리가 고르게 들려왔다. 김승욱은 다시 한 번 소방서 응급구조사들에게 감사했다.

"발을 많이 다치셨군요."

의사의 말에 김승욱이 고개를 숙였다. 흙과 피가 뒤범벅된 맨발이 보였다. 머리에 번개가 친 것 같았다. 지금도 유리조각이 발을 찌르고 있다고 생각하는 순간 김승욱은 비명을 지르고 풀썩 주저앉았다.

"발바닥에 유리가 박혔는데 그동안 깜빡 잊었어요."

김승욱이 발을 다친 원인과 현재 상태를 간단히 말했다. 그런 말투가 바로 그의 아버지를 살린 것이다.

의사가 맨발을 들어 살피더니 핀셋으로 간단히 유리조각을 뽑았다. 아프지는 않았지만 김승욱은 반사적으로 작게 비명을 질렀다. 상처를 소독하는 젊은 의사는 인턴쯤 되어 보였다.

별것 아닌 상처 같은데도 의사는 몇 번씩이나 소독약을 발에 발랐다. 의사가 발에 붕대를 감고 나서 침대 옆에 있는 환자용 슬리퍼를 김승욱에게 주었다. 파자마 바지에 러닝만 걸친 김승우에게 환자복도 한 벌 주었다.

"맨발로 다니면 파상풍에 걸릴 수가 있습니다. 잠시 후에 파상풍 혈청을 갖고 오겠습니다."

김승욱은 파상풍破傷風이라는 말을 듣고 뜨끔했다. 상처로 들어간 병균의 독소로 인해 전신 근육에 강직성 경련이 일어나며 사망률이 절반에 가까운 치명적인 질병이다. 입이 굳어져 벌리기 어렵고 온몸이 뒤틀리며 호흡을 할 수 없거나 잦은 경련이 와서 결국은 심장쇠약을 일으켜 죽는다.

"혹시 알러지가 있거나 최근에 파상풍 혈청주사를 맞은 적 없지요? 꼭 확인해야 합니다."

"없습니다."

김승욱은 의사의 말만으로도 안심이 됐다. 혼수상태인 아버지도 제대로 된 치료를 받은 것 같다는 믿음이 들었다. 두 사람이 미소를 교환했다.

"엄마~ 엄마! 엉엉~ 선생님! 제발 우리 엄마 좀 살려주세요!"

병실 바로 문 밖에서 들려오는 소리였다. 젊은 의사가 고뇌에 찬 얼굴로 병실을 나섰다. 그러나 그 의사는 소리가 들려오는 반대쪽으로 힘없이 걸었다.

조금 전에 김승욱은 복도에서 거의 온몸이 탄 채로 의식을 잃은 환자를 보았다. 손이 부들거리는 것으로 보아 분명히 아직 살아 있긴 했다. 딸인 듯한 열댓 살쯤 먹은 여자애는 지나가는 의사와 간호사마다 옷깃을 잡고 매달렸다. 그러나 시체나 다름없는 환자는 차가운 복도 바닥에 그대로 내팽개쳐져 있었다.

김승욱은 바삐 움직이는 의사들이 전쟁터 위생병 같다는 생각을 했다. 환자가 지나치게 많이 몰려왔다. 원래는 환자 가족이었을 자원봉사자들이 그들을 도왔지만 당직의사의 수가 너무 적었다. 이리 뛰고 저리 뛰어도 감당할 수 없었다.

환자에 대한 포기결정이 너무 쉽게 내려졌다. 시간과 공을 들이면 충분히 고칠 수 있는 환자들도 팔다리가 마구 절단되었다. 김승욱은 복도로 나섰다가 피묻은 팔다리가 가득 담긴 양철통을 보고 토할 뻔했다.

여기는 생명을 살리는 병원이 아니라 차라리 지옥이었다. 김승욱에게는 계속되는 큰 충격이었다. 그렇다고 김승욱이 의사들을 욕할 수는 없었다. 그들도 최선을 다하고 있었다.

"엄마~ 엄마, 엄마! 숨을 쉬세요! 제발 힘내요!"

아이의 외침이 처절하게 들려왔다. 김승욱은 부들부들 떨었다. 그 환자는 이미 죽었을 거라고 생각했다. 김승욱이 물어보지는 않았지만 그 아이는 아마 고아가 된 것 같았다.

"엄마~~ 나만 두고 가면 어떡해! 아빠~~ 엉엉!"

역시 그랬다. 아이가 목놓아 울었다. 김승욱이 애써 외면하고 시선을 창 밖으로 돌렸다. 어두운 시내 곳곳에서 불길이 솟아올랐다. 사이렌이 울려대며 서치라이트가 하늘을 가르고 있었다. 그제야 어머니와 누나에 대한 걱정이 미쳤다.

6월 13일 03:41 강원도 인제군

강원도 인제군 북쪽 태백산맥 산자락 따라 넓게 숲이 우거져 있었다. 그 가운데 군데군데 시뻘건 흙을 드러낸 병영과 텅 빈 연병장, 그리고 이것들을 연결하는 군용도로가 흩어져 있었다.

포탄에 맞아 무너져내린 막사마다 타고남은 작은 불씨가 가랑비 내리는 주변 숲을 을씨년스럽게 밝혔다. 군인들은 어디론가 황급히 떠나고 포격에 의해 못 쓰게 된 트럭 등 군장비만 남겨져 있었다.

추적추적 비가 내리는 가운데 도로를 내려다보는 언덕의 키 작은 아카시아 수풀 속에서 그림자들이 어른거렸다. 그림자는 연신 도로 북쪽과 고개 너머를 살폈다.

"야, 꼴통."

"이병 이! 환! 동!"

화들짝 놀란 김재창 상병이 도로 주변을 잽싸게 살핀 다음 벌떡 일어나 이환동의 뒤통수를 후려쳤다.

"이 시키! 조용히 안 해?"

"이병 이환동. 시정하겠습니다!"

"넌 꼴통인데다 너무 시끄러워 도저히 못 데리고 다니겠다."

"김 상병님, 제발……."

이환동이 최대한 불쌍한 표정을 지었다. 그 얼굴을 본 김재창이 털썩 주저앉았다.

"쓰벌! 이 자식 땜에 아무래도 한 방 맞지 싶어."

김재창이 혼잣말처럼 씨불거렸다. 울먹이던 이환동이 다시 총을 도로를 향해 겨눴다. 그러나 도로나 막사 주변 어디서도 움직이는 것은 없었다.

"근데 여긴 왜 이리 조용하냐? 얘네들 다 어디 갔어?"

"아군은 후퇴한 것 같습니다. 북괴놈들도 여길 다 지나간 것 같습니다."

"그럼 여기는 빨갱이놈들 후방이 된 거냐? 씨팔, 좋아! 그렇다면 우리는 유격전을 수행하는 거다. 남쪽으로 가느니 차라리 여기가 더 안전하겠어."

"김 상병님, 무서워요."

김재창이 휙 돌아보더니 이환동의 목덜미를 잡았다. 이환동의 말 한마디 한마디가 김재창의 속을 긁었다. 김재창은 더 이상 참기 힘들었다.

"이 자식! 내가 군대말은 '다', '까'밖에 없다고 했지? 너 죽고 나 죽고 한번 해볼래?"

"시정하겠습니다!"

김재창이 손바닥을 뒤로 돌렸다. 이환동이 이를 악물고 맞을 자세를 갖췄다. 그런데 도로 위에 이상한 것들이 움직이고 있었다.

"아! 김 상병님, 앞을 보시겠습니까?"

돌아본 김재창이 슬그머니 움직여 자세를 낮췄다. 들키지 않게 조심하느라 몸을 완전히 숙이는 데 시간이 꽤 걸렸다.

"적이야?"

캄캄한 산길에서 그림자들이 내려오고 있었다. 수풀이 우거진 산과 황톳빛 도로는 확연히 구분되었다. 그 위를 이십여 명이 빠른 걸음으로 뛰다시피 걸어 이쪽으로 오고 있었다.

"아군입니다!"

환호를 지르며 뛰쳐나가려는 이환동을 김재창이 잡았다. 목소리를 잔뜩 낮춘 김재창이 으르렁거렸다.

"멍청아! 아군한테 저런 장비 있어?"

"똑같은데요. 뭐 때문에 그러세요?"

"……."

김재창이 이환동을 노려보았다. 이환동이 잔뜩 움츠렸다. 다시 윽박지르지 않아도 이환동의 입에서 제대로 된 군인의 말이 나왔다.

"다시 확인하겠습니다."

도로 위를 달리는 군인들은 시퍼런 판초우의 때문에 복장이 제대로 보이지 않았다. 그러나 어둠 속에서 보아도 헬멧과 군화는 분명히 한국군 장비였다. 화이바와 워카라고 부르는 바로 그것이었다. 인민군 장비는 옛날 2차대전 때나 쓰던 둥그런 철모와 비슷하고 군화도 한국군과 많이 달랐다. 이환동이 다시 갸웃거리자 김재창이 답답하다는 듯이 내뱉었다.

"다시 잘 봐."

"아닙니다! 적입니다!"

이환동이 자세를 바짝 낮추고 총을 겨눴다. 그들이 들고뛰는 소총은 주로 K-1 소총이었다. 일반적인 한국군 보병이 K-2 자동소총을 사용하는 것과 약간 달랐다.

그리고 분대지원화기는 한국군이 장비하는 국산 K-3 기관총이나, 아직도 일부 부대에서 사용 중인 미국제 M-60 기관총이 아니었다. 둥그런 100발짜리 탄대는 그것이 7.62밀리 RPD 경기관총이라고 말해주고 있었다. 탄창을 위에서 삽입하는 방식인 72형 기관총도 있었다. 자세히 보니 공산권 무장세력에게서 전형적으로 발견되는 RPG-7도 많이 있었다.

"발사준비를 갖춘 걸로 봐서 아군이 적 장비를 노획한 것은 아니다. 아군으로 위장을 제대로 안 한 걸로 봐서 저놈들은 적 특수부대 중에서도 후속부대 같다."

"싸우실 겁니까?"

겁에 질린 이환동이 사격준비를 하는 김재창을 물끄러미 바라보았다. 김재창은 단호했다. 도망치려고 해봤자 어차피 갈 곳도 없었다.

"싸워야지, 우린 군인이니까."

김재창이 탄창을 하나씩 꺼내 자동소총 밑에 두고 확인했다. 아까 전투에서 모두 써버린 듯 빈 탄창밖에 없었다. 김재창이 불안해하며 도로 위와 빈 탄창들을 번갈아가며 보았다.

이때 이환동이 슬그머니 탄창 세 개를 김재창 아래로 밀어넣었다. GOP에서 이환동은 제대로 사격하지 않아 실탄이 아직 많이 남아 있었다. 둘이 얼굴을 마주 보며 피식 웃었다.

"준비. 하나, 둘, 셋!"

김재창이 셋까지 세는 속도가 너무 빨랐다. 이환동이 서둘러 겨누느라 두 사람은 동시에 발사하지 못했다. 김재창이 둘을 세는 순간 당황한 이환동이 먼저 쏜 것이다. 적막을 찢는 총소리와 함께 인민군들이 픽픽 쓰러지며 흩어졌다.

그제야 김재창도 자동으로 갈겨댔다. 그러나 한국군 복장을 한 인민군들이 벌써 바위 뒤나 수풀 속에 숨어서 응사하기 시작한 뒤였다. 계곡 옆길에서 터져나오는 총소리를 압도할 정도로 김재창이 큰 목소리로 외쳤다.

"꼴통, 이 씨발놈아! 또 사고 치냐?"

6월 13일 03:45   서울 용산구

"쯧쯧! 도대체 말야. 경고를 해도 소용없구만그래."

합참 상황실 당직사령 남성현 소장이 서해함대의 불행을 듣고 혀를 찼다. 지상전 상황파악에 바쁘던 정현섭 소령이 스크린을 확인했다. 인천 서쪽은 적에게 큰 피해를 당한 표시인 주황색으로 채색되어 있었다.

"해작사가 남아 있다고 해도 당분간 서해함대의 체계적 지휘가 힘들어지겠군. 그래도 그렇지, 명색이 함대사령부가 말야."

남성현 소장은 아쉬움을 감추지 못했다. 위기가 고조되고 있는 지금 서해함대의 지휘체계가 붕괴되자 합참 입장에서는 마치 한 팔을 잃은 기분이었다. 함대사령관이 암살당하고 지휘통신시설이 파괴된 지금, 침투한 인민군 특수부대를 전멸시켰다는 보고는 의미가 없었다.

정현섭은 해군 쪽 상황에는 신경을 끊고 자기 일에만 전념했다. 그는 초조하게 동부전선 쪽 상황을 살폈다. 태백산맥 주변 방어부대들 가운데 연락이 끊긴 하급부대가 많다는 보고였다. 그것이 무엇을 뜻하는지는 분명했다.

"2함대 함정들은 뭘 하고 있나?"

한참 동안 정면 스크린의 서해 부분을 쳐다보던 남성현 소장이 아쉬움을 접고 물었다.

"전남함을 포함한 일부 전대가 잠수정들 잡으러 북서쪽으로 향했습니다."

박기찬 소령이 활기차게 대답했다. 박기찬 소령은 해군 함정들이 잠수정들을 두들겨 잡아 사령부의 복수를 해줄 것으로 믿고 있었다. 남성현 소장의 표정이 잔뜩 일그러졌다.

"이런 바보들! 기껏 보복하러 간 거야? 쯧쯧~."

"일본 해상보안청에서 연락이 왔습니다. 대마도 인근에서 기뢰를 부설 중이던 국적 미상의 일만 톤급 선박 한 척을 발견했답니다."

혀를 차는 남 소장에게 대외 연락을 맡은 대위가 보고했다. 남성현 소장은 사안의 중대성에도 불구하고 코방귀부터 뀌었다.

"국적 미상? 웃기고 자빠졌네. 그게 북한 배라는 증거를 못 찾았다는 뜻이지? 그래서, 자폭했나?"

남 소장이 결과를 재촉했다. 한국에 대해 항상 우월감을 느끼는 자존심 강한 일본이 결과도 없이 한국에 연락하지는 않았을 것이다.

"맞습니다. 치열한 교전 끝에 선박을 나포하려는 순간 그 배가 자폭했답니다."

"역시 빨갱이놈들답군. 이제부터 대마도 인근에 기뢰가 쫙 깔려 있다고 봐야 할 거야. 부산 앞바다에 이어 대마도라······."

남성현 소장은 사태의 심각성을 도외시한 채 묘하게 일그러진 표정이 되었다. 억지로 웃음을 참는 모습이었다. 사태가 심각하다는 것은, 대한해협이 당분간 완전히 봉쇄됐다는 뜻이었다. 한국 해군 함정들의 기동에 문제가 생기고 미 해군 항모전단이 동해로 진입하기도 어렵게 된다. 부산항이 봉쇄되어 보급품과 물자수송에도 시간이 걸릴 것이다.

정현섭 소령이 남 소장의 표정을 보고 피식 웃었다. 북한 배가 자폭했다고는 하지만 그 사이에 벌어진 일들이 결코 평범하지 않았을 것이다. 이런 일에 경험이 없는 해상보안청 순시선들이 얼마나 큰 피해를 입었는지 알 만한 일이었다.

"동해함대도 바쁘겠지만 기뢰 때문에 지원하기도 그렇고……. 그럼 해작사 휘하 전단을 서해로 보내는 게 어떨까?"

"그럼 해작사의 의견을 물어보겠습니다."

박기찬 소령이 잠시 어물거리다가 대답했다. 그 표정을 본 남성현 소장이 짜증을 냈지만 노골적으로 화를 내지는 않았다.

명령은 분명히 합참이 내린다. 그러나 아직 합참은 명령 지휘체계가 제대로 갖춰지지 않고 있었다. 그리고 함대를 지원하는 문제에서는 예하 해군 작전사령부의 의견이 존중되어야 하기도 했다.

"그래, 자네가 정중히 물어보라고. 상황을 이야기해주고 말야."

남성현 소장이 똑바로 쳐다보면서 명령하자 박기찬 소령의 목이 움츠러들었다. 그러자 남성현 소장이 고개를 홱 돌리며 다른 장교에게 물었다.

"공군은?"

"각 전비별로 대응하고 있습니다."

각 전투비행단이 주변 레이더 기지의 관제를 받아 임무수행 중이라는 뜻이었다. 전구항공통제본부와 중앙방공관제소가 상실된 지금, 공군을 통합적으로 지휘하는 것은 불가능했다.

"구멍이 뻥뻥 뚫리겠군."

"레이더 기지 몇 곳이 공격받았습니다. 강릉 비행단은 피해복구 중입니다."

"복구한다고? 흥! 외곽 경비는 뭘 하고 말야. 도대체 정신이 제대로 박힌 사람들인가?"

손실된 전투기를 복구할 방법은 없었다. 그리고 외곽경비를 아무리 제대로 한들 수십 년 동안 준비해서 마음먹고 공격하는 데에는 당해낼 재간이 없었다. 그때 정현섭 소령이 고개를 갸웃거렸다.

"공군기지 공격이 어째 동부전선 쪽에 치우친 것 같지 않습니까?"

공군기지에 대한 북한의 기습공격은 거의 빠짐없이 이뤄졌다. 주로 스커드 계열 미사일과 특수부대의 침투였는데, 대부분은 별다른 피해를 입지 않았다. 강릉 기지만 큰 피해를 입었을 뿐이다.

정현섭이 보기에 휴전선도 동부전선 쪽이 상대적으로 많이 뚫린 것 같았다. 서부전선에서는 대규모 포격과 함께 인민군 특수부대의 격렬한 침투기도가 있었지만 잘 막아내고 있다고 했다. 그리고 동부전선에 투입된 특수부대의 규모가 훨씬 더 컸다.

"서부전선 쪽으로 침투하긴 곤란하겠지."

남성현 소장은 서부전선을 방어하고 있는 한국군 사단들이 상대적으로 더 강력해서 그런 결과가 나왔다고 판단했다. 남 소장은 지금 전개되는 지상전 상황을 알고 싶었다. 남성현 소장이 정면 스크린을 확인한 다음 정현섭의 콘솔로 다가왔다.

"전방 사단들 움직임은?"

"GOP 인근에서 치열하게 교전 중입니다. 동부전선 일부에서는 잠시 훼바까지 뚫린 곳도 있지만 지금은 동해안 통일전망대 쪽을 제외하고는 모두 격멸시켰다고 합니다."

"격멸? 그건 모르지! 그놈들이 어떤 놈들인데?"

"그리고 전 전선에 걸쳐 아군 포병이 대응사격 중입니다. 무인정찰기가 전과를 확인했습니다."

"전과 이야기는 집어치워! 우리가 초등학생도 아니고 조폭도 아닌데 유치하게 말야."

전과라는 말에 남성현 소장이 버럭 화를 냈다. 이번 위기가 전면전이 아닌 제한전이라면, 위기가 지나고 나서 일선 부대장들이 서로 공을 많이 세웠다고 아우성칠 것이 훤히 보였다. 그러나 상벌은 나중 일이고, 일단 위기를 넘기고 볼 일이었다.

"그건 그렇고, 지금쯤은 지휘관들이 제자리를 찾았겠지?"

다분히 희망 섞인 전망이었다. 서해함대 사령관처럼 부대로 달려가다가 저격당한 지휘관이 상당수 있으리라는 사실은 누구나 알고 있다. 정현섭은 대답을 하지 않고 묵묵히 작업에 전념했다. 남성현 소장은 정신없이 뒤바뀌는 단위부대들의 위치와 색깔을 살피며 천천히 말했다.

"아직 전반적인 전황을 알 수 없다. 당분간 반격은 하되, 북진하지는 말라고 해. 곧 지휘부가 정상적으로 가동될 거야."

북한의 남침에 대한 한국군의 반격계획은 그동안 여러 번 바뀌어 왔다. 일단 적의 공격을 방어한 후 미군의 지원을 받아 반격하느냐, 아니면 적의 공격을 받은 즉시 한국군 독자적인 힘만으로 북진하느냐 하는 것은 정부의 대북정책과 그때 그때의 남북한 화해 분위기에 따라 조금씩 수정되었다.

현재는 즉각 반격과 북진이 북한의 전면적 남침상황을 상정한 반격계획의 핵심이었다. 그러나 아직은 전쟁을 확대할 필요가 없을 수도 있었다. 지금도 남성현 소장은 북한의 도발이 백령도나 연평도를 노린 국지전이길 바라고 있었다. 북한의 공격강도가 예상보다 지나치게 약하다는 것이 그 판단 근거였다.

"의장님은?"

남성현 소장이 잠시 잊었다는 듯이 물었다. 합참의장은 전시 시휘부 핵심 중의 핵심이다. 남성현 소장은 지금까지도 1분 단위로 체크하고 있었는데, 잠시 합참의장의 행방을 놓친 것이다.

"광주 벙커로 향했습니다. 총장님 세 분도 마찬가집니다."

"흠…… 그래? 여기서 할 일도 끝나가는군. 도착하시는 대로 우리도 곧 출발한다."

지휘부가 도착해 경기도 광주의 지휘벙커가 제대로 작동되면 이곳 합참 상황실은 단순한 보조업무만 수행한다. 참모들은 통신시설과 방어시설이 제대로 갖춰진 지하 지휘벙커로 모두 이동한다.

물론 그곳에서도 지금 아퍼레이터들이 현 상황을 파악하기에 바빴다. 그리고 이곳과 데이터를 공유할 수 있었다. 2000년 이후 합참의 예비 지휘벙커는 경기도 광주 외에 경기도 이천과 대전 계룡대에 있었다.

"급전입니다! 광주 벙커 주변에 북한 특수부대가 준동하고 있습니다. 벙커로 향하던 육참총장님이 탄 헬기가 미사일에 맞아 추락했습니다!"

지휘벙커는 예하 작전부대를 지휘할 만한 완벽한 통신시설과 함께 그 중요성에 걸맞은 방호능력을 갖추고 있다. 쉽게 당할 곳이 결코 아니었다. 그런데 지휘부가 그곳에 도착할 때까지가 문제였다. 벙커 접근로에 소수의 적이 숨어 있을 만한 곳은 얼마든지 많았다.

정현섭 소령은 아찔했다. 남성현 소장의 심장이 쿵 하고 내려앉는 소리가 들리는 것 같았다. 조금 전에 확인할 때 합참의장은 3군 참모총장들과 함께 무장헬기의 호위를 받으며 광주로 가고 있었다.

"뭐야? 그럼 의장님은?"

각 군 참모총장은 지휘권으로 대표되는 군령권이 없었다. 다만 인사권 등 군정권을 장악하여 예하 부대에 영향력을 행사했다. 그러나 전시에 참모총장은 작전권이 없고 합참의장의 명령이 곧바로 예하 작전부대에 하달되었다. 참모총장의 역할은 합참의장을 보조하는 역할에 불과했다.

"방금 연락이 왔습니다. 무사하십니다! 이쪽으로 오신답니다."

상황실 요원들이 가슴을 쓸어내렸다. 그러나 남성현 소장은 합참의장이 국방부로 온다는 것이 더 불안했다.

"왜 이쪽으로? 그럼 이천의 제3벙커도 위험하나?"

"통신은 유지하고 있습니다만, 거기서도 외곽에서 교전 중입니다. 당분간 그쪽으로 가는 것은 위험합니다."

전쟁 준비만 50년을 넘게 한 북한이었다. 지휘부에 대한 공격은 철저했다. 남성현 소장이 헌병 장교에게 다급히 외쳤다.

"이곳은? 적은 모두 진압됐나?"

"예! 공수여단이 출동해서 외곽을 완전 차단했습니다."

공수여단뿐만이 아니었다. 국방부와 한남동 공관을 경비하던 2개 대대와 주변 부대에서 응원군이 왔다. 정현섭은 조금 안심이 되었다. 그러나 남성현 소장은 여전히 불만투성이였다.

"젠장! 서울 시내 한복판에서 허구헌 날 총소리 나게 생겼군!"

정현섭은 북한 특수부대가 지휘부를 노리고 집요하게 공격할 것이라고 생각하니 몸서리가 쳐졌다. 그런데 그곳이 하필이면 서울이었다. 정현섭은 이것이 북한이 준비한 고도의 심리전술이라는 생각이 얼핏 들었다.

6월 13일 03:49 강원도 횡성군 둔내면 자주봉

AN-2 비행기 10대는 쐐기형 대형을 유지하면서 시속 100km가 갓 넘는 느린 속도로 날았다. 선두에 나선 한 대만 항법장비를 장착했다. 나머지는 항법장비도 없이 오로지 조종사의 시각과 경험에만 의존해서 비행했다.

애초에 이 비행기가 만들어진 것은 간단한 단거리 수송임무나 농약 살포 같은 다목적용이었다. 그런데 이 비행기는 상당한 기동성을 발휘하고 200m 정도의 짧은 공간만 있어도 착륙이 가능했다. 그래서 북한에서 안둘이라 불리는 이 경비행기는 주로 특수전용으로 사용되었다.

탑재량도 무시 못할 수준이다. 동력이 끊어진 상태에서 다른 기종들보다 상대적으로 훨씬 더 먼 거리를 활공하는 것이 가능했다. 그래서 산이 많고 평지가 적은 한반도에서는 아주 유력한 침투수단이 될 수 있었다.

태백산맥 줄기를 따라 남하한 안둘 편대는 계방산 일대에서 항로를 서쪽으로 돌리고 영동고속도로를 따라 날아갔다. 이따금 고속도로를 달리는 차량 불빛이 훌륭한 유도장치 역할을 했다.

인민군 지휘부의 예상대로 아직 영동고속도로는 제대로 차단되지 않았다. 국군이 고속도로를 군데군데 차단했지만 속도가 워낙 느린 만재트럭도 있고, 갓길에서 한잠 자고 다시 출발한 트럭들도 있었다. 트럭 운전사들이 잠시 쉬는 곳은 사시사철 꽃이 피기도 했다. 트럭의 전조등이 비행기들에게 동쪽과 서쪽을 분명히 구분해주었다.

AN-2 편대는 원래 13대가 출발했지만 이제 10대만이 비행을 계속하고 있었다. 휴전선을 넘어오는 도중 산악지대에서 3대나 추락한 것이다. 그런데 엄격한 무선통제를 실시해서 함께 비행하는 편대원들조차 그 사실을 알 수 없었다.

출발하기 전부터 약간씩 흩날리던 비는 이곳에서 완전히 그쳤다. 그들이 태기산과 대미산 사이 회랑지대에 이르렀을 때쯤 구름 사이로 달이 서쪽 하늘에서 모습을 잠깐 드러냈다. 달빛이 동체에 부딪쳤다.

저공침투용인 AN-2는 기체 대부분을 시커먼 무반사 도료로 칠해 반사광을 막았다. 그러나 전방 유리창에는 그럴 수가 없었다. 전면 유리창에 반사된 달빛이 자주봉 정상에 포진한 대공초소 초병의 눈에 걸렸다.

국군 제3군단 제1방공포병대대 2포대 소속 병력은 겨우 긴급전개작업을 마치고 작전준비 작업을 완료했다. 그 위치는 영동고속도로 삽교 부근에 있는 해발 888미터의 자주봉 임시진지였다.

포병들은 처음 비상이 걸렸을 때 가끔 실시되는 비상훈련인 줄 알았다. 그래서 짜증부터 냈지만 이동 중에 빗발치는 무전과 장교들의 굳은 표정을 보고서야 훈련상황이 아닌 실제상황임을 알았다. 다들 잔뜩 긴장했다.

항법장치가 변변치 않은 인민군 비행기들이 야간에 저공을 날아 1,000미터 이상 고봉이 즐비한 산악지역을 통과하는 것은 위험했다. 그래서 국군 지휘부는 원주 지역으로 침투하려는 북한 항공기들이 비교적 안전한 이 회랑지대를 이용할 것이라고 예측했다.

이에 대비해 국군 방공포병은 회랑 주변 곳곳에 임시진지를 구축해 두었다. 자주봉 임시진지 역시 그 중 하나였다. 자주봉은 원주로 통하는 회랑지대의 한가운데에 위치했기 때문에 저공침투 항공기를 때려잡는 대공포 진지로 적합했다.

임시진지에 투입되자 평소 같으면 작업 지시나 내리며 농땡이 칠 궁리나 할 말년 병장들이 땀을 뻘뻘 흘리며 삽과 곡괭이를 들고 설쳐댔다. 이병, 일병들은 두말할 필요도 없었다. 이들이 건축 공사장에 나가면 다른 노무자에 비해 일당을 두세 배는 쉽게 받을 정도로 작업진행 속도가 빨랐다.

평소 말년 병장들을 달달 볶는 걸 장교의 의무처럼 여기던 포대장은 이런 광경을 보자 입을 다물었다. 잔소리할 것도 없거니와, 그가 할 일도 너무 많았다. 언제 적이 쳐들어올지 모르는 상황이었다.

병장부터 이병까지 하나가 되어 땀을 뻘뻘 흘린 끝에 진지보수공사를 짧은 시간 안에 마쳤다. 벌컨과 미스트랄 등 주요 대공화기를 정해진 진지 내에 투입하고 발사준비를 마친 것이다. 비로소 2포대원들이 수건으로 땀을 닦으며 무전보고에 귀를 기울였다.

강현진 상병도 야전삽을 옆에 던져두고 진지 옆 돌 위에 털썩 주저앉았다. 한숨을 내쉰 후 습관처럼 상의 주머니로 손을 가져가다가 흠칫했다. 강현진은 쓴웃음을 지었다. 포대장이 내린 흡연 절대금지 명령이 떠올랐다. 지금은 전시였다. 담뱃불이 절호의 표적이 되어 동료들을 죽이고 다치게 하지 말라는 보장이 없었다.

손에 쥔 담배를 내려보며 입맛을 다시던 강현진은 그것을 주머니에 다시 넣었다. 자리에서 막 일어서던 강현진은 어떤 소리에 흠칫하며 반사적으로 전방을 쳐다보았다.

― 부우우웅~.

왕복동 엔진이라고도 하는 피스톤 엔진 소리였다. 어디서 나는 소리인지 확실치 않았다. 전방 쪽인 건 확실하지만 아래인지 위인지 구분이 되지 않았다.

혹시 고속도로를 달리는 자동차 엔진 소음이 아닌가 해서 자세히 들었지만 자동차 소음과는 판이하게 달랐다. 같은 진지 안에 있던 황인성 일병에게 묻자, 잠시 후 그가 원하는 답을 말해주었다.

"프로펠러기 소립니다."

그런데 황인성에게 긴장감은 전혀 없었다. 이 근처에는 공항 주변 상공을 날아다니는 여객기뿐만 아니라 군용 연락기도 많이 돌아다녔다. 이곳까지 북한 비행기가 날아들기는 쉽지 않았다. 그런데 그들의 임무는 그런 북한 항공기를 격추시키는 것이고, 역시 고참이 임무에 더 충실했다.

"쌍안경 이리 줘봐!"

황 일병이 내미는 쌍안경을 빼앗다시피 건네받은 강현진은 곧바로 북쪽을 주시했다. 산에 오를 때는 날씨가 잔뜩 흐렸는데 지금은 조금씩 갠 상태였다. 달빛이 먹구름 사이로 고개를 내밀었다. 그때 깜깜한 배경 속에 뭔가 반짝이는 것이 움직였다.

강현진이 쌍안경을 조절해 급히 초점을 맞췄다. 하지만 확실하게 보이지는 않았다. 고속도로 차량들과는 틀린 흐릿한 반사체였고, 가장 중요한 고도 역시 고속도로와 달랐다.

반사체는 점점 접근하고 있었다. 혹시나 하던 의혹이 확신으로 굳어졌다. 강현진이 옆에 있던 유선전화기를 들었다.

"충성! 1번 초소 상병 강현진입니다! 미확인 비행체가 전면에서 접근 중입니다!"

접근하는 미확인 기종은 포대의 열영상 야간투시경으로 곧 식별되었다. 열영상 장비를 조작하던 지용섭 중위는 짧은 시간에 수십 번이나 확인하고 또 확인했다. 제발 잘못 봤기를 빌었다.

그러나 항공기 식별카드로 각종 특징들을 달달 외운 지용섭 중위에게서 다른 답은 나오지 않았다. 인민군 특수전 부대의 주된 항공침투 수단인 AN-2였다.

"600미터 안으로 끌어들여 확실하게 잡는다!"

AN-2가 접근 중이란 보고를 받은 포대장이 단호하게 명령했다. 저공으로 저속 침투하는 목표에게 대공감시 레이더는 역시 무용지물에 가까웠다.

고속도로를 달리는 차들이 시속 100km를 훨씬 넘기는데, 이 비행기들은 과적트럭보다 속도가 더 느렸다. 레이더는 일정한 속도 이하로 움직이는 물체는 목표로 식별하지 않는다. 지상을 달리는 차량을 항공기로 오인할 우려가 있기 때문에 자동적으로 저속 물체를 목표 항목에서 삭제하는 것이다. 그것을 깨닫고 지금 레이더의 목표 속도한계를 수정하기에는 이미 늦었다.

"그렇게 되면 미스트랄 최소 사정거리 안으로 들어오기 쉽습니다."

지용섭 중위가 적잖이 걱정된다는 투로 이야기했다. 그러나 포대장의 생각은 확고했다.

"미스트랄은 녀석들이 도망갈 경우에만 사용하도록 해! 600미터 이내까지 접근하는 AN-2놈들은 승공포와 발칸으로 충분히 잡을 수 있다."

승공포는 12.7mm 기관총 4정을 묶은 대공화기다. 미군이 2차대전 당시 대공화기로 사용한 역전의 노장이며, 원래 미군 제식명은 M-55였다. 2차대전 당시부터 대공포보다 지상지원용으로 더 많이 쓰이던 물건이기도 했다.

이 대공포는 12.7mm 기관총의 강력한 파괴력과 동시에 4정이 뿜어대는 탄막이 결합돼 목조건물이나 간단한 콘크리트 건물쯤은 순식간에 벌집으로 만들어버렸다. 그래서 '고기 다지는 기계'라는 끔찍한 별명이 붙었다.

"알겠습니다, 포대장님."

지용섭 중위는 더 이상 이의를 제기하지 않았다. 지금은 전술토론 할 시간적인 여유가 없었다. 레이저 거리 측정기가 붙은 열영상 야간투시경을 보던 지용섭이 목표에 빔을 한 번 쏘아 거리를 측정하고 포대장에게 보고했다.

"거리 800입니다."

"더 기다려. 그리고 만약 놈들이 기수를 돌리면 즉각 보고해."

포대장 이 대위는 하늘만 뚫어져라 쳐다보고 있었다. 육안으로도 보이기 시작했다.

"알겠습니다. 거리 700입니다."

지용섭 중위는 열영상 야간투시경에서 눈을 떼지 않고 계속 보고했다. 그가 보고하는 숫자가 점점 더 줄어들었다.

"레이더에 잡힙니다! 적기, 총 10기!"

옆에서 누군가 외쳤지만 지용섭 중위는 신경 쓰지 않았다. 목표의 속도 항목설정을 수정한 전탐병이 이제야 할 일을 다했지만 이미 늦었다.

지용섭 중위가 추적하던 AN-2 조종석에 사람 형태가 흐릿하게 보이기 시작했다. 십자선 옆에 거리를 나타내는 숫자가 빠르게 줄어들었다. 지용섭 중위는 침을 꼴깍 삼켰다. AN-2 편대의 엔진 소리가 자주봉 전체를 울리기 시작했다.

- 탁! 탁! 탁! 탁!

소음과 함께 사방에 배치된 서치라이트들이 차례로 켜지며 하늘을 이리저리 훑었다. 하늘을 뒤지기 시작한 지 3초도 되지 않아. 쐐기형 대형을 취한 AN-2 편대의 가장 오른쪽 끝에 있는 비행기가 서치라이트에 포착됐다. 곧 다른 탐조등들이 근처를 날고 있던 다른 AN-2를 차례로 찾아 강렬한 빛을 정면에서 비춰댔다.

오랫동안 어둠에 적응한 조종사들이었다. 이들은 이륙 전부터 한쪽 눈을 감는 야간 전투기 조종사들보다 더 오래 암적응이 된 상태였다. 예민한 눈에 갑자기 강한 빛이 비치자 아무 것도 보이지 않았다.

눈먼 AN-2 편대는 피하지도 못하고 계속 앞으로 날아왔다. 옆으로 방향을 틀면 산 정상에 충돌할 수가 있었다. AN-2 편대 입장에서는 재빨리 이곳을 지나가는 방법밖에 없었다.

벌컨포 2문과 승공포 2문이 불을 뿜었다. 깜깜한 어둠을 가르며 예광탄이 날아가는 모습은 아름답기조차 했다.

- 부우우우웁! 차라라락~.

20밀리 벌컨이 내는 소음은 듣는 사람과의 거리에 따라 극단적으로 달랐다. 가까이에서 들은 지용섭 중위에게는 따다당거리는 발사음보다는 구동엔진이 가동되는 저음과 탄피 쏟아지는 맑은 소리가 더 크게 들렸다.

벌컨포에서 쏟아져 나온 20밀리 포탄이 선두에 선 AN-2를 덮쳤다. 포탄 수십 발을 뒤집어쓴 AN-2는 금세 날개가 떨어져 나갔다. 곧 동체가 불길에 휩싸이며 폭발했다. 포탄에 맞은 비행기가 눈앞에서 불덩이가 되자 방공포병들이 흥분해 고함을 질러댔다.

승공포 역시 무시무시한 화력을 발휘했다. 몇 발마다 하나씩 장전된 예광탄이 광선처럼 어둠을 쫙 가르며 날아갔다. 총탄이 서치라이트 그물에 걸린 AN-2를 갈기갈기 찢었다. 전면으로 파고든 기관총탄이 기체를 관통해 후부로 빠져나가며 내부를 엉망으로 찢어발겼다.

20초도 되기 전에 비행기 5대가 불길에 휩싸이며 추락했다. 편대를 불과 600m 안쪽까지 끌어들여 집중사격을 퍼부었기 때문에 효과는 만점이었다. 그 반면 맞는 쪽은 치명적이었다.

공중분해되는 기체에서 인민군들이 지상으로 추락하기 시작했다. 탑승하고 있던 인민군 특수부대원들은 기내로 뚫고 들어온 총탄에 대부분 죽거나 중상을 입은 상태였다. 기체가 폭발할 때 비산된 파편은 더 치명적이었다. 그래서 제대로 낙하산을 펼치지 못하고 자유낙하하는 인민군들이 많았다.

지상 150~200m에 이르는 고도로 비행하는 비행기에서 낙하산을 펴지 않은 채 떨어지면 살아날 가능성은 거의 없었다. 그런데 악착같은 한국군의 탄막사격은 그들을 그냥 두지 않고 아예 공중분해 시켜버렸다. 비 온 뒤라 땅이 물렀고, 300미터 상공에서 낙하산이 펴지지 않은 채 떨어졌는데도 살아남은 사람이 있다는 사실을 이들은 알고 있었다. 인민군들에게 그런 기적이 일어나게 내버려둘 수는 없었다.

일부 인민군은 추락 중에 급히 낙하산을 폈다. 그러나 느리게 떨어지는 낙하산은 오히려 더 좋은 표적이었다. 서치라이트가 이들을 비췄고, 불빛을 따라 K-3 경기관총이나 K-2 같은 소화기들이 불을 뿜었다. 그들은 대부분 땅에 발이 닿기도 전에 공중에서 사살당했다. 축 늘어진 주인들이 착지하자 낙하산들이 탄력을 잃고 해파리처럼 흐느적거렸다.

V자형 대공방어망을 통과한 AN-2는 단 한 대도 없었다. 기수를 돌려 필사적으로 도주하던 AN-2 한 대가 미스트랄에 공중분해된 것을 마지막으로 모든 AN-2는 격추되었다.

레이더를 가동시켜도 아무런 표적이 잡히지 않았다. 표적이 발견되지 않자 서치라이트가 차례로 꺼졌다. 총성이 난무하던 자주봉 부근의 하늘은 아무런 일도 없었다는 듯 다시 원래의 고요를 회복했다. 들판 군데군데에 추락한 경비행기들의 꺼져 가는 불길이 조금 전의 전투를 증명할 뿐이었다.

서해 5도 해전

6월 13일 04:00 인천광역시 옹진군 백령도

　백령도에는 벌써 한 시간째 포격이 계속되고 있었다. 북쪽 하늘로부터 구름을 뚫고 포탄이 우박처럼 쏟아지면, 잠시 후 그 포탄들이 왔던 방향으로 다른 포탄 몇 발이 한꺼번에 날아가는 식이었다.
　이 게임은 지금껏 계속되었다. 다만 검은 하늘을 남북으로 교차하는 포탄 숫자가 시간이 갈수록 줄어드는 것이 유일한 차이였다.
　한국군 해병대의 대포병 사격은 정확했지만 지금은 술래잡기나 다름없었다. 북한 포병대는 큰 피해를 입으면서도 교묘히 위치를 바꿔 대포병사격에 의한 피해를 최소화하며 백령도에 끊임없이 포격을 가해오고 있었다.
　백령도 남동쪽 바다를 바라보는 용기포 항구 쪽에서 연달아 폭음이 이어졌다. 빛이 흩뿌려지자 낮게 깔린 검은 구름에 샛노란 얼룩을 만들었다. 섬광과 폭음도 영원처럼 지속되었다. 이따금 하늘에서 시뻘건 불덩어리가 바다로 떨어지기도 했다.

소리와 섬광만 뺀다면 백령도는 바다 위에 뜬, 평범한 중간 크기 섬에 불과했다. 백령도 남쪽 드넓은 개펄로 검은 밀물이 들어오고 있었다.

"여보, 벌써 한 시간째죠?"

"응."

"난 이제 졸려요."

"여기서 자."

"집에 들어가서 자도 될까요? 애들 걱정도 되고……."

"안 돼. 포탄이 떨어지는데 어딜 가?"

바다를 지켜보는 해안 참호에서 여자 목소리가 들렸다. 나이 든 남자의 단호한 목소리도 있었다. 둘은 약간의 실랑이를 하는지 목소리가 점점 더 높아졌다.

"배도 고프고…… 이게 뭐예요."

"그럼 뭐 하러 따라왔어? 그냥 집에 있을 것이지."

과묵한 남자가 최초로 길게 말한 순간에는 그동안의 짜증이 잔뜩 담겨 있었다.

"여필종분데 당신 따라가야죠."

"말도 안 들으면서."

남자는 투덜거리면서도 여자 말에 기분이 좀 풀어진 듯 목소리를 낮췄다. 잠시 대화가 끊어지며 사방이 어둠과 함께 조용해졌다.

백령도에는 여자 예비군이 있었다. 북한과 맞대고 있는 백령도의 특성상 충분히 있을 법하지만, 여자들이 무조건 예비군에 소집되는 것은 아니었다. 여자도 예비군에 지원할 수 있는 것에 불과했다. 이를테면 일종의 지원제였다.

여자 예비군 제도는 백령도에 거주하는 여자들이 분단상황을 직시하고 남편을 이해할 수 있는 기회가 넓어진다는 효과가 있었다. 반면 전투시에는 예비군부대의 전투력과 지휘관의 통솔력을 저하시킬 수도 있었다.

총을 들고 싸우지는 않더라도 여자들이 전투에 참가하는 방법은 다양했다. 그리고 여군이 남군보다 더 우수한 성과를 발휘하는 병과도 상당수 있었다.

남편이 고개를 내밀어 주변 진지들을 살폈다. 이곳 백령도 남쪽 중화동 해안에도 엄청난 포화가 휩쓸고 갔지만 발생한 피해자는 그다지 많지 않았다. 아버지와 함께 총을 들고 해안을 지키던 고등학생 한 명이 파편에 맞아 중상을 입고 후송된 게 유일한 피해였다.

지금은 이곳에 마지막 포탄이 떨어진 지 20분이 넘어가고 있었다. 이곳이 북한 땅에서 포격하기 어려운 위치에 있는 것은 행운이었다. 전쟁이 시작되자마자 떼죽음 당할 것이라는 공포는 사라지고, 지금은 약간 지루함이 느껴지기 시작했다. 여자가 하품을 길게 하며 남편에게 물었다.

"여보, 혹시 이러다가 저번처럼 그냥 흐지부지 되는 거 아녜요?"

"무슨 소리야? 포탄이 쏟아지고 사람들이 죽어가는데. 이건 전쟁이야!"

"저번처럼 그랬으면 좋겠어요."

"……"

남편은 아내의 희망을 애써 부정하지 않았다. 마을에서 남녀를 편 갈라 줄다리기 할 때 여자 편이 항상 이기는 것과 비슷한 의미였다.

6월 13일 04:03 서울 용산구

"구멍난 데가 어디 어디요?"

입구 쪽이 웅성거리며 귀에 익은 목소리가 들렸다. 정현섭 소령이 잠시 지상작전사령부와 연결된 콘솔에서 눈을 떼어 그 방향을 보았다.

합참의장 김학규 대장이 지휘소로 들어서고 있었다. 해군 참모총장과 공군 참모총장 및 몇몇 고위 참모들도 함께였다. 한꺼번에 별이 수십 개씩 뜨자 눈부실 지경이었다.

정현섭 소령은 무수한 별자리들 가운데에서 육군 참모총장을 찾으려 했다. 그러나 역시 그는 없었다. 합참 상황실 당직사령 남성현 소장 등 입구에 도열한 장군들이 국군 수뇌부를 맞았다.

"MCRC, 2함대 사령부 등입니다. 전 전선에 걸쳐 지상전이 전개되고 있습니다. 동부전선 일부 지역에서는 훼바선에서도 전투가 산발적으로 진행되고 있습니다. 동해안 북쪽 끝 통일전망대가 적의 수중에 있습니다. 적은 개전 직후부터 특히 레이더 기지와 공군기지에 대한 기습 위주로 공격하고 있습니다. 따라서 정보감시체계의 붕괴가 우려됩니다."

김학규 대장을 따라 해·공군 참모총장, 그리고 남성현 소장이 움직였다. 김학규 대장은 자리에 앉을 때까지 아무 말도 하지 않았고, 남성현 소장이 정확하면서도 짤막하게 전체 상황을 브리핑했다. 합참의장은 남성현 소장의 마지막 보고에 대해서 토를 달았다.

"자칫했으면 지휘체계도 붕괴될 뻔했소."

지휘부의 안전을 고려해 헬기를 타고 멀리까지 갔는데 다시 돌아와야 했던 합참의장은 씁쓸레한 표정이었다. 임관 출신은 달랐지만 절친한 동료이며 진급 레이스의 오랜 경쟁자이기도 했던 육참총장은 이번 일로 유명을 달리했다.

군령권과 군정권 가운데 군정권을 가진 육군 참모총장은 전시에도 할 일이 많은 편이다. 후임자가 결정될 때까지 당분간이겠지만 김학규 대장은 강력한 후원자를 잃은 셈이었다.

"원주를 목표로 저공침투하던 적 AN-2 편대를 전멸시켰단 말은 오는 도중에 들었소."

이것은 한 시간 동안 일방적으로 공격당했던 한국군에게는 자그마한 위안이었다. 원주에 기지를 둔 공군 전투비행단의 작전 수행에 차질이 없게 됐다는 것도 희소식이었다.

합참의장은 헬기로 이동하면서도 상황을 거의 제대로 파악하고 있었다. 합참 상황실과 예하 작전부대들과도 수시로 연락했고, 대통령과 국방부 장관에게도 매 10분마다 보고를 했다. 이젠 제대로 보고를 들을 때였다. 김학규 대장이 상황판을 보며 입을 열었다.

"서울에 대한 적의 포격은?"

"03시 40분 현재 완전히 멈췄습니다."

"적 항공기의 움직임은?"

"지금은 휴전선 북쪽에서 거리를 두고 아군기와 대치 중입니다."

"예상공격축선 주변은?"

"적의 포격이 계속되고 있지만 포격밀도는 훨씬 줄어들었습니다."

"2함대는?"

"함대 일부가 용유도 부근에서 적 잠수정들을 추적 중입니다."

김학규 대장이 상황판에 시선을 고정시킨 채 남성현 소장에게 질문을 퍼부었다. 짧막한 질문과 답변이 두 사람 사이에 오갔다. 이것은 혹시라도 있을지 모를 상황보고 누락 여부에 대한 확인절차였다.

가장 확실한 보고방법은 일반적인 대화방법처럼 직접 만나서 말하고 듣는 것이다. 손짓 발짓 등 몸짓, 미세한 얼굴표정 변화와 시선 등은 의사소통 수단 가운데서도 매우 중요한 요소들이다. 그래서 직접 만나 이 요소들을 종합해 대화하는 것이 전화로 보고하는 것보다 오해의 여지가 훨씬 더 적어진다.

전화기와 같은 무선통신은 음성만으로 의사소통을 해야 한다. 이 방법은 직접 만나는 것보다는 훨씬 못하지만 다른 수단에 비해서는 비교적 정확하다. 한 사람이 질문하면 다른 사람이 즉각 대답할 수 있고, 추가적인 질문과 대답이 오간다. 그리고 억양과 톤, 음성의 세기와 반응 시간 등도 의사소통의 중요한 요소들이다.

만약 보고서 같은 글로 전달한다면 일반적인 상식과 달리 오해의 여지가 훨씬 더 증가한다. 글이 정확하다고 일반적으로 믿어지지만, 글은 사람의 의사를 제대로 표현하지 못하는 것이다. 사회심리학적 연구에 따르면, 글로 표현되는 의사소통 수단은 전체 내용의 7퍼센트밖에 전달하지 못하는 것으로 나타났다.

지금 합참의장이 질문하는 것은 국방부에 헬기로 도착한 이후부터 지하지휘소에 들어올 때까지의 4~5분간 변동된 사항에 집중돼 있었다. 개전 초반에는 상황이 수시로 급변해 잠깐 사이에 어떻게 전개될지 아무도 예측할 수 없다. 남성현 소장도 그 사실을 알고 확인하는 차원에서 다시 보고한 것이다.

"백령도는?"

"한 시간째 포격이 계속되고 있습니다. 몇 차례 공습도 있었습니다. 백령도 대안의 적 해군 움직임이 심상치 않습니다."

"상륙 가능성은 있는데 아직 상륙은 안 했다, 이거요?"

"그렇습니다. 연평도에서는 연락이 완전히 끊겼습니다."

"음……"

합참의장이 상황판을 다시 살폈다. 울긋불긋한 점들이 휴전선 일대에 걸쳐 수를 놓고 있었다.

"좋아, 잘 막고 있군."

북한군의 진격속도는 합참의장의 당초 예상보다 훨씬 더 느렸다.

일부 북한 특수부대는 훼바지역까지 진출해 교전 중이었지만 북한 정규군은 대부분 훼바 북단에서 전진이 멈춘 상태였다. 휴전선 철책인 GOP는 물론 비무장지대 내 초소인 GP까지 수복한 국군 사단도 많았다. 그런데 비무장지대를 넘어선 육군 부대는 전혀 없었다.
"남 소장, 그런데 왜 아직 선포하지 않은 거요? 남 소장이 북진을 막았소?"
"아직까지는 서해 5도를 노린 국지전 발발 가능성을 염두에 두어야 할 것 같습니다. 그래서 충무 1종 사태를 선포하지 않았습니다."
남성현 소장의 의견을 들은 합참의장이 천천히 고개를 흔들었다.
"상황에 너무 안일하게 대처한 것 아니오? 이건 전면전이오. 1시간 동안 전 전선에 걸쳐 북괴놈들이 휴전선을 넘어왔지 않소?"
김학규 대장이 남성현 소장을 책망했다. 그러나 합참의장도 혹시나 하는 마음이 있었는지 헬기를 타고 이동하는 동안 직접 명령하지 않았다. 상황을 전반적으로 검토할 기회와 시간이 필요했다.
김학규 대장이 벌떡 일어나 숨을 깊이 들이쉬었다. 상황실의 모든 요원들이 합참의장을 주시했다. 김학규 대장은 단숨에 선언했다.
"자, 이 시간부로 충무 1종 사태를 발령한다!"
상황실 요원들이 굳은 표정으로 일제히 전화수화기를 집어들었다. 합참과 예하 작전부대가 유선과 무선통신, 또는 인공위성통신으로 연결되었다. 예하 작전부대들이 일선 부대에 발령을 통고할 것이다. 그러면 일선 부대에서는 충무 1종 사태에 대비해 준비된 행동을 개시하게 된다.
김학규 대장이 자리에 털썩 주저앉았다. 이곳에 도착하기 직전까지 합참의장과 참모총장들이 토론을 통해 도출한 결론이었다. 육군 참모총장의 죽음이 감정적으로 작용하기도 했지만, 누가 봐도 전면전이라는 데에 이의가 있을 수 없었다.

북한의 남침을 상정한 전면전 상황에서 당연히 발동되는 것이 충무 1종 사태이다. 이것은 전시동원체제의 발령을 의미한다. 그리고 충무 1종 사태는 군부대에만 하달되는 것이 아니다. 정부에 통고되어 정부도 전시체제에 들어간다.

전시동원령이 발동되고 예비군이 소집되어 전선으로 투입된다. 기간 산업시설은 대부분 군수산업으로 전환되고 군수물자가 최우선적으로 생산되어 전선에 보급된다. 상황에 따라서는 국민들의 직장 재배치가 이뤄지고 식량배급이 실시되는 경우도 있다. 물가와 물자유통은 당연히 정부에 의해 철저히 통제된다.

"적의 주공은?"

"적 지상군 주력이 어디에 있는지 아직 확인되지 않았습니다. 전선은 매우 산발적인 전투양상을 보이고 있습니다."

지휘부가 개전 직후부터 계속 의문을 갖던 문제였다. 국군 지휘부가 수십 년간 고민한 문제이기도 했다.

한반도 전쟁 시나리오는 여러 가지가 있다. 특히 북한의 주공축선에 관한 예상도 가지가지다. 핵전쟁이 아닐 경우에 일반적으로 인정되는 북한의 주공축선은 서너 곳이 있다고 알려져 있다. 일부 시나리오를 제외하면 그 목표는 물론 인구와 산업시설이 집중된 수도권이다.

"주력은 전선 배후에서 대기하고 있겠지. 어딘가 뚫리면 집중돌파하려고 말이오. 이들이 움직이기 전에 미리 기세를 꺾어야 하오. 그러나…… 으음!"

합참의장이 이를 악물었다. 공군과 포병의 타격목표는 이미 사전에 계획되어 있었다. 육군의 공격계획도 시간별로 치밀하게 예정되어 있었다. 명령만 떨어지면 육군이 휴전선을 넘어 일제히 북한으로 진격하는 것이다.

남성현 소장이 정현섭에게 다가왔다. 지시가 없어도 정현섭 소령이 지상작전사와 연결된 전화기를 집어들었다. 합참 상황실 요원들이 김학규 대장의 입술에 시선을 집중했다. 지금은 결단의 순간이었다.

정현섭 소령은 예전의 작전계획인 '작계 5027'을 기억했다. 북한의 기습침공에 의한 전면전 상황이 발생하면, 한국군은 북한 전 지역을 작전지역으로 확대하여 전군이 북진을 실시하는 작전계획이었다.
이것은 90년대 중반 이전의 수세적인 작전계획에 비해서 훨씬 더 공세적인 반격작전 계획이었다. 꾸준한 전력증강을 통해 국군이 자신감을 확보했다는 사실을 알려주는 상징적 계획이기도 했다.
그런데 이 계획은 한미연합사의 기본 작전계획이었다. 그리고 5로 시작되는 번호를 보면 알 수 있듯이 이것은 동시에 미국 태평양사령부의 작전계획이었다. 한국군과 미군의 합동작전인 셈이었다.
이 작전계획과 별도로 한국군 독자적으로 응전자유화계획이라고 설명된 '충무 9000'과 그 세부계획 및 기타 관련 계획들이 있다고 언론에 보도되었으나, 그 자세한 내용은 시사잡지나 신문지상에 게재된 바 없었다.
지금은 주한미군이 점차적으로 감축하고 한미연합사가 해체과정을 밟고 있었다. 당연히 미 지상군의 참전이 전제되는 작계 5027은 폐기될 수밖에 없었다. 국군의 독자적인 반격계획은 따로 수립되었다.
그 계획 이름이 합참의장의 입에서 튀어나오려는 순간이었다. 정현섭은 자기도 모르게 일어서서 눈가에 힘을 잔뜩 주고 귀를 기울였다. 순간 상황실은 침묵 속에 싸늘하게 식었다. 드디어 김학규 대장이 입을 열었다.
"당분간 포격과 폭격만 실시한다. 주공축선이 확인될 때까지 육군 진격은 잠시 유보한다."

6월 13일 04:21 인천광역시 용유도 서쪽 8km 해상

"방위 이백팔십공(2-8-0)도, 거리 1,500! 추정 적 잠수함 두 척입니다!"
 전남함의 전투정보센터에는 무수한 정보가 쏟아지고 있었다. 그 정보는 대부분 이 해역에 우글거리는 북한 잠수정에 관한 것들이었다. 북한 잠수정 두 척을 잡은 다음 전남함은 새로운 목표를 설정했다.
 함장 윤재환 중령이 음탐수 뒤에 서서 소나에 잡힌 북한 잠수정들의 움직임을 살폈다. 북한 잠수정들은 침투할 때와 달리 진형을 전혀 고려하지 않았다. 이들은 물 속에서 넓게 분산한 채 영종도 서쪽, 용유도 옆을 통과해 북쪽으로 무질서하게 내달리고 있었다.
 "젠장! 너무 많다."
 "빨리 한 척이라도 더 잡아야 합니다, 함장님!"
 흥분한 부장이 당장 추격해 폭뢰로 공격할 것을 주장했다. 그러나 지금 전남함 입장에서는 적 잠수정 한두 척에 전념할 때가 아니었다. 이 해역에는 잠수정이 너무 많이 있었다. 물 반, 잠수정 반이라고 해도 과언이 아니었다.
 이 많은 잠수정들을 침투하기 전에 한 척도 발견하지 못했다고 생각하자 함장 윤재환 중령은 얼굴이 화끈거렸다. 한국 해군이 완전히 당한 것이다. 게다가 지금은 적 잠수함들이 모두 뿔뿔이 흩어져서 도주하는 중이었다. 한 척이라도 무사히 귀환하도록 내버려둔다면 더 큰 치욕이 될 것이다. 윤재환 중령은 점점 초조해졌다.
 남쪽에서 수색을 시작한 원주함도 공격을 위해서 이리저리 쫓아다녔다. 하지만 이곳에서 적 잠수함을 잡기는 쉽지 않았다. 울산급이나 포항급 모두 3연장 어뢰발사관을 가지고 있었다. 수상전투함들은 보통 이 어뢰를 멀리 떨어진 곳까지 발사해 잠수함을 잡는다.
 그러나 어뢰는 수심이 낮은 경우 사용하기 곤란하다. 어뢰의 탐색

소나가 발신하는 음파가 해저면에서 난반사되어 어뢰가 오작동하는 경우가 많기 때문이다. 그런데 용유도 서쪽 해상에서는 수심이 10여 미터밖에 되지 않았다. 게다가 침투용 잠수정은 크기마저 작았다.

전남함은 어뢰말고도 대잠공격용 폭뢰를 탑재하긴 했지만 폭뢰는 목표 바로 위에서 투하해야 한다. 적 잠수정을 일일이 따라다니면서 공격하기에는 목표의 숫자가 너무 많았다. 함장의 고민은 바로 그것이었다.

"고속정대를 호출해. 폭뢰를 준비해두라고 전하라."

"알겠습니다. 고속정도 폭뢰는 약간이나마 탑재하고 있습니다. 하지만……."

부장은 윤재환 중령의 명령이 이해가 되지 않았다. 함대로 완전히 포위한 상황이라면 목표 위치가 분명하니 고속정에 공격을 지시할 수도 있었다. 그러나 도주 중인 잠수정을 추적할 만한 장비가 고속정에는 없었다. 소나가 없는 고속정에게 그것은 한계였다.

"당연히 우리 소나팀에 의지해야지. 어차피 모든 잠수정을 우리가 일일이 쫓을 수는 없네. 소나팀이 목표를 확실히 포착하면 고속정에 공격을 인계하고 우리는 다른 것을 추적하는 거다. 알겠나?"

"옛! 알겠습니다."

부장이 대답했지만 쉽지는 않은 일이었다. 자칫 확실하게 격침시킬 수 없을지도 몰랐다. 그러나 대안이 없었다. 부장이 고속정 편대를 호출하려고 통신기를 집어들었다.

"부장, 폭뢰공격에 충분히 주의를 시키게. 지연신관을 쓰라고 해."

윤재환 중령은 얕은 수심에서 폭뢰가 폭발할 경우, 그것을 투하한 고속정도 함께 피해 입을 것을 걱정한 것이다. 교전상황에서 부하들의 감정상태는 절대 장담할 수 없었다. 긴장한 나머지 어떤 실수를 저지를지도 모르기 때문이었다. 헛되이 부하를 잃지 않으려면 꼼꼼한 시어머니처럼 모든 것을 확인해두어야 했다.

6월 13일 04:32 인천광역시 용유도 서쪽 11km 해상

"침로 변경! 지시가 내려왔다. 폭뢰 투발준비!"

고속정장 오승택 대위가 전남함에서 지시한 방향으로 부하들에게 명령했다. 전남함이 요구한 전술은 만만하다고 볼 수 없는 내용이었다. 평소에 그에 대비한 훈련이 없었던데다 전남함의 소나가 탐지한 잠수정 위치가 정확할지도 의문이었다.

참수리급 고속정 후갑판에서 작업 중인 수병들은 폭뢰의 심도와 지연신관을 조작하느라 애쓰고 있었다. 고속정 승무원들에게는 익숙지 않은 작업이었다. 작업을 지휘하던 선임하사가 완료됐다는 뜻으로 손을 번쩍 치켜올렸다.

— 거리 100미터다. 일단 감속하라.

"알았다, 감속하겠다. 정확한 위치를 알려주기 바란다."

마이크를 잡은 오승택 대위는 초조했지만 무선교신 상대방은 자신감에 넘쳐 있었다. 목표가 된 북한 잠수정은 추적을 감지하지 못했는지, 아니면 참수리급 고속정에 소나가 없다는 사실을 알고 무시했는지 침로를 전혀 변경하지 않았다.

— 문제없다. 그 방향으로 80미터 전방이다.

잠수정이 있는 곳과 점점 가까워지고 있었다. 오승택 대위가 검은 바다를 살폈지만 아무 것도 보이지 않았다. 깜깜한 물 속에 북한 잠수정이 있다는데 그의 느낌은 아직 막연했다.

오승택 대위는 다시 후갑판 쪽으로 시선을 돌렸다. 폭뢰를 준비한 수병들이 신호를 기다리며 잔뜩 긴장한 채 오승택 대위에게 시선을

모으고 있었다.
 - 20미터다. 성공을 빈다!
 "알았다, 가속한다. 기관전속!"
 저속으로 항주 중이던 참수리급 고속정이 기관 출력을 최대로 높였다. 맹렬한 엔진음과 함께 물줄기가 함미 쪽에서 소용돌이쳤다. 함수가 급작스럽게 들리며 함미 쪽에서 물보라가 튀어올랐다.
 폭뢰를 조작하던 부하들이 일순간 휘청거렸다. 위험한 순간이었다. 그러나 고속정에서 산전수전을 다 겪고 이제는 대잠전, 즉 대잠수함 작전을 겪을 수병들이었다. 우려할 만한 안전사고는 일어나지 않았다.
 배수량이 무겁고 느린 배는 수면 아래로 잠기는 면적, 즉 흘수선 아래가 깊다. 그런데 고속정처럼 활주형 선체인 배들은 속도가 빠를수록 선체가 수면 위를 튀기듯 항주하게 된다. 지금 참수리급 고속정이 그런 상태였다.
 "투하!"
 오승택 대위가 손을 번쩍 들어올렸다. 그러자 폭뢰 두 발이 바다 속으로 떨어져나갔다. 이제 최대한 빠른 속도로 도망쳐야 했다.
 보통 디젤엔진은 진동이 크고 배기음은 굵고 낮은 톤이다. 그러나 참수리급 고속정의 디젤엔진 소리는 다르게 들린다. 저음이지만 마치 그르렁거리는 할리 데이비슨처럼 경쾌하고, 진동은 거세면서도 부드러운 음색이었다.
 맹렬한 속도로 폭뢰를 투하한 지점을 30여 미터쯤 벗어났을 때 진흙이 잔뜩 섞인 거대한 물기둥이 치솟았다. 오승택이 지휘하는 작은 배에 너무 가까운 거리였다.
 충격파에 배가 휘청거렸다. 잠시 후 엄청난 물벼락이 항해함교 위로 퍼부어졌다. 방수복을 걸치지 않은 군복이 펄에 흠뻑 젖어 벌겋게 변했다. 오승택 대위는 아랑곳하지 않고 옆에 서 있는 부정장에게 외쳤다. 부정장도 물에 빠진 생쥐 꼴이었다.
"내가 제일 좋아하는 소리가 뭔지 알아?"
"옛?"
부정장이 침을 뱉어내다가 반문했다. 오승택 대위는 무슨 말인지 못 알아들은 부정장을 개의치 않고 하고 싶은 말을 이어갔다. 부정장은 눈과 귀에서 흙탕물을 떨어내느라 바빴다.
"그건 제트 엔진 소리야. 애프터 버너를 켰을 때 생기는 엄청난 굉음이지. 그리고 두 번째는 바로 이 배의 디젤엔진 소리야. 쿵쾅거리는 진동이 좋아. 그 소리는 발바닥으로도 느껴져. 나는 이 떨림이 너무 좋아. 하하하!"
오승택 대위가 물에 젖은 모자를 벗고 흙탕물이 줄줄 흐르는 머리카락을 쓸어넘겼다. 큰소리로 웃어젖히는 정장의 말을 들었는지 못 들었는지 부정장은 아직도 멍청한 표정이었다. 조금 전에 들린 무지막지한 폭발 소리가 부정장의 귀를 멍멍하게 만들어 놓았다.

6월 13일 04:39 인천광역시 용유도 서쪽 10km 해상

"함장님, 격침확인은 안 합니까?"
부장이 뜻밖이라는 표정으로 전남함 함장 윤재환 중령에게 질문했다. 폭뢰를 투하한 고속정들이 부유물을 확인하겠다고 보고해 왔으나 함장이 제지했기 때문이다.
"확인할 시간이 없어."
"하지만……"
"부장! 지금 침투한 잠수정이 몇 척일 것 같아?"
부장은 납득이 가지 않는 표정이었다. 그런데 함장은 여유가 없었

다. 인천을 저 지경으로 만들어놓을 정도라면 특수잠수정 수십 척이 침투했다는 뜻이었다. 잠수정을 공격하고 나서 확인하는 데까지 시간을 허비할 필요는 없었다. 부장이 대답을 하지 않고 머뭇거리자 윤재환 중령이 말을 계속했다.
"유고급이면 조함요원 빼고 추가 탑승인원이 기껏해야 6~7명 정도야. 함대사령부를 포함해 인천이 저 모양으로 된 게 한두 팀 소행으로 보이나? 지금 이 아래쪽에는 최소한 30척 이상이 있어."
함장이 말하는 동안에도 물 속에서 둔탁한 폭발음이 계속 이어졌다. 그럴 때마다 함체가 울렸다. 음탐반 요원들은 곤욕을 치르고 있었다. 폭뢰공격과 동시에 소나로 새로운 목표물을 탐지해야 했다. 연이은 폭발음이 헤드폰을 쓴 귀를 때려댔다.
"격침 확인에 신경 쓸 시간이 없어. 그 사이에 하나라도 더 찾아서 해치워야 해. 그것은 확률에 맡길 일이니 부장은 걱정하지 말게."
"억세게 운 좋은 놈들은 어쩔 수 없겠군요. 알겠습니다."
함장의 지시에 수긍하긴 했지만 부장은 여전히 아쉬운 표정이었다. 지금 당장 확인하지 않으면 적 잠수함의 파괴된 잔해가 썰물에 쓸려가거나 개펄 속에 묻힐 게 분명했다. 그럼 다시는 격침확인을 하지 못할 수도 있었다.
"트래커라도 있다면 좋겠는데 말야……."
함장은 지금 상황에서 항공지원을 받지 못하는 것이 더 아쉬웠다. 대잠초계기가 있다면 사냥은 훨씬 더 수월할 것이다. 그러나 해군의 P-3C 오라이언과 S-2 트래커 비행대는 인천지역까지 북상할 엄두를 못 내고 있었다.
수도권 상공은 저공침투하는 북한 전투기들과 이들을 요격하려는 한국 공군기들의 혼전만으로도 비좁았다. 한국 전투기들이 북한 공군기를 계속 격추시켰지만 한계가 있었다. 전체 전투비행단이 통제되지 않아 한국 전투기가 요격태세에 임하지 못하는 시간이 조금씩 생기는 것이다. 그 틈을 이용해 북한 전투기들이 빈번하게 남쪽으로 내려왔다. 제공권을 확실히 확보하지 않은 이상 대잠비행대의 출동은 불가능했다.

윤재환 중령이 이마를 닦았다. 너무 적은 함정으로, 사방으로 도주하는 조그만 잠수정을 찾는 것이 쉬울 리 없었다. 또다시 폭뢰 폭발음이 선체를 두들겼다.

20여 분 동안 전남함과 원주함, 그리고 고속정 5개 편대가 잠수정을 사냥하기 위해 진땀을 흘렸다. 이들은 하나씩 차근차근 잠수정들을 잡아나갔다. 아직 격침한 잠수정보다 잡지 못한 잠수정 숫자가 더 많았다. '정글북'에 나오는 말처럼 '사냥감이 듬뿍'이었다.

그런데 상황이 변했다. 북쪽에서 새로운 목표가 남하하는 것이었다. 해군작전사령부와 직접 연결되는 전술자료분배시스템이 인천 북쪽의 통신중계소로부터 연결되자 전남함과 고속정들은 잠수정 사냥을 멈출 수밖에 없었다. 고속으로 남하하는 적 고속정단이 당장은 더 중요한 타격목표인 것이다.

윤재환 중령은 고민 끝에 원주함을 이곳에 남겼다. 잠수정의 움직임을 파악해두기 위해서였다. 전남함은 고속정대를 이끌고 최고속도로 북상을 시작했다. 덕적도 근방에서 작전하던 경북함과 성남함 역시 합류지점을 향해 최고속도로 달려가고 있었다.

6월 13일 04:54 서울 영등포구 대림동

김승욱은 힘없이 집으로 걸었다. 도로 위로 사이렌 소리를 요란하게 울리며 앰뷸런스가 내달렸다. 멀리 빌딩 숲에서는 아직도 군데군데 불길이 치솟고 있었다.
　붕대 감은 발로 절룩거리며 한참 걷다 보니 땀이 나기 시작했다. 후덥지근한 날씨 탓도 있지만 그것보다는 운동부족 때문이었다. 김승욱이 인정하기는 싫지만 운동부족보다 더 큰 이유가 과식이었다. 제대 후부터 몸이 급격히 불어났다. 체중은 생각하기도 싫었다. 집은 아직 멀었다. 짜증이 났다.
　핵핵거리던 김승욱은 잠시 잊었던 분노가 다시 치밀어올랐다. 이건 다 북쪽놈들 때문이었다. 결국 이렇게 되었다. 50년 넘도록 지랄하더니 그 나쁜 놈들이 결국 또 전쟁을 일으킨 것이다! 도대체 미국이 북한을 폭격한 것하고 북한이 남침하는 것이 무슨 상관이란 말인가? 김승욱은 궤변쟁이 빨갱이놈들의 아가리를 찢어죽이고 싶었다.
　김승욱은 상당히 걸었다고 생각했다. 다리가 아프기 시작했다. 집은 아직 멀었다. 텅 빈 도로에는 이따금 소방차나 앰뷸런스, 아니면 경찰 순찰차가 전부였다. 가로등도 꺼진 도로는 무척 허전했다.
　길에 사람이 없는 것이 좋은 점도 있었다. 얇은 잠옷 바지에, 위에는 환자복을 입고 붕대 감은 발로 슬리퍼를 끄는 김승욱의 모습은 아무리 봐도 정상적으로 보이지 않았다.
　그가 이렇게 걷는 것은 전화가 불통됐기 때문이다. 유선전화는 아예 안 되고 휴대폰에서는 '전시국민행동강령'만 반복해서 방송되었다. 택시 같은 교통수단도 없으니 이렇게 걸을 수밖에 없었다. 인구 천만의 서울에서 갑자기 몇만 년 전 원시인이 된 느낌이었다.
　병원에 계신 아버지가 걱정됐지만 다리를 다친 어머니도 걱정되긴 마찬가지였다. 힘을 내어 겨우 아파트 단지에 도착했다. 아파트 단지는 불 켜진 집 하나 없이 캄캄했다. 무너진 옆동에는 건물더미가 쌓여 있고 나이 든 민방위대원들이 화재 뒷정리를 하고 있었다. 하얀 천이 덮인 것은 시체 같았다. 김승욱이 어머니를 찾았으나 그 부근에는 없었다.

아파트 입구로 들어섰다. 현관에는 경비원 노인이 아주머니 몇 명과 근심 어린 표정으로 이야기하고 있었다. 김승욱이 습관적으로 엘리베이터 버튼을 눌렀지만 불이 들어오지 않았다. 당황한 김승욱에게 경비원이 말했다.

"지금 전기 안 들어와요."

경비원을 보며 한숨을 내쉰 김승욱이 계단을 터벅터벅 걸어오르기 시작했다. 10층까지 걸어서 올라가긴 참 오랜만이었다. 좀 전에도 많이 걸어서 그런지 3층도 오르기 전에 숨이 가빴다. 계단 곳곳에 핏자국이 있었다. 무너진 옆동에서 터져나간 유리조각 때문에 이 아파트에서도 다친 사람이 많았다.

숨이 목까지 차올랐다. 목이 탁 잠기고 어질어질했다. 그러나 김승욱은 쉬지 않고 올라 겨우 10층에 도착했다.

"엄마! 저 왔어요!"

소리치고 나서 혹시나 하고 초인종을 눌렀는데, 초인종은 제대로 울렸다. 신기했다. 아마 건전지로 작동하는 것 같았다. 안에서 사람 기척은 없었다. 주무시는지, 다른 데 계시는지 알 수 없었다. 김승욱이 열쇠를 꺼냈다. 병원에 있을 때 아버지 옷주머니에서 찾은 것이다.

때마침 거실에서 전화벨이 요란하게 울려댔다. 이제 전화가 되나 보다며 서둘러 문을 따고 들어가 수화기를 들었다. 그 순간 다리가 풀렸다. 털썩 주저앉으면서도 김승욱은 수화기를 놓치지 않았다. 수화기에서 여자 목소리가 들리자 김승욱이 반사적으로 물었다.

"누나야?"

- 대한민국 국방부에서 알려드립니다. 북괴의 기습남침, 으로 인해, 전시동원령, 이, 발령되었습니다. 귀하가 동원, 예비군으로서 국토방위를 위하여 입영하게 된 것을 축하드리며, 다음과 같이 알려드립니다.

김승욱은 여자 목소리로 또박또박 녹음된 말을 듣자마자 심장이 덜컥 내려앉는 것 같았다. '드디어 올 게 왔구나' 하는 느낌이었다. 눈앞이 캄캄했다.

－동원, 예비군, 병장, 김, 승, 욱, 씨는 병역법 제46조의 규정에 의하여 군복군장, 을 갖추고, 6월, 13일, 17, 시부터, 18, 시까지, 광명, 에 있는 제, 59, 사단, 으로 입영할 것을 통지합니다. 집결시간은, 16, 시, 이며, 집결 장소는, 서울공업고등학교, 입니다.

시간과 상황, 기타 변수에 따라 각 동원예비군마다 다르게 들릴 수 있는 전화통지문이 전국 가정에서 동시에 울려퍼지고 있었다. 대신 다른 일반 전화는 일체 불통이었다.

김승욱이 기억을 더듬었다. 제대하고 난 후 매년 받아온 병력동원소집 통지서에 있는 내용과 비슷한 것 같았다. 동원 시간은 동원령 선포 시간에 따라 달랐다. 김승욱은 책상 서랍에 있는 병력동원소집 통지서를 찾으려다 말았다. 전화 안내방송은 계속 이어졌다.

－정당한 이유 없이 소집에 응하지 않을 경우 병역법 제88조, 에 의해, 3년 이하의 징역, 또는 전시군법 제212조와 부칙 11조 규정에 의해 해당하는 처벌을 받게 됩니다.

김승욱이 3년 이하의 징역이란 말에 잠시 솔깃했다. 차라리 교도소에서 3년 동안 콩밥 먹는 편이 총 들고 전선에 가는 것보다 낫지 않을까 하는 계산이었다. 그러나 전시군법에 의한 처벌이 무엇인지 알 수 없었고, 두려웠다.

그리고 잠시 생각해보니 전시에 교도소에 있는 것은 전혀 안전하지 않은 것 같았다. 남들은 피 흘리며 죽어가는데 수형자들만 편하게 교도소에 있게 내버려둘 것 같지 않았다. 만약 교도소가 폭격을 받아 불이라도 나서 빨리 빠져나가야 하는데 문이 잠겨 있으면 어떻게 될까, 그런 끔찍한 상상도 했다.

다시 전화벨이 울렸다. 김승욱이 반갑게 받았지만 조금 전과 똑같은 내용이었다. 힘없이 수화기를 내려놓았다. 누나와 어머니가 도대체 어디 있을까, 김승욱은 걱정스러웠다.

6월 13일 05:22 인천광역시 옹진군 연평도 남서쪽 15km 해상

— 전대장 동지! 3편대로부터 보고입네다. 방위 1-1-0, 거리 49km. 고속 수상물체 다수가 북서진 중입니다!
무선수의 다급한 보고가 전성관으로 울려퍼졌다. 고속정 함교에 있던 리기호 중좌가 망원경을 동쪽으로 향했다. 부분적으로 희뿌옇게 밝아오는 어두운 동쪽 하늘 아래에 보이는 것은 없었다. 이때쯤의 일출 시간은 대개 오전 5시 10분 정도인데, 날이 잔뜩 흐려 아직 어두웠다.
수면에서 볼 수 있는 것은 수평선상에서 20km를 넘지 못했다. 높은 항해함교에서 상대방 배의 가장 높은 곳인 마스트를 확인하더라도 시계는 얼마 늘어나지 않았다.
리기호 중좌가 작도판으로 다가와 해도를 살폈다. 편대장 김영철 소좌가 다른 군관들과 함께 한국 해군 함정과 인민군 고속정들의 위치를 표시하고 있었다. 다른 전대 소속 고속정까지 모두 합하면 도합 50여 척이 남동쪽으로 돌격하는 상황이었다.
현재 북한 고속정단 선도함 기준으로 한국 해군 함대는 25km 정도까지 접근하고 있었다. 작도판에 등장한 한국 해군은 그 숫자와 함종 구분이 되지 않은 상태였다.
리기호 중좌가 전성관에 대고 외쳤다. 고속정에도 갑판 아래에 작은 전투정보실이 있어 미사일 관제를 맡고 통신실도 같이 있다.
"숫자는?"
— 10여 척 이상이디만 아직 불확실합네다. 대형 수상함 2척이 동반

중이라고 합네다!

리기호가 지휘하는 고속정 전대 선두인 3편대 함정들은 다른 전대의 선두 편대 소속 고속정들과 함께 아슬아슬한 가시거리에서 한국함대와 대치하고 있었다. 그러나 이쪽 레이더에서는 아직 탐지되지 않았다.

리기호 중좌는 거칠게 뛰는 맥박으로 마치 술에 취한 듯 어지러웠다. 어쨌든 시작이 매우 좋았다. 전쟁이 시작되자마자 북한의 고속정 집단은 대연평도 남쪽, 소연평도를 급습했다. 소연평도 기지에서 황급히 빠져나온 한국 해군 함정은 불과 세 척이었다. 그 중 한 척은 전투와 상관없는 급수함이었다.

완전 포위되어 도주를 포기한 한국 해군 고속정 두 척은 필사적이었다. 그러나 전력 차가 압도적이었다. 짧은 시간에 인민군 고속정들이 이들을 모두 격침시켰다. 어뢰를 적재한 신흥급 고속정 한 척을 잃긴 했지만 전과는 3대 1이었다. 리기호 중좌가 지휘하는 고속정 전대 입장에서는 서전을 멋지게 장식한 것이다.

리기호 중좌는 몸 속을 거세게 휘저어놓은 아드레날린이 서서히 가라앉으며 더욱 냉정해지고 있음을 느꼈다. 그것은 예방 백신과도 같은 것이었다.

누구에게나 전투와 피, 죽음은 충격적으로 다가온다. 살인에 대한 충격을 어느 누구도 쉽게 적응할 수는 없었다. 그 충격이 자신을 파멸시키지 않고 살아남았을 때, 군인들은 그런 야수적인 감정에 차츰 적응하게 된다. 그것은 마치 전쟁에 적응하는 예방주사와도 같은 것이었고 가볍게 앓는 것은 백신과 똑같았다. 리기호는 조금 전의 전투가 매우 좋은 기회였다고 생각했다.

소금기 가득한 바닷물이 눈에 들어가자 약간 따가웠다. 리기호 중좌는 소맷자락으로 눈을 비비고 나서 전방을 응시했다. 두 척의 대형 함정이 문제였다. 공화국 해군의 레이더는 그 정도 거리에서 함종까지 파악해내기는 어려웠다.

그것은 울산급 프리깃이거나 포항급 초계함일 것이다. 만약 한국 해군의 신형 구축함이라면 더할 나위 없는 상대였다. 혹은 상대가 광개토대왕급 구축함이라면 충분히 목숨을 걸 만한 가치가 있었다. 그렇다면 전 고속정 편대를 제물로 삼아서라도 구축함을 저승길 동무로 삼고 싶었다.

─ 3편대, 적 선두와의 거리 18km입니다. 배후에 대형 전투함 한 척이 또 있답니다. 3km 후방입니다. 역시 고속정으로 예상되는 3척의 소형 함정을 동반하고 있습니다.

"놈이다! ESM 감청은?"

기대에 찬 리기호 중좌의 가슴이 다시 쿵쾅거렸다. ESM으로 레이더 특성만 파악하면 함종을 파악해낼 수가 있었다. 그렇다면 더욱 많은 응원군을 요청할 수도 있고 잘하면 공군의 지원도 바랄 수 있다. 인민군 공군도 광개토대왕급이라면 충분히 욕심을 낼 것이다.

─ 레이다 신호가 있습니다. 파장을 분석하고 있습니다.

"빨리 분석하라. 편대 대형을 그대로 유지한다. 3편대에게 명령이 떨어질 때까지 절대 개별 회피행동을 하지 말라고 전하라!"

리기호 중좌는 레이더실과 통화를 끝낸 다음 다른 함정들에 다짐을 주었다. 고속정 전투는 진형陣形을 매우 중시했다. 육상과 달리 바다에는 자연적인 장애물이 전혀 없다. 섬이 있긴 하지만 예외적인 경우라서 바다에서의 전투는 마치 개활지나 평지에서 전투하는 것과 같은 개념이었다.

─ 레이다파 분석을 마쳤습니다. 레이다 방사원은 한곳입니다. 대공 탐지기와 대수상 탐지기를 모두 작동하고 있습니다. 주파수 대역은 E/F 밴드! 울산급이 장비하는 DA-08 레이다입니다. 반복합니다. 레이

다를 켠 놈은 울산급 한 척뿐입네다. 나머지 함정들은 무선봉쇄 중입니다.

"알았다."

역시 울산급이었다. 포항급 초계함은 대공 레이더가 없기 때문에 확실히 구분할 수 있었다. 리기호 중좌는 배후에 위치한 대형 함정도 레이더를 봉쇄하고 있다는 점으로 봐서 광개토대왕급일 것이라고 더욱 굳게 확신했다.

수평선 쪽에서 포성이 들리기 시작했다. 선두의 3편대 고속정 주위로 검은 연기가 피어올랐다. 흐린 하늘이었지만 이제 모든 것이 밝아졌다.

6월 13일 05:25 강원도 인제군 매봉산 기슭

이슬로 땅바닥이 적당히 젖은 이른 아침 산길은 은밀하게 움직이기 적당했다. 산봉우리들이 짙은 구름에 휩싸여 시계가 아주 나빴지만, 그것은 오히려 리철민 중사와 다른 인민군들에게는 듬직한 우군이었다.

이런 날씨에서는 바로 지척간이 아니면 사람이 숲 속에서 움직이는 것을 찾을 수가 없었다. 그들은 보통사람들이 겨우 기어오를 가파른 산길을 나는 듯이 달리고 있었다.

이번 작전은 동해안 지역을 맡은 인민군 1군단이 보유한 2개 경보여단과 다른 몇몇 부대들이 총동원된 대규모 침투작전이었다. 리철민 중사가 속한 70경보여단 3대대 1중대 2소대는 향로봉과 칠절봉을 거쳐 이곳 매봉산 부근에 오기까지 교묘하게 흩어졌다 모였다를 반복하면서 단 한 번도 국군의 저지를 받지 않고 경계선을 통과했다.

하늘도 제대로 보이지 않는 밀림 속을 일렬 종대로 은밀하게 움직이는 이들은 하늘에서도, 땅에서도 발견하기 어려웠다. 더구나 그들은 휴전선을 돌파한 지 3시간도 안 되어 벌써 매봉산 근처를 지나고 있었다.

나뭇잎에 맺힌 이슬과 몸에서 발산된 땀으로 인민군들의 옷이 축축하게 젖었다. 리철민 역시 동글동글한 이마와 코끝에 땀이 송골송골 맺혔다. 그는 소매로 한 번 쓱 닦고는 말없이 계속 남쪽으로 걸음을 재촉했다. 얼굴에 잔뜩 바른 위장크림 때문에 느껴지는 이물감은 이미 만성화되어 아무렇지 않았다.

동녘이 서서히 밝을 시간이지만 잔뜩 흐린 날씨 때문에 거의 변화가 없었다. 그런데 오늘 아침은 어제 아침과 의미가 크게 달랐다. 인민군 입대 후 지금까지 10년 넘게 고된 훈련을 받으며 준비해온 통일전쟁을 시작하는 첫날이기 때문이었다.

리철민 중사는 가슴을 가득 채우는 격정에 도취되어 발걸음이 더욱 빨라졌다. 다른 인민군들 역시 말은 안 했지만 마찬가지인 듯했다. 보통사람이면 금세 숨이 찰 산길을 조금도 흐트러짐 없이 달리는 듯한 속도로 움직였다.

훈련 때는 40kg에 이르는 군장을 꾸려 힘들게 훈련했지만 실전상황인 지금 그들이 가진 장비는 88식 자동보총과 권총 1정, 수류탄 몇 발밖에 없어 많이 가벼워진 편이었다. 등에 진 배낭 속에도 미숫가루와 구운 강냉이가 조금 들어 있을 뿐 텅텅 비어 있었다. 그래서 이런 험한 산길을 마치 나는 듯 달릴 수가 있었다.

리철민이 들고 있는 88식 자동보총은 AK-74의 북한식 변형으로, 이전에 인민군 주력 소총으로 쓰이던 58식, 68식 자동보총이 7.62밀리임에 반해 이것은 5.45밀리의 소구경 자동소총이다. AK 계열은 통칭 아카보총(AK步銃)이라 불린다. 즉, 칼라시니코프(Kalashinikov)가 설계한 보병용 자동소총이라는 뜻이다.

필요한 장비들은 밀봉한 상자에 넣어져 주요 타격목표 부근 정해진 장소에 매장해둔 상태였다. 이곳을 흔히 드보크라 부른다. 목표지점 부근에는 남파된 조선로동당 소속 대남공작원들이 몇 년간에 걸쳐 공들여 만든 드보크들이 많이 있어서 구태여 무거운 군장을 꾸려 이동단계부터 체력을 소모시킬 필요가 없었다. 인민군들이 훈련할 때 무거운 군장을 꾸리는 것은 실전상황에서 행군속도를 더 높이기 위한 성격이 강했다.

약간 밝아진 하늘을 한 번 바라본 리철민 중사는 다시 땅바닥을 내려다보면서 발걸음을 재촉했다. 아직 길이 멀었다.

6월 13일 05:26 인천광역시 옹진군 연평도 남동쪽 45km 해상

"경북함이 공격을 시작했습니다."

부장으로부터 보고를 받은 윤재환 중령이 쌍안경을 다시 집어들었다. 고속정들은 계속 서쪽으로 돌진했다. 성남함은 왼쪽으로 선회한 채 속도를 줄이고 있었다.

사격을 개시한 경북함 반대쪽으로 자리잡은 성남함이 함포를 쏘기 시작했다. 함수와 함미에 한 문씩 장착된 76mm 자동속사포가 북한 고속정들에게 불세례를 퍼부었다.

"역시 경북함입니다. 벌써 세 척 격침! 놈들이 산개하고 있습니다."

부장이 신이 나서 외쳤다. 조타장치 옆의 간이콘솔은 전투정보센터와 연결되어 상황정보가 간략하게 표시되고 있었다. 고속정들이 아무리 민첩하게 회피기동을 하더라도 경북함의 포술장에게는 못 당했다. 그는 함대 사격술경진대회에서 우승을 놓친 적이 없는 인물이었다.

"선두놈들은 대함 미사일이 없는 것들이야. 총알받이라고."

윤재환 중령이 모니터를 보며 중얼거렸다. 성남함이 가세하면서 표시화면에서 북한 고속정을 나타내는 부호들이 줄어드는 속도가 조금씩 빨라지고 있었다. 인민군 고속정들은 아무리 수가 많아도 한국 해군의 울산급과 포항급 호위함에게는 상대가 되지 않았다. 북한 고속정들은 기관포 사정거리에 접근하기도 전에 하나씩 폭발하며 가라앉았다.

그러나 문제는 미사일 고속정이었다. 지금쯤이면 후방에 숨어 있는 소주급과 오사급 미사일 고속정들이 경북함과 성남함의 위치를 통보받고 스틱스 함대함 미사일을 날릴 시간이었다. 이것들은 문제가 전혀 달랐다.

경북함과 전남함은 인민군의 미사일 고속정을 잡을 수 있는 하픈 함대함 미사일을 장비하고 있었다. 하픈은 스틱스보다 거의 세 배가 넘는 사정거리를 자랑했다. 평상시라면 북한 미사일 고속정은 도저히 한국 해군 함정의 상대가 되지 않는 것이다.

그러나 미사일은 표적위치를 파악하지 못하면 발사할 수 없었다. 레이더 스크린에 인민군 고속정으로 가득 찼지만 모두 피라미들뿐이었다. 전투가 진행될수록 윤재환 중령은 조금씩 불안해졌다.

문무대왕급 구축함이 있더라면 안심하고 고속정을 요리할 수 있을 텐데, 지금은 없었다. KDX-2 계획으로 진행된 한국형 방공구축함인 문무대왕급은 함대 전체의 대공방어를 위해 건조된 구축함이었다. 북한 미사일 고속정들이 스틱스를 발사하더라도 함대공 미사일로 요격하면 그뿐이었다.

윤재환 중령은 아쉬웠다. 문무대왕급이 아니더라도 광개토대왕급 구축함만 있어도 북한의 스틱스 미사일 따위는 간단하게 요격할 수 있을 거라고 생각했다. 그러나 함대에는 2000년대에 건조된 문무대왕급도, 1990년대에 취역한 광개토대왕급도 없었다. 1980년대의 울산급으로 1960년대의 북한 고속정들을 상대로 벌어지고 있는 것이 지금의 해전이었다.
"전속 후진."
"전속 후진!"
느닷없이 윤재환 중령이 후진을 명령했다. 키를 잡고 있던 조함 선임하사가 출력조절 레버를 역추진 최대방향으로 잡아당겼다. 잠시 전남함이 기우뚱거렸다.
지금 경북함과 성남함이 청소하고 있는 북한 고속정들이 기관포만 무장한 고속정이라면 두 전투함으로도 충분했다. 만약 대함 미사일을 가진 고속정들이 후미에 있다면, 전남함이 뒤에 물러나 있는 것만으로 그들의 작전을 기만할 가능성이 있었다.
윤재환 중령은 북한 해군이 전남함을 광개토대왕급이나 문무대왕급으로 착각해주기를 바랐다. 북한 고속정들을 더 깊숙이 끌어들여야 스틱스를 장비한 미사일 고속정들을 더 빨리 찾아낼 수 있다는 것이 그의 판단이었다.

6월 13일 05:41 인천광역시 옹진군 연평도 남동쪽 20km 해상

"전대장 동지! 3편대는 딱 한 척 남았습니다. 날래 공격을 해야 합네다!"
리기호 중좌에게 김영철 소좌가 다시 한 번 간곡히 말했다. 그러나 전대장은 묵묵부답이었다. 리기호 중좌도 모르는 것이 아니었다. 3편대의 김진급 고속정들은 피해가 막심했다. 경무장인데다 38톤밖에 안 되는 김진급 고속정으로서는 크기가 작아 한국 해군이 발사한 포탄에 명중되지 않기만을 바라는 수밖에 없었다.

이제는 두 번째 열에서 진격하던 2편대 고속정들까지 공격을 받고 있었다. 그리고 경북함과 성남함으로부터 엄호를 받으며 돌진하던 한국 고속정들까지 이 살육전에 가세하고 있었다.

"전대장 동지…… 3편대 전멸입네다."

지원해달라고 비명을 질러대는 3편대장과 교신하던 김영철 소좌가 침통한 표정을 지었다. 리기호 중좌는 한국 해군이 보유한 울산급 프리깃과 포항급 초계함의 능력을 절감했다. 고속정을 상대로 한 이번 전투에서 고도로 정확한 함포를 2문씩 장비한 그 전투함들은 실로 막강한 위력을 발휘했다.

"2편대 귀환시키라. 기리고 미사일 발사준비하라."

"목표는 2편대를 공격하는 울산급, 포항급을 잡았습네다."

리기호의 명령이 떨어지기가 무섭게 눈을 부릅뜬 김영철 소좌가 공격목표를 보고했다. 통신을 담당한 군관이 다른 전대에 같은 명령을 전파하고 있었다.

리기호가 마지못해 내린 명령이었다. 광개토대왕급이라 생각했던 그 대형 함정은 눈치를 챘는지 다시 후미로 빠지고 있었다.

리기호 중좌는 잠깐 동안 인민군 서해함대 사령부를 원망했다. 더 많은 고속정을 배속시켜줬다면 인천까지 유린할 수 있다고 자신했다. 그러나 결국 50여 척은 대연평도 공격에 빠지고, 이곳 해상에는 다른 전대까지 포함해 50여 척밖에 되지 않았다. 지원하러 온다던 미그기는 아직 꿩 구워먹은 소식이었다.

처음에 리기호는 이것으로도 한국 해군을 상대하기에 충분하다고 생각했다. 그러나 몇 척 안 되는 한국의 대형 전투함과 마주치고 나서야 전력 차이를 절감한 것이다. 어차피 북한 해군은 정규 해군 전력에서 한국 해군의 상대가 될 수 없었다.

상대적으로 잠수정이 많았지만 구식 로미오급 잠수함 일부에, 나머지는 침투전용의 특수잠수정일 뿐이었다. 그렇다면 기습을 노린 개전 초반기에 모든 고속정 세력을 총동원해서 한국 해군과 결판지어야 했다.

그러나 북한 해군에서는 그것이 불가능했다. 리기호 중좌는 문득, 인민군 해군이 이렇게까지 해서 도와야 하는 북한 지상군 부대의 작전 목적이 무엇일까 궁금했다. 아직 상부가 내린 명령에 의문을 품어본 적이 없었던 그였기에 리기호 중좌는 고통스러웠다.

소주급 미사일 고속정의 함교 좌우에 장착된 SS-N-2 함대함 미사일발사관의 개폐구가 위쪽으로 열리기 시작했다. 마름모꼴로 생긴 폭 2미터 정도의 발사구 안에는 뚱뚱하다고밖에 표현할 수 없는 스틱스 미사일이 하나씩 장착되어 있었다. 스틱스(Styx)는 저승에 있는 강 이름이며, 당연히 이 미사일의 나토 코드이다.

김영철 소좌가 스틱스를 발사하기 위한 좌표 입력과 유도레이더의 작동시간을 직접 지시했다. 그런데 스틱스 미사일의 발사장치는 디지털 컴퓨터가 아니다. 기어 수십 개가 연결된 톱니바퀴식 연산자였다. 스틱스가 개발된 시기에는 당시 현대과학의 총아인 컴퓨터라고 자랑스럽게 불린 거대한 구조물이 커다란 방 하나를 가득 채우던 시대였다.

조작병이 좌표대로 입력데이터를 얻기 위해 톱니바퀴 여러 개를 이리저리 돌려댔다. 지정된 발사데이터는 스틱스 미사일의 유도컴퓨터에 곧바로 입력되었다.

"발사준비 끝!"

"발사!"

중량 2,300kg에 달하는 스틱스 미사일이 고체로켓 추진체에 의해 공중으로 치솟았다. 하얀 배기구름이 엄청나게 많이 뿜어져 고속정 주변 바다를 뒤덮었다. 북쪽 멀리 다른 전대 소속 미사일 고속정들이 있는 곳에서도 거대한 배기구름이 뭉클거렸다.

잠시 후 미사일이 가속을 얻자 부스터가 떨어지고 주엔진인 터보제트 엔진이 작동했다. 뒤로 뿜어지던 새하얀 배기구름도 사라졌다.

리기호 중좌가 함교 바깥에서 망원경을 들고 하늘로 치솟는 미사일의 수를 셌다. 숫자가 턱없이 모자랐다. 리기호 중좌의 전대 소속 1편대 3척이 스틱스 8발을 탑재하고 있었지만 미사일은 5발밖에 발사되지 않은 것이다. 이곳에서 전투에 참가한 대부분 수병들보다도 더 오래된 미사일이었다. 리기호 중좌는 이 정도면 충분하다고 생각했다.

미사일 발사를 마친 소주급 미사일 고속정 두 척, 그리고 코마급 미사일 고속정 한 척은 스틱스 미사일의 배기구름을 뒤로 한 채 오던 길을 되돌아갔다.

한국 해군의 포항급 초계함은 물론이고, 울산급 프리깃도 고속정에 못지않는 속력을 발휘한다. 국제사회에서도 한국 군함들은 소형 함선치고는 예외적으로 엄청난 속도를 낸다고 알려져 있었다. 이는 북한 고속정을 상대하기 위한 것이었다.

멈칫거리다가는 리기호 중좌의 고속정도 울산급 프리깃에 덜미를 잡힐 수 있었다. 미사일을 발사한 고속정들은 최고속도로 귀환길에 올랐다.

6월 13일 05:44   인천광역시 옹진군 연평도 남동쪽 32km 해상

"대함 미사일 경보! 방위 이백구십공(2-9-0)도!"
"몇 발인가?"
전탐실로 달려간 윤재환 중령은 애써 태연한 척했지만 쉽지 않았다. 예상했던 일이라 해도 대함 미사일 경보 앞에 느긋한 함장은 없었다.
"모두 9발입니다. 경북함과 성남함 쪽을 향하고 있습니다. 아! 한 발

이 바다로 떨어졌습니다."

"발사함정을 찾았나?"

"못 찾았습니다. 발사방위는 파악할 수 없습니다. 추정방위를 계산하겠습니다."

날아오는 스틱스 미사일을 전남함의 레이더가 추적을 개시했지만 아쉽게도 발사위치를 알아낼 수 없었다. 북한의 미사일 고속정들은 후미에 숨은 채 선도 고속정들이 보고한 위치로 발사한 것이다.

전남함을 향한 대함 미사일이 아니라는 사실에 잠시 이곳저곳에서 안도의 한숨이 흘러나왔다. 윤재환 중령은 발사한 함정 위치를 놓친 것에 울화가 치밀었다.

"포술장! 대공사격 준비해. 그리고 미사일 발사 추정해점으로 하픈을 발사한다!"

윤재환 중령은 더 늦기 전에 스틱스를 발사한 대형 고속정들을 공격할 계획이었다. 시간이 지날수록 추정방위의 오차는 급격히 늘어나기 때문에 쏘려면 지금 당장 쏴야 했다.

대함전 지휘관이 예상 표적 위치를 계산한 뒤 하픈 함대함 미사일의 발사 절차를 진행했다. 정확한 위치를 모르고 하픈을 쏘기 위해서는 몇 가지 세부설정을 추가해야 했다. 하픈 사격관제를 담당하는 대함전지휘관(ASuWO)은 하픈이 일정구역 안에서 가장 큰 함정을 목표로 선택하도록 발사 옵션을 수정했다.

"하픈, 발사준비 완료!"

"발사해!"

"발사!"

폭음과 함께 전남함에서 하픈 미사일이 차례차례 솟았다. 윤재환 중령은 하픈이 정확히 오사급과 소주급 미사일정을 찾아내는 데 도움만 된다면 당장이라도 해신 앞에 돼지머리 올리고 기도라도 드리고 싶은 심정이었다. 이곳은 심청이가 빠졌다는 인당수와 가까운 곳이다. 사실 한국 해군 입장에서는 북한 소형 고속정들을 하픈으로 명중시켜 봤자 낭비였다.

"우현 최대로! 이백칠십공(2-7-0)도 잡아!"

하픈을 모두 발사하고 나자 윤재환 중령이 변침을 명령했다. 이제 한국 함대를 노리는 스틱스들을 물리칠 때였다. 거리가 떨어져 있었지만 76mm 함포라면 시도해볼 만했다.

경북함과 성남함이 미사일 모두를 상대하기는 벅찰 것이었다. 전남함이 사격에 필요한 시야를 확보하기 위해 빠르게 움직였다. 멀리서 보면 회색 바다를 가로지르는 전남함은 보이지 않고 하얀 항적만이 바다 위에 남아 서쪽으로 질주했다.

"함장님! 방위 삼백오십공(3-5-0)도! 새로운 목표 탐지. 도합 4기입니다. 스틱스 미사일로 판단됩니다!"

북쪽에서 발사된 새로운 미사일이었다. 그것은 전남함을 향하고 있었다. 또 다른 미사일 고속정들이 전투지역을 우회해 뜻밖의 방향에서 미사일을 쏜 것이다. 전투정보실 요원들이 일순간 당황했지만 애써 침착성을 유지하며 상황파악에 몰두했다.

"제기랄! 우현 15도. 삼백오십공(3-5-0)도까지 잡아!"

윤재환 중령은 접근하는 대함 미사일에 맞서서 항해할 계획이었다. 레이더 단면적은 함의 측면보다 정면이 훨씬 더 작다. 대신 함수를 전면으로 돌리면 사격할 수 있는 자동포는 하나로 줄어든다. 후미의 함포를 사용할 수 없기 때문이다. 윤재환 중령은 고민 끝에 스틱스를 파괴하는 것보다는 기만하는 쪽에 모험을 걸었다.

경북함을 지원하려던 함수의 76mm 포가 빙글 돌며 전방을 향했다. 함교의 마스트 윗부분에 장착된 달걀 모양의 WM-28 사격레이더가 스틱스 미사일을 탐지했다. 레이더는 미사일 4개 가운데 가장 가까운 하나를 목표로 잡았다.
"사격 개시!"
반들반들 윤이 날 정도로 깨끗한 반구형 포탑이 둔탁하면서도 한편으로는 경쾌한 포성을 내며 포탄을 내뿜기 시작했다. 오토멜라라사에서 제작한 이 포는 무인 포탑이며, 레이더로 조준하는 완전자동 속사포다. 포탑 하부의 회전형 탄창에서 이송장치를 따라 고폭탄들이 계속 자동으로 장전되었다.

전남함으로 접근하는 스틱스 미사일은 아직 눈에 보이지 않았다. 수평선 쪽 하늘에서 포탄이 연속 작렬하며 검은 구름을 만들어냈다. 그런데 그 작은 구름들은 빠른 속도로 전남함 쪽으로 접근하고 있었다.

커다란 물기둥이 치솟았다. 스틱스 미사일 하나가 공중에서 터진 함포의 파편을 맞고 유도를 상실해 바다 속으로 떨어진 것이다. 전투정보실에 있던 요원들이 요격을 확인하고 환성을 올렸다.

그런데 함교에 있던 조함요원들은 갑작스레 나타난 엄청난 물기둥 높이에 놀라고 있었다. 스틱스 미사일에 장착된 500kg짜리 탄두는 서방측의 하푼이나 엑조세 미사일보다 두세 배의 위력을 갖고 있었다. 한 방만 맞아도 끝장이었다.

함포가 재빨리 목표를 바꿔 두 번째 목표를 노리기 시작했다. 고도 150여 미터로 날아오는 스틱스 미사일은 구식이고 속도는 느렸지만, 그것은 최신 대함 미사일과 비교한 것이다. 바다 위를 달리는 전남함에게는 스틱스가 결코 느린 속도가 아니었다.

40mm 브레다 기관포도 사격을 시작했다. 유탄의 구름들이 무서운 속도로 전남함 쪽으로 다가오고 있었다. 순간 커다란 폭음이 전남함을 진동시켰다.

한 발 더 요격에 성공한 것이다. 3km나 떨어진 거리였지만 전투정보실 요원들이 어마어마한 폭음을 듣고 얼어붙어 버렸다. 두 번째 폭음에는 윤재환 중령도 덜컥 겁이 났다. 전남함을 노리며 접근해오는 스틱스 미사일은 아직도 두 발이나 남았고 거리가 너무 가까웠다. 이제 모든 것을 함포에 맡길 수만 없었다. 함장이 마이크를 잡았다.

"채프 발사!"

순간 윤재환 중령은 미리 변침을 해두었던 것이 실수가 아닌가 하고 스스로 반문했다. 대함 미사일 쪽을 향하는 대신 측방향으로 자리 잡고 함미 쪽의 함포를 동시에 사용했더라면 한 발이라도 더 요격했을 것만 같았다.

지금은 혼란스러울 뿐이었다. 이것은 결국 선택의 문제였다. 스틱스 미사일의 유도능력이 형편없다는 것을 고려한다면 첫 번째 결정이 옳았다고 다짐하며 윤재환 중령은 채프 로켓의 발사에 집중했다.

함교 아래쪽 갑판에 장착된 Mk-36 SRBOC 채프/플레어 로켓이 북쪽 하늘을 향해 날아올랐다. 로켓은 200미터 정도의 고도에서 폭발하면서 알루미늄 은박을 뿌렸다. 스틱스 미사일을 속이기 위한 마지막 수단이었다.

이제 함포는 더 이상 발사하기 어려웠다. 전남함이 스틱스 미사일의 전파감지 장치를 방해하기 위해서 대공수색 레이더를 끈데다 ULQ-19 전자방해 장치에서 강력한 방해전파를 쏘았기 때문이었다.

그렇지만 전남함의 포술장은 레이더 유도가 없는데도 불구하고 마지막 접근방향만을 근거로 발사를 계속했다. 이젠 알루미늄 은박에 가려서 스틱스 미사일을 추적할 수도 없었다.

스틱스 미사일이 전남함을 향해 쇄도하는 동안 함장 윤재환 중령과 전투정보실의 요원들이 할 수 있는 일은 아무 것도 없었다. 만재배수량 2,300톤의 전남함에 만약 스틱스가 명중된다면 순식간에 침몰하고 말 것이다. 고통을 느낄 시간도 없을 터였다.

1초가 마치 1년처럼 느껴지는 순간 승무원들은 각자 몸을 웅크렸다.

갑자기 지금껏 느껴보지 못했던 충격이 전투정보센터를 덮쳤다. 승무원들은 모두 바닥에 나동그라졌다. 모든 것이 캄캄했다.

예비전력으로 붉은색 비상등이 점등되었다. 비틀거리며 먼저 일어선 부장이 윤재환 중령을 부축했다. 함장이 정신을 차리려고 머리를 이리저리 흔들었다. 마치 승용차 정면충돌사고 때의 충격처럼 계속 정신이 없었다. 얼이 빠진 것처럼 보이는 함장은 휘청거리면서도 간신히 중심을 잡았다.

"마든 거든 아늬궁."

술 취한 사람처럼 발음이 제대로 되지 않았다. 쓰러졌던 승무원들이 일어나 자리를 잡았다. 승무원들이 각자 콘솔을 조작해보려 애썼지만 작동이 되지 않았다.

부장이 함교로 이어지는 인터폰으로 몇 번 통화를 시도했다. 대답이 없었다. 함장이 후들거리는 발걸음을 떼어 간신히 인터폰 쪽으로 다가왔다.

"부장, 함교를 연결해 봐."

"응답이 없습니다. 제가 올라가 보겠습니다."

부장이 함교를 향해 서둘러 뛰어갔다. 다리를 다쳤는지 계단을 올라가는 부장이 계속 절룩거렸다. 윤재환 중령은 함교 요원들이 걱정됐다. 갑판 아래가 이 모양이면 아마 함교는 아수라장이 되었을 것이다. 역시 그랬다.

─ 함장님! 함교입니다. 의무병을 보내주십시오. 모든 게 엉망입니다. 상부구조물이 모두 휩쓸렸습니다. 레이더는 완전히 파손됐습니다. 여기서 조함이 가능할지 모르겠습니다.

부장의 목소리가 떨리고 있었다. 윤재환 중령이 서둘러 응급반원에게 함교로 올라가라고 명령했다. 통신장이 경북함과 성남함과 교신하려고 애썼지만 응답이 없었다. 함장은 통신기가 고장이길 바랐다. 그러나 통신기는 정상적으로 작동하고 있었다. 윤재환 중령이 부들부들 떨었다.

단 한 방의 위력이었다. 다행히 다른 한 발은 채프 구름에 속아 엉뚱한 방향으로 날아갔다. 마지막 한 발이 전남함 상공 100미터에서 폭발했다. 그런데도 전남함은 완전히 전투불능에 빠진 것이다.

전남함에서는 알 수 없었지만 경북함과 성남함 모두 스틱스 미사일 단 한 방에 동강난 채 가라앉았다. 몇 초도 안 되는 짧은 시간이었다. 경북함과 성남함이 사라지자 나머지 스틱스 미사일은 목표를 잃고 엉뚱한 방향으로 날아가버렸다.

착잡한 심정이 된 윤재환 중령이 갑판으로 나와 주위를 내려다보았다. 함장은 인민군의 미사일 고속정을 향해 발사했던 하푼 미사일을 잠시 떠올렸다. 명중했는지 확신할 수는 없었다.

남동쪽을 향해 힘겹게 항주하는 전남함 주위로 고속정들이 몰려들었다. 또 다른 위협으로부터 전남함을 보호하려고 몰려든 고속정들 가운데 성한 배는 별로 없었다.

6월 13일 06:20 서울 용산구

"울산급 및 포항급이 1척씩 침몰하고 한 척은 반파라······. 그래도 일단은 인천에 가해지는 압력은 해소됐군요."

보고서를 읽은 김학규 대장이 약간은 한심하다는 듯이 해군 참모총장 쪽으로 시선을 돌렸다. 북한 고속정 약 30척을 격침시켰지만 훨씬 큰 한국 해군 함정 두 척이 격침된 것이 아까웠다. 부끄러운 듯이 고개를 숙인 해참총장이 변명했다.

"그쪽 해역은 적 공군기에 의한 위험도가 높아서 해군 헬기나 초계기가 이륙하지도 못했습니다. 아시다시피 하픈은 항공기에서 목표를 탐지하는 것이……."

"무슨 말씀이십니까? 05시 이후로 제공권은 완전히 우리에게 있습니다."

공군 참모총장이 펄쩍 뛰었다. 그러나 해군 참모총장은 이번에 입은 피해의 정확한 원인을 알고 있었다.

"뻑하면 미그기가 뚫고 들어오는데, 확실한 제공권 장악이 되지 않았잖소? 그리고 조금 전에도 대잠헬기 한 대가 인천 방공포대로부터 미사일 공격을 받을 뻔했단 말입니다!"

지상작전사령부와의 연락을 담당하는 정현섭 소령이 잠시 일을 멈추고 고개를 들었다. 책임회피 공방이 심해지면 자칫 예하 부대간의 협조를 방해하는 수가 많았다.

휴전선 쪽에서는 동부전선 일부 지역을 빼고는 잠잠했다. 포격도 거의 멈춘 상태였으며, 지금은 한국군 포병대가 발사하는 포탄이 더 많았다. 합참의장이 신경질적으로 말을 시작하자 정현섭은 고개를 숙였다.

"그만들 합시다. 이거 원, MCRC가 무너져 말이 아니군. 미 공군이라도 빨리 와서 도와줘야 할 텐데 말이오……."

한미연합사는 유명무실한 상태지만 아직도 그 조직은 분명한 실체로 존재하고 있었다. 그리고 1954년에 발효된 '대한민국과 미합중국간의 상호방위조약', 줄여서 '한미상호방위조약'이라는 쌍무적 집단방위조약도 존속하고 있었다.

그 조약은 이를테면 남태평양의 통가공화국이나 중남미의 마약밀매조직 같은 외부 세력이 태평양 지역을 통해 미국을 무력으로 공격할 경우, 한국군이 미국 땅까지 가서 미국이라는 국가의 독립과 안전을 위해 전투를 수행하거나 기타 원조를 제공한다는 것이 주요 내용이다.

그 반대의 경우도 마찬가지다. 물론 일반적으로는 한국이 북한으로부터 침공을 받았을 경우 미국의 지원을 상정한 것이다.
"주일 미 공군이 전투태세를 갖추고 있습니다. 며칠 내로 한국 영공에 E-3을 파견할 예정이라는 연락이 왔습니다."
남성현 소장이 보고했다. 당직사령인 남 소장은 여러 부서에서 올라온 보고를 취합해 필요한 정보를 합참의장에게 제공하고 있었다. 합참 지휘벙커에는 아직 도착하지 않은 인원이 많았다.

"그런데 미군이 오면 지휘권 문제는 어떻게 되는 것이오?"
합참의장이 깜빡했다는 투로 물었다. 고위 장성들이 말문을 닫았다. 합참의장의 예민한 질문에 제대로 정답을 말할 수 있는 사람은 이곳에 아무도 없었다. 이것은 상황에 따라 정치적인 문제이기도 했다.
예전 같으면 전면전이 발생할 경우, 국군 지휘권은 한미연합사에 자동적으로 넘어갔다. 연합사 사령관인 미군 대장과 부사령관인 한국군 대장이 한국과 미국의 육해공군을 지휘하는 방식이었다.
그러나 지금은 한미연합사가 지휘권을 인수할 수는 없었다. 지금은 평시작전권뿐만 아니라 전시작전권까지 한국군에 환수되었다. 그래서 한미연합사가 유명무실해진 것이다. 그러나 한미상호방위조약은 아직도 효력이 지속되고 있었다.
한국은 독자적인 작전권을 갖길 원했고, 가능하면 미군 지상군부대를 한국군에 배속시키길 희망했다. 그런데 미군은 다른 나라 지휘관에게 지휘를 맡긴 전례가 없었다. 다만 그 상급지휘관이 미군일 경우에 한해서 예외적으로 허용한 경우는 있었다. 자존심 강한 미국 입장에서는 미국인의 생명은 미국인이 지킨다는 주의였다. 나토의 경우, 사무총장은 유럽인이라도 나토군 사령관은 항상 미군이 차지했다.
한국 입장에서도 지휘권을 미국에 이양할 수는 없었다. 지금은

6·25 때처럼 군사력 대부분을 미군에 의존하던 시대가 아니었다. 그리고 한국군과 미군이 휴전선을 넘어 북진할 경우 미국과 한국의 전략은 달라질 수밖에 없었다. 미군에게는 중국 등 외국의 참전을 우려하여 북진한계선이 그어져 있지만 한국군은 그것을 인정하지 않았다. 그리고 점령지의 군정 문제도 의견이 달랐다. 이때의 주도권 문제는 심각하게 제기될 수 있었다.

"느슨한 형태의 연락사무소 정도가 구성될 수 있습니다."

남성현 소장이 의견을 제시했다. 한국군의 전시작전권 환수 이후 전면전 상황에서 미국이 개입할 경우 국방부에서 여러 가지 가능성을 제기했다. 하지만 아직은 확실히 결론이 나지 않은 시점이었다.

"연락사무소 따위로 국군과 미군을 동시에 지휘한다는 말이오?"

미 공군과 가장 많이 부대낄 한국 공군의 대표자로서 공군 참모총장이 물었다. 그리고 전투기는 미 해군에도 많이 있었다. 피아식별과 작전협조 체제가 제대로 이뤄지지 않으면 큰 재앙이 닥치는 것이 항공작전이다. 고도에서 지상을 움직이는 것이 아군인지 적군인지 파악하기는 쉽지 않았다. 20세기에 일어난 거의 모든 전쟁에서 항공기에 의한 아군 오폭사건이 있었다.

"연락사무소에서 협의해 한쪽에 협조를 요청하면 강제적인 명령은 아니더라도 대부분 그에 따르는 방식입니다. 법적으로는 수평적 관계였던 파월한국군 사령부와 주월미군 사령부 사이에 있었던 연락소처럼 말입니다."

베트남에서의 전례가 있긴 있었다. 그런데 베트남에서는 통합적이고 긴밀한 협조체제 및 지휘의 일원화에 대한 필요성이 그다지 크지 않았다. 그러나 한국에서는 달랐다.

"명분과 실리를 동시에 좇는단 말이군. 불안하군요."

현재는 그렇게밖에 할 수 없는 현실이었다. 고위 장성들은 미군과 작전협조할 때 얼마나 짜증날지 상상하며 고개를 흔들었다. 합참의장이 더 중요한 문제를 꺼냈다.

"중국이나 러시아의 움직임은 없소?"

"중국은 즉각적인 반응이 없습니다. 러시아는 평화해결 원칙을 강조하는 대변인 발표가 있었습니다."

당장 문제는 없었다. 그러나 한국군이 미군과 함께 북진을 시작하면 중국의 태도가 급변할 수 있었다. 중국은 미국의 영향을 강하게 받는 한국과의 접경을 결코 용납하지 않을 것이다.

"흠……"

급한 불을 대충 끈 합동참모본부는 잠시 여유가 생겼다. 합참의장은 다음 단계의 작전을 구상하고 있었다. 지상전에서 밀리고 있지 않으니 시간적 여유는 많은 셈이었다.

"소령, 날씨가 어떻게 되나?"

김학규 대장이 멀찌감치 떨어진 해군 소령을 손짓으로 불렀다. 합참의장은 마이크로 보고를 듣기보다 얼굴을 맞대고 직접 듣는 것을 선호했다. 합참 정보참모본부 소속 기상담당 참모는 조금 전에 도착해 임무를 수행하고 있었다.

"서울, 경기 지방은 잔뜩 흐리고 곳에 따라 가끔 비가 오고 있습니다. 영동지방은 폭우가 쏟아지고 있으며, 영서지방은 구름이 많이 낀 상태입니다. 파고는 1~2미터로 높지 않으며……."

"아니, 장마가 언제 오느냐는 소리야."

"본격적인 장마는 3~4일 이후부터입니다."

군 작전에 소요되는 기상정보는 민수용 일기예보보다 훨씬 더 정확하다. 정현섭 소령은 기상정보가 미국의 군사용 인공위성 정보를 받는 것이 아닌가 생각했다.

"그럼 사나흘 이내에 전쟁을 끝내겠다는 의도였을까? 이 정도 공격으로?"
　합참의장은 의아하다는 표정이었다. 남성현 소장이 덧붙였다.
　"이상하게 현재 전선은 소강상태입니다. 동부전선 일부를 빼고는 대부분 규모가 약간 큰 대간작전 정도입니다."
　동부전선 일부를 돌파한 인민군은 대부분 섬멸되거나 북쪽으로 도주했다. 그런데 포위망을 뚫고 나온 인민군 특수부대들은 도로 주변에서 매복과 기습을 반복하고 있었다. 처음에 호되게 당하던 육군은 현재 전열을 가다듬어 각자 고립된 인민군 특수부대들을 하나씩 각개격파하기 시작하고 있는 시점이었다.
　"이상하긴요. 우리 육군이 그만큼 잘 싸웠단 이야기요."
　육군 출신인 합참의장이 뻐겼다. 전쟁 초반은 합참이나 일반인들이 예상한 것만큼 위기는 아니었다. 합참은 개전 초기부터 여유를 찾고 있었다.
　"그래도 전차가 기동하기 어려운 장마철에 남침하다니, 허를 찔린 셈입니다."
　해군 참모총장뿐만 아니라 대부분의 참모들이 품고 있는 의문이었다. 일반적으로 북한이 침공하기 쉬운 시기는 땅이 굳어진 8월 말 이후로 잡고 있었다. 대부분의 남침 시나리오가 그 시기를 8월 말부터 초봄까지 잡고 있는데, 이것은 한반도에 많은 논이 물을 담고 있어 북한이 대량 보유한 전차가 기동하기 어렵기 때문이었다. 4월 이후 한국군의 경계태세가 풀어진 이유도 장마철이 다가오고 있기 때문이었다.
　"6·25 때도 북한이 남침시기를 잘못 선택했다는 것이 중론입니다. 그때도 북괴군은 전차를 최대한 활용하지 못했습니다."
　"북괴가 똑같은 실수를 하는군요."
　"실수라고 보긴 어렵습니다. 아군의 항공공격을 피할 수 있으니까요."

남성현 소장이 공군 참모총장의 눈치를 보며 말했다. 각종 전자장비의 발달로 현대 전투기가 어둠 속을 꿰뚫어볼 수는 있지만 구름과 빗줄기를 뚫고 지상공격을 가할 정도는 아니었다. 공참총장은 북한이 한국 공군력의 우세를 인정한 것이라며 으쓱거렸다.

"아무래도 이번에는 국지전 같지 않습니까? 다만 백령도 대신 연평도가 목표가 됐을 뿐입니다."

개전 직후부터 계속된 남성현 소장의 주장이었다. 반면 참모총장들은 공격 규모로 보아 틀림없이 전면전이라고 주장했다. 합참의장은 아직 결단을 내리지 못하고 있었다.

"당장 연평도를 탈환해야 합니다. 우리 해병대는 싸우면 이기고 지면 죽습니다!"

해병대 소장은 자존심이 잔뜩 상해 있었다. 행정단위별로는 유일한 피점령지가 해병대가 방어하고 있는 연평도라서 소장은 얼굴을 들지 못했다. 조금 전에 해병대사령관이 사령부에서 전화를 했는데, 당장 해군이 상륙함정을 마련해 놓지 않으면 해군본부로 쳐들어가겠다고 소장에게 호통을 쳤다.

"일단 적의 주공을 찾아 격멸해야 합니다."

신중한 합참의장의 말이었다.

6월 13일 07:05 강원도 화천군 상공

산자락 사이사이 계곡마다 습기를 가득 머금은 아침 안개가 자욱하게 깔려 있었다. 안개는 산꼭대기에 걸린 비구름과 섞여 안개비를 계곡에 뿌렸다. 바다 위의 섬처럼 운무 위로 듬성듬성 솟아 있는 봉우리만이 이곳이 해발 천백 미터가 넘는 흰바우산 산자락임을 알려주고 있었다.

뿌연 안개를 뚫고 칙칙한 회색빛 KO-1 저속통제기가 터보프롭 특유의 윙윙거림과 함께 산봉우리 사이를 헤집고 있었다.

"장 대위님, 지금 뭐가 보이긴 보여요? 조종 잘하고 있는 거 맞죠?"

– 바위산에다 뽀뽀하는 건 나도 싫으니까 잠자코 있어. 이 상태에서 지상관측 가능하겠나?

"안개가 너무 두꺼워서 힘듭니다. 고도도 너무 높아요."

– 안개 때문에 적외선 가글도 소용이 없을 테고…… 고도를 조금 내려볼까? 오른쪽으로 선회하면서 하강할 테니까 잘 관찰해 봐.

"조심하십시오, 장 대위님."

뒷자리의 전현호 중위가 엉덩이를 들썩였다. KO-1 비행기가 부드럽게 날개를 기울이더니 조금씩 완만하게 선회하면서 하강해갔다.

"아직 잘 안 보입니다!"

– 고도를 더 낮추면 위험해. 안개 때문에 더 내려가기도 힘든데 좀 잘 찾아봐.

"안 보이는데 어떻게 정찰을 해요?"

– 잘! 하면 되잖아? 어멋!

고개를 빼고 지상을 살펴보던 전현호의 몸이 장명숙 대위의 외마디 소리와 함께 사출좌석에 쑤셔박혔다. 오른쪽으로 하강선회하던 KO-1이 왼쪽으로 돌면서 급상승했다.

– 앞에 바위산이 있었어. 속도를 조금만 더 냈더라면 그냥 들이받을 뻔했어.

"아이구, 목이야!"

– 야, 전 중위. 오늘 임무 포기하고 돌아간다. 떨려서 도저히 비행 못하겠다.

"그래요. 안개 개면 정찰대대 항공기 보내라고 해야겠어요."

전현호 중위가 인상을 쓰며 뻐근해진 목을 어루만졌다.

― 기지 관제탑, 여기는 까치 5호기, 안개와 구름이 많아서 지상 접근이 힘들다. 임무수행이 불가능하니 기지로 귀환하겠다.
― 까치 5호기, 기지 관제탑이다. 임무 지속이 어려운가?
― 현재 고도 500m에서 시정 0.5km 정도다. 지상 충돌 위험성이 있으니 귀환을 허락하기 바란다.
― 알았다. 까치 5호기는 기지로 귀환하라.
짙은 구름과 안개 속을 헤매던 KO-1이 한숨 돌렸다는 듯이 크게 날개를 휘저어 방향을 바꾸고는 고도를 높여 사라져갔다.

6월 13일 07:45 경기도 동두천

"소풍 와서 도시락 까먹는 기분입니다."
상병 한 명이 말하자 소대원들이 낄낄댔다. 심창섭 중사는 새벽에 점령한 고지 위에서 멀리 안개 낀 들판을 내려다보고 있었다. 도로 위에는 가끔 군용차량만 속도를 올리며 지나가고 있었다.
심창섭은 밥맛이 없었다. 그런데 소대원들은 워낙 젊어서 그런지 이런 상황에서도 전투식량을 잘만 먹고 있었다. 심창섭 중사는 제일 막내하고도 겨우 예닐곱 살 차이가 날 뿐이었다. 심창섭 중사가 일어났다.
경계를 서고 있는 병력은 배가 고팠는지 자꾸 뒤를 돌아보며 침을 삼켰다. 소대원들은 밥이든 반찬이든, 그 사이에 있는 잡초든 뭐든 꾸역꾸역 입 안에 집어넣었다. 심창섭은 소대원들이 과연 강철도 소화시킬 만한 나이라며 웃었다. 그런데 식사하는 소대원들과 떨어져 김한빈 병장이 퍼질러져 앉아 있는 것이 보였다.
"어이~ 아자씨. 자넨 왜 안 먹나?"

심창섭 중사가 김한빈 병장에게 다가가 헬멧을 제대로 씌워주었다. 김한빈은 만사가 귀찮은지 꼼짝 않고 땀만 뻐질뻐질 흘리고 있었다.

"속이 쓰려서요."

"술 좀 작작하지 그랬어."

"짜식들이 제대 축하주를 인원대로 한 잔씩 안 받으면 저를 멍석말이하겠다잖아요. 물컵으로 말입니다."

"그래서 서른 잔 넘게 퍼마셨어? 우하하! 그러고도 살아 있네?"

심창섭은 몽둥이를 들고 서 있는 이병들의 눈초리에 주눅이 들어 플라스틱 물컵으로 소주를 연거푸 들이켜는 김한빈을 상상했다. 다 합하면 2홉들이 소주 열 병이 넘는 양이다. 심창섭은 김한빈이 제대하기 전 마지막 날 밤에야 반란을 일으킨 내무반원들이 귀엽다며 웃었다.

"헤헤! 제가 누굽니까?"

"술 퍼먹고 입초 섰다가 대대 군기교육대 간 육군 병장 김한잔이지, 누군 누구야?"

"헤헤! 그땐 잘못했습니다."

"몸 생각해서 적당히 좀 해라. 위장에 빵구나서 후송 간 놈이 한둘이 아니다. 물론 이번에 살아남으면 말이야."

"글쎄요. 이번에도 별일 없겠는데요?"

김한빈의 말처럼 이 지역에서는 4시간 넘게 아무 일도 없었다. 심창섭은 하품이 절로 나왔다.

북폭

6월 13일 09:05 강원도 인제군 서화면 삼재령 남쪽

풀숲에 엎드린 인민군 1사단 민경중대 박재홍 하사는 침을 꿀꺽 삼키며 들고 있는 아카보총을 꽉 쥐었다. 주변에 숨어 있는 다른 대원들도 바짝 긴장한 채 도로를 향해 총을 겨누고 있었다. 국군 부대는, 그러니까 이들 입장에서 적은 아직 나타나지 않았다.

전방에 전개된 척후조가 조금 전에 국군이 접근하는 것을 발견하고 통보해왔다. 박재홍이 속한 민경중대와 사단 경보대대 병력은 급히 매복에 들어갔다. 박재홍은 분대원들과 함께 도로에서 약 100m 정도 떨어진 산기슭 위에 있었다. 들풀이 무성해 도로에서는 인민군들의 모습이 보이지 않았다.

"너무 긴장하지 말기요, 박 동무."

"미안합네다, 분대장 동지."

분대장 림상호 상사가 모자를 벗어 이마에 송골송골 맺힌 땀을 쓱 닦았다. 박재홍은 부끄러움에 약간 얼굴이 붉어진 채 림 상사를 바라보았다. 위장크림을 두껍게 칠하고 먼지까지 잔뜩 덮여 있어 림 상사는 박재홍의 얼굴이 붉어진 것을 알지 못했다.

박재홍보다 겨우 6살밖에 많지 않은 림 상사는 이마가 상당히 넓었다. 벗겨진 머리에 매부리코, 상처투성이로 험악하게 생긴 얼굴이라 처음 보는 사람은 경계심을 가졌다. 그러나 의외로 시원시원한 성격이라 중대원들은 모두들 림 상사를 좋아했다. 림 상사가 모자를 고쳐쓰며 씩 웃었다.

"미안할 것 없소. 솔직히 나도 겁이 나긴 마찬가지지만 참고 있는 거요. 지나친 긴장은 오히려 방해만 되지."

말을 하던 림 상사의 얼굴에서 웃음이 순식간에 사라졌다. 림 상사가 다시 예전의 날카로운 눈빛으로 바뀌어 도로 쪽을 노려보았다. 박재홍도 몸을 돌려 도로를 향해 총을 겨눴다.

국군 전차 엔진 소리가 점점 더 가까워졌다. 보병을 동반한 국군 M-48 전차부대는 대략 중대급으로 보였다. 선두에 선 전차가 미리 지정된 공격개시 지점을 막 넘어섰다. 박재홍은 방아쇠에 걸린 손가락에 힘이 잔뜩 들어갔다. 당기는 힘이 아니라 당기지 않으려는 힘이었다.

공격개시 신호인 박격포는 발사되지 않았다. 박재홍 하사는 의아했다. 불안한 공기가 흐르는 가운데 국군 전차와 보병들이 점점 접근해왔다. 박재홍이 박격포가 설치되어 있는 언덕 뒤쪽 숲을 살폈다. 발사하려는 기색이 전혀 보이지 않았다. 안 그래도 잔뜩 긴장한 상태에서 계획이 틀어질 기미가 보이자 초조감이 극도로 높아졌다.

언덕 뒤에 숨은 박격포반원들 역시 발을 동동 구르고 있었다. 도로에서 이곳 언덕까지 82밀리 박격포를 이동시키는 데는 성공했지만 아직 포판이 도착하지 않았다. 포신에 포탄만 집어넣는다고 발사되는 것은 아니었다. 포판이 없으면 정확한 사격을 할 수 없었다. 포반장 홍태호 상사는 근처에 포받침이 될 만한 것들을 찾아보았지만 마땅한 것이 없었다.

인민군에게 작전 실패는 자살로도 메울 수 없는 치명적인 오점이었다. 홍태호 상사는, 생각 같아서는 자기 등이라도 포받침으로 쓰고 싶었지만 그럴 수 없다는 것을 잘 알고 있었다. 홍 상사의 얼굴이 붉으락푸르락 변하더니 그 무거운 입에서 결국 노기 띤 목소리가 흘러나왔다.

"어봉철이, 이 간나새끼를!"

권총을 뽑아든 홍 상사는 얼굴이 시뻘개지며 씩씩거리기 시작했다. 옆에 있던 포반원들 역시 초조감에 얼굴이 새까맣게 변한 상태였다.

"포판이 도착했습니다!"

풀숲이 갈라지며 누군가 나직하게 외쳤다. 어봉철 하사가 자기 덩치만한 포판을 메고 땀을 뻘뻘 흘리며 달려오고 있었다. 홍 상사가 뽑아든 권총을 어봉철의 이마에 겨눴다. 어봉철의 안색이 파랗게 질리더니 그 자리에 털썩 주저앉아 버렸다.

홍 상사가 다가가 어봉철의 가슴팍을 한 대 걷어차고는 권총을 총집에 넣었다. 어봉철은 발라당 뒤집어져 헉헉대며 홍 상사를 올려다보았다. 겁에 질린 것은 아니었다. 포판을 운반하느라 힘을 다 쏟아 지금은 일어날 힘도 없었다.

"간나새끼! 다시 이런 일이 있으면 당장에 쏘아버리갔어!"

어봉철을 보며 으르렁거리던 홍 상사는 박격포 설치작업이 완료되자 직접 조준을 맡았다.

'퐁' 하는 박격포 발사음이 났다. 그 소리는 극한까지 이른 민경중 대원들의 긴장감을 단숨에 깨뜨렸다. 고요를 깬 폭음에 박재홍 하사의 눈빛도 달라졌다.

국군의 긴 종대대형 중간 부분에 82mm 박격포탄이 떨어졌다. 이것을 신호로 길 가 수풀 사이에 급히 매설해둔 지뢰들이 연쇄적으로 폭발했다. 갑작스런 포격에 우왕좌왕하는 국군 병사들을 향해 곳곳에 도사리고 있던 인민군 경기관총이 일제히 불을 뿜었다.

인민군 민경중대장과 경보대대 지휘관은 지형조건상 국군이 종대대형을 취해 접근해올 것이라고 예상했다. 그래서 대부분의 기관총을 정면에 집중시키고 일부는 측면에 배치해두었다. 그 때문에 정면에서 뿜어지는 화력은 대단히 강력했다.

노련한 홍 상사는 박격포탄을 정확히 발사해서 국군 병사들을 지뢰 매설지역으로 서서히 몰아넣었다. 포탄을 피하기 위해 본능적으로 움직이던 국군 보병들은 길 옆 풀숲 곳곳에 매설된 지뢰를 건드려 사상자가 속출했다. 옆은 지뢰밭, 앞은 기관총 탄막으로 막히자 국군 병사들은 뒤로 달아나기 시작했다.

동료들이 계속 쓰러지자 분노한 국군 병사들은 인민군이 숨어 있는 언덕을 향해 총을 쏘아댔다. 그러나 몸을 숨기고 총구만 내놓은 인민군들은 거의 피해를 입지 않고 계속 맹렬한 사격을 가했다. 결국 국군은 여기저기 널린 동료들의 시체를 버려두고 뒤로 물러나기 시작했다.

긴 보병 행렬 중간중간에 있던 전차들도 위험지역을 빠져나가기 위해 후진하기 시작했다. 방어력이 약한 등을 보이면 안 되기 때문이었다.

선두에 위치한 전차들이 언덕을 향해 기관총과 전차포를 마구 쏘아대며 서서히 물러났다. 언덕에서 105mm 고폭탄이 터지자 굉음과 함께 돌과 흙덩이가 사방으로 흩어졌다. 주변에 있던 기관총과 사수들이 폭발에 휘말려 하늘로 붕 떠올랐다. 막강한 위력에 일시적으로 인민군의 치열한 사격이 주춤했다.

종대로 늘어선 전차중대는 뒤쪽부터 차례대로 물러났다. 선두에 선 전차는 그동안 인민군 보병들과 악전고투를 치러야 했다. 대전차 로켓이 눈앞에서 어지럽게 날아들고 소총탄이 차체 곳곳을 두들겼다.

그 가운데서도 선두 전차에 타고 있던 전차병들은 계속 기관총과 전차포를 인민군이 있는 언덕으로 난사하며 보병부대의 후퇴를 엄호했다. 전차병은 최후의 상황이 아니면 전차를 버려선 안 된다는 의무감은 둘째치고, 우선 자기가 살기 위해서라도 죽을힘을 다해 싸울 수밖에 없었다.

결국 포탑 전면에 로켓탄 2발을 맞은 선두 전차는 해치로 연기를 내뿜었다. 부상당한 승무원들이 빠져나오자마자 포탑 내부에서 폭발이 일어났다. 이 광경을 보고 당황한 2호 전차장이 연막탄을 마구 터뜨렸다.

하얀 연막이 길을 가득 메우자 인민군 박재홍 하사는 소총 사격을 제대로 할 수 없었다. 반대로 국군도 이쪽을 볼 수 없었다. 이제야 접근해서 국군 전차를 직접 칠 수 있게 되었다. 카랑카랑한 림 상사의 목소리가 울렸다.

"분대 돌격 앞으로!"

박재홍을 비롯한 분대원들이 일제히 돌격자세로 자동사격을 하면서 전차가 숨은 연막 속을 향해 달려나갔다.

사방에서 날아드는 대전차 로켓탄을 피하기 위해 국군 전차들이 연막탄을 계속 터뜨렸다. 자욱한 연막 때문에 대전차 로켓탄을 맞는 것은 피했지만 인민군 민경중대원들이 접근하는 것은 볼 수 없었다.

연막 속에서 움직이는 그림자를 향해 한 차례 사격을 퍼부은 후 몸을 돌리던 박재홍은 우렁찬 디젤엔진 소음과 함께 눈앞에 시커먼 물체가 갑자기 나타나자 깜짝 놀랐다. 후진하는 국군 M-48 전차였다. 주춤한 박재홍은 곧 앞으로 뛰어나가면서 준비한 대전차 수류탄을 엔진 상부 그릴 부분으로 던졌다.
 ─ 깡!
 쇳조각이 이리저리 튀고 시커먼 연기가 무럭무럭 솟아올랐다. 뒤늦게 매복자를 발견한 전차장이 급히 기관총을 돌렸다. 그러나 박재홍은 이미 반대편 풀숲으로 몸을 날린 후였다. 전차장이 잡은 중기관총은 총탄이 걸렸는지 작동을 멈췄다.
 "빌어먹을!"
 화가 나 주먹으로 기관총을 내리치던 전차장은 차 안으로 들어가더니 K-1 자동소총을 들고 나왔다. 전차장이 괴성을 지르며 박재홍이 사라진 풀숲을 향해 자동으로 놓고 마구 갈겨댔다.

 언덕 위에 올라가 전체적인 전황을 살피던 박격포반 홍 상사는 길 가운데 주저앉은 국군 전차를 발견했다. 자욱한 연막 때문에 조금 전까지 보이지 않았는데, 지금은 연막이 서서히 걷힌 것이다. 기동불능 상태라는 것을 확인한 홍 상사는 눈으로 거리를 재어본 후 박격포로 달려와 사각과 방위를 조절했다.
 막 전차에서 빠져나오려던 국군 전차장은 공기를 가르는 날카로운 소리가 머리 위에서 들리자 하늘을 바라보았다. 시커먼 뭔가가 머리 위로 날아왔다. 깜짝 놀라 다시 전차 안으로 들어가는 순간 82mm 박격포탄이 그의 무릎에 떨어졌다.
 ─ 꽝!
 전차장의 상체가 허공으로 날아올랐다. 포탑 안에 가득 쌓인 포탄이 연쇄폭발을 일으키며 전차 내부는 불바다가 되었다. 국군은 수십 구의 시체와 불타는 전차 세 대를 남기고 후퇴했다.
 전투를 마친 박재홍은 분대원들이 집결하는 곳으로 걸어갔다. 지나가는 길에 간부들이 모여 회의하는 것을 보았다. 박재홍은 간부들이 불안해하는 낌새를 눈치 챘다. 국군 보병전차 연합부대를 상대로 상당한 전과를 거두었지만 분대장 림 상사는 물론 소대장 역시 표정이 밝지 않았다.

갑자기 조우한 것치고 이번 매복전은 부분적으로 성공을 거두었다. 그런데 준비가 착실하지 못했는지 매복에 걸린 국군을 섬멸하지 못했다. 조금 전의 국군 부대는 비록 피해를 입었지만 지금까지 매복에 걸린 다른 부대들과 달리 그 피해가 치명적이진 않았다.

문제는 이곳 위치와 전력이 완전히 드러난 것이다. 이제 국군이 전력을 가다듬어 반격할 차례였다. 국군은 다른 부대가 지원할 수도 있지만 여기서 인민군들을 도울 부대는 없었다. 간부들이 걱정하는 것도 아마 그것 때문일 거라고 박재홍은 생각했다.

6월 13일 11:00 충청남도 서산 공군기지

활주로 주변에 무장사와 정비사 등 지상근무요원들이 바쁘게 움직이고 있었다. 조금 소란한 것을 빼면 평상시와 다를 바 없었다. 그런데 새벽에는 기지가 생긴 이래 가장 큰 소란이 일어났다.

새벽에 북에서 쏘아올린 스커드 미사일 몇 발이 기지를 공격했다. 굉음과 함께 섬광이 기지 주변을 환히 밝혔다. 다행스럽게도 북한이 다량 보유한 스커드의 명중률은 그리 좋은 편이 아니었다. 정밀유도장치를 장착한 스커드는 전체 보유수량 중에서 몇 발 되지 않았다. 개발국인 러시아에서도 신형 스커드 미사일은 숫자가 적은 편이었다.

기지 외곽 시설이 약간 손상되었지만 기지 운영에는 큰 무리가 없었다. 기지로 귀환한 송호연 대위는 활주로 주변에 새로 생긴 커다란 구멍을 보며 놀랐다. 그리고 착륙한 다음에는 기지 안팎에 우글거리는 육군 병사들을 보고 더 놀랐다.

　송호연은 앰뷸런스에 실려가는 전상자들을 보고 나서야 기지 외곽으로 침투한 게릴라들과 치열한 전투가 벌어진 것을 알았다. 후방에 위치한 공군기지도 적의 공격으로부터 결코 안전한 곳은 아니었다.

　땀에 절은 비행복 차림으로 새벽을 지샌 송호연 대위는 대대 마크가 그려진 머그잔에 커피를 부어 입으로 가져갔다. 방금 받은 브리핑대로라면 그는 곧 다시 출격해야 했다.
　이번에는 단순한 초계비행이 아니었다. 송호연이 소속한 편대는 휴전선을 넘어 북한을 공격할 예정이었다. 평양 북쪽, 용성구역 내의 화학무기 생산공장 및 저장소로 추정되는 시설을 공격하는 F-4 편대의 진입로를 뚫기 위해 방공망 제압 임무를 수행하게 된 것이다.
　SEAD(Suppression of Enemy Air Defense)라고도 불리는 적 방공망 제압 임무는 위험부담이 무척 큰 임무였다. 적의 방공망이 온전할 때 최초로 적진으로 들어가 적 방공망을 제압하고, 아군의 다른 편대들이 모두 퇴각할 때까지 적진 상공에서 적의 방공망을 무력화시켜야 하기 때문이다. 그리고 평양 용성구역은 위치상 방공망이 고도로 밀집된 지역이었다.
　송호연 대위가 탑승하는 KF-16 블록52 D형은 SEAD 전용 전자전기는 아니다. 다만 AGM-88 함 대레이더 미사일과 그 미사일의 조준을 도와주는 HTS(HARM Targeting System) 포드를 장착하면 적의 레이더 사이트에 상당한 타격을 줄 수 있었다.
　HTS 포드 자체는 KF-16과 함께 도입이 되었다. 그런데 그 운용 소프트웨어는 줄곧 미국이 관리하고 있다가 최근에야 한국에 도입되었다. 김영환 중령의 편대를 포함한 일부 조종사만이 HTS 포드 운용 교육을 받은 상태였다. 그 때문에 새벽에 출격했던 송호연의 편대도 오전에 다시 출격해야 했다.

격납고에서는 한숨도 못 잔 정비대대 하사관들과 사병들이 SEAD 임무용 무장을 탑재한 KF-16의 마무리 점검에 바빴다. 편대장 김영환 중령의 기체에는 자위용 단거리·중거리 미사일 각 2발씩과 함 미사일 2발 및 보조연료탱크 2개를 달고 있었다. 통상적으로 보조연료탱크가 장착되던 동체 중앙에는 적 레이더를 교란시키기 위한 ECM 포드가 붙어 있었다.

송호연의 기체 역시 마찬가지였다. 그런데 지상공격용 무장은 함 미사일 대신 Mk20 클러스터 폭탄 6발이었다. 일반적으로 SEAD 임무에서는 편대기들이 서로 다른 무장을 하고 목표를 분담하게 되어 있었다.

김영환 중령이 이끄는 SEAD 편대인 알파와 브라보 편대 뒤를 이어 호위 임무를 맡은 KF-16 전투기 8대, 찰리와 델타 편대가 공대공 무장을 단 채 날아올랐다. 오늘 새벽처럼 비행장 위에서 편대를 짠 KF-16 전투기 16대는 공격편대와 랑데부하기로 한 공역으로 기수를 돌렸다.

6월 13일 11:45 서울 영등포구 대림동

김승욱은 옷장에서 군복을 꺼내 입기 시작했다. 전투복 바지에 다리가 잘 들어가지 않았다. 간신히 껴입은 바지에 단추를 채우지 않은 채 전투복 상의를 입었다. 몸이 불어서 등판이 바짝 조였다. 그리고 바지에 상의를 구겨넣는 데에 애를 먹었다. 김승욱은 이게 3년 전에 입던 군복이라는 게 믿어지지 않았다.

전에 예비군 훈련 갔을 때는 아예 친구에게 군복을 빌려 입었다. 그러나 지금은 친구한테 빌릴 수도 없었다. 친구 집에 찾아가기도 힘들었지만, 친구들도 모두 예비군이었다. 동원 미지정된 친구도 있는데, 그 친구도 일반예비군일 테니 군복이 필요하긴 마찬가지였다.

− 휴가 나온 장병은 즉각 귀대하시고, 동원예비군 여러분들은 지정받은 부대에 입영하시기 바랍니다. 일반예비군 여러분은 빠짐없이 동사무소에 집결해 주시기 바랍니다.

아파트 관리소에서 새벽부터 반복되는 방송을 들으며 김승욱은 바지 아랫단추부터 하나씩 끼우기 시작했다. 두 번째까지는 잘 들어갔는데 세 번째가 문제였다. 뱃살을 위로 올리고 간신히 끼워넣긴 했지만 단추가 곧 터져나갈 것 같았다. 마지막 네 번째 단추는 단추구멍에 닿지도 않았다.

"승욱아!"

"잠깐, 잠깐요! 들어오지 마세요! 나 옷 갈아입어요."

어머니의 목소리에 김승욱이 당황해 외쳤다. 오늘 새벽에 방문이 고장나 잠기지 않았다.

"그래. 와서 밥 먹어라."

"예~."

반쯤 열린 가방에는 아직 챙길 게 많았다. 김승욱은 전투복 상의를 바깥으로 빼 아랫도리를 가리며 문을 나섰다. 거실 TV 화면에 영관급 군인이 나와서 뭐라고 말하는 소리가 들렸다.

어머니가 절룩거리며 식탁을 차리고 있었다. 어머니는 군복을 입은 김승욱을 보고 흠칫 놀랐다가 이내 못 본 척했다.

다리를 다친 어머니는 다행히 상처가 크지 않았다. 동네 병원에서 치료를 받은 어머니와 누나는 집에 들렀다가 김승욱을 만났다. 누나는 김승욱 대신 아버지를 간호하러 병원에 갔다.

― 비빅! 비빅!

"또 왔다."

"예······. 받지 마세요."

소집통고 전화는 매 10분마다 걸려왔다. 일반 전화통화는 전혀 되지 않는데 이 전화만 계속 오는 것이다. 전화 자동응답 프로그램을 제대로 했으면 좋았을 텐데, 여러 가지 변수를 동시에 감안하기는 어려울 것이라고 김승욱은 생각했다. 김승욱 본인이나 어머니나 그 소리를 듣고 좋아할 사람은 없었다.

식탁에는 진수성찬은 아니더라도 냉장고에 있던 재료를 총동원해 어머니가 요리할 수 있는 모든 맛있는 음식이 놓여 있었다. 어렸을 때부터 김승욱이 맛있게 먹던 반찬들이었다. 김승욱은 눈물이 왈칵 쏟아지려는 것을 꾹 참았다.

"슈퍼에 가니까 물건이 하나도 없더라. 아줌마들 정말 극성이야. 맛있는 게 없지?"

"맛있어요. 그리고 걱정 마세요. 정부가 물가를 통제하거나 나중에 배급제라도 실시하겠죠, 뭐."

"먹고 바로 나가려고?"

"예. 차가 없을지도 몰라요."

"이것도 먹고······."

"······."

어머니는 아들을 다시 못 볼 것처럼 반찬을 챙겨주었다. 잠시 두 사람의 시선은 반찬에만 가 있었다. 서로 쳐다볼 용기가 나지 않았다.

"옆집 대학생 병규는 눈이 나빠 면제라더라. 별로 나쁜 것 같지도 않던데······."

"걔 정말 눈 나빠요. 렌즈 낀데다 안경도 썼잖아요."

"무슨 공단인가 다닌다는 아랫집 신랑은 그대로 출근한다더라."

"그 사람은 기간산업체에 다니잖아요. 이젠 군수공장이나 다름없어요."

"그때 어떡하든 널 군대에서 빼주는 건데……."

속이 상한 어머니는 결국 울음을 터뜨리고 말았다.

"무슨 말씀이세요? 괜찮아요. 저 같은 사람이 더 많아요."

"너네 아버지 땜에…… 6·25 때 돌아가신 할아버지하고 니하고 무슨 상관이 있다고……."

"그만두고 식사나 하세요."

김승욱은 서럽게 우는 어머니를 앞에 두고 음식이 제대로 목으로 넘어가지 않았다. 어머니는 안방으로 들어가 문을 잠갔다. 우는 소리가 새어나왔다.

6월 13일 11:50 평안남도 서한만 상공

송호연이 있는 KF-16 전투기 8대가 6천 미터 상공에서 4대씩 밀집 편대를 이루어 날고 있었다. 서산을 떠난 이 전투기들은 방공망이 두터운 휴전선 지역을 피해 서해 상공으로 우회한 다음 목표로 진입할 계획이었다.

본대라고 할 수 있는 F-4E 팬텀 전폭기 12대는 이들로부터 3분 거리 뒤에서 따라왔다. KF-16 전투기 8대로 구성된 공대공 호위 편대는 팬텀 편대 양쪽으로 갈라져 9천 미터 상공에서 비행하고 있었다.

한국 공군이 다른 중요한 목표들을 제쳐두고 이곳부터 공격하는 것에는 특별한 이유가 있었다. 평양 용성구역의 화학단지가 화학무기 생산공장 및 저장단지로 추정되기 때문이었다. 한국군 입장에서는 반드시 초반에 그 화학무기 단지를 파괴할 필요가 있었다.

만약 북한이 한반도에서 화학무기를 대량 사용하면 남이나 북이나 끝장이었다. 인구가 밀집한 수도권 지역에 사용할 경우 민간인 사망자가 대량 발생하는 참극을 불러올 수 있다. 그렇게 되면 무제한전이 시작된다.

그리고 북한이 기습남침을 감행하면 한미상호방위조약에 의해 미국이 자동적으로 참전하는데, 북한이 화학무기를 쓰도록 내버려둘 리가 없다. 미국은 화학무기에 대한 반격으로 핵무기를 쓰겠다고 공언한 바 있었다. 그런데 미국이 핵무기를 쓰면 한반도와 국경을 접하고 있는 중국과 러시아 등 주변 강대국들도 가만있을 리가 없다. 자칫하면 한반도는 사람이 살지 못하는 땅으로 변하거나, 간신히 몇 사람 살아남더라도 바퀴벌레나 잡아먹고 살아야 한다.

송호연 대위는 브리핑을 받을 때 평양 용성구역의 위치를 확인하고 기겁했었다. 처음에 송호연은 목표인 평양특별시 룡성구역이 평양 시내 한복판에 있는 곳이 아니라 외곽에 위치해 있다는 사실에 일단 안도했다. 북한은 평양을 평양특별시로 개편하면서 주변 지역을 흡수해 서울특별시보다 훨씬 더 넓게 만들었다. 서울특별시가 605.8㎢인데 반해 평양특별시는 2,800㎢나 된다.

차라리 용성구역이 평양 한복판이면 그나마 나았다. 용성구역은 북한이 평양특별시라고 부르는 지역에서도 북쪽에 있었다. 문제는 그곳까지 가려면 평양 시가 중심지와 순안 사이를 지나야 한다는 것이다.

순안 북쪽 순안비행장은 북한 고위층의 탈출용 비행기가 대기하고 있다는 공군기지 겸 민항기 공항이다. 설상가상으로 용성구역은 바로 남쪽으로 북한 최고권력층의 관저와 핵심부서가 몰려 있는 대성구역과 맞물려 있었다. 그리고 남동쪽 대동강 하구에는 인민군 해군 서해함대 사령부를 둔 남포가 있다. 휴전선 일대를 포함해서 세계에서 가장 밀도 높은 대공방어망이 있는 곳이 평양 주변이라고 한다.

송호연이 속한 편대는 지금 그곳으로 가는 것이다. 송호연은 출격 직전에 속으로 '나는 죽었다'라고 18번이나 복창했다. 말은 하지 않았지만 다른 편대원들도 심정은 마찬가지였다.

해안까지의 거리 30km 지점에 이르렀다. 그때 송호연의 SEAD 편대 양옆으로 넓게 퍼져 있던 호위 편대가 내륙에서 해안선으로, 고속으로 돌진하는 미확인기를 포착했다.

— 미확인 항적 포착, 방위 0-8-7, 고도 3천5백, 거리 45km!
— 공대공 호위 편대는 고도 5천 미터로 하강하고 편대 전방으로 가속하라! 애프터 버너 온!
— 카피! 애프터 버너 온!
— 미확인 항적, 계속 접근 중!
— 찰리, 델타 편대! 전투대형으로!
— 카피! 위치로!
— IFF 신호 없음! 속도와 레이더 신호 특성으로는 미그-21로 추정됩니다.
— 찰리와 델타 편대는 벌린 대형을 유지하고 암람 발사준비하라!
— 알겠습니다!

무선통신망으로 호위 편대 조종사들의 목소리가 바쁘게 들려왔다. 뒤쪽에서 비행하던 송호연은 호위 편대가 공중전을 준비하는 무선 교신을 들으면서 편대장기를 바라보았다. 오른쪽 앞에서 날고 있는 김영환 중령은 아직 별다른 명령을 내리지 않고 있었다.

— 레이더 조준 완료! 미사일 발사준비 완료!
— 미사일 발사 후 2기씩 분리해서 근접 공중전에 대비한다!
— 발사!

드디어 호위 편대와 북한 요격 편대와의 공중전이 전개된 모양이었다. 그러나 송호연이 속한 SEAD 편대는 지금 당장 공중전과 직접적인 연관이 없었다.

잠시 후 송호연의 레이더 화면에 나타났던 10여 개의 점이 절반으로 줄어들었다. 거의 30대에 달하는 한국 공군기에 비해 북한은 겨우 10여 대밖에 띄우지 못했다. 한국 공군의 기습이 절반쯤 성공했다는 뜻이었다. 아니면 북한 공군의 즉시대응능력이 예상외로 떨어진다고 볼 수도 있었다.

어느새 육지가 발 밑으로 다가와 있었다. 편대장의 명령에 따라 전투기들이 일제히 속도를 높였다. 대공화망이 치밀한 북한 지역에서는 적 레이더로부터 탐지 당할 가능성을 줄여주는 저속침투보다는 차라리 잽싸게 치고 빠지는 고속·고공침투가 더 나은 점이 있었다.

이곳은 강서대묘가 있다는 평안남도 강서군, 지금 북한 지명으로는 증산군이었다. 송호연은 짙은 구름 사이로 언뜻언뜻 비치는 북한 땅을 바라보며 방금 미사일을 맞은 조종사들이 탈출할 수 있었을까 걱정했다. 적이지만 그들도 동포였다. 전쟁이 시작됐을 때 느꼈던 적에 대한 적개심이 적지에서 작전하는 지금은 동포애로 바뀌었다.

그 느낌은 동병상련 때문이었다. 송호연은 이번 작전에서 무사히 살아 돌아온다는 희망을 이미 버렸다. 송호연은 어쩔 수 없다는 듯이 피식 웃었다.

- 알파 편대장이다! 알파 편대와 브라보 편대는 공격 준비를 갖춰라. 1분 후 진입한다!

편대장 김영환 중령의 목소리였다. 송호연은 신기했다. 북한은 요격기 10여 대를 띄운 것 외에는 별다른 반응이 없었다. 그리고 북한이 띄운 그 요격기들을 KF-16 호위 편대가 일방적으로 몰아붙이고 있었다. 통신망을 들어보면 찰리 편대와 델타 편대의 격추 대수가 늘어나고 있었다.

멀리 남쪽으로 평양 시가가 보였다. 뾰족한 첨탑처럼 생긴 높은 건물은 105층이나 된다는 류경호텔이었다.

송호연은, 혹시 평양 상공은 북한 항공기도 접근하지 못하는 공역이 아닐까 생각했다. 브리핑 때 설명처럼 방공망이 그렇게 치밀하다면 요격을 방공포대에 맡기는 편이 자연스럽기도 할 것이다.

— ECM 포드 작동!

"뮤직 온!"

송호연은 김 중령의 지시에 따라 ECM 포드 스위치를 켜고 스로틀 레버 버튼을 조작했다. 그는 공대지 공격 모드 중 폭탄투하 모드를 선택했다. 전방 HUD의 표시기호 가운데 몇 가지가 바뀌었다. 동시에 레이더 경보수신기가 경고음을 내기 시작했다. 역시 지상의 방공레이더 몇 개가 그들을 조준하고 있는 것이다.

— 15km 전방에 레이더 신호 탐지! 함 미사일 발사!

김 중령의 1번기와 박성진 소령의 3번기에서 하얀 연기를 뿜으며 AGM-88 함 미사일이 튀어나갔다. 이 미사일은 적의 레이더 신호를 역으로 추적해 들어가 레이더 안테나를 파괴하는 대對 레이더 미사일이다. 동시에 아래쪽에서 구름을 뚫고 흰 연기가 솟아 올라왔다.

— 샘(SAM)이다! 회피하라!

— 알파, 브라보 편대는 각 2기씩 분리해서 회피 후 개별적으로 진입한다!

KF-16 전투기 8대가 채프를 뿌리며 급강하했다. 송호연은 전방 오른쪽에서 다가오는 흰 연기를 주시하고 있었다. 레이더 경보수신기에 나타난 기호로는 SA-2였다.

"편대장님! 1시 방향에 샘(SAM)입니다! SA-2입니다! 둘, 셋, 아니 여섯입니다!

— 나도 봤다. 내가 말할 때까지 편대를 풀지 말고 하강 자세를 유지

한다!
　미사일 여섯 발이 흰 연기 줄기가 꼬리를 끌며 점점 더 가까워지고 있었다. 마치 전봇대들이 지상에서 하늘로 치솟아 오르는 것 같았다. 송호연은 노맥스 장갑을 낀 손이 땀에 젖고 있는 것을 느꼈다.
　미국 조종사들이 제일 싫어하는 사람 이름이 샘(Sam)이라고 하더니, 송호연도 지금 충분히 공감하고 있었다. 그런데 일반 미국인들이 친근감을 느끼는 엉클 샘(Uncle Sam)의 두 문자를 따면 US, 즉 미국을 뜻하기도 한다. 이제 맨 앞의 미사일은 조종날개가 구분될 만큼 가까이 보였다.
　— 브레이크!
　김영환 중령과 송호연 대위의 KF-16이 서로 반대방향으로 급선회하며 갈라졌다. 급선회시의 속도 저하를 막기 위해 출력을 높이자 배기 노즐에서 하얀 백열광이 뿜어져 나왔다.
　송호연은 열추적 미사일의 추적을 막기 위해 교란용 플레어를 뿌리는 것도 잊지 않았다. 공산권 무기체계들은 단순한 만큼 개조도 쉽다. 저 미사일이 혹시라도 언제 어떻게 개조됐는지 알 수 없었다. 뭐든지 확실한 것이 좋았다.
　여섯 개의 미사일 중 세 발이 송호연 쪽으로 꼬리를 틀었다. 통신망에는 미사일을 피하는 다른 조종사들의 비명이 이어졌다. 미사일 한 발은 유도가 잘못됐는지 그대로 상승해 버리고 나머지 두 발이 김영환 중령 쪽으로 향했다.
　— 채프를 쓰면서 급강하해라. SA-2는 저속 기동성이 좋지 않다!
　송호연은 김영환 중령의 지시에 미처 대답도 하지 못한 채 기수를 숙였다. 급강하하는 송호연의 기체 뒤쪽으로 채프 구름이 일었다. 송호연의 뒤를 쫓던 샘 하나가 채프 구름을 향해 돌진하더니 붉은 화염을 일으키며 폭발했다.

– 알파 편대장이다. 미리 선회하지 마라! 미사일과 교차각 90도를 유지하고 마지막 순간에 급선회해!

김영환 중령은 자신도 미사일에 쫓기면서도 편대원에게 지시하는 것을 잊지 않았다. 다른 때 같았으면 저런 멀티 태스킹도 짬밥에서 나오나 신기해했겠지만 지금 송호연에게는 그런 생각을 할 만큼의 멀티 태스킹 능력이 부족했다.

거대한 덩치의 SA-2 두 발이 이제 송호연의 기체와 거의 같은 고도에서 수평으로 쫓아오고 있었다. 왼쪽 어깨 너머, 8시 30분 방향이었다. 송호연은 마른침을 삼켰다. 이제 최후의 급선회를 해야 할 때였다.

"이야아아아!"

채프 발사와 함께 최대한의 급선회를 실시한 송호연 입에서 순간적으로 비명인지 기합인지 모를 고함이 터져나왔다. KF-16보다 상대적으로 둔한 SA-2는 송호연처럼 날렵하게 방향을 바꾸지 못하고 채프 구름으로 돌진했다.

앞서가던 미사일이 채프 구름 안에서 폭발하자 그 파편이 따라오던 미사일에 맞았는지 두 번째 미사일도 같이 폭발해버렸다. 송호연은 순간 안도감으로 맥이 탁 풀리는 것을 느꼈다. 편대의 다른 조종사들도 미사일을 피했는지 통신망에 한숨이 쏟아져 나왔다.

위기를 넘긴 송호연은 목표를 확인했다. 레이더 경보수신기에 나타났던 위협신호들이 어느새 사라졌다. 함 미사일에 맞아 북한 레이더가 파괴된 것인지, 아니면 함 미사일의 유도를 막기 위해 레이더를 끈 것인지는 알 수 없었다. 그러나 레이더를 끄더라도 함은 최종적으로 전파가 나온 곳으로 유도되었다.

– 고도를 500미터까지 낮추고 주변을 청소하자!

"옛, 써!"

미사일을 피했다는 기쁨에 송호연은 약간 들떠 있었다. KF-16 전투기 2대는 약 천오백 미터 거리를 두고 브리핑시에 미리 배정받은 화학단지 북쪽 능선의 대공포 진지 상공으로 진입했다.

저공으로 진입하는 KF-16 편대의 앞길에 검은 뭉게구름 수십 개가 피어났다. 대공화기의 탄막이었다. 송호연이 고개를 길게 빼고 찾았지만 포탄이 어디서 날아오는지 확인할 수 없었다. 비를 잔뜩 머금은 먹구름이 하늘을 뒤덮고 있어서 대공포 진지를 금방 육안으로 확인하기가 어려웠다.

- 전방에 대공화기 탄막이다. 발사지점을 확인하고 회피해라!

"잘 안 보입니다. 찾을 수가 없습니다."

적은 이쪽을 공격하는데 이쪽은 적의 위치도 알 수 없었다. 차라리 밤이라면 예광탄 줄기로 확실한 위치를 잡을 텐데, 지금은 잔뜩 흐린 날이었다. 예광탄이 올라오는 것은 조금씩 보여도 발사위치가 밤처럼 확연히 드러나지 않았다. 대공포 위치를 찾지 못한 송호연은 극도로 초조해졌다.

- 내가 유인할 테니 공격해라!

김영환 중령의 기체가 채프와 플레어를 뿌리며 급상승하자 검은 구름들이 그 주변에서 집중적으로 작렬하기 시작했다. 적의 대공포 진지 앞에서 배를 내보이며 상승하는 것은 무척 위험한 일이다. 지금은 송호연의 공격을 위해 대공포 사수의 시선을 유인하는 의도적인 행동이었다.

송호연 대위는 짧게나마 시간적 여유를 찾았다. 지상을 찬찬히 살폈다. 송호연은 김 중령의 기체를 따라 움직이는 예광탄 줄기와 지상에서 작렬하는 희미한 화염과 연기로 대공포 진지의 위치를 확실하게 파악했다.

"발사지점 확인했습니다. 10시 방향과 1시 방향 능선입니다."

송호연은 즉시 기체를 돌려 폭격 코스로 진입했다. 오렌지색 예광탄이 주변을 스치고 지나갔다. 북한군 고정포대에서 발사되는 가장 작은 탄환은 37mm였다. 37mm 포에 한방이라도 맞으면 송호연의 기체는 공중에서 두 동강이 나버릴 것이 뻔했다.

대공포탄이 옆으로 휙휙 지나가는 것을 느낄 수 있었다. 송호연이 HUD의 탄착점을 목표지점에 고정시키고 사이드 스틱형 조종간의 버튼을 누르자 가벼운 진동과 함께 Mk20 로크아이 폭탄 4발이 떨어져나갔다.

클러스터 폭탄, 혹은 집속 폭탄으로 분류되는 로크아이는 폭탄 내부에 자탄이 수백 개나 들어 있었다. 이 폭탄이 공중에서 넓게 흩어지며 목표지점 주변을 초토화시켰다. 송호연이 기체를 상승시키며 어깨 너머로 뒤를 돌아다보니 땅 위에 작은 불꽃 수백 개가 작렬하고 있었다.

송호연은 즉시 기수를 돌려 반대쪽 능선의 대공포 진지 공격을 위한 두 번째 폭격 코스로 진입했다. 역시 엄청난 대공포화가 송호연의 주위를 감쌌다. 이 대공화망을 빠져나가는 것은 실력이 아니라 운이라고 송호연은 생각했다. 연속적으로 발사되는 포탄 하나하나 사이로 송호연의 기체가 빠져나가야 하는 것이다.

HUD의 탄착점이 능선 위의 대공포대에 겹쳐졌다. 송호연이 엄지손가락으로 투하 버튼을 눌렀다. 약간의 진동과 함께 기체가 가벼워지는 느낌이 들자 송호연은 그대로 기체를 하강시켰다. 하늘에 있는 공격기가 가장 위험한 순간이 바로 폭탄을 투하하고 기수를 드는 순간이다. 이 순간 항공기의 아랫면이 전방의 대공포대에게 가장 큰 면적으로 노출된다. 역사적으로도 수많은 항공기들이 폭격 후 상승기동 중에 대공포화에 희생되었다.

송호연은 고도를 낮춰 능선 아래쪽, 즉 대공포대 아래쪽으로 치고 내려갔다. 그가 투하한 로크아이 폭탄은 자탄으로 분리돼서 넓은 지역에 걸쳐 폭발하기 때문에 다른 폭탄처럼 폭탄의 후폭풍에 항공기가 말려들 위험성이 적었다.

송호연이 능선 아래쪽 자락을 타고 평지로 빠져나오는 순간 능선 위의 대공포대 머리 위에서 수백 개의 작은 폭풍들이 휘몰아쳤다. 겨우 정신을 차린 송호연이 주변을 돌아보려는 순간 김영환 중령의 만족스런 목소리가 들렸다.

- 잘 해치웠다. 나는 7시 방향에 있다. 보이거든 선회해서 붙어라!

"알겠습니다!"

송호연이 고도를 높이며 큰 반원을 그리는 동안 레이더 신호나 대공사격하는 연기가 전혀 보이지 않았다. 송호연을 포함한 SEAD 편대의 공격으로 이 일대의 대공포 진지는 무력화된 것 같았다.

- 알파 편대장이다. 공역을 확보했다. 공격 편대는 진입해도 좋다!
- 알았다. 수고했다! 현 위치에서 진로 0-8-5로 진입하겠다.
- 행운을 빈다.
- 싸부님! 나중에 제가 술 한잔 사겠습니다!

통신기에서 갑자기 공식 교신 용어가 아닌 사적인 대화가 튀어나왔다. 오가는 교신 내용을 들어보니 김영환 중령과 F-4 공격 편대의 편대장은 잘 아는 사이 같았다. 송호연은 예전에 김 중령이 F-4 교관생활을 한 적이 있었음을 떠올리고 슬며시 미소를 지었다.

- 알파 편대장이다. 공격 편대가 진입할 예정이다. 알파, 브라보 편대는 현재 공역에서 빠져나와 합류지점에서 대기하라.

송호연이 김 중령을 따라 선회하며 위를 쳐다보자 대각선으로 대형을 이룬 F-4 팬텀 편대가 목표지점으로 향하는 것이 보였다. 귀에 들리지는 않지만 팬텀 전폭기들이 그 크기에 걸맞은 육중한 소리를 내는 것 같았다.

팬텀은 보는 사람으로 하여금 강인한 인상을 주었다. 송호연은 팬텀이 편대비행을 하는 것을 보니 훨씬 더 SF적이라고 느꼈다. 곧이어 지상에서 거대한 불꽃과 함께 검은 연기가 뭉게뭉게 솟구쳤다.

- 잘 마무리한 것 같군. 전과 확인은 정찰팀에게 맡기고 귀환한다!
편대장 김영환 중령의 KF-16이 날카로운 각도로 급선회했다. 나머지 KF-16이 차례로 그 뒤를 따라 기수를 돌렸다. 송호연은 자꾸만 시선을 뒤로 돌렸다.

6월 13일 12:10 평안남도 서한만 상공

임무를 마치고 전투지역을 이탈한 항공기들이 집결해서 편대를 짜고 있었다. 미리 예정된 시각에 예정된 지점이었다. 그런데 아직 몇 대가 보이지 않았다. 알파 편대의 3번기와 4번기는 약간 뒤처져 따라오고 있다는 통신이 들어왔다.
- 알파 편대장이다. 각 편대기 보고하라.
"2번기, 편대장님 뒤에 있습니다."
송호연은 잔뜩 들떠 있었다. 조금 전에 북한에 있는 목표를 공격했다는 사실이 아직까지 실감나지 않았다. 그리고 그는 살아남은 것이다!
- 3번기, 이상 없습니다.
- 4번기, 대공포에 피격됐지만 비행 가능합니다. 현재 전원은 비상전원으로 대체했고 유압이 약간씩 떨어지고 있습니다.
- 편대장이다. 3번기는 4번기의 외부 손상을 자세히 보고하라.
- 3번기에서 외부관측합니다. 4번기는 중앙동체 하면에 피탄 흔적이 있고, 기름 누출 흔적이 보입니다. 왼쪽 날개와 양쪽 수평안정판이 일부 찢겨 나갔습니다.
- 알았다. 3, 4번기는 내가 보이는 대로 따라붙어라. 브라보 편대는 어떤가?
알파 편대는 이재민 대위의 4번기가 기체에 손상을 입었지만 모두들 무사했다. 송호연이 안도의 한숨을 내쉬며 동북쪽 하늘로 고개를 돌렸다. 저 멀리 브라보 편대가 보였다.

- 브라보 편대장입니다. 2, 3번기를 잃었습니다. 회피기동 중 샘에게 당했습니다. 현재는 4번기와 합류한 상태입니다.

순간 통신망은 비통한 침묵에 휩싸였다. 비행대대에서 첫 손실이었다. 송호연은 아찔한 느낌이었다. 다시 보니 과연 브라보 편대는 두 대 밖에 없었다.

- 조종사는? 낙하산은 봤나?
- 2번기는 탈출하지 못한 것 같습니다. 4번기가 3번기 박기형 대위의 낙하산을 확인했습니다. 비상주파수를 수신하고 기지 관제탑에 구조요청을 해놨습니다.

통신망에서는 일제히 '아~' 하는 한숨이 터져나왔다. 송호연은 고개를 돌려 동료가 떨어진 북한 땅을 물끄러미 바라보았다. 북한으로부터 무사히 귀환하기는 쉽지 않겠지만 그래도 살아 있는 편이 훨씬 나았다.

- 잘했다. 브라보 편대는 알파 편대와 합류하지 말고 현재 상태에서 귀환하라. 기지에서 보자.
- 알겠습니다.

싸움에 지친 싸움매들은 지친 날개를 쉬기 위해 둥지를 향해 기수를 돌렸다.

6월 13일 12:40 서울 영등포구 대림동

김승욱은 가방을 메고 아파트 단지를 나섰다. 아파트 10층 난간에서 어머니가 김승욱이 안 보일 때까지 손을 흔들었다. 제발 어서 들어가

시라고 손짓했지만 소용이 없었다. 그도 그럴 줄 알고 있었다.
　골목에는 네거리마다 총을 멘 예비군들이 옹기종기 모여앉아 담배를 피우고 있었다. 비닐봉지에는 먹고 버린 컵라면과 김밥 포장지가 가득 들어 있었다. 점심 먹으러 집에 갔다왔는지 한두 명씩 걸어다니는 예비군도 조금씩 보였다.
　김승욱은 일반예비군들이 이토록 부러운 적이 없었다. 군대를 1년만 빨리 갔으면 지금 일반예비군일 텐데, 아쉬운 정도가 아니라 억울해서 눈물이 날 것 같았다.
　거리에는 버스와 택시가 다녔다. 군데군데 무너진 건물더미 빼고는 조금 한적해진 평상시 일요일 낮과 별다를 바 없었다. 다만 군용지프의 선도로 군용트럭들이 줄지어 전조등을 켜고 달리는 것만 보통때와 달랐다.
　지하철은 혹시나 있을지 모를 북한의 테러에 대비해 며칠간 지연운행에 들어갔다. 다들 정신없던 새벽에 비해 시내는 비교적 차분했다. 대방역을 지나치는 군용열차는 탱크와 장갑차를 가득 싣고 달렸고, 그 뒤로 63빌딩이 황금빛을 발하며 우뚝 서 있었다.
　TV 전시특별뉴스에서 고속도로 진입로가 모두 통제되었음을 알려 교외로 빠져나가는 차도 별로 없었다. 임시검문소마다 승용차와 트럭이 길게 늘어섰지만 출근, 또는 사업상 움직이는 차량들이었다. 이 차들은 각 구청에 파견된 계엄사령부 민정관들이 발행한 통행증을 유리창에 붙이고 다녔다.
　거주이전의 자유뿐만 아니라 여행의 자유도 제한된 셈이다. 덕택에 피난 가려고 너나 할 것 없이 나서서 아우성치는 북새통은 없었다. 서울 외곽도로를 차단한 무장공비들이 양민을 학살하는 등, 준동하고 있다는 뉴스 보도도 피난민 증가에 제동을 걸었다. 김승욱으로서는 전혀 뜻밖이었다.

2차 한국전쟁을 소재로 다룬 일본인이 쓴 소설에서는 도로는 피난민으로 넘치고 총으로 무장한 좌경학생들이 관공서를 습격한다던데, 역시 그런 건 있을 수 없는 뻥이었다.

김포나 영종도공항도 마찬가지였다. 공항을 습격한 게릴라들을 물리치기는 했지만 북한의 포격과 테러를 우려해 두 공항은 폐쇄되었다. 국제선 여객기들은 청주와 김해공항을 이용했다. 그리고 50세 이하 남자들의 국외여행은 금지되었다.

집결할 때까지는 아직 시간적 여유가 있었다. 딴 생각 하기에 충분한 시간이었다. 김승욱이 지나가는 택시를 세웠다.

"송파 갑시다."

6월 13일 13:05 강원도 인제군 가전리 부근

총탄이 바위에 부딪치면서 요란한 소리를 냈다. 인민군 박재홍 하사는 고개를 들 수가 없었다. 국군이 발사한 기관총탄에 이리저리 튀며 깨진 돌조각이 손등을 파고들었다.

박재홍 하사는 이를 악물었다. 뼈가 부러진 것 같았다. 찢어져 피가 흐르는 상처를 천 조각으로 대충 싸맸다. 위쪽에서 굉음이 울리며 파편이 쏟아졌다. 여기 가만있다가는 아무도 죽을 것 같았다. 박재홍은 바닥을 기어 기관총이 있던 곳으로 이동했다.

머리 위로 총알이 날카로운 소리를 내면서 날아다녔다. 함부로 일어섰다가는 당장 머리통이 박살나거나 뱃속에 든 내장이 밖으로 쏟아져 나와 세상구경을 할 것 같았다.

정말 그랬다. 몸을 낮게 하고 기어가는데 누군가 쓰러져 있었다. 머리가 깨져 허연 뇌수가 터져나오고 옆에는 눈알이 달걀 흰자위 같은 줄에 달려 굴러다녔다. 내장이 밖으로 쏟아져 나와 내용물이 다 보였다. 그 시체는 소대장이었다.

박재홍이 천신만고 끝에 기관총 진지로 기어 들어갔다. 그곳에 기관총 사수는 없고 72식 경기관총은 반쯤 녹아 고철덩이가 되어 있었다.

"이런……."

화가 난 박재홍은 뜨거운 기관총 잔해를 집어던졌다. 던지고 보니 엄청나게 뜨거웠다. 손바닥 피부가 허옇게 부어올라 물집이 생기고 조금 벗겨진 곳도 있었다.

— 꽝!

근처에 포탄이 터지며 흙덩이들이 머리 위로 쏟아져 내렸다. 한국군은 지금까지 매복에 당한 분풀이를 하려는 듯 무지막지한 사격을 퍼부어댔다. 박재홍이 있는 기관총 진지 주변 곳곳에는 인민군 민경중대원들의 시체가 어지럽게 널려 있었다.

대전차 매복작전에 걸려 호되게 당한 국군 1사단의 2개 대대 병력은 단단히 채비를 한 후 반격을 가해왔다. 전차가 기습을 받지 않도록 제일 앞에는 보병과 공병을 두고 길 양옆에 이중으로 보병을 배치해 도로를 따라 느리게 움직였다.

도로 주변뿐만 아니라 길 양쪽 산중턱에도 한국군이 도로 기동부대가 움직이는 속도에 맞추어 이들을 엄호하면서 따라왔다. 거기다 가끔씩 인민군 등뒤에 불쑥불쑥 나타나 기습적으로 기관포나 로켓포를 퍼붓는 공격용 직승비행기들은 공포의 대상이었다. 인민군의 피해가 급증했다.

서화리 부근까지 왕성하게 진출했던 인민군 1사단 3연대 병력 상당수와 경보대, 그리고 민경중대 병력은 공격용 직승기들과 전차중대를 동반한 국군 2개 대대의 역습을 받고 궤멸이란 표현이 적당할 정도로 엄청난 피해를 입은 후 여기까지 밀려왔다. 이제 남은 병력은 겨우

1개 소대를 갓 넘을 정도였다.

– 슈우우~ 꽝!

허겁지겁 도망가던 박재홍은 7호 발사관이 발사하는 소리를 들었다. 반사적으로 고개를 돌리는 순간 눈앞으로 불길이 밀어닥쳤다. 후폭풍에 휘말린 박재홍은 수 미터나 밀려 날아가 땅바닥에 데굴데굴 굴렀다. 얼굴 전체가 불에 덴 듯 따갑고 목이 콱 막혔다. 눈이 쓰라리게 아팠다. 땅바닥에 데굴데굴 구르며 비명을 질렀다. 그때 총소리가 길게 이어졌다.

"우…… 내 눈! 내 눈!"

어른 키만큼 자란 풀들이 후폭풍을 상당히 흡수하긴 했지만 그 나머지만으로도 박재홍에게 피해를 입히기에 충분했다. 7호 발사관 사격훈련을 받을 때 교관이 귀에 못이 박히도록 강조한 것이 바로 이 강력한 후폭풍을 조심하라는 것이었다. 박재홍은 총소리가 나는 곳의 반대쪽으로 기어갔다.

사방이 총성과 포성으로 가득 찼다. 인민군이 사용하는 아카보총의 둔탁한 발사음이 잦아들고 한국군 특유의 찢어지는 총성이 점차 강해졌다. 총소리만으로도 인민군의 절망적인 전황을 짐작할 수가 있었다.

5분 정도 지났을 때 눈앞이 흐릿해지기 시작했다. 손등은 물집이 벌겋게 잡혀 보기 흉한 모습이었다. 얼굴 역시 마찬가지였다. 눈썹이 홀랑 타 없어지고 얼굴과 귀가 시커먼 가운데 피가 흘렀다. 마치 괴물 같았다.

이마에서 뭔가 흘러내려 손등으로 눈을 닦았다. 따갑고 쓰라렸다. 주변 사물이 어렴풋하게 붉은색으로 보였다. 박재홍이 가장 먼저 발견한 것은 기관총에 맞아 너덜너덜해진 분대장 림 상사의 시체였다. 구석에 잘려나가 나뒹구는 분대장의 오른팔은 텅 빈 7호 발사관을 쥐고 있었다.

그 옆에는 박격포반의 어봉철 하사와 홍태호 상사의 싸늘한 시신이 쓰러져 있었다. 홍 상사가 어봉철 하사를 덮어 누른 채 죽어 있었다. 홍 상사가 어봉철을 구하려다 두 명 모두 기관총탄에 꼬치 꿰이듯 한 방에 관통당해 죽은 모양이었다.

주변에는 국군밖에 없었다. 간헐적으로 한국군 K-2 자동소총 소리가 들리는 것으로 봐서 전투가 거의 끝난 것 같았다. 확인사살 작업을 하는 줄 알고 놀란 박재홍이 필사적으로 기어 풀숲을 향했다. 총검을 끼우고 인민군 시체들 사이를 걸어다니는 병사들은 전부 국군이었다.

조용히 바닥을 기어서 풀숲 사이로 숨어든 박재홍은 무조건 앞으로 달렸다. 숨이 턱까지 차올랐다. 화약연기를 많이 들이마신 탓인지 금세 숨이 찼다. 거리가 떨어지면 떨어질수록 안전하다는 생각에 그는 부지런히 앞으로만 달렸다. 적어도 소총탄이 날아올 만한 거리는 벗어나야 했다.

한참 동안 정신없이 달리던 박재홍이 이 정도 거리면 괜찮겠지 하는 생각에 발걸음을 멈추고 몸을 돌렸다. 국군 병사들이 가물가물하게 멀리 보였다.

갑자기 거대한 망치로 가슴을 강타당한 듯한 충격에 박재홍은 공중에서 한 번 휘청했다. 숨쉬기가 거북하고 머릿속이 하얗게 비어 가는 느낌이었다.

박재홍의 몸은 거의 2미터나 날아가 땅바닥에 처박혔다. 12.7mm 총탄에 허리가 절반 이상 짓뭉개지고 뻥 뚫린 구멍으로 내장이 쏟아져 나왔다. 팔다리가 반사적으로 꿈틀댔다. 이미 박재홍은 숨이 끊어진 상태였다. 그 꿈틀거림 역시 몇 초 후에 멈췄다.

"이야! 대단하네. 어떻게 카리바 50으로 저격을 하냐?"
"뭘, 보통이죠. 짬밥이 그냥 느는 줄 알아요? 흠하하!"

"우와~. 그리고 기관총을 어떻게 단 한 발만 쏴요?"

"배워볼래요? 그럼 일단 캐러버 50으로 총검술하는 것부터 배워야 하는데…… 헤헤!"

M-48 전차 주변에 있던 보병들은 갑작스런 총성에 놀랐다가 이내 상황을 파악했다. 이들은 전차 위에서 중기관총으로 단 한 발에 도망가는 인민군을 잡은 전차 포수를 우러러보았다. 그런데 그 기관총은 무게가 38.2kg이나 나간다.

포수는 기고만장한 표정으로 전차 위에 우뚝 서서 V자를 그렸다. 그 포수는 화가 잔뜩 난 전차소대장의 무전을 받고 머쓱한 표정을 지으며 다시 전차 안으로 구겨져 들어갔다.

저항하던 인민군은 완전 소탕되었다. 국군은 시체나 다름없는 인민군 포로 몇 명을 챙겼다. 포로들은 중상을 입고 정신을 잃은 상태였다. 수색작업이 계속되었지만 전투는 완전히 끝났다.

동부전선 육군 16사단과 1사단 사이에 뚫린 돌파구는 거의 10시간 만에 회복되었다. 얼마나 많은 병력이 후방으로 들어갔는지 국군은 파악할 수가 없었지만 추가적인 적 병력 침투는 일단 막은 셈이었다.

인민군들 시체에 금세 파리떼가 달라붙는 모습을 본 한국군 병사들은 무척 언짢아했다. 오늘은 이들이 승리하고 살아남았지만 언젠가는 저렇게 될 가능성이 크기 때문이었다. 전쟁이 계속된다면 언젠가는……..

6월 13일 13:30 서울 송파구 신천동

"오빠야?"

초인종을 누르자마자 곧 문이 열렸다. 뜻밖에 반가운 목소리였다.

하지만 문은 여전히 활짝 열리지 않았다. 최지은이 얼굴만 밖으로 빼꼼 내밀더니 이내 안으로 쏙 들어갔다. 최지은은 군복을 입은 김승욱을 보고 흠칫 놀란 표정이었다.

"왜?"

다시 냉랭한 목소리로 바뀌었다. 반쯤 열린 아파트 문은 여태까지 한 번도 제대로 열린 적이 없었다.

"오늘 입영하는데, 마지막으로 한 번 보고 가려고."

"그래? 몸조심 해."

잠시 두 사람은 말이 없었다. 김승욱은 얼굴 한 번 제대로 내밀지 않는 최지은이 야속했다.

"내가 이번에 돌아오면, 너도 나한테 돌아와라. 모든 걸 용서해줄게."

"싫어! 그리고 내가 뭘 용서받아야 해?"

김승욱도 알고 있었지만, 원래 그런 애였다. 김승욱은 오늘만이라도 위안을 받고 싶었다. 바랄 걸 바랐어야지 하며 김승욱이 돌아섰다. 그래도 상대가 너무 매몰차다고 느꼈다. 계단 입구로 가려는데 뒤에서 최지은이 외쳤다.

"오빠! 무사히 돌아와."

김승욱이 몸을 돌렸다. 최지은이 문을 열고 나오려다가 다음 말을 마치고 문을 닫았다.

"이야기할 것이 있어. 꼭 돌아와야 해."

김승욱은 아파트 단지를 걸어나왔다. 남자는 여자를 귀찮게 하는지 몰라도, 여자는 정말 남자를 헷갈리게 한다고 김승욱은 생각했다. 우중충한 날씨에 후덥지근한 바람이 불었다.

적 지상군 주력을 찾아라!

6월 13일 15:02　서울 용산구

"강원도에 침투한 적 게릴라 부대는 완전 소탕됐습니다."

합참 정보참모본부장 안우영 중장이 선언하듯이 보고했다. 안우영 중장은 국군이 국방부 주변에서 북한 특수부대를 완전히 진압한 다음 들어올 수 있었다.

벽면 대형 스크린에는 붉은색이 거의 없어지고 대부분 푸른색으로 복구되었다. 백령도에는 포격전이 간헐적으로 계속되었고, 인민군의 상륙기도는 징후만 계속 포착될 뿐 실제 병력 상륙은 아직 없었다. 결국 대연평도 하나만 붉게 칠해진 상태로 남았다.

"경계를 늦추지 마시오. 동부전선은 지형적 특성상 완벽한 소탕이 어렵소."

합참의장은 준장 때 그 지역에서 사단 참모장으로 근무했다. 산도 많고 물도 많고, 민간인보다 군인이 더 많은 곳이었다. 오르막길에서는 차에서 내려 차가 뿜어내는 배기가스를 맡으며 걸어야 하는 곳이 많았다. 그 규칙은 장군이라도 예외는 아니었다.

"물론입니다. 육군이 도로감제 고지마다 점령하고 도로순찰 활동을 강화했습니다. 산악지역도 병력을 동원해서 다시 철저히 수색 중입니다. 경기도 광주와 이천 등 예비지휘소 주변을 비롯하여 경기도 일원에 준동하는 소규모 게릴라 부대들도 소탕 중입니다."

"특히 그놈들은 철저히 소탕하시오."

김학규 대장이 이를 갈았다. 자칫 했으면 합참의장도 당할 뻔했다. 휴대용 지대공 미사일에 명중해 추락하는 육군 참모총장의 헬기를 보며 김학규 대장은 복수를 다짐했다. 그러나 게릴라 소탕은 작은 복수일 뿐이었다. 합참의장은 더 큰 적을 상대해야 했다.

매 시간마다 이뤄지는 종합보고는 계속 이어졌다.

"국방부 동원국에서 통보한 바에 따르면 전시동원계획은 예정대로 진행되고 있다고 합니다."

전시동원은 인적 동원뿐만 아니라 물적 동원과 체계적 동원도 포함된다. 전시동원체제에서는 동원예비군과 일반예비군이 소집되고 민방위대원들도 동원된다. 뿐만 아니라 직장 재배치가 시행되어 민간인들의 직업선택이 제한되고 정부가 지정한 업무에 종사하게 된다. 기간산업과 민간기업 일부가 군수산업으로 전환되는 것은 물론이다.

그런데 동원예비군은 아직 동원이 완료되지 않았다. 지금쯤은 대부분 각 지역별로 집결해서 부대로 이동 중일 시간이었다.

"개전 12시간째요. 동원에 만반을 기하시오."

전쟁이 날 경우 긴급소집되는 동원예비군의 역할은 매우 컸다. 평시에는 일반적인 육군 전투사단의 경우에도 완편사단이라 할 수 없다. 분대부터 각 단위부대까지 동원예비군의 소집을 감안한 감소편제인 것이다. 동원예비군은 일선 전투사단에 각 분대별로 몇 명씩 추가되고, 일부는 손보요원으로 나중에 충원되기도 한다.

그리고 일반 전투사단과 지역방어를 담당하는 향토사단 외에 동원사단이라는 개념이 있다. 동원사단은 기간요원인 현역병 소수를 제외하고는 아예 대부분의 병력이, 심지어 초급장교까지 동원예비군으로 충원되는 사단이다. 전투가 치열한 곳에 예비대로 투입되기도 하는 동원사단은 국군의 반격 때 반격작전의 핵심을 이루는 부대다.

이스라엘은 주변국으로부터 공격을 받을 경우, 먼저 소수의 현역 여단을 중심으로 방어작전에 임한다. 그리고 예비군들이 동원된 다음에는 반격으로 전환하는 전략을 구사한다. 상비군은 적더라도 전시에 동원되는 병력은 인구에 비해 상당히 많은 편이다.

세계경찰을 자처하는 미군의 경우, 1997년 이후 육군 현역 전투사단은 10개밖에 되지 않는다. 그러나 35만에 달하는 주방위군과 21만의 병력을 보유한 연방예비군 소속 육군이 전시에 현역을 뒷받침해준다. 주방위군과 예비군은 걸프전 등 미군의 해외원정에도 자주 참가해왔다.

다른 나라의 경우에도 전시에 필요한 병력을 평시에 모두 유지하는 것은 낭비로 간주된다. 위기가 고조됨에 따라 병력을 충원하면 되기 때문이다. 다만 종심縱深이 짧은 한국은 북한의 기습남침 위협이 있기 때문에 상비군의 비중이 상대적으로 높은 편이다.

"적 지상군의 주력은 도대체 어디요? 그놈들이 움직이고 있을 것 아니오?"

합참의장 김학규 대장은 초조했다. 북한이 기습남침한 의도가 확실히 파악되지 않은 것이다. 육군이 잘 싸웠다고는 하지만 일부 특수부대 빼고는 예상과 달리 북한이 정규전 병력을 대량 동원하지 않은 것이 분명했다.

"약 30분 전에 연천군 북방, 휴전선 40km 후방에 대규모 지상군의 활발한 움직임이 있었습니다. 그 외에는 파악되지 않았습니다."

안우영 중장이 정면 스크린의 한 부분을 지시봉으로 짚었다. 이곳은 한국 현대사에서 대단히 묘한 장소였다.

경기도 연천 북쪽은 북한 행정구역상 강원도 철원군이다. 그런데 원래는 강원도 이천군의 일부 지역이었다. 해방 후 38선 이북에 있던 강원도 철원군은 6·25 때 철원읍을 포함해 상당 부분을 국군이 점령하고 일부는 비무장지대에 걸쳐 있다. 그리고 일부만 북한에 남았다.

수복 후 철원군에는 원래의 철원읍을 구철원이라 하고, 대신 남쪽에 철원읍이 만들어졌다. 그리고 더 남쪽의 갈말葛末이 신철원읍으로, 군청소재지가 되었다.

북한은 휴전 후 강제점유한 경기도 연천군 일부와 강원도 이천군에서 일부를 떼어 철원군에 주었다. 그리고 한국전쟁 전에는 강원도 이천군에 있던 안협安峽에 철원읍을 새로 만들었다.

그래서 경기도 연천에서 보면 철원이 동쪽과 북쪽에 있다. 원래의 철원읍은 비무장지대에 걸치거나 바로 남쪽이라서 유명무실화되었고, 전쟁 후에 철원읍이 남북에 각각 생겨 두 개가 된 것이다.

그리고 남북한 행정구역상 강원도와 경기도의 경계는 휴전선에서 그 연속성이 끊겼다. 이것은 북한에서 강점한 경기도 연천 일부를 분리해 각각 강원도 철원군과 개성직할시의 장풍군에 나누어 귀속시켰기 때문이다.

"이것은 위성판독 결과입니다."

안우영 중장이 스크린에 위성사진을 띄웠다. 확대된 사진에는 흐릿하게 북한 기계화부대가 이동하고 있는 모습이 보였다. 흐린 날인데도 용케 사진이 찍혔다.

　자존심 때문인지 안우영 중장은 미국이 첩보위성에서 찍은 사진이라는 사실을 보고하지 않았다. 김학규 대장도 사진의 출처를 묻는 실수는 범하지 않았다.

　"인민군 5군단은 4개 보병사단, 1개 자동차화보병사단, 1개 전차여단이 표준편제인 전연군단입니다."

　안우영 중장이 추가로 보고했다. 휴전선에 전진배치된 인민군 전연군단은 방어가 아니라 공세적인 목적으로 배치되었다. 이들은 한국전쟁 전후에 창설된, 인민군 가운데서도 정예군단이다.

　인민군 각 전연군단 예하에는 안우영 중장이 언급한 부대 외에도 포병여단, 박격포연대, 방사포여단, 2개 방공포연대, 1~2개 경보병여단, 공병연대, 정찰대대, 2개 대전차대대, 화학대대 등이 포함된다. 공산권의 일반적인 삼각편제와 달리 전연군단 중 상당수는 예하 보병사단이 3개가 아니라 4개로 강화되어 있다. 전시에 추가로 증강되는 부대는 제외한 규모다.

　"역시 연천 - 동두천 - 의정부 축선인가?"

　김학규 대장이 자리에 몸을 파묻었다. 한반도에 지상전이 전개될 경우 예상되는 북한군 주공축선은 몇 곳 되지 않았다. 한국전쟁 이후에도 별로 달라진 것이 없었다.

　뻔한 답을 갖고 남북 고위장성들과 고급참모들이 수십 년간 토론하며 도상으로 전쟁연습을 해왔다. 그리고 병력과 화력도 이 몇 곳으로 집중되었다.

　동두천 - 의정부 축선의 장점은 서울로 향하는 도로가 거의 일직선이고 임진강 도하에 따른 부담감이 상대적으로 적다는 것이다. 연천은 임진강 상류에 있다. 그런데 이 도로에 대한 국군의 병력집중도 만만치 않다. 특히 대전차방어무기의 밀집도가 높은 편이다.

산이 많은 한반도 특성상 이동하기 위한 양호한 도로나 충분한 개활지가 필수적인 전차는 그 운신폭이 상당히 작다. 북한이 자랑하는 대규모 기계화군단이 기동할 수 있는 곳은 몇 안 될 정도로 제한되어 있는 것이다.

북한 기계화부대가 서울로 향할 것으로 예상되는 기동로는 그외에 문산 - 파주 축선과 철원 - 포천 - 의정부 축선, 그리고 춘천 - 홍천 - 원주 축선 등이 있다. 모두 6·25 전부터 예상했던, 그리고 6·25 때 인민군이 이용했던 실제 공격로였다. 그 외에 인민군 6사단이 이용했던 김포반도 도하작전을 예상할 수 있지만, 그곳은 휴전 이후 한국군 방어진지가 강화되고 한강 하구의 넓은 강폭 때문에 도하가 거의 불가능한 것으로 간주되었다.

"드디어 본격적으로 시작이군. 일단 놈들이 전선을 돌파하기 전에 공군과 포병을 총동원해서 치시오."

김학규 대장이 명령을 내렸다.

오후 3시 30분부터 한국 공군 전투기들이 대규모로 이륙하기 시작했다. 공군기들은 공대지 무장을 하고 연천 북쪽을 향해 비행했다. 정밀타격용 공대지 미사일로 무장한 전폭기들도 많았다.

MCRC의 붕괴에 의해 통제에 어려움이 따랐지만 공군 작전사령부는 최선을 다했다. 북한 대규모 기갑부대를 일거에 격멸시킬 목적으로 비행단별로 순서에 따라 폭격할 계획이었다.

한국 공군의 폭격을 막기 위해 북한 전투기들도 대량으로 이륙했다. 인민군 공군 전력의 거의 절반이 연천 북쪽 일대 공역에 투입되었다. 인민군은 기갑부대를 지키기 위해 필사적으로 한국 공군을 막는 모습이었다. 바야흐로 대규모 공중전이 시작될 순간이었다.

폭격이 시작되기 전에는 한국군 포병대가 대규모 사격을 가했다.

포탄은 다연장로켓포와 일반 야포의 사거리연장탄이 대량 소모되었다. 목표가 일반 야포탄 사거리 이상이기 때문에 재고량이 적은 정밀무기의 소모는 어쩔 수 없었다.

그런데 문제가 생겼다. 폭격을 시작하려고 할 때 연천 상공에 구름이 짙게 끼었다. 고공폭격에 문제가 생긴 것이다. 치밀한 대공망 때문에 저공폭격도 쉽지 않았다. 안개까지 잔뜩 끼어 공습이 효과를 거둘지는 미지수였다. 남북한 공군 전투기들은 악천후에도 불구하고 치열하게 싸웠다.

6월 13일 16:20 강원도 인제군

김재창과 이환동이 숨어 있던 숲에서 기어나왔다. 그때는 철책 남쪽에 있던 22사단 59연대의 예비대가 적에게 점령당한 GOP와 GP까지 이미 탈환한 후였다.

돌아갈 부대를 찾는 것은 고역이었다. 헌병과 지나가는 차 운전병들에게 물어물어 간신히 중대본부까지 갈 수 있었다. 도로 옆 감자밭에 설치된 중대본부는 야전용 막사 하나가 전부였다. 막사 주변에 있는 2인용 텐트 몇 개 옆에서 중대원들이 앉아 쉬고 있었다.

"자네들 빼곤 1소대 전원이 전사했네. 고생했어."

말은 그렇게 했지만, 중대장은 의심의 눈초리를 거두지 않았다. 김재창이 바로 옆 2소대 지역에서 기관총을 갈겨댄 사실을 증명해서 아무 일 없이 넘어갈 수 있었다. 2소대 기관총반도 후퇴해서 살아남아 1소대에서 김재창과 이환동이 저항했던 사실을 증언했던 것이다. 그리고 나중에는 어쩔 수 없이 중대장도 개별적으로 후퇴했으니 부하들만 나무란다고 될 것도 아니었다.
"일단 우리 대대는 연대 예비대로 빠져서 재편성하기로 했다. 내일까지 동원예비군하고 손보요원들이 들어올 거야."
김재창과 이환동은 30여 명 가운데 둘만 살아남았다는 사실이 믿어지지 않았다. 이환동은 남들이 눈치 챌 정도로 부들부들 떨었다.

6월 13일 16:50 경기도 광명시

김승욱은 버스가 부대 정문으로 들어서자 심호흡을 했다. 이제 돌아가거나 도망갈 수도 없었다. 동원예비군을 가득 태운 관광버스는 기관총으로 무장한 지프와 장갑차의 호위를 받으며 이곳에 예정보다 일찍 도착했다. 차창 밖 나무들 사이로 멀리 군데군데 빗물에 고인 연병장이 보였다.
"자, 선배님들! 어서 내리십시오!"
완전무장하고 얼굴에 위장크림을 바른 일병 한 명이 눈알에 잔뜩 힘을 주며 버스에 올라와 하차를 재촉했다. 동원예비군들은 가방을 챙기며 하나씩 무거운 걸음을 옮겼다. 정문 바로 위 주차장에서 내린 예비군들은 기간병들의 통제에 따라 40명 단위로 줄을 맞추기 시작했다.
곳곳에서 호루라기 소리와 함께 호령 소리가 들려왔다. 현역 위관급 장교들과 나이 든 하사관들이 분위기를 험악하게 이끌었다. 때가 때인 만큼 예비군들도 민첩하게 움직였다.
"선배님, 복장이 그게 뭡니까? 전투복 상의를 집어넣으십시오."
버스에 올라왔던 그 시커먼 일병이 눈을 부라리며 김승욱을 제지했다. 김승욱이 상의를 바지에 구겨넣는 시늉을 했다. 곤란하게도 상의를 바지에 다 넣을 때까지 그 일병은 자리를 뜨지 않았다.

"완전히 집어넣으십시오. 아니! 단추가 떨어졌습니까? 왜 안 잠급니까?"

"야, 좀 봐주라! 살이 쪄서 안 들어간다고. 여기 단추는 제대로 붙어 있잖아?"

"복장불량입니다. 선배님은 들어갈 수 없습니다!"

"그럼 돌아갈까? 젠장! 너도 사회 나와봐. 라면이나 건빵은 쳐다도 안 봐. 금방 살이 붙는다고."

김승욱은 상의 끝자락을 바지 속에 걸치기만 하고 배에 힘을 주었다. 요대가 간신히 맨 윗단추가 있는 곳을 가렸다. 옆에서 사람들이 낄낄댔다.

"됐지?"

김승욱이 호흡을 멈추며 물었다. 숨을 못 쉬어 얼굴이 벌개지는 김승욱을 본 일병이 피식 웃으며 마지못해 용납했다.

"좋습니다. 자, 선배님들! 줄 맞춰서 출발하십시오."

지금은 평상시의 예비군 훈련이 아니었다. 곧 총탄이 빗발치는 실전에 투입될 것이다. 중대별로 연병장에 도열한 천여 명 가운데서 김승욱은 바짝 긴장했다.

그러잖아도 겁나는데 현역 장교와 하사관들이 돌아다니면서 소리를 질러댔다. 그들은 그동안 군기 빠진 예비군들과 부대끼느라 원한이 많이 쌓였는지 이번 기회에 통렬히 보복하는 것 같았다.

"야, 자식아! 똑바로 못 서?"

작달막한 현역 중사가 김승욱 근처에 있는 예비군 한 명을 발로 걸어찼다. 보통 때 같으면 꿈도 못 꿀 일이었다. 그런데 지금은 전시였다. 그전 같으면 당장에 집단퇴소사태나 시위사태가 날 만했지만 지금은 누구 하나 감히 제대로 쳐다보지도 못했다.

"너네들이 군기가 빠지니까 빨갱이들이 만만히 보고 쳐들어온 거야!"

갑작스럽게 구타가 시작되었다. 흥분한 현역 중사가 그 예비군을 발로 짓밟았다. 그 예비군은 군기가 빠졌다기보다는 다만 군기잡기용 본보기일 뿐이었다. 그건 이곳에 모인 예비군들 누구나 알고 있었다.

현역 중사는 꽤 젊어 보였다. 차라리 어리다는 표현이 정확했다. 김승욱보다 서너 살은 더 어려 보였다. 고등학교 졸업 후 바로 하사관에 지원해서 이번에 중사 계급을 갓 단 것 같았다. 김승욱은 은근히 부아가 치밀었다. 그가 훈련병일 때 중사는 고등학생이었을 것이다.

"너 하나쯤 쏴 죽여도 아무도 뭐라 못해!"

지금은 충분히 그렇게 될 수도 있는 상황이었다. 전시가 되면 군기 빠진 예비군들을 호되게 다뤄 군기를 주입시킬 것이 당연했다.

그 예비군은 운 없음을 탓할 수밖에 없었다. 김승욱은 누가 괜히 시비 걸지 않기를 바랄 뿐이었다. 다행히 윗단추 빼고는 김승욱은 모든 것을 제대로 갖추고 출발했다. 군화나 모자, 요대나 링줄 같은 것은 하찮아 보일 수도 있고, 중요할 수도 있었다. 트집잡힐 수 있는 것은 사람을 무척이나 고롭게 만들 수도 있는 것이다.

"그만 하시오."

"뭐야?"

누군가 나서서 말리자 중사가 화를 버럭 냈다. 김승욱이 슬쩍 곁눈질로 보니 대열 앞에 서 있던 젊은 예비역 중위였다. 머리가 긴 것으로 보아 김승욱은 그가 예비역임을 알아볼 수 있지만, 원래 예비역과 현역을 구별하는 표지가 군복에 달려 있었다. 아까 봤을 때 그 사람은 상당히 얌전해 보였다.

"그 예비군은 내가 지휘할 병력이오. 내가 책임지겠소."

현역 하사관과 예비역 장교 사이에 팽팽한 긴장감이 감돌았다. 김승욱은 사건이 어떻게 끝나든 제발 이쪽으로 불똥이 튀지 않길 바랄 뿐이었다.

살기 등등한 현역 중사는 예비역 중위를 보며 비웃듯이 고개를 쳐들었다. 현역이 우선되는 군 생리상 당연한 생각인지도 몰랐다. 그런데 그 다음에 전개되는 사건은 정말 뜻밖이었다.

"야, 개자식아! 장교를 봤으면 경례를 해라, 이 새끼야! 고개 뻣뻣이 들고 쳐다보면 다냐? 나도 이젠 현역이야, 짜샤!"

김승욱은 퍽퍽거리는 소리에 눈을 찔끔찔끔 감았다. 예비역 장교가 현역 중사를 복날 개 패듯이 패고 있었다.

"보아하니 금방 중사 계급장 단 주제에, 이 새끼가! 여기 있는 예비군들이 너보다 훨씬 고참이겠다, 이 씨팔놈아! 중사면 다야? 우린 굴러온 돌이고 넌 박힌 돌이다, 이거야? 이 돌대가리야!"

주위에 있던 예비역 하사관들과 현역 위관급 장교들이 몰려와 예비역 중위를 말렸다. 흥분한 중위는 팔이 붙들린 상태에서도 발길질을 멈추지 않았다.

"이 개새끼! 여기 있는 예비군들은 목숨 걸고 나라 지키자고 모인 사람들이야. 현역 때 전방에서 뺑이 치면서 너보다 더 고생한 사람들이다, 이거야. 너 따위가 군기 잡겠다고? 세파트 하사가 웃겠다, 이 새끼야!"

"제발 그만 하세요!"

현역 초급장교들이 예비역 중위의 겨드랑이를 끼고 들어 옮겼다. 중위는 끌려가면서도 끝까지 허공에 발길질을 해댔다.

얻어맞아 눈 부위가 퉁퉁 부은 중사가 슬그머니 일어나 막사 쪽으로 걸어갔다. 김승욱은 그 중사가 불쌍해 보였다. 초반에 예비군들 군기를 확 휘어잡으라고 위에서 시켰을 테고, 그 중사는 명령대로 수행했을 뿐이었다. 중사는 막사 뒤로 가서 남몰래 울려는 것 같았다.

그런데 군견으로 많이 쓰이는 셰퍼드는 개라고 무시할 것이 아니었다. 훈련을 받은 후 현역에 복무하면 육군 하사관 대우를 받고 경력에 따라 계급도 올라간다. 개 사육비도 일반 사병들의 부식비보다 더 많이 들었다. 군견마다 당번병이 있어 끔찍이 돌봐주기까지 했다. '개팔자가 상팔자'라는 말을 여기서 실감할 수 있었다.

6월 13일 18:45 경상북도 포항시 동쪽 52km

"드롭 스탠바이(drop standby)!"
"드롭 스탠바이!"
정세진 소령이 소노부이의 투하절차를 지시하자 기내 무장사가 그대로 복창했다. 소노부이가 장진된 발사기 위로 기내 무장사의 손이 빠르게 움직였다.
"투하!"
"투하!"
손을 치켜들었던 정세진 소령이 큰소리로 투하를 명령하자 즉시 기내 무장사가 소노부이를 장진한 발사기 버튼을 눌렀다. P-3C 오라이언 대잠초계기의 후부 동체에서 사출된 AN/SSQ-62 다이캐스(DICASS) 소노부이는 떨어지자마자 감속용 회전편이 펼쳐졌다.
바람개비 비슷하게 생긴 감속장치는 낙하속도를 감소시켜 민감한 소노부이가 수면에 부딪칠 때 받는 충격을 줄여준다. 오라이언 초계기가 일정한 지점 위를 선회하며 투하한 은회색 소노부이들이 마치 바람개비처럼 팔랑거리며 낙하했다.
겉보기에 소노부이는 조금도 위협적으로 보이지 않는다. 그러나 잠수함에게는 매우 위험한 장비다. 그것은 잠수함의 존재를 찾아내는 대잠초계기의 예민한 귀였다. 잠수함의 가장 큰 무기는 어뢰나 기뢰가 아니라 깊은 물 속에 숨는 것 그 자체이기 때문이다.

소노부이가 수면에 착수하자마자 윗부분에 부착된 부유장치가 자동으로 부풀어올랐다. 부유장치는 소노부이가 물 속으로 가라앉지 않도록 부력을 유지시켜주는 장치다.

"1, 3, 4번 부이 수심 150피트 고정. 2, 5번 부이 300피트 고정됐습니다!"

소노부이에서 나오는 신호를 처리하는 음탐반 선임하사는 소노부이가 지정심도에 도달한 것을 확인하며 정세진 소령에게 보고했다.

소노부이의 가장 핵심이라고 할 수 있는 음향 트랜스듀서는 수면 위의 부유체로부터 떨어져 나와 일정한 심도의 수중으로 내려뜨릴 수 있다. 음향 트랜스듀서를 심도별로 다르게 위치시키는 것은 수심에 따라 음파가 전달되는 특성이 다르기 때문이다. AN/SSQ-62 다이캐스 부이는 50, 150, 300피트의 깊이로 미리 케이블의 길이를 지정할 수 있다.

이제 다이캐스 소노부이들이 액티브 음파를 쏘아서 잠수함을 탐지하는 일만 남았다. 정세진 소령이 손에 잔뜩 배인 땀을 무심코 무릎에 대고 문질렀다. 각각의 소노부이들이 세팅된 시간 간격에 따라 음파를 쏘기 시작했다. 그런데 교차방위를 계산하는 데는 좀더 시간이 필요했다.

"잡았습니다! 3번과 5번 부이 사이입니다!"

"기준부이 5번으로 설정한다. 위치 계산해!"

"5번 기준, 방위 1-4-2! 거리 300미터. 목표가 10시 방향으로 가속하고 있습니다!"

"매드 확인 후 즉시 공격한다. 무장반 스탠바이!"

드디어 잡은 것이나 다름없었다. 지루한 싸움의 끝이 보이고 있었다. 매드(MAD)는 초계기에서 잠수함을 탐지할 때 쓰는 자기탐지기다.

다이캐스 부이들이 쏜 음파를 들은 잠수함이 도주하기 시작했다. 정세진 소령은 조종실로 이어지는 인터폰을 집어들었다. 그리고 침착한 목소리로 기장에게 잠수함의 위치와 도주방향을 알렸다.

오라이언 대잠초계기가 빠르게 기울었다. 정세진 소령은 중심을 잡기 위해 잠시 콘솔의 테이블 부분을 붙잡았다. 좌석에 안전벨트가 부착되어 있었지만 평소 버릇대로 벨트를 매지 않은 것이다. 기장은 고도를 급히 낮추어 초저공으로 잠수함 상공을 향했다. 오래 이어진 지루함 때문인지 기장도 서두르고 있었다.

6월 13일 18:53 경상북도 포항시 북동쪽 43km

"좌현 15도! 잠항각 10도!"

한국군이 투하한 소노부이가 액티브 탐신음을 쏘고 있다는 보고를 받은 함장이 급속변침을 명령했다. 원산이 기지인 북한 동해함대 제13전대 소속 공격형 상어급 잠수함이었다. 상어급의 공격형 타입은 소형인데도 불구하고 소나와 어뢰를 모두 장비했다.

상어급 잠수함은 탑재한 기뢰를 성공적으로 부설하고 나서 방어용으로 어뢰는 단 한 발을 싣고 있었다. 그러나 지금 적은 하늘 위에 있었다. 함장은 차라리 구축함으로부터 추적을 당했더라면 어뢰로 마지막 승부를 걸어볼 수도 있을 것이라고 분개했다. 방법이 없었다.

"심도 180메타입네다."

상어급 잠수함으로서는 들어가 보지 못한 심도였다. 잠수함이 내압 능력을 완전히 상실하고 수압으로 파괴되는 압궤심도는 보통 안전심도보다도 50퍼센트 이상 깊다. 그러나 평상시에는 압궤심도까지 내려가는 것이 절대 금지되었다. 안전심도를 벗어나면 잠수함 구조가 심한 피로도를 받고 뒤틀릴 수도 있기 때문이다.

"속도 9노트! 심도 200메타입네다."

잠항관이 잔뜩 겁에 질린 얼굴로 심도계를 읽었다. 상어급 잠수함은 지금 낼 수 있는 최고속도로 항주하고 있었다. 더 이상 잠항하면 위험한데도 불구하고 함장은 멈출 생각이 없는 것 같았다.

선체가 비틀어지는 소리가 더욱 거세게 들려왔다. 그 소리는 포경선으로부터 작살을 맞은 고래가 비명을 지르는 것처럼 들렸다. 그것은 차마 입을 열지 못한 승무원들이 속으로 질러대는 비명과 다를 바 없었다.

"우현에 어뢰입니다!"

"간나새끼들! 날래 방향을 파악하라!"

함장이 벽력 같은 목소리로 소나수를 다그쳤다. 방향을 알아야 회피기동을 할 수 있었다. 그러나 선체가 압력을 받으며 요란한 소리를 내고 있기 때문에 밖에서 들려오는 어뢰 소리의 방향을 포착하기 어려웠다. 게다가 최고출력으로 항주하고 있기 때문에 추진음도 크게 들렸다.

"함장 동지! 전방에 어뢰입네다. 거리 400메타!"

정면에 어뢰 경보를 받은 승무원들이 겁에 질린 표정으로 서로 얼굴을 마주보았다. 또 다른 어뢰가 정면에 출현한 것이다. 냉정했던 함장의 얼굴도 일순간 굳어졌다. 갇힌 공간에서 느끼는 공포가 그들을 더욱 큰 두려움으로 내몰았다.

몇 차례에 걸쳐 한국 해군 초계기가 투하한 소노부이의 저지선을 돌파한 함장도 이번에는 당황했다. 시간을 더 끌 수만 있다면 포항 북동쪽에 40여 킬로미터에 위치한 수심 52미터의 작은 해산海山에 안착할 수 있었다. 얕은 수심에 침좌한 채 버티면 한국 해군 초계기들도 쉽사리 찾지 못할 곳이었다. 그러나 해산까지는 아직도 거리가 멀었다.

"어뢰 접근, 150메타입니다!"
"상승각 최대! 안정탱크 배수!"
마지막 순간이었다. 상어급 잠수함의 압축탱크에서 공기가 밸러스트 탱크에 들어찬 바닷물을 강하게 밀어내는 동안 선체가 수면을 향해 치솟기 시작했다. 할 수 있는 노력을 다했다고 생각한 함장은 마지막 순간 침착함을 되찾았다. 조금 전에 거꾸로 한국 해안 쪽으로 속도를 내서 질주한 것은 그의 잠수함을 살리기 위해서만이 아니었다. 전대의 다른 잠수함들이 도망칠 수 있도록 시간을 벌어줘야 했던 것이다.
"거리 50메타······."
소나수가 어뢰의 마지막 접근을 알렸다. 이제 배터리가 방전되기 직전인데다 승무원들이 호흡하기 위한 산소도 부족했다. 탄산가스가 누적되자 기관실에서 퍼져온 매캐한 디젤유 냄새가 더욱 고통스럽게 느껴졌다.
함장이 체념한 듯 고개를 숙였다. 최종 유도단계에서 상어급 잠수함을 직접 포착한 청상어 어뢰가 사령탑 아랫부분으로 파고들었다.

6월 13일 18:57 경상북도 포항시 북동쪽 42km

"격침 확인! 7시 방향에 부유물입니다."
"사진 잘 찍어!"
정세진 소령도 긴장이 되는지 기상정비사 옆으로 바짝 다가섰다. 볼록하게 튀어나온 감시창으로 고개를 들이밀자 수면 위로 기름띠 몇 줄이 흐르는 게 보였다.
"나오십시오. 더 어두워지기 전에 서둘러야 합니다."
"알았어."

200mm 망원렌즈를 끼운 카메라를 든 기상정비사가 정세진 소령에게 관측창에서 떨어지라고 재촉했으나 정 소령은 좀처럼 비켜서지 않았다. 북한 잠수함을 격침시켰다는 게 아직도 믿어지지 않는지 눈을 떼기 힘든 모양이었다. 수면 위로 조그만 물체들이 계속 떠오르고 있었다.

기상정비사가 몸으로 정세진 소령을 밀쳤다. 오늘같이 비오고 흐린 날에는 광도가 약해 제대로 찍힐지 의문이었다. 아직 일몰시간이 한 시간 정도 남았지만 사방은 해가 진 직후처럼 어두웠다. 물론 비가 온 덕택에 해가 진 다음에도 이 정도 밝기는 한 시간쯤 더 이어진다.

"완전히 침좌한 것 같습니다."

다이캐스 부이들에서 잠수함 시그널이 사라진 것을 확인한 선임하사가 정세진 소령에게 보고했다. 잠수함이 해저 밑바닥까지 가라앉으면 다이캐스 부이들은 해저와 잠수함을 구분하기 어렵게 된다.

"좋아. 데이터를 잘 저장해두라고. 격침시켰다는 것이 중요한 게 아냐."

"예, 알고 있습니다. 증거가 없으면 훈장도 없다, 이 말씀이죠? 하하!"

선임하사가 한마디 더 하자 주위 승무원들이 빙그레 웃었다. 맞는 말이었다.

초계기 승무원들에게는 방금 수십 명의 목숨이 사라졌다는 생각은 별로 들지 않았다. 대잠수함 작전을 하면서 좋은 점 중 하나는 처참한 시체들을 보지 않아도 된다는 것이었다. 격침된 적 잠수함은 대부분 그대로 물 속으로 가라앉는다. 총탄에 맞아 피와 살이 튀고 뇌수와 내장을 쏟아내는 적과 아군을 보아야 하는 보병의 고충 따위는 이들에게 해당되지 않는 말이었다.

그런데 정세진 소령은 이 오라이언이 추락하더라도 비슷할 것이라는 생각이 들었다. 대잠초계기가 적함이나 전투기에 의해 격추되는 경우는 거의 없겠지만 엔진고장으로 추락하는 경우는 충분히 있을 수 있다. 정 소령은 더 이상 침몰한 적 잠수함을 생각하지 않기로 했다.
"사진 촬영은 다 끝났나?"
"예, 완료됐습니다."
"좋아. 그럼 이동한다. 이 해역에 잠수함이 더 있다고 했으니까."
정세진 소령은 다시 조종실에 이동 지시를 내렸다. 그러나 이젠 오랫동안 머무를 수 없었다. 연료가 별로 남지 않았고, 무엇보다도 한 척을 잡는데 소노부이를 너무 많이 썼던 것이다. 오라이언 대잠초계기가 기체를 기울여 방향을 바꾸었다.

6월 13일 20:17   강원도 강릉시 연곡면

검은 그림자들이 해발 1,400미터가 넘는 동대산 자락을 달렸다. 인민군 제71경보여단 6대대 2중대 1소대 병력은 모두 땀으로 흠뻑 젖어 있었다.

낮에는 감시의 눈길을 피하기 위해 7부 능선 정도에서 산을 탔지만 밤이 되자 시간을 벌충하기 위해 정상 부근 등산로를 이용해 내달렸다. 그동안 사람들이 많이 다녀 길은 잘 다듬어져 있었고 전선에서 제법 떨어진 후방이라 국군의 매복공격을 걱정할 필요도 없었다. 어둠 속이니 여차하면 국군이라고 속일 수도 있었다.

군사 부소대장 강용백은 소대 선두와 중간을 번갈아 오가며 부하들을 격려했다. 각 대원들은 약 5미터 정도의 거리를 두고 가파른 산길을 빠르게 달렸다. 산을 몇 개나 넘었는지 기억이 나지 않았다. 무조건 선두를 따라 남쪽을 향해 달리고 또 달렸다. 지겹게 달리던 강용백이 시계를 보더니 갑자기 멈춰 섰다.

"10분간 휴식!"

앞에서 전달된 명령에 모두들 길 옆 돌 위에 서로 등을 마주 대고 앉았다. 돌 위에 앉으면 나중에 출발할 때 흔적을 따로 지울 필요가 없어 편했다.

구운 옥수수를 씹던 인민군들은 입에 옥수수를 가득 문 채 바로 곯아떨어졌다. 이들은 20시간 가까이 긴장된 상태로 산길을 뛰느라 체력 소모가 워낙 많았다. 강용백 중위는 소대원들이 짧은 시간이지만 정말 맛있게들 잔다고 생각했다.

하지만 간부들은 그럴 수 없었다. 간부들은 깨어 있어야 한다며 강용백이 몰려오는 잠을 뿌리치고 벌떡 일어났다. 소대장 박상호 상위는 졸음을 쫓기 위해 수통의 미숫가루물을 마시고 있었다. 출발하기 전에 소대장이 수통에 맹물 대신 미숫가루를 물에 타서 넣는 걸 보았다. 가루 상태로는 목이 막혀 먹기 어렵기 때문에 그건 꽤 좋은 방법이었다. 박상호가 절반쯤 마시는데 강용백 중위가 다가오자 수통을 넘겨줬다.

"감사합니다, 소대장 동지."

강용백은 수통을 받아 맛을 보다가 그만 단숨에 마셔버렸다. 통을 완전히 비우자 미안해진 강용백이 호주머니를 뒤져 박상호의 손바닥에 뭔가를 올려놓았다.

"미숫가루 잘 마셨습네다, 소대장 동지. 기럼 이거 맛 좀 보시라우요"

어두워 잘 보이지 않자 소대장이 냄새를 맡아보았다. 강용백이 준 것은 산딸기였다. 행군하던 중 조금씩 챙겨둔 것이었다.

"고맙수다, 강 동무."

강용백을 향해 한 번 웃은 박상호가 산딸기를 한입에 털어넣었다. 강용백도 몇 개 남은 산딸기를 씹었다. 상큼한 향기와 함께 텁텁함이 싹 가시는 느낌이었다. 알갱이 끝에 붙은 잔털을 혀끝에 모아 뱉어내며 강용백은 소대 선두로 향했다.

해발 1,400미터 고지의 밤공기는 차가웠다. 달릴 때는 몰랐지만 가만히 있으니 금방 추위가 느껴지기 시작했다. 강용백은 곯아떨어진 부하들의 등에서 김이 모락모락 피어오르는 것을 보았다.

체온이 떨어지면 체력도 떨어진다. 여름 고산지역에서는 무엇보다 체온관리가 중요했다. 강용백은 손목시계를 내려다보았다. 10분이 다 되었다. 강용백이 주변에 있는 부하들을 나직한 목소리로 깨우기 시작했다.

"자, 동무들! 출발할 시간이외다!"

강용백이 제일 앞에 서서 소대를 이끌었다. 소대 행렬은 남동쪽으로 방향을 바꿔 어둠 속으로 사라졌다.

6월 13일 21:34 경기도 광명시

"난 오관식 중위다. 여러분처럼 예비역이고, 여기 3소대를 맡았다. 갑작스럽게 소집돼서 모두들 놀랐을 줄 안다. 정신 똑바로 차려서 이번 전쟁에서 다들 살아남길 바란다."

연병장에 세워진 막사 천장에 매달린 백열등이 천천히 흔들렸다. 중앙통로를 사이에 두고 양쪽으로 1개 분대씩 매트리스 위에 정렬한 동원예비군들의 굳은 얼굴에 막사 기둥 그림자가 어른거렸다. 김승욱은 꼼짝하지 않고 중대 당직사관으로서 취침점호를 실시하는 예비역 중위의 말을 들었다.

김승욱은 바로 저 사람이 소대장이라니, 앞날이 캄캄하다며 속으로 한숨을 쉬었다. 김승욱은 설마 이 사람이 김승욱의 소대를 맡은 소대장일 줄 예상하지 못했다. 소대장은 소대원들과 상견례도 안 하고 중대 당직사관으로서 처음 자신을 소개했다.

낮에 현역 중사가 맞는 꼴을 본 소대원들은 숨도 제대로 못 쉬고 바짝 얼어붙었다. 소대장은 보기엔 순해 보이는데 한 번 열 받으면 물불을 안 가리는 또라이였다. 그래서 예비군들은 소대장이 갑자기 무슨 이유로 돌변할지 몰라 안절부절못했다.

"내일부터 훈련이다. 우리 사단은 기본적으로 수도권 방위임무를 맡고 있다. 그러나 전방 상황에 따라 언제든 최전선에 투입될 수 있으니 다들 훈련에 최선을 다해주기 바란다. 다 우리 좋자고 한 말이고, 다 같이 살자고 한 소리다."

소대장이 뚜벅뚜벅 걸어왔다. 소대장이 다가오는 것을 느낀 김승욱은 바짝 쫄았다. 숨도 못 쉬고 있는데 소대장이 김승욱의 허리띠를 잡아 살짝 올렸다.

"병장! 김! 승! 욱!"

"단추가 안 잠기는군."

"시정하겠습니다!"

김승욱이 내무반이 떠나갈 정도로 소리를 질렀다. 하얀 침이 허공에 튀겼다. 김승욱은 땀이 비오듯 쏟아졌다.

"단시간에 뱃살을 뺄 순 없겠지. 내가 바지 통이 넓은 걸로 하나 구해보겠다."

"감사합니다!"

소대장이 막사 문 쪽으로 걸어갔다. 김승욱이 땅이 꺼질 정도로 한숨을 내쉬었다. 소대장이 휙 돌아서자 김승욱이 다시 호흡을 멈췄다.

"우리 소대는 다들 거의 동갑이거나 기껏 한두 살 위아래다. 나도 여러분보다 많아봤자 두세 살일 것이다. 사회에서 친구 사이로 만났으면 좋았겠지만, 지금은 전시이고 여긴 군대다. 앞으로도 오늘처럼 명령체계를 확실히 지켜주기 바란다."

소대장이 예비군들을 쭉 훑어보았다. 예비군들이 똑바로 선 채 땀을 삐질삐질 흘렸다. 만만찮은 소대장이었다. 군에서 병장 때 신참 소대장을 갖고 놀던 예비군들도 오관식 중위만은 상대하기 어렵다는 걸 알았는지 신병처럼 차렷자세를 바르게 취했다. 이럴 때는 몸 편한 것보다 몸 성한 것이 먼저였다.

소대장이 고개를 끄덕이자 입구 옆에 서 있던 예비군이 튀어나왔다. 동원예비군 병장으로서 다른 소대의 분대장이며, 오늘밤 당직하사였다. 당직하사가 보고를 마치고 소대장과 당직하사가 내무반을 나섰다.

"어휴~ 땀 나네."

예비군들이 차렷자세를 풀고 몇몇은 매트리스 위에 털썩 주저앉았다. 김승욱은 가방을 열어 세면도구를 모포 옆에 보관했다. 새로 지급받은 물품을 정리하고 내무반원들 사이에 통성명하느라 막사 안이 잠시 소란스러워졌다. 다들 악수하며 인사하느라 바빴다.

"반갑습니다. 저는 원종석이라고 합니다."

"예, 저는 김승욱입니다."

"나는 곽우신이라고 하는데요, 에이! 우리 그냥 말 틉시다."

"좋지, 그렇게 하자."

한 사람이 반말을 시작하자 말길이 쉽게 풀렸다. 화제는 자연스럽게 소대장 이야기로 모아졌다.

"야, 우리 소대장 어떠냐? 좀 무섭긴 해도 멋있는 거 같은데."

김승욱은 예비군을 구타하던 현역 중사를 먼지 나도록 패던 것을 떠올렸다. 불미스러운 구타사건이긴 하지만 어쨌든 소대장이 예비군들 편이라는 것이 마음에 들었다. 김승욱에게 전투복 바지를 구해주겠다는 것도 좋게 작용했다. 곽우신도 거들었다.

"예비역이라서 그런지 우리하고 잘 통할 것 같던데."

"무슨! 저 새끼도 씹새끼지 뭐야."

M-16 자동소총 장전손잡이를 당겨 안쪽을 살펴보는 원종석의 말이었다. 충무 1종 사태 선포 이후 점호 후에도 개인이 총기를 휴대하게 되어 있었다. 총은 10년 넘게 보관되었지만 보관상태가 워낙 좋고 원래 신품 소총이라 먼지가 끼어 치직거리는 듣기 싫은 소리도 나지 않았다.

"왜?"

"지가 편하려고 기회 봐서 중사를 팬 거야. 그놈이 만만하게 보였겠지. 우리들한테 점수도 따고, 화끈한 면도 보여주고 말야."

"수 틀리면 우리도 패겠다는 거야?"

김승욱이 불쌍한 표정을 지었다. 허리살이 붙어 동작이 굼뜬 김승욱이 성질 급한 소대장한테 얻어맞거나 본보기로 무슨 일이든 당할 가능성이 컸다. 당장은 그것이 걱정이었다.

"패기만 하면 다행이게? 그런 놈은 워낙 음흉해서, 지가 원하는 거라면 무슨 짓이든 할 놈이지."

김승욱은 '무슨 짓'이라는 말을 곱씹었다.

"겁난다."

"괜찮아. 그러면 소대장은 항상 뒤통수가 근질거릴 테니까. 전시에는 뒤통수 맞고 죽는 놈들도 많다더라, 뭐."

원종석이 소총을 들고 막사 기둥을 겨눴다. 방아쇠를 당기자 찰칵거리는 소리가 났다. 김승욱은 원종석이라는 이 예비군이 소대장보다 더 이상한 사람이라고 느꼈다.

─쿠르릉~.

"뭔 소리야?"

아주 멀리서 들려오는 소리였다. 불침번이 막사 문을 열자 캄캄했던 바깥이 환했다. 호기심을 참지 못한 김승욱이 분대장 자리까지 뛰어가 문틈으로 목을 빼어 바깥을 살폈다.

멀리 야산 밑에서 거대한 화염이 치솟고 있었다. 폭발은 계속 이어졌다. 같은 곳에서 일어나는 폭발이었다. 시커먼 연기가 뭉게뭉게 피어 올라갔다.
"비상! 적 게릴라의 기습이다!"
허겁지겁 뛰어온 당직하사가 내무반에 고개를 들이밀고 외쳤다. 예비군들이 군장을 갖추며 우르르 막사를 뛰어나갔다.

6월 13일 21:52 서울 용산구

"난 비상이 떨어질 때마다 꼭 상갓집에 온 기분이야. 이번엔 전쟁이 터졌으니 더 큰 상갓집이지."
"예에? 어째서 그렇습니까?"
복도에 나와 자판기 커피를 마시던 정현섭 소령은 남성현 소장의 말을 곱씹다가 되물었다. 언뜻 납득이 되지 않았다. 대간첩작전 등 작전 때마다 전사자가 나와서 그런가 했는데, 남성현 소장의 말은 그런 뜻이 아닌 것 같았다.
"하는 일 없이 밤을 새야 하니까 그렇지."
"하하! 상갓집에선 고스톱이라도 치지 않습니까?"
여기서는 그만큼 할 일이 없다는 뜻이었다. 실제 전투는 병사들이 하고 각급 부대는 합참 예하 작전부대들이 지휘했다. 일선 부대에서 올라온 정보를 취합하고 정리해 합참의장에게 보고하는 것 외에는 할 일이 별로 없었다.
그러나 이들이 하는 일의 중요성을 이해하지 못하고 하는 말은 아니다. 모든 한국군의 최종적인 지휘를 합참의장이 하고, 참모들은 그 합참의장을 보좌하는 것이다. 이들은 다만 실전에서 뛰지 못하니 심심

할 뿐이었다. 그래도 여긴 일단 죽을 염려는 별로 없었다.

"그래, 여기선 고스톱도 못 치니까 더 끔찍하지."

남 소장이 늘어지게 하품을 했다. 어젯밤부터 한잠 못 자고 누적된 피로가 이미 체력 한계를 초과하고 있었다. 작전참모부장인 그에게 부관이나 당번병도 없었다. 원래 없다기보다는 합참 작전참모본부에서 근무하는 그들이 지금 상황실에 못 들어오는 것이다.

별을 몇 개나 단 장군이 자판기 커피를 뽑으러 나오는 것은 일반적으로 상상하기 어렵다. 그러나 국방부나 합동참모본부에는 부서별로 수많은 장성들이 근무한다.

그들에게 일일이 화려한 집무실과 부관, 비서들이 딸린다는 것은 쉬운 문제가 아니다. 일선에서는 수천, 수만 명을 지휘하는 장군들도 위로 상관이 줄줄이 있는 국방부나 합참에서는 서열이 한참 밀리는 것이다. 초라한 출입문을 보고 화장실인 줄 알고 잘못 들어갔다가 어렵지 않게 보게 되는 것이 장군이다.

정현섭은 남성현 소장의 반쯤 감긴 눈가에 주름이 짙게 진 것을 보았다. 정현섭도 눈꺼풀이 무겁긴 마찬가지였다. 지금 이렇게 졸린 건 전면전이라고 하는데도 현재 진행되는 상황이 별로 급박하지 않기 때문이었다. 전선에서 멀리 떨어져 피부에 와닿지 않기도 했다. 정현섭이 남 이야기하듯 물었다.

"전쟁이 얼마나 계속될 것 같습니까?"

"아마 하루 이틀은 아닐 거야. 자네도 시간 날 때마다 눈 좀 붙여두게."

"장기전이 될 것 같습니까?"

"그래. 저놈들이 50여 년 동안 줄기차게 준비한 걸로 봐서는 아무래도 최소한……."

정현섭은 남성현 소장이 6·25 때처럼 전쟁이 몇 년쯤 지속되는 것으로 예상하지 않나 불안해 침을 삼켰다. 그러면 한국은 끝장이었다. 전쟁이 끝나도 수십 년 동안은 전쟁 전 상태로 재건하느라 세월 다 보내게 된다. 주변 강대국들은 계산기를 누르며 즐거워할 것이다. 한국의 미래를 생각하면 최악이었다.

"사흘쯤은 걸릴 것 같아."

"예?"

두 사람이 낄낄거리며 웃었다. 지난 새벽 이후 처음으로 터져나온 웃음이었다.

"무슨 재밌는 이야길 하고 있소?"

정보참모본부장 안우영 중장이 걸어나왔다. 정현섭이 차렷자세를 취했다. 직속상관이고 4월부터 의견충돌도 잦아 정현섭 입장에서는 안우영 중장이 아무래도 껄끄러웠다. 안우영 중장까지 복도로 나온 걸 보면 전선이 소강상태에 들어가자 합참 상황실이 파장 분위기에 가까운 것 같았다.

"예! 전쟁이 얼마나 갈까 토론하고 있었습니다."

"그래요? 며칠쯤 갈 것 같소?"

"사흘쯤으로 예상됩니다, 본부장님."

"오호~ 근거는 있소?"

"50년 동안 준비했다는 놈들이 제대로 못 밀고 내려오잖습니까? 만약에 국지전이 아니라면, 이번에야말로 우리가 북진을 시작해서 점심은 평양, 저녁은 신의주에서 먹게 될지도 모릅니다."

남성현 소장이 말한 것은 6·25 개전 초반에 국군과 일반 시민들 사이에 잘못 퍼진 자신감의 표현이었다.

"그럼 좋겠지만, 설마 그러기야 하겠소?"

"그것보다는 단기 국지전일 가능성이 큽니다. 우리가 연평도를 탈환할 것인지, 아니면 전면전을 계속할 것인지 묻는다는 뜻입니다."

"전면전이든 국지전이든 북괴놈들이 우리에게 선택할 부담을 준다? 그럼 그놈들이 기습한 이점이 사라질 텐데 말이오. 도대체 그놈들이 원하는 게 뭐요?"

"이번 전쟁 위기를 기화로 내부결속을 다지고 우리나 미국에게서 양보를 얻어내자는 뜻 아니겠습니까? 그래서 가급적 남진을 최소화한 것으로 보입니다."

"미안하지만 작전참모부장 의견은 틀렸소."

안우영 중장은 자신만만하지만 씁쓰레한 표정이었다.

"방금 후방에 있는 탄약창 세 곳이 날아갔소. 그리고 이동 중인 보급부대가 곳곳에서 공격받았소. 주로 포병용 탄약이오. 자, 이만 들어갑시다."

안우영 중장을 따라 남성현 소장과 정현섭이 서둘러 상황실 안으로 들어갔다. 남 소장이 독백처럼 내뱉었다.

"이놈들이 밤에만 움직여서 우릴 말려 죽일 작정이군요."

정현섭은 이상하다는 느낌을 지울 수 없었다. 북한에 아무리 특수전 부대가 많다고 해도 전쟁은 특수전만으로 수행할 수는 없다. 정현섭은 북한에 뭔가 꼼수가 있는 것 같았다.

6월 13일 22시 25분 충청남도 서산

검고 두꺼운 커튼이 쳐진 실내에 서산 공군기지 비행단장 김홍수 준장과 작전참모 노일호 소령, 곧 있을 공격작전의 전체 지휘관기인 군장기로 비행할 김영환 중령 등이 앉아 있었다. 다른 사람들이 전투복 차림인데 비해 김영환 중령은 어제부터 연이은 출격 때문인지 땀에 젖은 비행복 차림이었다.

김홍수 준장이 말문을 열었다.

"노 소령, 말해보게."

노일호 소령이 서류철을 펴고 보고를 시작했다.

"먼저 전반적인 상황에 대해서 말씀드리겠습니다. 현재 MCRC의 정상적인 가동이 불가능하기 때문에 공중전 상황은 완벽한 파악이 힘든 상태입니다. 최초 레이더 포착지점이나 다른 자료들을 검토한 결과, 오늘 새벽 03시에 김 중령님 편대와 조우했던 적 항공기들은 황해도 누천 기지에서 이륙한 것으로 판단됩니다. 동 항공기들은 아군 요격에 의해 10여 기가 격추됐으나 상당수가 저지선을 뚫고 남하했습니다. 이로 인해 중부전선과 수도권 일대에 상당한 피해가 있었습니다."

"어제 우리 비행단 출격량은 얼마나 되나?"

"03시 이후 총 85소티의 비행이 있었습니다. 공대공 임무 40소티, 공대지 임무 45소티입니다."

"작전 성과에 대해서도 구체적으로 말해주게."

노일호 소령이 두꺼운 안경을 손가락으로 밀어올리며 보고를 계속했다.

"예, 말씀드리겠습니다. 공대공 임무에서 적기 격추는 총 24기입니다. 이 중에서 건카메라에 기록된 게 18기이고 6대는 구두 보고입니다. 격추보고서는 건카메라 필름과 조종사 보고내용을 토대로 작성 중에 있습니다. 사용 무장, 교전상황 등 구체적인 내용은 문서로 보고하겠습니다."

"우리 비행기들 피해상황은?"

다시 김 준장이 물었다. 지휘관으로서는 작전 성과도 중요하지만 부하 조종사들의 안부가 더 궁금했다. 전쟁이 장기전으로 비화된다면 당장의 작전 성과보다 중요한 것이 오히려 조종사들의 안전이라고 할 수도 있었다.

"경미한 손상이 3대, 기체 대파가 1대, 미귀환기가 5대입니다. 대파된 기체는 피격되어 귀환 중 엔진정지로 인해 무동력으로 동체 착륙했습니다. 이 기체는 비행이 불가능할 것 같습니다. 미귀환기들 가운데 4대는 북쪽 영공에서 피격되었고, 다른 1기는 손상을 입고 귀환 도중 제부도 근처 해상에서 추락했고 조종사 이종훈 대위는 비상탈출했습니다. 공대공 임무에서는 손실이 없었습니다."

"조종사들은 어떻게 됐나?"

"북쪽에서 탈출한 박기형 대위는 현재 위치파악이 불가능하고 나머지는 탈출하지 못했습니다."

추락한 전투기에서 탈출하지 못한 조종사들의 운명을 생각하며 회의 참가자들 사이에 잠시 침묵이 이어졌다.

"제부도 해상에서 비상탈출한 이종훈 대위는 구조됐습니다. 생명에는 지장이 없고 가벼운 부상만 입었습니다. 2~3일 후에 임무에 복귀할 수 있을 것 같습니다."

노일호 소령의 보고를 들은 김 준장의 얼굴에는 희비가 교차했다. 총 85소티의 출격 중에서 손실기가 6대라면 손실률은 7퍼센트 정도다. 오늘 맡은 임무의 난이도와 손실 수치로만 보면 성과가 좋은 편이었다. 그러나 앞으로 이 수치는 계속 누적될 것이고, 귀환하지 못하는 조종사들도 늘어날 것이다. 비행단장이기 전에 20년 이상 조종간을 잡아온 조종사인 김홍수 준장은 팔다리가 잘려나가는 느낌이었다.

"탐색구조전대에 연락하게. 구조팀을 북쪽으로 보낼 수 있는지 알아보고 최선을 다해 조치하도록. 우리 비행단에서 엄호기를 붙여주겠다고 해."

장교들은 북한에 단신으로 낙하한 박기형 대위가 적에게 쫓기는 상황을 상상하며 몸서리쳤다. 김 준장의 말이 잠시 멈추자 옆에서 듣고 있던 김영환 중령이 노일호 소령에게 물었다.
"평양 외곽 화학무기 생산 및 저장고 폭격작전은 어땠나?"
"예, 중령님. 그건 우리 비행단 소속 항공기가 직접 폭격한 게 아니라 보고에서 제외했습니다만, 위성촬영사진에 의하면 시설 중 대다수가 파괴돼서 정상 가동은 어려운 것으로 보고 있습니다."
"잘됐군. 그게 다 김 중령 편대가 방공망 제압을 확실히 해준 덕이겠지."
비행단장의 얼굴이 조금 펴지는 듯했다. 예상되는 북한의 화학무기 공격은 한국군 누구에게나 악몽이었다. 숨도 쉬지 못한 채 처절하게 죽어가는 병사와 민간인들을 상상하면 누구나 치를 떨게 된다.
후방에 있는 공군기지에서는 화학무기 공격에 피해를 입지 않을 것 같지만 사실은 전혀 아니다. 화학무기 공격의 제1목표는 보통 공군기지로 예상되고 있다. 물론 그 운반체는 스커드나 로동미사일 등 지대지 미사일이다. 다들 끔찍한 상상을 하고 있는 것 같아 김 준장이 화제를 바꿨다.
"그런데 적 요격태세는 어떻던가, 김 중령?"
"뜻밖에 적은 겨우 10여 대 정도 떴습니다."
"그것밖에 안 떴나?"
비행단장은 전혀 뜻밖이라는 듯이 되물었다. 김영환 중령도 약간은 이상하다고 생각하면서 개인적인 의견을 밝혔다.
"북괴 공군은 아무래도 즉응태세가 부족한 것 같습니다. 아군기 피해는 주로 지대공 미사일과 대공화망 때문이었습니다."
"음…… 그랬군. 어쨌든 잘했네. 참! 탄약 재고량은 어떤가?"
김홍수 준장은 잠시 생각에 잠기다가 군수참모에게 질문했다. 비행단장으로서 신경 써야 할 일이 많았다.
"예. 현재 기수량 평균은 83퍼센트로서 전시 하루 소모량치고는 우려할 편은 아닙니다. 그런데 함이나 암람 등 정밀유도병기가 많이 소모됐습니다. 특히 함은 절반도 채 남지 않았습니다."

군수참모가 심각하게 보고했다. 대레이더 미사일 함은 김영환 중령의 편대가 방공망 제압 임무에 투입된 화학공장 및 저장고 공습에서 8발을 소모했고, 오후에 실시된 연천 북쪽 지역 폭격에서 3발을 소모했다. 그런데 이 숫자는 비행단이 보유한 양의 절반을 넘었다.

미군은 1991년의 걸프전에서 대레이더 미사일 함만 2,000발 가까이 소모했다. 목표가 될 만한 이라크 레이더 사이트나 미사일 발사대가 그 정도로 많은 것은 아니었다. 미군 조종사들이 이라크 레이더 기지나 대공 미사일 기지 주변을 지나갈 때마다 일단 쏘고 본 것이다.

그런데 국군은 미군처럼 부유한 군대가 결코 아니었다. 그것이 비행단장 김홍수 준장의 고민이었다.

"음…… 조종사들한테 미사일을 아끼라고 할 수도 없고 말야."

전쟁이 나면 목표에 가장 적합한 무기를 쓰는 것이 원칙이고 또한 효율적이다. 그렇지만 한국 공군 입장에서 대레이더 미사일은 너무 비쌌다.

무기 납품가는 시간과 상황에 따라 가격 변동폭이 매우 컸다. 무기생산회사나 중개상에 재고가 충분할 때는 저렴하다. 그러나 재고가 없을 때는 생산라인을 새로 가동해야 하기 때문에 가격이 대폭 올라간다.

걸프전 당시 미군에 납입된 함의 가격은 25만 달러였다. 그러나 그것은 대량생산되었을 때 상대적으로 저렴해진 가격이었다. 함의 개발 초기에는 백만 달러를 넘었다.

그리고 미국 무기의 대외 수출가는 미군 납입가보다 훨씬 더 비쌌다. 비슷한 가격대로 알려진 암람 공대공 미사일의 92년도 미군 납입가는 98만 2천 달러였다.

"김 중령, 이번 작전계획은 어떻게 되지?"

재고와 돈 계산을 하자 머리가 지끈거린 비행단장이 김영환 중령에게 물었다.

"예, 단장님. 이번 출격 목표는 황주입니다. 물론 사전에 예정된 목표입니다."

황해도 황주에는 북한 공군 제3전투비행사단 사령부가 있었다. 북한 공군은 원래의 비행사단체제에서 80년대에 항공전단체제로 전환했다가 90년대 중반 다시 비행사단체제로 환원한 바 있다. 황주는 이전에도 제3항공전단 사령부가 위치했을 만큼 한국의 수도권 기습을 노리는 북한 공군 입장에서는 전략적 요충지였다.

단장실에서 작전을 위한 침투경로와 항법을 위한 작전회의가 계속되었다. 그 시간, 활주로에는 끈적끈적한 여름비가 부슬부슬 내리고 있었다.

6월 13일 23:57 강원도 화천군

"야! 살살 돌려, 임마!"

민순기 중위가 해치 아래쪽을 향해 외쳤다. 전차가 달리는 소음에 묻혀 들리지 않겠지만 불안해서 견딜 수 없었다. 전차 기동 중에 운전병 김용성 이병이 길가 전봇대 두 개, 커브길에서 집 한 채를 반쯤 무너뜨린 것이다. 배수로나 밭고랑을 깔아뭉갠 건 아예 셀 수도 없었다.

"앞차 따라가는 것도 제대로 못 해? 너 야맹증이야?"

- 죄송합니다. 시정하겠습니다!

인터컴에서 들리는 김 이병의 목소리는 잔뜩 풀이 죽어 있었다. 평상시 같으면 군기교육대도 아니고 아예 영창감이었다. 그나마 집주인이 피난 갔는지 집에 없어서 다행이었다. 인명피해가 없어 다행이 아니라 물어달라는 사람이 없어 민순기 중위 입장에서는 다행이라는 뜻이다.

"젠장!"

한 뼘밖에 안 되는 어두운 길에서 사고가 나지 않는 게 이상했다. 그래도 명색이 소대장 차량인데, 운전병이 자꾸 사고를 치자 기분이 상했다. 사실은 그가 자초한 사고였다. 신참 운전병을 그의 차에 태운 게 잘못이었다.

동부전선에 있는 제21기갑여단 소속 전차와 장갑차들은 다시 주둔지로 돌아가는 중이었다. 상부 지시에 따라 새벽부터 급히 이동해 전방지역에서 하루 내내 기다렸다. 쌍방간에 포격만 조금 있었을 뿐 아무 일도 없었다. 이동 중에는 긴 차량 행렬이 폭이 좁은 길을 따라 가다 서다를 반복해서 더 짜증났다.

그러나 몇 시간 전에 다시 복귀명령이 떨어졌다. 제대로 된 적 주공을 판단하지 않고 호들갑스럽게 대응했던 상부에서 이제 정신을 차린 것 같았다. 그런데 휴전선 남쪽 지역 도로는 퇴근길 러시 아워를 방불케 했다. 이동해야 할 차량은 너무 많은데, 도로는 너무 적고 좁았다.

전차 엔진열에 밤공기가 달아올랐다. 엔진열이 없더라도 워낙 후덥지근한 날씨였다. 잔뜩 찌푸린 밤하늘에는 별 하나 떠 있지 않아 더 답답했다. 민순기 중위가 늘어지게 하품을 했다.

"제길! 전쟁이 나긴 난 거야?"

〈2권에 계속〉